CATHERINE WALSH

Jedes Jahr im Dezember

AF203288

GOLDMANN

Buch

Jedes Jahr im Dezember treffen sich die Anwältin Molly und der Fotograf Andrew am Flughafen von Chicago, um gemeinsam nach Dublin zu fliegen, wo beide die Feiertage mit ihren Familien verbringen. Doch ausgerechnet bei ihrem zehnten Jubiläum bringt ein Sturm über dem Atlantik alles durcheinander: Statt der geplanten sieben Stunden und fünfzehn Minuten sind Molly und Andrew drei Tage lang zusammen unterwegs. Um es rechtzeitig nach Dublin zu schaffen, nehmen sie mehrere Umwege in Kauf. Insbesondere Andrew will an Weihnachten unbedingt bei seiner Familie sein. Molly dagegen wünscht sich insgeheim, die gemeinsame Zeit möge niemals enden …

Autorin

Catherine Walsh hat Literatur studiert und lebt in Dublin. Wenn sie nicht gerade schreibt, versucht sie vergeblich, ihre Zimmerpflanzen nicht umzubringen. »Jedes Jahr im Dezember« ist ihr erster Roman, der auf Deutsch erscheint.

Catherine Walsh

Jedes Jahr im Dezember

Roman

Aus dem Englischen
von Babette Schröder

GOLDMANN

Die englische Originalausgabe erschien 2022 unter dem Titel
»Holiday Romance« bei Bookouture.

Penguin Random House Verlagsgruppe FSC® N001967

6. Auflage
Deutsche Erstveröffentlichung September 2023
Copyright © Catherine Walsh, 2022
First published in Great Britain in 2022 by
Storyfire Ltd trading as Bookouture.
Copyright © der deutschsprachigen Ausgabe 2023
by Wilhelm Goldmann Verlag, München,
in der Penguin Random House Verlagsgruppe GmbH,
Neumarkter Str. 28, 81673 München
Umschlaggestaltung: UNO Werbeagentur, München
Umschlagmotive: Alamy/Rvo233; FinePic®, München
Redaktion: Britta Schiller
LS · Herstellung: ik
Satz: KCFG – Medienagentur, Neuss
Druck und Bindung: GGP Media GmbH, Pößneck
Printed in Germany
ISBN: 978-3-442-49461-3

www.goldmann-verlag.de

Für Áine

Prolog

CHICAGO

»Sind Sie sicher?«

Die Verkäuferin gibt sich keine Mühe, ihre Skepsis zu verbergen, als sie mit dem Blick meinem Finger zum untersten Regalfach hinter ihr folgt. Dort, zwischen den feineren, teureren Parfums, steht ein plumper grüner Flakon, der aussieht, als hätte man ihn versehentlich dort abgestellt.

»Es ruft nach mir«, sage ich.

Die Frau, die laut Namensschild Martha heißt, zögert, doch ich lächele nur. Schließlich seufzt sie und bückt sich, um das Parfum hervorzuholen, wobei ihre Schneeflockenohrringe glitzern. »Ich glaube, das von Armani wäre die bessere Wahl«, sagt sie, während ich den Ärmel hochschiebe. Meinen anderen Arm haben wir bereits mit fünf verschiedenen Düften bestäubt, und mir geht die unparfümierte Haut aus. »Darauf gibt es zwanzig Prozent Rabatt.«

»Das da ist einfach zu schön«, sage ich und halte ihr mein Handgelenk hin.

Pflichtbewusst sprüht sie mir den Duft auf. Als ich mich

7

vorbeuge, um ihn einzuatmen, rümpfe ich die Nase über den künstlichen Apfelduft. Widerlich süß mit einer starken chemischen Note. Meine Schwester wird es furchtbar finden.

Also ist es perfekt.

»Ich nehme es.«

Martha hustet, als die Parfumwolke auch sie erreicht. »Falls der Preis das Problem ist, hätten wir jede Menge günstigere Alternativen.«

»Nein«, versichere ich ihr. »Das ist das Richtige. Ganz bestimmt.«

Sie öffnet den Mund, um zu protestieren, als der nächste Song aus den Lautsprechern ertönt. Irgendetwas über Schlittenglocken, Rentiere und eine fröhliche Zeit. Sie erschauert unübersehbar, und ich verziehe mitleidig das Gesicht. Ich kann nur erahnen, wie oft sie sich das Lied schon anhören musste.

»Wechseln die hier jemals die Playlist?«

»Eigentlich nicht.« Ihr Blick fällt auf das Parfum und dann auf die Menschenschlange, die sich hinter mir gebildet hat. Ich erkenne genau den Moment, in dem sie mich als hoffnungslosen Fall abstempelt. »Als Geschenk?«

»Bitte.«

Sie versteckt den Flakon in einem Haufen Seidenpapier, als ob sein Anblick sie persönlich beleidigen würde, und ich streiche im Geiste den letzten Punkt auf meiner To-do-Liste. Mit Zoes Geschenk bin ich nun offiziell fertig, um für die Weihnachtsfeiertage nach Hause zu fliegen. Oder besser gesagt für eine Woche im Dezember. Meine Familie steht nicht sonderlich auf Weihnachten, dennoch erwarten alle, dass ich nach Hause komme. Wenigstens darf ich dort für ein paar Tage das Lieblingskind sein. Seit ich zum Studium in die USA gezogen bin, haftet mir bei meinen Besuchen der Reiz des Neuen an, was bedeutet, dass ich im Grunde keine Hausarbeit zu erledigen habe. Als Zoe letztes Jahr drei Abende hintereinander das Geschirr spülen musste, war sie ziemlich genervt. Aber meine Mutter behauptete, ich würde zu sehr unter dem Jetlag leiden, und mal ehrlich, was wäre ich für eine Tochter, wenn ich meiner eigenen Mutter widersprechen würde?

»Sind Sie *sicher*?«, fragt Martha, die Plastiktüte fest in der Hand, und ihr professionelles Verkäuferinnenlächeln verblasst.

Ich reiche ihr das Geld und versuche, nicht über ihren Widerwillen zu lachen. »Ganz sicher.«

Ich bin gerade fertig, als mein Telefon klingelt, und meine gute Laune erhält einen erheblichen Dämpfer – es ist Hayley. Einen verwegenen Moment lang überlege ich, nicht ranzugehen. Wäre ich doch nur meinem Instinkt gefolgt, denke ich, sobald ich das Gespräch angenommen habe.

»Du musst mir einen Gefallen tun.«

Mit ihrer Stimme in meinem Ohr drehe ich mich um und bahne mir einen Weg durch den überfüllten Duty-free-Bereich am Flughafen Chicago O'Hare.

Hayley war die erste Freundin, die ich an der Northwestern kennengelernt habe. In unserem ersten Jahr wohnte sie drei Zimmer neben meinem, und als Neuling auf der

Suche nach einem freundlichen Gesicht hängte ich mich an sie.

In den ersten Monaten fiel zwar nichts Bedenkliches zwischen uns vor, dennoch stellte ich schnell fest, dass es noch viel nettere Leute gab, mit denen ich meine Zeit verbringen konnte. Menschen, mit denen ich mehr gemeinsam hatte als mit der Frau, der ich ständig den Kaffee bezahlen musste, weil sie das Portemonnaie in ihrer anderen Tasche vergessen hatte. Sie ließ sich jedoch nicht abschütteln und hing auf eine Weise an mir, die ich sowohl verwirrend als auch schmeichelhaft fand – auch wenn unsere Freundschaft harte Arbeit bedeutete.

Zoe sagt immer, ich könne mich nicht richtig durchsetzen, aber so etwas lernt man ja auch nicht in der Schule. An meinem ersten Tag erhielt ich viele bunte Flyer zum Thema *Freunde finden*. Aber nichts darüber, wie man sie wieder loswird.

»Es ist gerade etwas ungünstig«, sage ich. »Ich bin am Flughafen, schon vergessen?«

»Es ist ein wirklich dringender Gefallen.«

»Das bezweifle ich.« Ich versuche, nicht so mürrisch zu klingen, wie ich mich fühle. »Aber sag, was ist los?«

Als sie antwortet, höre ich lautes Kaugummischmatzen. »Kann ich mir heute Abend dein blaues Kleid ausleihen? Das mit den Trägern hinten?«

»Das habe ich eingepackt.«

»Und was ist mit dem grünen, in dem du aussiehst, als hättest du Brüste?«

»Ich habe Brüste.« Ich schnaube. Die zwei brauchen nur

manchmal ein bisschen Hilfe dabei, sich ins rechte Licht zu rücken. »Andrew interessiert sowieso nicht, was du anhast.«

»Andrew?«

»Dein Freund«, erinnere ich sie und versuche, nicht daran zu denken, wie sie es in meinen Kleidern treibt.

Die beiden sind seit ein paar Monaten zusammen, und ich habe ihn fast nie ohne ihre Zunge in seinem Hals gesehen. Als wir uns das erste Mal begegnet sind, waren wir beide hocherfreut, so fern der Heimat einem Iren zu begegnen, und ich plauderte munter mit ihm. Hayley schien der Gedanke, dass wir uns anfreunden könnten, allerdings nicht zu gefallen, und so hat sie uns seitdem möglichst voneinander ferngehalten. Um ehrlich zu sein, glaube ich allmählich, dass sie in ihrem Leben niemanden duldet, der sich nicht ausschließlich um sie kümmert. Doch als sie jetzt am anderen Ende der Leitung herumdruckst, ist nichts von dieser eifersüchtigen Seite zu merken.

»Was?«, frage ich und weiß, dass sie genau das von mir hören will.

»Ich überlege, mit ihm Schluss zu machen.« Sie sagt das so beiläufig, als wollte sie sich von einem alten Paar Schuhe trennen.

»Seit wann? Ich dachte, du magst ihn?«

»Ich mochte ihn.« Eine Pause. »Er macht eine Menge Witze.«

Ich verdrehe die Augen, setze meinen Weg fort und schlängle mich an den anderen Reisenden vorbei.

»Aber ich konnte ihn ja nicht kurz vor den Feiertagen

abservieren«, fährt sie fort. »Ich bin schließlich kein Unmensch.«

»Nein, da hast du recht. Der kalte, dunkle Januar ist viel besser.« Armer Kerl. Bei den wenigen Gelegenheiten, bei denen wir uns unterhalten haben, wirkte er ganz nett. Oder vielleicht habe ich auch nur aus Loyalität einem Landsmann gegenüber Mitgefühl mit ihm. »Wohin gehst du heute Abend?«

»Abendessen mit Rob.« Sie kann ihre Freude kaum verbergen. »Wir sind gestern zusammen losgezogen, nachdem er …«

»Wie bitte?«

»Billys Freund.«

»Ja, ich weiß, wer Rob ist«, sage ich und stelle mir vor, wie sie mit dem muskulösen Verbindungsstudenten geknutscht hat. »Was meinst du damit, ihr seid zusammen losgezogen?«

»Wir sind nach Kendras Party zu ihm gegangen, und Molly, du *glaubst* nicht, was er mit seiner …«

»Du hast also mit Andrew Schluss gemacht?«, unterbreche ich sie verwirrt.

»Ich sagte, ich denke darüber nach.«

Ich brauche definitiv neue Freunde. »Du hast ihn betrogen?«

»Es ist kein Betrug, wenn ich Schluss machen werde.«

»Doch, ist es!«

»O mein *Gott*«, stöhnt sie. »Das ist keine große Sache.«

»Du musst mit ihm Schluss machen, wenn du dich mit einem anderen triffst, Hayley. Das ist grausam.«

»Na gut«, schnauft sie. »Gut. Ich tue es jetzt gleich.«

»Nein, nicht *jetzt*. Warte, bis die Vorlesungen wieder anfangen.«

»Aber du hast doch gerade gesagt ...«

»Ich weiß, was ich gesagt habe.« Ich betrete ein automatisches Laufband und ziehe den Koffer näher an mich heran. Dann fällt mein Blick auf mein finsteres Gesicht in der Spiegelwand gegenüber, und ich bemühe mich, eine freundlichere Miene aufzusetzen. Vielleicht hat sie recht – wer will schon an Heiligabend absolviert werden? »Wie wäre es, wenn du dich nicht mit Rob triffst, bis du mit Andrew Schluss gemacht hast?«

»Aber ich treffe mich heute Abend mit ihm«, sagt sie, als wäre ich schwer von Begriff. »Hör zu, wenn es so eine große Sache für dich ist, schicke ich Andrew eine Nachricht.«

»Hayley, das kannst du nicht machen!«, rufe ich aufgebracht bei dem Gedanken, dass sie per Textnachricht mit ihm Schluss macht. Ich kenne den Typen zwar kaum, aber es gibt doch so etwas wie Anstand.

Am anderen Ende der Leitung wird es still, und ich glaube, sie hat endlich begriffen, wie beschissen das wäre, doch dann schnaubt sie: »Okay, *Mom*.«

»Hayley ...«

»Ich muss jetzt auflegen.« Plötzlich klingt sie äußerst gelangweilt. »Wir sehen uns, wenn du zurückkommst.«

»Ich habe dir meinen Schlüssel dagelassen, damit du meine Pflanzen gießt, nicht damit du dir ein Kleid von mir leihst und Andrew darin betrügst.«

»Bis dann!«, ruft sie und legt sofort auf.

Ich stolpere vom Laufband und starre empört auf mein Handy. Ich brauche neue Freunde. Das könnte mein Neujahrsvorsatz sein. Neue Freunde. Neue, nicht-schreckliche Freunde.

Nach dem Anruf bin ich derart schlecht gelaunt, dass ich weitere fünf Minuten brauche, bevor ich merke, dass ich in die falsche Richtung gelaufen bin. Und als ich schließlich verschwitzt und aufgelöst das Gate erreiche, ist das Boarding schon halb vorbei.

Es ist ein kleines Flugzeug. Zwei Sitze auf jeder Seite, zwei in der Mitte, dicht an dicht. Es geht quälend langsam voran, da sich die Leute im Gang stauen, während sie die Taschen in die Gepäckfächer stopfen und mit schweren Wintermänteln herumhantieren.

Ich passe mich den schlurfenden Schritten meines Vordermanns an und konzentriere mich darauf, niemanden mit meinem Koffer anzurempeln. Erst als ich bei meiner Sitzreihe angekommen bin und meine schmerzenden Finger entspanne, werfe ich einen Blick auf den Platz neben meinem.

Ich bilde mir ein, bescheidene Ansprüche an Mitreisende zu haben. Sie sollten lediglich die Schuhe anbehalten und mir nicht das Essen stehlen, wenn ich zur Toilette gehe. Ich möchte einfach einen höflichen, normalen Fremden, den ich sieben Stunden lang ignorieren kann, während ich versuche, etwas Schlaf zu bekommen. Man stelle sich also mein Entsetzen vor, als ich anstatt eines unbekannten Vielfliegers Hayleys künftigem Ex-Freund in die Augen blicke.

Andrew Fitzpatrick scheint genauso überrascht, mich zu sehen, wie ich es bin. Doch während ich denke: *Das darf doch wohl nicht wahr sein*, lächelt er nur. Von diesem Lächeln hat Hayley nach ihrem ersten Date geschwärmt. Ein Lächeln mit weißen Zähnen und Grübchen, bei dem einem ganz warm ums Herz wird. Und das richtet er jetzt mit aller Kraft auf mich.

So ein Mist.

»Molly?«

Mist, Mist, Mist.

»Hallo!«, flöte ich etwas zu laut. Zimmerlautstärke, Moll. Oder Flugzeuglautstärke oder was auch immer.

»Ist das etwa deiner?« Er deutet auf den Platz neben sich, und ich blicke mich um, ob nicht wie durch ein Wunder doch noch jemand anders erscheint. Natürlich ist das nicht der Fall. Dieser Flug war schon vor Tagen ausgebucht. Das weiß er auch und wartet meine Antwort gar nicht erst ab, ehe er aufsteht und in den Gang schlüpft. »Das ist ja verrückt«, fährt er fort. »Und du hast den Fensterplatz ergattert.«

Auch bekannt als der Sitz ohne Entkommen.

Ich verstaue meinen Koffer oben über dem Sitz, bevor ich mich etwas ungelenk an ihm vorbeischiebe. Sieben Stunden. Ich werde die nächsten sieben Stunden lügen müssen. Sieben Stunden und dreißig Minuten, wenn man Start und Landung mitzählt. Vielleicht könnte ich so tun, als ob ich schlafe. Vielleicht könnte ich …

»Wie läuft's im College?« Andrew lässt sich auf den Platz neben mir fallen, während ich die Duty-free-Tüte unter den Sitz vor mir schiebe. Er schnallt sich sofort an, obwohl das Boarding noch nicht abgeschlossen ist. »Du studierst BWL, richtig?«

Smalltalk. Normalerweise habe ich nichts gegen Smalltalk, aber in solchen Situationen führt Smalltalk gelegentlich zu tiefschürfenden Gesprächen. »Wirtschaftswissenschaften.«

Er stößt einen leisen Pfiff aus. »Das klingt sogar noch besser. Du willst also Wirtschaftswissenschaftlerin werden?«

»Anwältin. Glaube ich.«

»Glaubst du?«

»Ich habe die Noten dafür.«

Er sieht mich an, als ob ich etwas Lustiges gesagt hätte. »Aber willst du Anwältin werden?«, fragt er, als ich nichts mehr sage.

»Ich habe mich noch nicht entschieden.« Die Worte klingen abwehrender als beabsichtigt, und als daraufhin ein etwas längeres Schweigen folgt, komme ich mir unhöflich vor. »Und du?«, frage ich. »Wie läuft es mit … bei dir?«

Bei meinem Zögern zucken seine Mundwinkel. »Fotografie. Es läuft gut. Vielleicht hat Hayley es dir schon erzählt, ich suche für nächsten Sommer einen Praktikumsplatz. Ich würde nämlich gern in Chicago bleiben. Vielleicht nicht gerade die klügste Entscheidung, da alles unbezahlt ist. *Komplett* unbezahlt. Aber ich kann bei meinem Onkel wohnen, bis er genug von mir hat. Freie Kost und Logis für ein paar Monate, wenn ich die Nachtschichten in seinem Laden übernehme.« Andrew beugt sich in meine Richtung, während eine Flugbegleiterin das Gepäckfach über unserem Kopf zuschlägt. »Riecht es hier nach Zucker-watte?«

Na toll. »Das bin ich. Sorry.« Ich rieche an meinem rechten Arm. »Ich habe ein Parfum ausgesucht«, erkläre ich, und seine Miene hellt sich auf.

»Wirklich? Vielleicht kannst du mir ja helfen. Ich wollte Hayley mit etwas überraschen. Sie wollte keine Weih-nachtsgeschenke, aber theoretisch ist es ja schon Januar, wenn ich sie wiedersehe, also … Was?«

»Nichts.« Ich lächle und ziehe das Flugmagazin aus der Tasche im Vordersitz. Warum hat sie mir bloß von Rob er-zählt? Warum? Warum, warum, warum, warum …

»Ich dachte an das hier.«

Ich beobachte, wie er sein eigenes Magazin aufschlägt, zu der Seite mit den Geschenken blättert und auf einen kleinen Flakon von Chanel zeigt.

»Da steht, das ist ein Klassiker.« Er blickt auf die win-zige Schrift neben dem Bild. »Neunundachtzig Dollar. Was denkst du?«

Ich denke, ich werde Hayley umbringen.

Neunundachtzig Dollar. Jemand, der für seinen Onkel Nachtschichten schiebt und in einem irischen Billigflieger sitzt, hat keine neunundachtzig Dollar für eine Frau übrig, die ihn in einer Woche abservieren wird.

»Du kannst ihr doch nichts im Flugzeug kaufen«, sage ich, während er seine Brieftasche herausholt. »Du solltest es an einem besonderen Ort kaufen.«

»Das muss sie ja nicht wissen, wenn du ihr nichts ver-rätst.«

»Und das ist eine Menge Geld.«

Er streckt sich nach der Ruftaste. »Ich habe darauf gespart.«

»Aber ...«

»Verzeihung? Mr Fitzpatrick?« Wir drehen uns beide um, als eine andere Flugbegleiterin mit einem schelmischen Gesichtsausdruck von hinten an uns herantritt. »Ihr Bruder hat vorhin angerufen«, sagt sie, und Andrew macht ein völlig verwirrtes Gesicht.

»Es war die Rede von einem ›Happy Birthday‹-Ständchen«, fährt sie fort und überreicht ihm einen kleinen, quadratischen Umschlag. »Aber würden Sie sich auch mit einem Freigetränk zufriedengeben?«

»Gern.« Er klingt erleichtert, dann gleitet sein Blick zu mir. »Können wir zwei daraus machen?«

»Natürlich«, erwidert sie. »Was darf ich Ihnen bringen?«

»Oh ...« Ich sehe Andrew an, doch der wartet auf meine Entscheidung. »Weißwein?«

»Für mich auch«, sagt Andrew und zeigt ihr das Flugmagazin. »Und kann ich ...«

»Wir beginnen mit dem Verkauf, sobald wir in der Luft sind«, unterbricht sie ihn mit einem strahlenden Lächeln. »Sicherheitsgurt«, erinnert sie mich.

Wie gewünscht, schnalle ich mich an und warte, dass sie hinter dem Vorhang verschwindet. Schlimmer kann dieser Tag nicht mehr werden. »Du hast Geburtstag?«

Zu meiner Überraschung bricht er in Gelächter aus. »Nein. Das ist ein Scherz von meinem Bruder. Christian will mich nur in Verlegenheit bringen.« Als er mich ansieht, vergeht ihm sein Lächeln. »Hey, geht es dir gut? Du bist bleich wie ein Gespenst.«

»Das liegt an der Beleuchtung«, lüge ich. Na gut. Wenigstens betrügt sie ihn nicht an seinem Geburtstag.

O mein Gott, das darf nicht meine moralische Richtschnur sein!

»Ich wusste, dass er etwas im Schilde führt«, fährt Andrew fort, während ich versuche, mich zu beruhigen. »Hast du Geschwister?«

»Eine Schwester.«

»Älter oder jünger?«

»Älter. Etwa drei Minuten.«

Er runzelt die Stirn, dann fällt der Groschen. »Ihr seid Zwillinge?«

»Eineiig.«

»Im Ernst?«

Ich nicke und verkneife es mir, angesichts seiner Begeisterung die Augen zu verdrehen.

»Wow, das ist …«

Geht *das* jetzt wieder los?

»… völlig normal und nicht weiter beeindruckend«, fährt er fort und lächelt, als mein Blick wieder zu ihm gleitet. »Du musst es satthaben, dass die Leute beinahe durchdrehen, wenn du ihnen davon erzählst.«

»Ein bisschen«, gebe ich zu.

»Tut mir leid.«

»Nein, ich versteh das schon. Aber wenn sie mich fragen, ob wir den Schmerz der anderen spüren, möchte ich mir die Kugel geben.«

Er lacht, und ich entspanne mich ein wenig. »Wir sind zu viert«, sagt er. »Liam ist der Älteste. Dann komme ich, dann Christian. Und Hannah ist erst sechs.«

»Sechs?«

»Sie war eine willkommene Überraschung.« Er schiebt den Finger unter die Lasche des Umschlags und grinst, als er die Karte aufklappt, die nichts als einen grob gezeichneten Mittelfinger enthält. »Stilvoll. Verstehst du dich mit deiner Schwester?«

»Ja. Meistens.«

»Ich wette, es ist schwer, so weit von ihr entfernt zu sein.«

»Darüber habe ich mir eigentlich nie Gedanken gemacht«, antworte ich ehrlich. »Ich meine, wir schicken uns ständig Nachrichten und so.«

»Trotzdem«, beharrt er. »Es ist sicher schön, an Weihnachten zusammen zu sein.«

»Klar.«

»Klar?« Wieder lächelt er. Diesmal noch breiter.

»Wir stehen nicht so auf Weihnachten«, erkläre ich.

Er wirft mir einen skeptischen Blick zu. »Du fliegst zu Heiligabend nach Hause.«

»Zufall. Ich jobbe in einem Schuhladen und wollte eigentlich über die Feiertage arbeiten, aber mein Chef hatte keine Schichten für mich. Außerdem wollte Zoe, dass ich ihr ein paar Sachen mitbringe, also ...« Als ich merke, dass er mich anstarrt, verstumme ich. »Hier bin ich.«

»Du brichst mir das Herz, Molly.«

»Ich bin kein Scrooge!«, verteidige ich mich. »Ich habe nur keine Lust auf die ganze ...«

»Liebe?«, hilft er mir aus. »Gemütlichkeit und Freude?«

»Geschenke. Geld. Dieselben zwölf Lieder, die immer und immer wieder gespielt werden.«

»Ah, das Argument der Kommerzialisierung«.

Als er das Thema so schnell abtut, sehe ich ihn skeptisch an. »Wenn man es nicht für die Kinder tut, ist Weihnachten nichts anderes als wochenlanger, teurer Stress, der unweigerlich in Enttäuschung endet. Wie kann irgendetwas diesen Erwartungen standhalten?«

»Wow. Du bist also ein Grinch?«

»Ich bin kein …«

»Ein echter Grinch.«

»Ich bin eben praktisch veranlagt.«

»Das verstehe ich«, sagt er und scheint sich zu amüsieren. »Aber es klingt auch so, als würdest du Weihnachten falsch angehen.«

»Bei dir ist das etwas anderes. Du hast es gerade selbst gesagt, in deiner Familie gibt es ein Kind. Das ist ein Unterschied.«

»Kind oder nicht Kind, man ist nie zu alt, um sich ein paar Tage lang im Haus zu verkriechen und zu essen, bis einem schlecht ist. Von der Mode ganz zu schweigen.« Er deutet auf seinen Pullover, und zum ersten Mal fällt mir das fröhlich winkende Rentier auf, das auf die Vorderseite gestickt ist.

»Rentiere winken nicht«, bemerke ich.

»Rudolph schon. Rudolph liebt es zu winken.«

Ich schnaube. »Jetzt wird mir alles klar.«

»Wirklich?«

»Mm-hm. Aus *so* einer Familie kommst du.«

Er scheint sich über meine Bemerkung zu amüsieren. »So einer Familie?«

»Wie aus der Werbung. Passende Pyjamas. Knisterndes Kaminfeuer.«

»Völlig hemmungslos. Du wohl nicht, vermute ich mal?«

»Wie schon gesagt, wir haben es nicht so mit Weihnachten.« Als er mich weiter mit einem Funkeln in den Augen ansieht, werde ich zunehmend gereizt und mache ein finsteres Gesicht. »Was?«

»Nichts. Ich überlege nur, wie ich dich für die schönste Zeit des Jahres begeistern kann.«

»Du könntest für den Anfang damit aufhören, solche Sachen zu sagen.«

Er grinst. »Ich werde deine Meinung darüber ändern.«

»Du bist dir ja ganz schön sicher.«

»Klar. So sicher, dass ich wette, deine grinchhafte Einstellung bis zur Landung zu ändern.«

»Eine Wette?« Ich presse die Lippen zusammen und verkneife mir ein Lächeln. »Über wie viel reden wir?«

»Eine Million …«

»*Ein* Dollar«, sage ich und hebe einen Finger. »Und du solltest wissen, dass ich extrem ehrgeizig bin, wenn es ums Gewinnen geht.«

»Und du solltest wissen, dass ich vielleicht unschuldig wirke, aber nicht vor Tricks zurückschrecke.«

»Unschuldig, hm?«

Er deutet vage auf sein Gesicht. »Ich habe so etwas Jungenhaftes an mir, ich kenne meine Stärken.«

Darüber muss ich lachen, und er schwenkt die gefälschte Geburtstagskarte zwischen uns. »Also«, sagt er. »Willst du sehen, wie viel wir mit dieser Karte gratis bekommen, oder nicht?«

Bevor ich antworten kann, vibriert das Handy auf seinem Schoß, und ich zucke zusammen. Irgendwann in den letzten Minuten haben wir uns einander ganz zugewandt, und als ich jetzt sehe, wer anruft, rutscht mir der Magen in die Kniekehlen, als wären wir in Turbulenzen geraten. Irgendwie hatte ich Hayley während unserer Unterhaltung vergessen, aber jetzt kehrt sie schrill in meinen Kopf zurück. Andrew hält das Telefon an sein Ohr und scheint meine Panik nicht zu bemerken.

»Es ist Hayley«, sagt er, während mein Puls zu rasen beginnt. »Sie hat so viel gebüffelt, dass ich sie vor meiner Abreise gar nicht mehr gesehen habe.« Mit einem strahlenden Lächeln dreht er sich nach vorn. »Hey, Süße! Du wirst nie erraten, wer …«

Ohne nachzudenken, reiße ich ihm das Telefon aus der Hand und beende das Gespräch.

Stille. Eine schrecklich peinliche Stille, die ewig zu dauern scheint, während Andrew mich einfach nur anstarrt.

Und dann: »Was zum Teufel …«

»Du darfst während des Fluges nicht ans Telefon gehen.«

»Wir sind noch nicht einmal auf die Startbahn gerollt«, antwortet er langsam. »Die Türen sind noch offen.«

»Es kann trotzdem eine Störung auslösen.«

Sein Mund öffnet und schließt sich, das Lachen ist ihm

vergangen. »Kann ich mein Telefon zurückhaben?«, fragt er schließlich.

Ich ziehe es in Erwägung, Nein zu sagen. Ihn vor dem zu bewahren, was sonst geschehen wird, auch auf die Gefahr hin, mich wie eine Verrückte zu benehmen. Er ist ein netter Kerl. Ein netter, fröhlicher Kerl, und wenn Hayley ihm schon wehtun muss, dann bitte nicht ausgerechnet jetzt, wo er gerade zehn Minuten lang von Weihnachten geschwärmt hat. Aber sein unbeeindruckter Gesichtsausdruck verrät mir, dass er gleich den Sicherheitsdienst rufen wird, und ich möchte auf keinen Fall verhaftet werden.

»Klar. Sorry.« Ich gebe es ihm zurück. »Beim Fliegen bin ich immer etwas nervös.«

»Echt jetzt?« Er wendet sich von mir ab, so gut das bei dem wenigen Platz möglich ist, aber ich lasse nicht locker.

»Also, diese Wette … Du wolltest mich überzeugen?«

»Hör zu«, beginnt er, aber das Telefon summt erneut, und wir blicken beide nach unten und sehen eine Nachricht auf dem Display aufleuchten. Ich glaube, mir wird schlecht.

Nicht per SMS.

Nicht an Heiligabend.

Das kann sie doch nicht machen.

Andrew wird mucksmäuschenstill.

Doch, kann sie.

»Weißwein?« Nichtsahnend taucht die Flugbegleiterin wieder neben ihm auf, zwei Plastikbecher in den Händen. »Wir dürfen die Bar eigentlich erst nach dem Start öffnen, aber …«

»Ja!«, rufe ich, stehe halb auf und erschrecke die arme Frau damit. »Ja, bitte.«

Andrew rührt sich nicht, während ich die Getränke entgegennehme, ebenso wenig wie unsere neue Freundin, die etwas zu selbstzufrieden wirkt.

»Ich weiß, wir haben gesagt, wir lassen Sie mit dem Freigetränk davonkommen«, sagt sie, während er auf die SMS starrt. »Aber weil es unser letzter Flug vor Weihnachten ist, konnten wir uns die Gelegenheit nicht entgehen lassen, unsere Passagiere ein bisschen in Verlegenheit zu bringen.«

Ich blicke an ihr vorbei und sehe zwei weitere Flugbegleiterinnen auf uns zukommen. O nein. »Ich glaube nicht, dass …«

»Happy Birthday …«

O nein.

Ein dunkles Rosa kriecht Andrews Hals hinauf und breitet sich auf seinem Gesicht aus, während das Kabinenpersonal und schließlich auch die Mehrheit der Passagiere in das Lied einstimmen.

»Happy Birthday, lieber Andrew …«

Während sie lautstark ihr Bestes geben, um den Oktavsprung zu bewältigen, hebt Andrew langsam den Kopf und sieht mich an.

»Happy Birthday«, sage ich mit einem schwachen Lächeln und leere meinen Becher in einem Zug.

Kapitel 1

21. DEZEMBER, JETZT

CHICAGO

Neulich habe ich an einem Test teilgenommen. Einem dieser »Was du mit deinem Leben anfangen solltest, du unentschlossener Idiot«-Tests. Alle Fragen waren sinnlos (wähle eine Farbe, wähle ein Salatdressing). Dazwischen waren Gedanken von Promis eingestreut, die ich nicht kenne. Am Ende wurde mir gesagt, ich solle Kindergärtnerin werden. Das hat mir nicht gefallen, also habe ich ihn noch mal gemacht. Da kam heraus, dass ich Medizin studieren sollte. Als ob das einfach so von heute auf morgen ginge.

Ich habe beschlossen, meinen Job zu kündigen. Nein, ich habe beschlossen, meine *Karriere* an den Nagel zu hängen. Nach drei Jahren Jurastudium und vier Jahren Arbeit als Anwältin. Das war vor fünf Wochen. Mehrere Stunden nach meinem offiziellen Feierabend saß ich am Schreibtisch, schloss ein Dokument, öffnete ein anderes und stellte fest, dass ich völlig unglücklich bin, und das schon seit einer ganzen Weile.

Es war wie die Dusche in meiner ersten Wohnung: in

der einen Sekunde warm und normal, in der nächsten ein eiskalter Sturzbach. Damit wir uns nicht falsch verstehen: Es war eine Erleichterung, mir das endlich einzugestehen, aber Unwissenheit ist manchmal auch ein Segen. Und da sich die nächste Stufe der Erleuchtung nicht gleich einstellte – weil ich nicht plötzlich meine Leidenschaft für Salsa entdeckte oder herausfand, dass ich insgeheim schon immer Buchhalterin werden wollte –, blieb nur ein ungutes Gefühl zurück, während mir immer wieder zwei kleine Worte durch den Kopf gingen.

Was nun?

Ich kenne die Antwort darauf noch nicht.

Die meisten Menschen, die ihr Leben ändern möchten, wissen, was sie tun wollen. Sie übernehmen ein baufälliges Schloss in Südfrankreich, sie machen eine Umschulung zur Sozialarbeiterin oder verkaufen all ihr Hab und Gut und werden Nonne.

Sie sprechen in der Regel nicht über Dinge wie Miete, Studienkredite und Krankenversicherung. Es gibt kein vierteiliges YouTube-Tutorial über all das, was noch irgendwie bezahlt werden muss. Keinen Dreitausend-Wörter-Blog darüber, wie man auf realistische Weise neu anfangen kann, ohne sein altes Leben komplett aufzugeben.

»Molly.«

Vielleicht fange ich an, Lotto zu spielen.

»Molly.«

Oder ich könnte mir eine Katze anschaffen.

»Hey!«

Als jemand nachdrücklich an meine Wand klopft, blicke

ich auf und sehe meine Freundin Gabriela in der Tür stehen.

»Hättest du nicht schon vor zehn Minuten aufbrechen müssen?«, fragt sie. »Ich dachte, du wärst fertig.«

»Ich *bin* fertig.«

Bin ich nicht. Ich bin nie fertig.

»Alles gut.« Ich wende mich wieder meinem Laptop mit dem geöffneten Vertrag zu und blinzle, als die Worte vor meinen Augen verschwimmen. »Ich habe ein vierzigminütiges Zeitfenster für Verspätungen einkalkuliert.«

»Na klar.« Sie kommt ganz herein und verschränkt die Arme vor der Brust. Man sieht ihr nicht an, dass sie seit heute Morgen um sieben Uhr bei der Arbeit ist. Das marineblaue Kleid ist faltenfrei, das Make-up frisch, die dunklen Locken zu einem tiefen Pferdeschwanz zurückgebunden, der ihr herzförmiges Gesicht betont. Eine dieser Locken löst sich, als sie näher kommt und die Papierstapel vor mir betrachtet. »Ist das der Freeman-Vertrag?«

»Ist es jemals etwas anderes als der Freeman-Vertrag?«, murmle ich. »Oder kann es sein, dass wir nur noch diesen einen Mandanten haben?« Denn genau so fühlt es sich an. Das ist alles, woran ich in den letzten Wochen gearbeitet habe. Vielleicht sind es auch Jahre. In diesem Stadium kann ich mich nicht mehr zurückerinnern. Ein Hin und Her um den Verkauf eines Unternehmens, über den man sich schon vor Monaten hätte einigen sollen. »Es ist, als würde ich dafür bezahlt, allen die Zeit zu stehlen.«

»Solange du bezahlt wirst«, brummt sie und zieht einen der Ordner zu sich hinüber.

Gabriela hat auch drei Jahre Jura studiert. Drei Jahre Jurastudium und fünf Jahre in der Kanzlei. An meinem ersten Tag bei *Harman & Nord* führte sie mich in der schicken Wolkenkratzeretage an der LaSalle Street herum. Jener, in der wir uns gerade befinden. Gabriela will ihren Job nicht aufgeben. Gabriela, wie auch der Rest unseres kleinen Freundeskreises, liebt ihren Job und hat nichts gegen den Druck, die Überstunden oder die Rücksichtslosigkeit, die ich, wie mir zusehends klarer wird, einfach nicht besitze.

»Alles gut«, wiederhole ich, während sie zu lesen beginnt. »Ehrlich gesagt, lese ich …« – Als sie mich ansieht, verstumme ich kurz – »… seit einer Stunde dieselbe Seite«, gebe ich dann zu.

»Du brauchst Urlaub.«

»Ich mache ja welchen.«

»Nein, du fliegst nach Hause«, erwidert sie streng. »Das ist kein Urlaub. Schon gar nicht über Weihnachten. Erst recht nicht, wenn man Weihnachten hasst.«

»Ich hasse Weihnachten nicht«, brumme ich und nehme ihr den Ordner wieder ab. »Ich laufe nur nicht mit einem Rentiergeweih auf dem Kopf herum. Es gibt einen Mittelweg.«

»Nächstes Jahr solltest du einfach hierbleiben.«

»Das kann ich nicht«, sage ich und reibe mir genau zwei Sekunden lang die müden Augen, ehe mir wieder einfällt, dass ich Mascara aufgetragen habe. »Ich muss nach Hause.«

»Du fliegst immer. Bring deine Eltern dazu herzukommen. Führ sie herum, zeig ihnen, wie beeindruckend dein

Leben hier ist.« Sie legt den Kopf schief und schenkt mir ein reizendes Lächeln. »Wir können zusammen essen gehen, und du kannst ihnen erzählen, was für eine wunderbare Mentorin ich bin.«

»Bist du das?«

»Eltern lieben mich. Ich bin sehr höflich.«

»Du bist eine Schleimerin, das ist ein Unterschied.« Ich klappe meinen Laptop zu und beginne, meine Papierberge zu einem riesigen Stapel aufzutürmen, aber Gabriela bleibt, wo sie ist, und beobachtet mich mit nachdenklicher Miene. »Was ist?«, frage ich.

»Nichts.« Sie streicht mit dem Finger über das dunkle Holz des Schreibtischs, dann fällt ihr Blick auf meinen Bauch. »Bist du schwanger?«

»*Wie bitte?*«

»Du kannst es mir ruhig sagen.«

»Nein!«

»Nein, du bist nicht schwanger, oder nein, du willst es mir nicht sagen?«

»Beides«, blaffe ich.

»Okay.«

»Ich habe noch nicht mal einen Freund.«

»*Okay.*« Sie senkt ihre Stimme zu einem Flüstern. »Ist das das Problem? Brauchst du etwas Sex? Den können wir dir besorgen.«

»O mein Gott.« Ich hole meine Laptoptasche und sammle meine Papiere ein. »Sei still. Wir sind keine Freundinnen mehr.«

»Es ist nur, weil du in letzter Zeit so abwesend wirkst«,

sagt sie und heftet sich an meine Fersen, als ich das Büro verlasse, um meine benutzte Kaffeetasse in die Küche zu bringen. »Und du solltest wissen, dass du mit mir über alles reden kannst. Ich kann gut zuhören. Viele Leute vertrauen mir.«

»Wer vertraut dir?«

»Michael.«

»Michael ist dein Mann, er muss dir vertrauen.«

»Ja, aber man kann mir auch vertrauen. Und als die einzigen beiden Mädels in diesem Männerverein müssen wir zusammenhalten.«

»Zwei Mädels in … Du hast wieder diese Podcasts gehört, oder?«

»Frauen unterstützen Frauen«, beharrt sie. »Das bedeutet, wir müssen miteinander reden.«

»Aber nicht über meine Gebärmutter, Gab.«

Wir gehen den langen Korridor entlang, der auf beiden Seiten von gläsernen Besprechungsräumen gesäumt ist. Für eine Anwaltskanzlei haben wir ironischerweise wenig Privatsphäre. Das hat mich schon immer gestört. Besonders in Momenten der Unsicherheit komme ich mir vor wie in einem Aquarium. Als würde man mich permanent beobachten und nur darauf warten, dass ich einen Fehler begehe. Selbst jetzt ist auf der Etage viel los, denn die meisten Leute sind nach dem Abendessen noch einmal zurückgekommen, um bis spätabends weiterzuarbeiten.

In der Küche ist niemand. Ich stelle meine Tasse in die schon übervolle Spülmaschine und mache mich auf den Rückweg, wieder dicht gefolgt von Gabriela.

»Hast du seit Brandon mit jemandem geschlafen?«, fragt sie, als wir meinen Schreibtisch erreichen.

»Warum ist das wichtig?« Ich stöhne und verziehe bei der Erwähnung meines Ex-Freunds das Gesicht. »Wann hattest *du* denn das letzte Mal Sex?«

»Heute Morgen.«

»Das ist … Das muss ich nicht wissen.«

»Warum hast du dann gefragt?«

»Weil du …« Ich atme hörbar aus und hole die benötigten Unterlagen aus einem Ordner, bevor ich meinen Mantel anziehe. »Darum geht es nicht.«

»Aber du gibst zu, dass etwas ist.«

»Ja«, sage ich und stecke die Dokumente in die Laptoptasche. »Aber es ist nichts Ernstes, und mir geht's gut. Oder zumindest so gut, wie es einem nach so einer Woche gehen kann.« Und bei den Wochen, die mir bevorstehen.

Ich hole einen kleinen Koffer heraus, den ich unter meinen Schreibtisch geschoben hatte, und denke an die Arbeit, die ich noch erledigen muss. Eigentlich spreche ich mit Gabriela sonst schon über solche Sachen, aber ich weiß, dass sie es nicht verstehen würde. Ihre Eltern sind beide Anwälte. Ihr Bruder ist Anwalt, und ihr Großvater war Anwalt. Alle ihre Freunde sind Anwälte. Es würde ihr nie in den Sinn kommen, etwas anderes zu tun. Es würde ihr nie in den Sinn kommen, dass es etwas anderes *gibt*. Ich weiß, dass sie versuchen wird, mir mein Gefühl auszureden, und um ehrlich zu sein, macht sie ihren Job besser als ich. Sie wird gewinnen.

»Ich möchte nur, dass du weißt, dass ich für dich da

bin«, fährt sie fort. »Und dass ich bereit bin, dir zuzuhören, falls du jemanden brauchst.«

Sie klingt so ernsthaft bemüht, dass meine Gereiztheit einer leichten Belustigung weicht. »Ich weiß«, sage ich und hänge mir die Tasche über die Schulter. »Und dafür bin ich dir dankbar. Das weißt du. Aber mir geht's gut.«

»Ich möchte nur helfen.«

»Du kannst mir helfen, meinen Mantel zu finden.«

»Den hast du an.«

Stimmt.

»Okay, vielleicht bin ich ein *bisschen* unkonzentriert.« Ich blicke auf meine Armbanduhr und binde mein blondes Haar zu einem Pferdeschwanz. Noch immer ein Dreißig-Minuten-Fenster für Verspätungen. »Bleib, wo du bist.« Ich ziehe eine weiße Pappschachtel aus der unteren Schreibtischschublade und grinse, als Gabriela erfreut nach Luft schnappt.

»Ich dachte, wir schenken uns dieses Jahr nichts! Du hast gesagt, du würdest mit mir zu diesem Sambakurs für Anfänger gehen und dich nicht darüber lustig machen.«

»Das tue ich trotzdem«, verspreche ich.

Gabriela und ich schenken uns normalerweise Kleinigkeiten zu Weihnachten. Gefälligkeiten oder Präsente mit einem strengen Preislimit. Vor zwei Wochen hat sie mir geholfen, meine neue Matratze in den dritten Stock hinaufzutragen. Was für zwei nicht gerade große Frauen wesentlich schwieriger war, als es sich anhört.

»Das ist für dich und Michael«, erkläre ich. »Espresso-Brownies von dieser Bäckerei in Little Italy.« Ich öffne die

Schachtel und präsentiere die säuberlich geschnittenen, leckeren Quadrate. »Erinnerst du dich? Ich habe sie zu deiner Geburtstagsparty mitgebracht, und du hast sechs davon gegessen.«

»Ich erinnere mich nicht, weil ich bestimmt eine ganze Flasche Sekt dazu getrunken habe.« Sie greift nach einem Stück und stöhnt genießerisch, als sie hineinbeißt.

»Pack sie in einen luftdichten Behälter, wenn du nach Hause kommst«, sage ich, als sie mir die Schachtel abnimmt. »Und bewahre sie bei Zimmertemperatur auf. Am besten schmecken sie mit etwas Sahne. Und vielleicht etwas Puderzucker. Oder ein bisschen …«

»Ich finde es toll, dass du glaubst, diese Babys würden es bis nach Hause schaffen«, unterbricht sie mich und leckt sich die Krümel von den Lippen. »Du hättest Köchin werden sollen.«

»Ich bereite kein Essen zu. Ich esse es.«

»Keine Arbeit, nur den Ruhm absahnen. Respekt.« Sie schiebt sich die Hälfte des Brownies in den Mund und hält einen Finger hoch. »*Wafe*«, nuschelt sie mit vollem Mund, was ich als »Warte« deute.

Interessiert beobachte ich, wie sie eine Schublade in ihrem Schreibtisch, der meinem gegenübersteht, öffnet und einen Teddybären der Chicago Cubs herauszieht.

»Der ist für das Baby«, sagt sie. »Damit deine Schwester ihr Kind direkt in die richtige Richtung erziehen kann.«

»Gab! Das wäre doch nicht nötig gewesen.«

»Ich weiß, aber ich bin nett.« Sie wartet, während ich den Teddy in meinen Koffer packe, zu all den Lebensmitteln und wenigen Kleidungsstücken, die ich mit nach Hause nehme. »Mehr nimmst du nicht mit?«

»Es ist nur für ein paar Tage.«

»Ja, aber es ist Weihnachten«, protestiert sie. »Was ist mit Geschenken?«

»Den meisten Menschen schenke ich Geld. Sie erwarten es und wollen es so.«

»Das kommt mir nicht sehr weihnachtlich vor.«

»Und trotzdem bin ich immer noch jedermanns Lieblingsverwandte.« Ich richte mich auf und gehe im Geiste die wichtigsten Dinge durch. Kleidung, Geldbörse, Tickets. Schlüssel, Ausweis, Telefon.

»Alles okay?«, fragt Gabriela, als ich sie endlich ansehe.

Ich nicke. »Und wenn nicht, ist es jetzt zu spät. Ruf an, wenn du mich brauchst. Ab morgen bin ich online. Und …«

»Auf Wiedersehen, Molly«, sagt sie und schiebt mich aus der Tür.

»Wiedersehen«, erwidere ich automatisch. »Frohe Weihnachten, sollte ich wohl sagen.«

»Schön, dass du so unglücklich klingst, wenn du das sagst. Das bringt mich richtig in Weihnachtsstimmung.«

Sie wartet mit mir, bis der Aufzug kommt, und winkt zum Abschied fröhlich, während sie die andere Hälfte ihres Brownies isst.

Da der Fahrstuhl auf jeder zweiten Etage hält, dauert es ewig, bis ich die Lobby erreiche.

Draußen ragen die Wolkenkratzer über mir auf, die Straßen sind voller Menschen, die auf dem Weg in Restaurants, Bars und Clubs sind. Wenigstens dauert es zu dieser Tageszeit nicht lange, ein Taxi zu erwischen, und im Handumdrehen sause ich quer durch die Stadt nach Westen in Richtung Interstate.

Der Schnee fällt in dichten Flocken, und obwohl ich schon seit Jahren hier lebe, habe ich mich immer noch nicht ganz daran gewöhnt.

Als ich herkam, war ich noch ein Teenager und hielt mich für unglaublich erwachsen, dabei hatte ich eine Scheißangst. Den ganzen Flug über hatte ich mich gefragt, ob ich einen riesigen, teuren Fehler begehe, aber alle Zweifel lösten sich augenblicklich in Luft auf, sobald ich aus dem Flugzeug gestiegen war. Ich wusste von Anfang an, dass Chicago meine Stadt ist. Und damit hatte ich Glück. Manchmal ist es unvorhersehbar, was einen anspricht und was nicht. Aber so wie Wohnungssuchende durch die Tür treten und sofort wissen, ob die Behausung etwas für sie ist, wusste ich vor all den Jahren, als ich herzog, dass ich hierhergehöre.

Es war ein Bauchgefühl.

Oder vielleicht war es Schicksal.

Meine Eltern waren davon ausgegangen, dass ich nach dem College zurück nach Dublin ziehen würde, aber ich dachte nicht daran. Wenn sie danach fragten, war ich nie um Ausreden verlegen. Die Sommer verbrachte ich mit Freunden und Bekannten. Auf das College folgte das Jurastudium. Auf das Jurastudium die Arbeit. Und nebenbei baute ich mir ein neues Leben auf. Eine eigene Wohnung, liebenswerte Freunde und eine Stadt, die ich inzwischen wie meine Westentasche kenne.

Ich liebe die Parks, die Festivals und die Strände. Die Architektur, die Menschen und die Leichtigkeit, mit der man hier miteinander umgeht. Es gefällt mir, dass sich einige der besten Restaurants der Welt direkt vor meiner Haustür befinden. Und dass das alles mir gehört.

Ich glaube, meine Familie erwartet auch jetzt noch, dass ich nach Irland zurückkehre. Aber wie könnte ich das? Das hier ist jetzt mein Zuhause. Und ich kann mir nicht vorstellen, irgendwo anders zu leben.

Also, ich habe nachgedacht ...

Die Nachricht meiner Schwester erreicht mich kurz vor dem Flughafen, gefolgt von einer Reihe Emojis, mit denen sie gern jede Nachricht aufpeppt.

O nein.

Warum verschwinden wir zwei nicht einfach und fliegen auf eine griechische Insel, anstatt dass du Weihnachten herkommst?

Ich glaube nicht, dass man dich in deinem Zustand noch in ein Flugzeug lässt.

Ich ziehe einen weiten Mantel an. Das merkt keiner.

Zoe ist im achten Monat schwanger und soll im Januar entbinden. Ich glaube, meine Eltern sind noch aufgeregter als sie selbst. Sie haben sie vor Kurzem dazu gebracht, wieder bei ihnen einzuziehen, damit sie sie umsorgen können.

Vorhin waren ein paar Sternsinger an der Tür.
Dad hat versucht, lustig zu sein, und sich »Hotel California« gewünscht. Mam hat ihnen ein paar übrig gebliebene Packungen M&Ms gegeben, als ob Halloween wäre.

Und die Leute fragen sich, woher ich das habe. Ich kann mir schon vorstellen, wie die nächsten Tage ablaufen werden. Die großen Familientreffen (ja, ich arbeite viel; nein, ich bin noch nicht verheiratet) und die kleineren Abendessen zu Hause, bei denen wir vier unbeholfen unsere seltsame Version von Weihnachten durchziehen. Mam wird früh ins Bett gehen, Zoe wird sich zu einer Freundin davonschleichen, und Dad wird mich im Wohnzimmer festnageln und mir die gleichen barschen, aber gut gemeinten Fragen stellen wie immer – zu meiner Altersvorsorge und der Wärmedämmung meiner Wohnung und ob ich seinen Rat befolgt und in einen guten Werkzeugkasten investiert habe. Er weiß nicht mehr, wie er mit mir reden soll, will es aber trotzdem versuchen.

Jedes Jahr ist es so, als würden wir vier halbherzig etwas nachspielen, das wir im Fernsehen gesehen haben. Und immer wieder frage ich mich, warum wir das eigentlich machen.

Mein Handy vibriert, und ein Foto von meinem sehr, sehr schmalen Jugendbett erscheint, das mit einer Bettwäsche bezogen ist, die meine Eltern ziemlich sicher schon vor meiner Geburt besessen haben.

#Glamour, schreibt Zoe darunter, und ich seufze und entschuldige mich im Geiste bei meinem armen Rücken. Sobald ich zurück in Chicago bin, muss ich eine Massage buchen.

In der Nähe des Flughafens wird der Verkehr dichter, aber zu dieser Jahreszeit sollte ich wohl dankbar sein, dass wir überhaupt ankommen. Als ich aussteige, gebe ich dem Fahrer ein Trinkgeld, checke meinen Koffer ein, behalte meine Laptoptasche aber bei mir. Nachdem ich durch die Sicherheitskontrolle bin, habe ich kein Zeitfenster mehr für Verspätungen, und ich eile geradewegs zum Duty-free-Shop wie eine Frau mit einer Mission.

»Entschuldigen Sie«, wende ich mich an die erstbeste Verkäuferin mit einem Schild um den Hals. »Welches ist das am wenigsten verkaufte Parfum, das Sie haben?«

Fünf Minuten später verlasse ich den Laden in einer widerlichen Dunstwolke von diversen Popstar-Düften und mit einem glitzernden rosafarbenen Flakon, der in einer Tüte an meinem Handgelenk baumelt.

Schließlich erreiche ich das Gate und schlängele mich an müden, missmutigen Familien und einsamen Erwachsenen, die ins Leere starren, vorbei, bis ich einen dunkelhaarigen Mann entdecke, der über eine *National Geographic*-Ausgabe gebeugt dasitzt. Ich kann sein Gesicht nicht sehen, aber ich stelle mir vor, wie er beim Lesen die Stirn in Falten legt und jedes zweite Wort laut mitliest, obwohl er immer schwört, es nicht zu tun.

Einen Moment lang beobachte ich ihn nur, dann gehe ich langsam auf ihn zu und spüre mit jedem Schritt, wie die Welt um mich herum in den Hintergrund rückt. Keine Sorgen mehr, keine Planung, keine Arbeit, kein gar nichts. Zum Teufel, damit muss ich mich wahrscheinlich nach der Landung befassen. Aber nicht jetzt. Es ist die einzige Zeit im Jahr, in der die Arbeit bei mir an zweiter Stelle kommt.

Als ich ihn erreiche, lächele ich und zögere nicht, ihm die Zeitschrift aus der Hand zu nehmen.

»Entschuldigen Sie, Sir«, sage ich, als er erschrocken zurückweicht. »Ich glaube, Sie sitzen auf meinem Platz.«

Andrew Fitzpatricks erschrockene Miene verfliegt, sobald er mich sieht. Er grinst mich mit seinen haselnussbraunen Augen an, als wäre ich das Beste, was ihm heute passiert ist. Ich weiß, dass er das Beste ist, was mir heute passiert ist.

»Hey, Fremde«, sagt er und lehnt sich auf dem Stuhl zurück. »Schön, dich hier zu sehen.«

Kapitel 2

VOR ACHT JAHREN

FLUG NUMMER ZWEI, CHICAGO

Sieh ihn nicht an. Sieh ihn nicht an, sieh einfach gar nicht in seine Richtung. Sieh nach unten! Schau auf dein Handy und tu so, als wärst du beschäftigt. Benimm dich genauso feige, wie du es bist. Sieh nach unten, sieh nach unten, sieh nach unten.

Ich sehe auf und beobachte, wie Andrew mit einer Flugbegleiterin scherzt, während er sich langsam auf mich zubewegt.

Er hat sich die Haare komplett abrasiert, was ihm nicht steht. Ich würde ja sagen, ich erkenne ihn kaum wieder, aber das stimmt nicht. Ich erkenne ihn sehr wohl wieder, ich würde dieses Gesicht überall erkennen. In den letzten Monaten habe ich oft genug darüber nachgedacht.

Unser Flug ist genauso unvergesslich wie der Moment, als ich meine Lehrerin »Mam« nannte oder als ich vergaß, im Zug die Toilettentür abzuschließen und eine arme Frau wesentlich mehr von mir sah, als uns beiden lieb war.

Das heißt, es war verdammt peinlich, und ich habe den Moment, in dem ich ihm das Telefon aus der Hand gerissen habe, seitdem mindestens einmal pro Woche im Geiste durchlebt. Nach dem Vorfall mit Hayley haben wir kein Wort mehr miteinander gesprochen, und als wir gelandet waren, verschwand er den Gang hinunter, bevor überhaupt die Türen geöffnet wurden. Das letzte Mal habe ich ihn am Gepäckband des Dubliner Flughafens gesehen, wo er jemanden am Telefon anschrie. Ich kann mir denken, wen.

Mit Hayley habe ich mich nur noch ein einziges Mal getroffen, als sie mich eine Woche nach meiner Rückkehr auf die Party irgendeines Typen mitschleppte. Ich stellte sie wegen des Vorfalls mit Andrew zur Rede, aber sie tat es mit einem Lachen ab! Bald darauf hörte sie auf, mir SMS zu schicken, und ich beließ es dabei. Ich habe neue Freunde gefunden, mein Leben ist weitergegangen.

Aber jetzt? *Jetzt?*

Ich weiß, wir kommen beide aus einem kleinen Land, aber trotzdem.

Ich sinke tiefer in meinen Sitz und tue so, als würde ich durch einen Artikel scrollen, kann jedoch an nichts anderes denken als an den leeren Platz neben mir. Denn es ist einer der wenigen Plätze, die überhaupt noch frei sind.

Und Andrew kommt weiter auf mich zu.

Während ich aus dem Augenwinkel beobachte, wie er näher kommt, beginnt mein Herz heftig zu schlagen. Ich meine, das ist doch lächerlich. Es gibt Zufälle, und es gibt einfach nur kosmische Ungerechtigkeit. Er hätte jeden beliebigen Platz in jedem beliebigen Flugzeug an jedem beliebigen Tag buchen können, warum also ausgerechnet diesen? Warum muss er …

»Entschuldigen Sie? Haben Sie etwas dagegen, wenn ich

Ihre Jacke zur Seite schiebe?« Andrew bleibt direkt neben mir stehen, und ich habe keine andere Wahl, als aufzusehen und mich an die vage Hoffnung zu klammern, dass er mich vergessen hat.

Hat er nicht.

Er starrt mich mit erhobenen Armen an, weil er gerade dabei ist, seine Tasche in das Gepäckfach zu schieben. Sobald sich unsere Blicke treffen, verzehnfacht sich meine Verlegenheit, und während er einfach nur vor mir steht, schießt mir die Hitze ins Gesicht.

»Hallo«, sage ich mit dem breitesten künstlichen Lächeln.

Das Wort scheint etwas in ihm auszulösen, denn seine Miene wird ausdruckslos, während er den Arm mit der Tasche sinken lässt und weitergeht, als hätte er mich gar nicht gesehen.

Okay, nicht so toll.

Schwach drehe ich mich wieder nach vorn und tue so, als würde ich das höfliche Gespräch ein paar Reihen hinter mir nicht mitbekommen. Eine Minute später taucht eine verwirrte Frau neben mir auf und rutscht mit einem mitfühlenden Lächeln auf den Platz neben mir.

»Streit mit Ihrem Freund?«, fragt sie.

Ich knirsche mit den Zähnen, riskiere einen Blick nach hinten und stelle fest, dass Andrew mich nicht aus den Augen lässt.

Sofort drehe ich mich wieder zurück und sinke so tief in den Sitz, dass er nicht einmal meinen Hinterkopf sehen kann.

Aber das spielt keine Rolle. Ich fühle dennoch den ganzen Flug über seinen Blick auf mir.

JETZT, CHICAGO

Ich werfe die Zeitschrift zurück auf Andrews Schoß und betrachte resigniert das rot-grüne Ungetüm von einem Pullover, das er trägt.

»Was zum Teufel ist das?«, frage ich und deute auf sein Gesicht.

»Das hier?« Andrew streicht sich übers Kinn. »Mein männlicher Dreitagebart, weil ich ein männlicher Mann bin?«

»Lässt du dir einen Bart wachsen?«

»Die Tatsache, dass du das erst fragen musst, bringt mich dazu, dass ich am liebsten lügen und Nein sagen würde.«

Es wird ein toller Bart, das wissen wir beide. Ich habe mir Andrew nur nie mit einem Bart vorgestellt. Ich dachte immer, sein Gesicht sei zu offen dafür, mit diesem dummen Grübchen auf der linken Wange und diesen lächerlichen Augen, die nach Belieben ihre Farbe zu ändern scheinen.

»Was passiert im Sommer, wenn du braun wirst und dich dann doch rasieren willst? Dein Gesicht hätte zwei verschiedene Farben.«

»Glaubst du, darüber habe ich nicht nachgedacht?«

Ich lächle kurz. »Tut mir leid, dass ich zu spät bin. Ich musste bei der Arbeit noch ein paar Dinge erledigen.«

»Zu spät würde bedeuten, ich wäre in der Luft und du auf dem Boden. Das Flugzeug ist noch da, falls dir das dicke Ding da draußen entgangen sein sollte.«

»Ich wollte dich überraschen.« Ich lasse mich auf den Stuhl neben ihm fallen und überreiche ihm den Umschlag, den ich seit ein paar Tagen in meiner Tasche mit mir herumtrage.

»Es fühlt sich nicht wie Diamanten an«, scherzt er und tut so, als ob er das Gewicht prüfen würde.

»Es ist ein Upgrade für die erste Klasse.«

Sein Lächeln erstirbt, und er starrt mich an. »Was?«

»In der Lounge ist bestimmt der Teufel los, aber wir können nachsehen …«

»Wie viel hat das gekostet?«, fragt er entsetzt, während er den Umschlag öffnet und die Tickets herauszieht, als stammten sie von Willy Wonka persönlich.

»Keine Sorge. Weniger, als du denkst.«

»Moll, die Weihnachtstarife sind schon schlimm genug …«

»Ich sagte, keine Sorge«, unterbreche ich ihn. »Weißt du, wie viele ungenutzte Flugmeilen ich hatte? Ich musste sie für etwas ausgeben. Außerdem ist es unser zehnjähriges Jubiläum.«

»Zehn?« Er stutzt, und ich bin etwas verletzt. »Bist du sicher?«

»Ja! Unser erster Flug war vor zehn Jahren. Das ist ein Jubiläum.«

»Es können nicht mehr als sieben sein.«

»Es sind zehn! Es ist …«

Als er eine Hand hebt und eine Goldkette zwischen uns baumelt, verstumme ich. Am unteren Ende der Kette, die im Neonlicht glitzert, hängt ein kleiner blauer Anhänger.

»Herzlichen Glückwunsch zum Zehnjährigen!«, sagt Andrew, als ich sie nehme.

»Idiot«, murmele ich ohne den geringsten Vorwurf in der Stimme und betrachte mein Geschenk. Die Kette ist schlicht, klein und passt perfekt zu mir.

»Vorsicht«, sagt er, als ich den Verschluss öffne. »Ein älterer Mann mit starkem Akzent in dem Antiquitätenladen hat gesagt, sie wäre verflucht.«

»Ach ja?«

»Irgendwas mit drei Geistern an Heiligabend? Oder vielleicht war es ein Golem. Als ich am nächsten Tag zurückgegangen bin, um nachzufragen, war der Laden auf mysteriöse Weise verschwunden.« Andrew hilft mir, mein Haar im Nacken hochzuhalten, während ich die Kette anlege. »Ich kann dir garantieren, dass sie nicht so viel gekostet hat wie die Tickets«, fügt er hinzu. »Überhaupt nicht viel, um ehrlich zu sein. Aber das ist auch nur der erste Teil.«

Jetzt werde ich neugierig. »Ich bekomme ein zweiteiliges Geschenk?«

»Ein Jubiläums- und ein Weihnachtsgeschenk.«

»Wir schenken uns nichts zu Weihnachten.«

»Ich bin ein böser Junge, Molly. Ich mache, was ich will. Ich gebe es dir, wenn wir landen, es ist in meinem Koffer.« Er streicht sich über den Dreitagebart, während ich die Kette an meinem Hals zurechtrücke, um sie ihm zu präsentieren. »Im Laden sah sie größer aus«, sagt er, als ob mich so etwas interessieren würde.

»Sie ist wunderschön, danke!«

»Sehr gern.« Sein Blick springt zu meinen Augen, und auf seinem Gesicht breitet sich ein Lächeln aus. »Frohe Weihnachten, Moll!«

Und auf einmal bin ich so glücklich wie seit Wochen nicht mehr. »Frohe Weihnachten, Andrew!«

»Und? Irgendwelche neuen Frauen in deinem Leben, von denen ich wissen sollte?«

Ich streife eine weitere Kleidungsschicht ab und mache es mir auf dem Hocker bequem. Unser Flug hat vierzig Minuten Verspätung, darum sitzen wir an einer kleinen Bar in der Nähe des Gates. Ich mit einem Glas Sprudelwasser vor mir, Andrew mit Ginger Ale.

Zunächst hatten wir es in der Erste-Klasse-Lounge versucht, aber die war bei dem Andrang, der auf der Startbahn herrscht, erwartungsgemäß voll. Dieses Jahr schneit es besonders stark, aber deshalb mache ich mir keine Sorgen. Während in Irland schon zweieinhalb Zentimeter Schnee ein Chaos auslösen, weiß Chicago damit umzugehen.

»Nur eine«, sagt er und greift in die kleine Schale mit Tortilla-Chips zwischen uns. »Sie heißt Penny.«

Ich versuche, mir meine Überraschung nicht anmerken zu lassen, und trinke einen Schluck. Die Bläschen prickeln auf meiner Zunge. Das hat er in seinen letzten E-Mails gar nicht erwähnt.

Zoe hat einmal gesagt, die Freundschaft zwischen

Andrew und mir sei die seltsamste, von der sie je gehört hätte. Aber ich finde sie nicht schlecht. Wir wohnen an entgegengesetzten Enden der Stadt, und er ist oft beruflich unterwegs, während ich einfach rund um die Uhr im Büro bin. Abgesehen von den jährlichen Flügen sehen wir uns selten. Und obwohl ich fest daran glaube, dass eine Online-Freundschaft genauso echt sein kann wie eine persönliche, hätten wir uns ohne diese kleine Tradition aufgrund meiner Arbeitsbelastung wahrscheinlich schon längst aus den Augen verloren.

Aber nur weil wir uns nicht sehen, heißt das nicht, dass wir nicht miteinander sprechen. Textnachrichten, E-Mails, Telefonanrufe. Er war der Erste, dem ich es erzählt habe, als ich von Zoes Schwangerschaft erfuhr. Als ich meine Wohnung fand, meinen Job.

Er schickt mir vor allem Memes und Fotos von Möbeln mit dubiosen Flecken, die irgendwo verlassen in der Gegend herumstehen. (*Hab einen Futon für dich gefunden*, schrieb er einmal. Oder sein Lieblingsspruch: *Rate mal, ob das Blut oder Ketchup ist.*) Aber normalerweise hält er mich auch über seine Freundinnen auf dem Laufenden. Tatsächlich stellt er sie mir sogar bei den seltenen Gelegenheiten vor, an denen wir uns außerhalb von Weihnachten treffen. Wahrscheinlich damit sie sich keine Sorgen machen, weil ihr neuer Freund ständig einer anderen Frau Bilder von irgendwelchen versifften Sesseln schickt.

»Wann ist das passiert?«, frage ich und versuche, nicht verletzt zu klingen, weil ich es noch nicht wusste.

»Vor etwa zwei Monaten«, antwortet er beiläufig. »Sie

ist süß, aber sie schnarcht. Und sie ist eine Frühaufsteherin.«

»Du hast sie erst vor zwei Monaten kennengelernt, und sie ist schon bei dir eingezogen?«

»Na ja, ich fände es grausam, sie um diese Jahreszeit draußen zu halten.«

Ich starre ihn an, während er das Telefon auf dem Tresen zu mir herumdreht und wartet, dass bei mir der Groschen fällt. Es dauert mindestens fünf Sekunden länger, als ich zugeben möchte.

»Du hast einen *Hund*?«

»Mein Mitbewohner hat einen Hund«, korrigiert er mich und zeigt mir ein Foto.

»Du hast einen Hund!« Als ich den kleinen Dackel sehe, bin ich entzückt. »Penny?«

Er nickt. »Wir sind sehr glücklich miteinander.«

»Ich freu mich für dich. Ich weiß, dass du schon länger einen haben wolltest.«

»Solange sich die Nachbarn nicht beschweren, sollte es okay ein. Bei dem Typen von gegenüber bin ich mir allerdings nicht sicher. Der sieht aus wie eine Petze.«

Ich gebe ihm das Telefon zurück, zögere und versuche, seine Stimmung einzuschätzen. »Mit Marissa ist es also aus?«

»Mit wem?«

Ich verziehe mitfühlend das Gesicht, und er zuckt mit den Schultern. Eine zierliche Marketingfrau mit rabenschwarzem Haar, die er im Internet kennengelernt hatte und mit der er seit einem Jahr zusammen war.

»Wir haben es versucht«, sagt er. »Aber schlussendlich hat es wohl nicht gereicht.«

»Es tut mir leid. Sie war süß.«

Er schnaubt. »Du hast sie nur einmal getroffen und mochtest sie nicht mal.«

»Das stimmt nicht!«

»Du magst meine Freundinnen nie.«

»Doch, die Lehrerin.«

»Die Lehrerin«, wiederholt er ausdruckslos. »Du kannst dich nicht einmal an ihren Namen erinnern.«

Als wäre es meine Schuld, dass man seine Verflossenen so leicht vergisst. »Soph...«

»Emil...«

»Emily!« Ich schlage triumphierend mit der Hand auf den Tresen. »Emily. Emily, die Lehrerin. Mit der unglaublich leisen Stimme.«

Er wirft mir einen liebevollen Blick zu. »Du bist so eine Bitch.«

»Das mit Emily ist Jahre her«, erinnere ich ihn. »Und hat sie dich nicht für diesen verheirateten Kerl sitzen lassen? Ich sollte sie also gar nicht mögen.«

»Alison hat mich für den verheirateten Kerl sitzen lassen. Emily hat mich geghostet.«

»Du hast einen schrecklichen Frauengeschmack.«

»Hey«, sagt er und legt eine Hand auf sein Herz. »Worte können verletzen, Molly. Vielleicht stehen schreckliche Frauen einfach auf mich. Egal, das sagt ja gerade die Richtige. Was ist eigentlich aus Brandon geworden? Du hast mir nie gesagt, warum du mit ihm Schluss gemacht hast.«

»Er hat mit offenem Mund gekaut.«

»Dann ist es natürlich nachvollziehbar.«

Ich zwinge mich zu einem Grinsen, während ich auf mein Getränk hinunterblicke und mit einem Ring an meinem Finger spiele. »Er hat einen neuen Job in Seattle«, erkläre ich. »Er ist weggezogen.«

»Und da hast du einfach Schluss gemacht?«

»Es war ein guter Job«, sage ich leichthin. »Aber ich habe keine Lust auf eine Fernbeziehung, und ich wollte nicht mit ihm dorthin ziehen. Wir waren erst seit ein paar Monaten zusammen. Ich meine, ich hatte immer noch Angst, ein großes Geschäft zu machen, wenn er in der Wohnung war.«

»An der Stelle wird's jetzt wirklich intim.«

Ich trete ihm unter dem Tresen gegen das Schienbein und trinke noch einen Schluck. »Ich habe ihn gebeten zu bleiben«, sage ich nach einem Moment.

Sofort wird Andrews Gesicht ernst. »Ach, Moll.«

»Mir geht's gut. Ehrlich gesagt, habe ich mich inzwischen so an das Alleinsein gewöhnt, dass ich nicht weiß, ob ich es so toll finden würde, jemanden kennenzulernen, mit dem ich *wirklich* zusammen sein möchte. Ich weiß nicht, ob ich mich noch so verbiegen kann.«

»Ich will nichts über dein Sexleben hören.«

»Damit meine ich, mich auf Kompromisse einzulassen, du Vollpfosten.« Ich blicke über seine Schulter auf die Abflugtafel. Unser Flugstatus ist unverändert. *Verspätet.* Nicht dass ich etwas gegen die zusätzliche Zeit mit Andrew einzuwenden hätte, aber ich würde sie viel lieber in den Sitzen der ersten Klasse verbringen. »Wie lange dauert es noch, bis sie gesetzlich verpflichtet sind, uns eine Pizza zu bestellen?«

»Du bist die Anwältin.«

»Keine Pizza-Anwältin.«

»Stimmt. Wie läuft es überhaupt?«, fragt er. »Hast du diesen Monat jemanden reich gemacht?«

»Aber hallo! Sogar gleich drei Leute.«

»Haben sie es verdient?«

»Alle meine Mandanten haben es verdient.« Ich leere mein Wasser und möchte unbedingt das Thema wechseln. »Wie viel freie Zeit hast du dieses Jahr?«

»Nur zwei Wochen. Danach bin ich voll ausgebucht.«

»Und du klingst auch nur ein bisschen eingebildet.«

Er grinst. »Ich habe an einem bescheideneren Auftreten gearbeitet.«

»Aha. Und wie läuft es so?«

»Nicht so gut«, sagt er, und ich lache.

Als wir uns kennengelernt haben, träumte Andrew davon, als Fotojournalist die Welt zu bereisen. An weit entfernten Orten Bilder vom Leben in all seinen Facetten zu machen. Und das hat er versucht. Jahrelang. Aber die Aufträge waren rar gesät, und wie bei den meisten Menschen siegte am Ende die Vernunft über das Wunschdenken. Durch Hochzeitsfotos kann er seine Rechnungen bezahlen, Abschlussfeiern und Bar-Mizwas bescheren ihm ein regelmäßiges Einkommen. Und er tut es nicht ungern. Er hat mir einmal gesagt, dass er viel Freude am Gewöhnlichen hat, dass er seine Arbeit und die Menschen, die er trifft, mag. Ich glaube ihm. Und ansonsten bräuchte ich mir nur seine Fotos anzuschauen, um es zu sehen.

»Ich denke darüber nach, eine neue Website zu erstellen«, fährt er fort. »Ich kenne da einen Typen, der …«

»*Shit!*«

Wir blicken beide auf den erschöpften Geschäftsmann neben uns.

»Entschuldigung«, sagt er, als er merkt, dass wir ihn ansehen. »Entschuldigen Sie! Mein Flug wurde gerade gestrichen.« Ohne ein weiteres Wort rutscht er vom Hocker und hält sich das Telefon ans Ohr.

»So was ist beschissen«, murmelt Andrew, und ich nicke und bin plötzlich beunruhigt, als ich die Uhrzeit sehe.

»Das wird schon.« Andrew errät meine Gedanken. »Heute Abend ist viel los. Das hatten wir doch schon öfter.«

Das stimmt. Letztes Jahr hatten wir fünf Stunden Verspätung, nicht genug, um noch mal nach Hause zu fahren, aber genug, dass alle *ziemlich* gereizt waren. Es war das einzige Mal, dass wir uns fast gestritten hätten, bis wir schließlich beschlossen, uns etwas zu essen zu holen, nur um die Zeit totzuschlagen. Ich bestellte Käsepommes, aber es gab keine mehr, und ich war so müde und hungrig, dass ich in Tränen ausbrach. Schlagartig war Andrew nicht mehr sauer auf mich. Er sah aus, als wollte er gleich in die Küche marschieren und mir selbst welche machen.

»Was?«, fragt er, und erst jetzt merke ich, dass ich bei der Erinnerung lächle.

»Du bist ein guter Freund, weißt du das?«

Er mustert mich misstrauisch. »Brauchst du eine Niere oder so?«

»Im Ernst«, sage ich lachend. »Komm, trinken wir was Richtiges. Wenn wir schon hier festsitzen.«

»Ich brauche nichts.«

»Ich bestehe darauf. Was willst du haben?«

Er braucht so lange, um zu antworten, dass ich nicht länger versuche, die Aufmerksamkeit des Barmanns auf mich zu ziehen, sondern mich zu Andrew umdrehe.

»Ich lade dich ein«, sage ich.

»Ich habe aufgehört.«

»Womit? Oh!« Ich verziehe das Gesicht. »Eine vorweihnachtliche Detoxkur?«

Wieder eine Pause. »Nein.«

Unbehagen macht sich breit, und das Schweigen wirkt angespannt, da ich wieder einmal viel zu lange brauche, um eins und eins zusammenzuzählen.

»Oh«, sage ich langsam. »Du meinst … für immer?«

»Das ist der Plan. Seit gestern bin ich zwei Monate trocken.«

Diese Umschreibung sorgt kaum dafür, dass ich mich entspanne. Trocken klingt wie ein sehr ernstes Wort. Trocken ist ein Wort für Süchtige, für Alkoholiker und …

Ich starre ihn an, während er mich angespannt beobachtet. O mein Gott. »Warum hast du nichts gesagt?«

»Es ist keine große Sache.«

»Doch, ist es«, beharre ich, jetzt ziemlich aufgeregt. »Das ist … das ist toll, Andrew. Herzlichen Glückwunsch.«

Er lächelt leicht. »Keine Panik.«

»Ich hab keine Panik. Alles gut.« Ich führe mein Wasser-glas an die Lippen und merke zu spät, dass es leer ist. »Also, machst du das über so ein Sponsorenprogramm oder was Ähnliches?«

»Ich bin zwar in einem Programm, aber das ziehe ich hauptsächlich allein durch. Es wurde etwas …« Er schüt-telt den Kopf. »Egal. Es ist alles gut. Ich sehe, wie es läuft. Aber was ist mit dir? Du hast dir einen Sekt verdient.«

»Nein, ich kann auch einfach …«

»Es ist Weihnachten«, unterbricht er mich entschieden. »Und ich verspreche dir, so verführerisch du auch bist, du bringst mich nicht zu Fall, wenn du ein bisschen Prickel-wasser trinkst.«

»Ist echt okay …«

»Genau darum habe ich es dir nicht erzählt«, sagt er sanft. »Mach bitte keine große Nummer daraus. Bestell dir was, Moll.«

Ich zögere, er klingt aufrichtig. »Tja, jetzt ist es peinlich, wenn ich es tue, und genauso peinlich, wenn ich es nicht tue«, grummele ich, und er grinst.

»Dann wäre das geklärt.« Er hebt eine Hand und nimmt Blickkontakt mit dem Barmann auf. »Außerdem«, fügt er hinzu und wirft einen Blick auf die Startbahn, auf die es unablässig weiter schneit, »sieht es so aus, als würden wir hier noch eine Weile festsitzen.«

Kapitel 3

Aus einem Glas werden zwei, weil unser Flug immer weiter nach hinten geschoben wird. Da wir zu hungrig sind, um das Essen im Flugzeug abzuwarten, bestellen wir schließlich Burger.

Andrew zeigt mir so viele Videos von Penny, dass ich erst merke, wie voll unser Terminal geworden ist, als ich aufstehe, um zur Toilette zu gehen. Die Schlange windet sich an den Getränkeautomaten vorbei. Der Raum ist voller Menschen, einige Passagiere suchen sich freie Plätze an Wänden und Fenstern, lenken quengelnde Kinder mit Büchern und iPads ab und allem anderen, was sie in die Finger bekommen.

Als ich zur Bar zurückkehre, sind es noch mehr geworden, aber sie sehen nicht so verärgert aus, wie man es bei einem verspäteten Flug kurz vor Weihnachten erwarten würde. Über dieses Stadium sind sie bereits hinaus. Sie wirken *besorgt*. Und zum ersten Mal seit meiner Ankunft geht es mir genauso.

Ich schaue zur Abflugtafel neben der Bar hoch und richte meinen Blick auf die lange »Verspätet«-Spalte neben den Flügen. Gott. Wenn das die ganze Nacht so weitergeht, schlafe ich im Flugzeug ein, und die Upgrades waren umsonst. Es sind gar nicht die kleinen Annehmlichkeiten, auf die ich mich so gefreut habe, obwohl sie sicher ein zusätzlicher Anreiz waren, das Upgrade zu buchen. Aber Andrew ist so ein Nerd, was diesen Teil unserer Tradition angeht, und ich wollte unbedingt sehen, wie er auf alles reagiert. Ich wollte ihn glücklich machen.

Trocken. Nachdenklich erinnere ich mich an die letzten paar Male, die ich mit ihm zusammen war. Seit wann ist Alkohol ein Problem für ihn gewesen? Ja, wir haben meistens Alkohol getrunken, aber immer nur ein oder zwei Gläser in Restaurants und Bars. Nichts Alarmierendes. Ich glaube, ich habe ihn noch nie betrunken erlebt. Gabriela habe ich schon oft betrunken erlebt. *Ich* war schon oft betrunken. Aber Andrew?

Einmal? Vielleicht zweimal? Und dann nicht einmal schlimm. Ich meine, es war *Weihnachten*. Da war es zu erwarten.

Ein kurzer Pfiff lenkt meine Aufmerksamkeit wieder auf den Mann selbst, und ich drehe mich zu ihm um. Er sitzt mit dem Rücken an die Bar gelehnt und beobachtet mich.

»Alles klar bei dir, Moll?«

»Ich mag deinen Pulli.«

»Du hasst meinen Pulli.«

Ich hasse seinen Pullover wirklich. Ich hasse seine Pullover immer. Er steht auf ausgefallene Weihnachtspullis, und dieser hier ist keine Ausnahme: leuchtend grün und mit rot-weißen Zuckerstangen darauf. Jedes Jahr zieht er einen neuen an, und je kitschiger er ist, desto glücklicher scheint es ihn zu machen.

»Mir gefällt, dass dein Pullover dir gefällt«, erkläre ich.

Er lächelt schwach, bewegt sich aber nicht vom Fleck.
»Kann ich kurz mit dir reden?«

»Kommt drauf an«, necke ich ihn und schlendere zu ihm hinüber.

»Kommt drauf an?«

»Worüber du reden willst.«

Ich lehne mich gegen den Tresen und drehe mein Handy um. Der Bildschirm ist voller Benachrichtigungen, was mich nicht sofort beunruhigt, weil ich eine Chaotin bin, wenn es um Push-Nachrichten geht. Aber statt der üblichen Gruppenchat-Updates und Newsletter von einem Nagelstudio, in dem ich vor fünf Jahren einmal gewesen bin, sehe ich ein Dutzend sehr dringend klingender Benachrichtigungen.

»… und du hörst mir nicht zu.«

»Hm?« Ich blicke auf und sehe, dass Andrew mich verärgert anstarrt. Ich war völlig weg. »Sorry!« Ich ziehe eine Grimasse. »Tut mir leid. Es ist nur … siehst du das?«

Er runzelt die Stirn, als ich ihm mein Handy zeige, dann holt er sein eigenes heraus.

»Ein Sturm?«, fragt er und überfliegt die Nachrichten.

»Aber *was für ein* Sturm. Ein *Supersturm*.« Direkt über dem Atlantik. »Meinst du, wir kommen da heil raus?« Ich blicke zu den anderen Passagieren hinüber und sehe, dass sich die Nachricht langsam verbreitet. Jeder Zweite ist jetzt am Telefon, die Mienen sind angespannt. »Die können den Sturm doch bestimmt umfliegen, oder?«

Andrews Gesicht ist todernst. »Findest du, wir sollten den Piloten diesen Plan mitteilen?«

Ich schlage ihm auf den Oberschenkel. »Na ja, wir können warten, oder? Schließlich haben wir nichts anderes vor, und die Lounge wird sich bald leeren, und dann werden ein paar Plätze frei und …«

»Noch ein Glas Sekt, bitte!«, ruft Andrew dem Barmann zu. »Für die Dame, die hier gerade ausflippt.«

»Ich flippe nicht aus.« Ich bin nur … *beunruhigt*. Beunruhigt trifft es. Bisher sind wir Weihnachten immer zu Hause gewesen.

»Trink deinen Saft«, sagt Andrew und unterbricht meine Panik, indem er mir ein volles Glas zuschiebt. »Und beruhige dich. Du machst mich schon durch deine bloße Nähe nervös.«

Ich strecke ihm die Zunge heraus, trinke aber einen Schluck. »Worüber wolltest du reden?«, frage ich, bin jedoch abgelenkt, weil sich immer mehr Leute in Bewegung setzen. Wissen sie etwas, was wir nicht wissen? Einige von ihnen stehen in einer Schlange. Sollte ich auch in einer Schlange stehen?

»Das kann warten«, sagt Andrew.

»Was?«

»Herrgott.« Als er zu lachen beginnt, drehe ich mich wieder zu ihm um. »Du stehst total neben dir.«

»Tut mir leid! Ich bin *müde*.«

Er schüttelt den Kopf, aber er lächelt. »Komm, trink das aus, und dann sehen wir, ob in der Lounge noch Platz für uns ist. Vielleicht macht dich nur der Pöbel nervös.«

Ich reagiere nicht, denn in diesem Moment legt sich eine unheilvolle Stille über das Terminal. Am Gate erscheint ein Farbblitz, die Schleusen öffnen sich, und wir drehen uns beide um, als die Kabinenbesatzung, *unsere* Besatzung, herausschreitet. Hunderte von Köpfen drehen sich abrupt in ihre Richtung, aber sie schaffen es, jedem verzweifelten Blick professionell auszuweichen, als wüssten sie, dass sie sofort umzingelt würden, wenn sie einen erwiderten.

Ein grimmig aussehender Mann in einer gelben Weste geht zum Check-in-Schalter und greift nach dem Mikrofon. Was auch immer er sagen wollte, wird schnell vom gewaltigen Stöhnen der Menge übertönt, als die Abflugtafel ein letztes Mal zum Leben erwacht.

Gestrichen.

Gestrichen. Gestrichen. Gestrichen.

Tumult bricht los.

Gate für Gate schnappen sich die verhinderten Passagiere ihr Gepäck und ihre Begleiter, bis der Flughafen einem aufgeschreckten Bienenstock gleicht. An der Tafel wechselt ein Flug nach dem anderen den Status, neben allen steht das Gleiche.

O mein Gott!

»Okay«, sagt Andrew, und seine Stimme ist unfassbar ruhig. »Plan B.«

»Du hast einen Plan B?«

»In ungefähr zwei Minuten.« Er entsperrt sein Telefon.

Ich rutsche von meinem Hocker und leere meinen Drink, während ein Steward versucht, die aufgebrachte Menge vor ihm zu beruhigen. Ich bin zwei Sekunden davon entfernt, mich dem Mob anzuschließen.

Was können wir tun? Wenn alle Flüge gestrichen wurden, können wir … was? In eine andere Stadt fahren und versuchen, dort einen Flug zu erwischen? Einen Flug zu dieser Zeit des Jahres? Und selbst wenn – der Sturm ist über dem Atlantik, also ist jedes Flugzeug betroffen, das in diese Richtung fliegt. Und überhaupt … Es sind noch vier Tage bis Weihnachten. Da ist es nicht so, dass die Fluggesellschaften verzweifelt versuchen, überzählige Plätze zu besetzen.

»Wir bekommen keinen anderen Flug«, sage ich.

»Das kannst du nicht wissen.«

»Wir bekommen keinen, Andrew.«

Als er nicht antwortet, drehe ich mich um und sehe, wie er mit gerunzelter Stirn durch sein Telefon scrollt. Und ich weiß auch warum. Für Andrew steht die Familie an erster Stelle. Ich liebe meine Familie auch, aber für meine Schwester, meine Eltern und mich ist es völlig in Ordnung, wenn wir ein paar Monate lang bis auf eine gelegentliche »Ich lebe noch«-Nachricht keinen Kontakt haben. Bei Andrew ist das ganz anders.

Bei ihm zu Hause ist Weihnachten eine große Sache. Das weiß ich, weil er unentwegt davon redet. Er behauptet, sie tun es für Hannah, das Nesthäkchen der Familie, aber nach meinen Berechnungen ist das Mädchen jetzt sechzehn, und trotzdem geben sie immer noch Vollgas. Er tut nicht einmal so, als wäre es ihm peinlich. Er liebt es. Da bin ich mir sicher. Und er ist an Weihnachten *immer* zu Hause.

Einen Moment lang kann ich ihn nur beobachten, und es bricht mir das Herz, als ich sehe, wie sich die Enttäuschung in sein Gesicht schleicht. Bei all meiner Planung habe ich an ein solches Szenario nicht gedacht, und ich weiß nicht, was ich tun soll.

»Wir sollten etwas für morgen früh buchen«, sagt er und scrollt weiter. »Bis dahin wird der Sturm vorbei sein. Wir können …« Er verstummt, denn sein Display wird schwarz, weil ein Anruf eingeht.

»Das ist Mam.« Er starrt auf das Telefon. »Sie bleibt immer auf, bis ich im Flugzeug sitze.«

Wir warten, bis es aufhört zu klingeln, aber dann geht es gleich wieder von vorne los. Andrews Brust hebt und senkt sich mit einem schweren Seufzer, dann nimmt er das Gespräch an und geht ein paar Schritte weg.

»Hallo!«, meldet er sich übertrieben heiter. »Ja, ich … Ja, es sieht nicht gut aus, fürchte ich. Nein, wir lassen uns schon was einfallen. Mit Molly, ja.«

Ich stelle mein Glas ab und fühle mich etwas unwohl, als ich Mantel und Handtasche nehme. Ich muss mich in eine dieser Schlangen stellen und bin schon auf halbem Weg dorthin, als mein eigenes Telefon klingelt.

Erleichtert lese ich den Namen auf dem Display.

Zoe. Meine Schwester wird wissen, was zu tun ist. Meine Schwester weiß immer, was zu tun ist.

»Dein Flug ist gestrichen.«

»Was du nicht sagst«, schnaube ich und bleibe in dem relativ sicheren Barbereich. Überall um mich herum sind Leute in Bewegung und treiben Kinder und Freunde zu jedem, der irgendwie verantwortlich aussieht. »Warum bist du überhaupt noch wach?«

»Ach, keine Ahnung, Molly, vielleicht liegt es daran, dass in mir ein menschliches Wesen heranwächst und ich jede halbe Stunde pinkeln muss. Was willst du jetzt machen?«

»Wegen des Flugs oder dem Pinkeln?«

»Du bist nicht witzig. Ich bin die Witzige.«

»Darüber lässt sich streiten«, murmle ich. »Und ich weiß es noch nicht. Es ist der reinste Albtraum hier.«

»Die BBC hat berichtet, dass siebzig Prozent der Flugzeuge, die heute Abend über dem Nordatlantik fliegen sollten, am Boden geblieben sind. Die anderen dreißig Prozent werden wahrscheinlich zurückbeordert.«

»Und du rufst an, weil du eine Lösung hast, stimmt's?«

»Ich rufe an, damit du nicht vergisst, dass ich dich umbringe, wenn du deinen Hintern nicht hierherschaffst. Du kannst mich nicht mit Mam und Dad allein lassen. Dies ist die einzige Zeit im Jahr, in der der ganze Druck von mir abfällt, weil alle um dich herumscharwenzeln, und das nimmst du mir nicht. Es gibt sicher Anschlussflüge von Kanada aus oder so.«

»Wir müssen immer noch den Ozean überqueren.« Ich blicke mich um und sehe, dass Andrew sich langsam einen Kreis in die Stirn reibt. Er hat mir viel von seiner Mutter erzählt, einer energischen, wohlmeinenden Frau, die immer damit zu kämpfen hat, dass er so weit von zu Hause weg ist. Ich kann das Gespräch nur erahnen, das er gerade führt. »Ich glaube, wir müssen einfach warten, bis der Sturm vorbei ist.«

»Die sagen, er wird noch mindestens ein oder zwei Tage andauern.«

»Wer sind die?«

»Der Wettertyp«, sagt Zoe ungeduldig. »Der mit der Krawatte.«

»Die tragen alle Krawatten!«

»Molly?« Andrew kommt auf mich zu, sein Haar steht in alle Richtungen ab, in die er es zerzaust hat.

»Wir lassen uns was einfallen«, sage ich zu Zoe. »Sag Mam Bescheid, wenn sie aufwacht, ja?«

»Klar, überlass es ruhig mir, Weihnachten zu ruinieren.«

»Würdest du einfach …«

»Hab dich lieb!«

Als sie auflegt, konzentriere ich mich auf Andrew. »Alles in Ordnung?«

»Mam schiebt Panik«, sagt er und schnappt sich seine Jacke. »Ich stelle mich an und erkundige mich, was für Optionen wir haben. Ist es okay, wenn du auf unsere Sachen aufpasst?«

»Natürlich.«

»Und vielleicht könntest du nachsehen …«

»Bin schon dabei«, sage ich zuversichtlich. »Mach dir keine Sorgen. Wir finden was.«

Er nickt und richtet seine Aufmerksamkeit bereits auf die andere Seite des Terminals, wo sich eine wachsende Menschentraube gebildet hat. »Ist ja nicht so, als ob gerade Hauptreisezeit wäre«, sagt er in dem schwachen Versuch zu scherzen.

Mein Lächeln täuscht niemanden, aber ich kann es aufrechterhalten, bis er geht, dann setze ich mich an die Bar, um Gabriela anzurufen.

»Okay«, sagt sie, als sie drangeht. »Also, als du sagtest, du bist erreichbar, dachte ich nicht, dass du wirklich meintest ...«

»Mein Flug wurde gestrichen.«

»*Nein*«, sagt sie leise. »Ist nicht dein Ernst. Wegen des Sturms? Ich hätte nicht gedacht, dass es so schlimm wird.«

»Ich glaube, damit hat niemand gerechnet.«

»Ist alles okay?«

»Ich denke schon. Ich meine, ja, ich bin genervt, aber mir geht's gut. Ich mache mir nur Sorgen um Andrew. Er steht total auf Weihnachten. Ich habe ihn noch nie so in Panik geraten sehen.«

»Andrew?«

»Mein Freund?« Ich klemme das Telefon zwischen Schulter und Ohr, während ich meinen Laptop aufklappe und mich in das WLAN einlogge. »Mein Flugzeugfreund?«, füge ich widerwillig hinzu.

»*Ah.* Der Mann, wegen dem du Economy fliegst?«

»Ja, genau der.«

»Das ist ja süß, dass ihr das immer noch macht«, fährt Gabriela fort. Ich ziehe ein Gesicht, als mein E-Mail-Postfach vor mir aufgeht und Dutzende von E-Mails anzeigt, die in den wenigen Stunden seit meinem letzten Einloggen eingegangen sind.

»Ich wollte dich nur anrufen und dir sagen, dass ich morgen vielleicht offline bin«, sage ich. Keine von uns beiden zuckt mit der Wimper wegen der Tatsache, dass morgen Samstag ist. »Wir kommen vielleicht nicht vor morgen früh hier weg. Aber ich halte dich auf dem Laufenden.«

»Es tut mir so leid, Molly. Sag Bescheid, wenn ich etwas tun kann.«

»Kannst du ein Flugzeug fliegen?«

»Nein, aber ich liebe Herausforderungen.«

Wir verabschieden uns, Gabrielas Stimme ist voller Mitgefühl, während ich eine neue Kalkulationstabelle erstelle und zu googeln beginne.

Kapitel 4

VOR SIEBEN JAHREN

FLUG NUMMER DREI, CHICAGO

Ich stochere in meinen Käsepommes herum und schiebe sie auf dem Teller hin und her. Ich weiß nicht, warum ich mich darauf eingelassen habe. Also doch, ich weiß schon, warum. Ich hatte Panik. Aber was soll man auch tun, wenn Andrew Fitzpatrick auf einen zustürmt, als wäre man der letzte Gegner in einem Videospiel, den er einfach nicht besiegen kann? Als hätte er einen erwartet.

Ich hatte ganz sicher nicht mit ihm gerechnet. Also blieb mir nichts anderes übrig, als zu Tode erschrocken in der Mitte des Terminals sitzen zu bleiben, als er auf mich zukam. Warum hatte das Universum nur einen solchen Hass auf mich?

»11 C« war alles, mehr sagte er nicht, während er mir sein Ticket hinhielt.

Einen Moment lang war ich völlig verwirrt, bis ich begriff, was er meinte. »34 B«, antwortete ich und zeigte ihm meine eigene Sitznummer.

Das überraschte ihn. Vielleicht ärgerte es ihn sogar. Und dann, als hätte er beschlossen, beides einfach zu ignorieren, setzte er sich neben mich und drückte seinen Rucksack an die Brust.

»Willst du was essen gehen?«, fragte er.

Ich war zwar nicht hungrig, aber ich sagte Ja.

Und hier sitzen wir nun.

Ich linse unter meinen Wimpern zu ihm hoch und beobachte, wie er mich geflissentlich ignoriert, genau wie ich ihn. Aus der Nähe sieht er ganz anders aus. Älter. Zugegeben, ich bin auch älter geworden, aber an manchen Tagen bilde ich mir immer noch ein, dass ich wie ein Teenager aussehe. Was anscheinend auch jeder Türsteher und Barkeeper in Chicago findet. Das runde Gesicht und die Rehaugen sind nicht gerade hilfreich, und wenn ich nicht auf hochhackigen Schuhen unterwegs bin, werde ich öfter für eine Highschool-Schülerin gehalten, als mir lieb ist.

Aber Andrew sieht aus, als wäre er erwachsen geworden. Er hat um die Wangen herum ein bisschen von seinem Babyspeck verloren, und sein braunes Haar ist länger und auf eine lässige, beinahe modische Weise nach hinten gekämmt. Ich sage »beinahe«, weil er sich immer noch grässlich kleidet. Heute Abend trägt er ein blaues T-Shirt mit einer Comic-Elfe auf der Vorderseite, von der ich kaum den Blick lösen kann.

»Bist du jetzt eine angesagte Anwältin?«

Mein Blick springt von seiner Brust nach oben, als er endlich etwas sagt. »Was?«

»Du hattest gesagt, du wolltest Jura studieren.«

»Ich studiere noch«, sage ich überrascht, weil er sich daran erinnert. »Und du? Fotografie, richtig?«

Er nickt. »Ich habe einen Job in einem Porträtstudio in der Michigan Avenue. Babys. Familien. Solche Sachen.«

»Gefällt es dir?«

»Ich liebe es«, sagt er, und ich blinzle, weil es ihm so einfach von den Lippen kommt. »Vor allem die Kinder. Ich bin so etwas wie ein Kinderflüsterer. Du hast einen Vierjährigen noch nie so still sitzen sehen wie bei mir.« Er wischt sich mit der Serviette den Mund ab, den Burger hat er vernichtet. »Du solltest mal vorbeikommen. Ich gebe dir Rabatt.«

»O nein«, sage ich schnell. »Ich hasse es, fotografiert zu werden.«

»Das hören wir oft. Aber es ist nicht so schrecklich, wie die Leute immer denken.«

Ich schüttele den Kopf und nehme einen Schluck von meinem Bier. Trotz meines schwachen Protests hat Andrew uns beiden etwas zu trinken besorgt. Er hat seins bereits ausgetrunken, und die Regeln für das Ausgeben einer Runde schreiben vor, dass ich aufholen muss.

»Die Schwester meines Freundes hat sich gerade verlobt.« Es kommt mir unhöflich vor, sein Angebot ohne Alternative abzulehnen. »Ich werde euch empfehlen.«

»Deines Freundes?«

»Daniel.« Schon wenn ich seinen Namen ausspreche, durchströmt mich ein Glücksgefühl. Ich habe ihn diesen Sommer über eine App kennengelernt und bin ein bisschen (extrem) besessen von ihm. Er wohnt in einer Wohnung in der Nähe vom Lincoln Park und möchte mit Tieren arbeiten.

Ich versuche, ruhig zu bleiben, aber nein. Wenn es um Daniel geht, gibt es im Moment keine Gelassenheit.

»Wir sind seit ein paar Monaten zusammen«, sage ich und trinke noch einen Schluck. »Er ist … was?«

Andrew lacht, weil ich herumzappele. »Du hast dieses verliebte Lächeln.«

»Nein, hab ich nicht!«

»Hey, du hast es geschafft. Jurastudium, Freund. Du lebst den amerikanischen Traum.«

Ich schnaufe, leere die Flasche und stelle sie mit einem dumpfen Geräusch ab. Erneutes Schweigen. Wir sehen uns über den Tisch hinweg an und erkennen beide, dass das hier eine seltsame Situation ist, aber irgendwie auch nicht so seltsam, wie sie sein könnte. Wahrscheinlich liegt das an ihm. Es war immer leicht, mit ihm zu reden, und anscheinend hat er mir verziehen, dass ich indirekt irgendwie an seiner Beziehung mit einer beschissenen Person beteiligt war.

Über unseren Köpfen ertönt eine Durchsage, unser Flug wird aufgerufen, und ich blicke mich um. Einige andere Gäste stehen auf, und ich frage mich, wie ich mich jetzt am höflichsten verabschieden kann.

»Wollen wir versuchen, die Plätze zu tauschen?«

»Hm?« Ich drehe mich zu Andrew um, der mich mit einem unsicheren Lächeln beobachtet.

»Ich überrede die Person, die neben dir sitzt. Du musst dich auch nicht mit mir unterhalten oder so«, fügt er achselzuckend hinzu. »Ich meine, ich werde mit dir reden, und dann wäre es etwas seltsam, wenn du …«

»Ja, okay.« Ich grinse und denke darüber nach. Es ist zwar ein Nachtflug, aber ich bin hellwach, und ein bisschen Gesellschaft klingt nicht schlecht. »Klar«, sage ich. »Dann lass mal deinen Charme spielen.«

»Oh, das ist kein Problem«, sagt er, während wir unsere Sachen zusammensuchen.

»Hmmm.«

»Ich bin sehr charmant«, behauptet er. »Fünf Dollar, dass ich weniger als dreißig Sekunden brauche.«

»Zehn, wenn du länger brauchst. Und ich bin mir ziemlich sicher, dass du mir noch einen Dollar von unserer letzten Wette schuldest.«

»Oh, darüber willst du also reden, ja?« Er tritt vor mich und sieht mich an, während er vor mir rückwärts Richtung Gate geht. Ich habe nicht über meine Worte nachgedacht, aber er sieht nicht verärgert aus. Er sieht eher so aus, als wollte er *mich* auf den Arm nehmen.

»Du hast gesagt, du würdest meine Meinung über Weihnachten ändern«, sage ich.

»Ja, das stimmt.« Er klingt erfreut, dass ich mitspiele. »Okay. Lass mich meine Wettschulden bezahlen. Leg einen Dollar drauf und such einen Film aus.«

»Einen Film? Ich dachte, du wolltest reden?«

»Ich werde während des Films reden. Das lieben die Leute.«

Als ich darüber lache, lächelt er und schiebt die Hände in die Taschen seiner Jeans.

»Es ist ein siebenstündiger Flug«, fährt er fort. »Man muss ihn sich einteilen.«

Sieben Stunden. Das letzte Mal, als ich so lange neben ihm sitzen musste, hatte mich allein der Gedanke daran mit Grauen erfüllt. Jetzt freue ich mich seltsamerweise darauf.

»Also sind wir uns einig?« Er streckt mir die Hand hin, und ich zögere nicht, einzuschlagen.

»Abgemacht«, sage ich, und ein selbstgefälliger Ausdruck fliegt über sein Gesicht.

»Dreißig Sekunden«, erinnert er mich und holt seinen Ausweis heraus.

Er schafft es in fünfzehn.

JETZT, CHICAGO

Allmählich glaube ich, dass wir heute Abend nicht mehr aus Chicago wegkommen. Vielleicht nicht einmal morgen. Andrew steht nach wie vor in der Schlange, mindestens zwanzig Leute sind noch vor ihm dran, und ich sitze von zwanzig weiteren Menschen umgeben an der Bar und verfolge die Nachrichten über den Sturm. Zwischendurch aktualisiere ich regelmäßig die Seite mit den morgendlichen Flugverbindungen auf meinem Smartphone.

Nada.

Ich gehe zurück zu meinen Büro-E-Mails und aktualisiere auch diese, aber der verdammte Vertrag, auf den ich warte, ist immer noch nicht zurückgekommen. Das bedeutet, dass jemand morgen einen sehr frühen Anruf von mir bekommen wird. Normalerweise arbeite ich nicht gern, wenn ich mit Andrew zusammen bin. Er ist ziemlich verständnisvoll, ermutigt mich sogar, aber als wir das letzte Mal so viel Verspätung hatten, sind wir deshalb fast aneinandergeraten. Und ich will den heutigen Abend nicht noch schlimmer machen, als er ohnehin schon ist.

Nach einer weiteren Aktualisierung der Flüge versende ich ein paar E-Mails und versuche vergeblich, alles abzuarbeiten. Normalerweise bin ich nicht so im Rückstand, aber Spencer hat Pfeiffersches Drüsenfieber, als hätten wir das Jahr 1952, und Caleb hält sich für zu wichtig, um an etwas zu arbeiten, das ihm eigentlich zugewiesen wurde. Gabriela hilft mir sowieso schon zu viel, also werde ich sie nicht um Hilfe bitten. Und so bin ich allein.

E-Mail senden. Flüge aktualisieren.

Berufliche Optionen für müde Frauen googeln, die sich weiterhin ihre schöne Wohnung leisten können wollen.

»Mein Freund ist gestern geflogen.«

Der Mann neben mir spricht in normaler Lautstärke, sieht mich aber nicht an. Er wirkt abwesend, fast schwermütig, während er mit leerem Blick auf die Reihe von Bierflaschen uns gegenüber starrt.

»Es ist das erste Mal, dass er meine Familie trifft«, fährt er fort. »Aber ich musste in letzter Sekunde arbeiten, also ist er allein vorgeflogen, und jetzt bin ich hier und er dort. Mit meinen Eltern. Allein. An Weihnachten.« Er holt tief Luft und sieht mich endlich an. »Denkst du, ich habe in meinem früheren Leben etwas getan? Ist das meine Strafe?«

»Ich bin sicher, sie werden sich blendend verstehen«, sage ich unbeholfen, aber er schüttelt den Kopf.

»Sie wissen nichts von ihm. Ich meine, sie wissen *von*

ihm, aber nicht, dass er ... dass wir ...« Er verstummt, und dieser traurige Blick kehrt zurück.

Ich strecke die Hand aus und klopfe ihm auf den Rücken. »Dass Sie schwul sind?«

»Was?« Er schüttelt den Kopf. »Nein. Das wissen sie. Wir sind Veganer.«

Oh.

Er stöhnt und lässt den Kopf auf den Tresen sinken. »Ich hatte eine ganze Rede vorbereitet. Wir wollten uns zusammensetzen und darüber reden. Steven ist zu höflich für sie. Ohne mich wird er am Ende zwei Portionen Truthahn und Schinken essen. Er ist ein magerer Typ, weißt du? Meine Mutter wird denken, dass wir uns das Essen nicht leisten können, wenn er es ablehnt.«

Ich klopfe ihm weiter auf den Rücken, bis Andrew einen Moment später neben mir erscheint und meinen neuen Freund besorgt mustert.

»Geht es ihm gut?«, fragt er.

»Er ist Veganer«, erkläre ich, während der Mann weiter leicht mit dem Kopf auf den Tresen schlägt.

»Ah.« Sein Blick gleitet von dem Fremden zu mir. »Kann ich dich sprechen? Unter vier Augen?«

Wir gehen ein paar Schritte zu einem geschlossenen Kiosk. Im Flughafen ist es jetzt ruhiger geworden, aber es wimmelt immer noch von anderen verzweifelten Seelen wie uns. »Irgendwas gefunden?« Kaum habe ich die Frage gestellt, komme ich mir lächerlich vor.

Er schüttelt den Kopf. »Wir kriegen das hin«, sagt er, als müsste *er mich* trösten.

Ich blicke zu ihm hoch, der resignierte Ausdruck in seinem Gesicht ist kaum zu ertragen. Diesen Ausdruck bin ich bei ihm nicht gewohnt. In unserer Freundschaft war immer ich die Pessimistin, und das durfte ich auch sein, weil er so entschieden das Gegenteil davon ist. Und jetzt also das? Ausgerechnet hier? Nein.

»Alles wird gut«, fährt er fort und versucht nicht einmal, so zu klingen, als meinte er es ernst.

»Ja«, sage ich und klinge offenbar so entschieden, wie ich wirken will, denn sein Gesichtsausdruck ist nicht mehr ganz so angespannt. Ich schwöre bei Gott, er lächelt fast.

»Ich kenne diesen Blick.«

»Ist das mein ›Ich hab's drauf‹-Blick? Denn das habe ich. Ich krieg das hin.«

»Auf das Wetter hast du keinen Einfluss.«

»Nein, aber ich kann es umgehen. Nicht jeder Flug ist gestrichen. Wir finden etwas. Lass mich nur … lass mich nachdenken. Okay? Ich bringe dich nach Hause.«

»Molly …«

»Zehnjähriges Jubiläum«, erinnere ich ihn und zücke mein Handy. Es muss doch *irgendetwas* geben. »Ich habe schon die Erste-Klasse-Lounge versaut. Ich werde nicht auch noch Weihnachten versauen.«

»Und schon wieder tust du so, als wärst du für den amerikanischen Luftraum zuständig. Leg das Handy weg«, setzt er hinzu, aber ich schüttle den Kopf.

»Wir steigen heute Abend in ein Flugzeug«, erkläre ich ihm. »Wir schaffen das. Zeit für ein Weihnachtswunder. Ein fröhliches, glückliches Weihnachtswun…«

Er bewegt sich so schnell, dass ich keine Zeit habe zu reagieren. In der einen Sekunde steht er am Ende des Tresens, in der nächsten direkt vor mir und reißt mir das Telefon aus der Hand.

»Hey!«

Er ignoriert mich und schiebt es in meine Tasche, dann packt er mich an den Schultern. Als er den Kopf senkt und mir direkt in die Augen sieht, atme ich überrascht ein.

»Es ist okay«, sagt er entschieden. »Es liegt nicht in unserer Hand. Die Fluggesellschaften wissen auch nicht mehr als wir. Aber niemand fliegt heute Nacht irgendwohin. Das Beste, was sie tun können, ist, uns ein Zimmer zu besorgen. Und um ehrlich zu sein, möchte ich die Nacht nicht in einem anonymen Hotel verbringen. Ich habe das mit meinen Eltern besprochen, und sie sind einverstanden.«

»Womit?«

»Damit, dass ich hierbleibe.« Er holt tief Luft und lässt mich los, sein Lächeln wirkt etwas angespannt. »Viele Leute geben viel Geld aus, um Weihnachten in Städten wie Chicago zu verbringen. Außerdem ist unser ganzes Zeug hier. Es wäre also nicht so schlimm.«

»Du willst über Weihnachten hierbleiben?«, frage ich und kann es nicht fassen. Das ist das Letzte, womit ich gerechnet habe. »Aber deine Familie …«

»Ich weiß.« Er versucht nicht, seine Enttäuschung zu verbergen. »Und wenn ein Flug verfügbar ist, bin ich der Erste, der ihn nimmt. Aber im Moment können wir nichts tun, außer unsere Zeit zu verschwenden. Sie werden daheim ein Weihnachten ohne mich überstehen.«

Der Mann ist ein Lügner. Zumindest nach dem, was er mir in den letzten zehn Jahren über seine Familie erzählt hat.

Als ich nicht überzeugt wirke, wechselt er die Taktik.

»Ich möchte die nächsten Tage nicht damit verbringen, ständig irgendwelche Websites zu aktualisieren und mich über überlastete Callcenter-Mitarbeiter zu ärgern. Der Sturm wird nicht ewig dauern, sie werden den Rückstand abbauen, und wir werden einen Flug bekommen. Und wenn das erst in ein paar Tagen der Fall ist, dann ist das eben so.«

»Aber du …«

»Das wird lustig«, sagt er mit Nachdruck. »Wir können uns viel zu viel Essen bestellen und einen Haufen Filme schauen. Wir können es schaffen.«

»Du kannst nicht einfach …« Moment. »Wir?«

»Ja, *wir*.« Er sieht mich an, als wäre ich eine Idiotin. »Es sei denn, du willst Weihnachten allein verbringen?«

Das schreckt mich nicht unbedingt ab, aber diese neue Alternative klingt wesentlich besser. Weihnachten in Chicago? Weihnachten in Chicago mit *Andrew*?

»Und?« Er wirkt nervös. Fast so, als würde er denken, ich sage Nein.

»Willst du das wirklich?«, frage ich.

»Für einen Plan B ist es nicht schlecht.«

Das ist für jeden Plan nicht schlecht.

»Wir könnten Käse besorgen«, überlege ich laut, fast atemlos bei dem Gedanken.

»Ich würde sagen, das ist durchaus möglich.«

»Und Stollen von der *Bäckerei Dinkel*. Und noch mehr Käse. Wir könnten Schlittschuhlaufen gehen!«

»*Du* kannst Schlittschuhlaufen gehen«, korrigiert er mich. »Ich werde ungefähr dreißig Sekunden stehen, bevor ich auf den Hintern falle, und dich dann für eine heiße Schokolade im Stich lassen.«

Ich versuche, nicht zu glücklich auszusehen, da ich weiß, dass dies absolut nicht seine erste Wahl ist. Dennoch bin ich mit der Wendung der Ereignisse sehr zufrieden. Und vielleicht habe ich mich geirrt. Vielleicht ist er wegen des Sturms gar nicht so traurig, denn er wirkt auch ziemlich zufrieden mit unserem neuen Plan.

»Also gut«, sagt er und fährt sich mit der Hand durchs Haar. »Aber wie zum Teufel kommen wir hier weg?«

Kapitel 5

Es ist schwieriger, als man annehmen sollte. Es dauert weitere dreißig Minuten, bis wir es aus der Abflughalle schaffen, und danach noch einmal zwanzig, bis wir Andrews unglaublich großen Koffer ausgehändigt bekommen.

»Hast du da drin eine Leiche versteckt?«, frage ich, als er seine Jacke herausholt. Sein Koffer ist mindestens dreimal so groß wie meiner.

»Nur Kleidung, Geschenke und alle möglichen amerikanischen Schmuggelwaren, die auf dem Rückweg gegen irische Schmuggelwaren getauscht werden.«

»Du solltest einen kleinen Schwarzmarkt eröffnen«, sage ich und betrachte Dutzende von Menschen, die sich auf eine Nacht auf dem Boden des Flughafens vorbereiten. Bei ihrem Anblick habe ich ein leicht schlechtes Gewissen. Sollen wir das wirklich tun? Vielleicht könnten wir …

»Hör auf«, sagt Andrew.

»Womit?«

»Dir darüber den Kopf zu zerbrechen, woran auch immer du gerade denkst.«

»Ich denke nicht …«

»Doch. Ich merke es immer.« Er richtet sich auf und zieht den Reißverschluss seiner Jacke zu. »Morgen früh werden sie zusätzliche Flüge bereitstellen, dann können wir noch mal nachsehen. Weißt du, was wir in der Zwischenzeit tun sollten?«

»Eine Massage buchen?«

»Wir sollten uns eine Aufschnittplatte besorgen.«

Dabei macht er ein so ernstes Gesicht, dass ich lospruste. »Wir können alles haben, was wir wollen«, sage ich.

»Ich möchte einen Panettone«, erklärt er. »Und ein Stück Käsekuchen. Und du?«

»Mince Pies. Obwohl ich die hier noch nie gefunden habe.«

Er verzieht das Gesicht. »Weil eigentlich niemand Mince Pies mag.«

»Ich mag Mince Pies.«

»Und das ist ein Fehler.«

Ich ignoriere ihn, während wir uns langsam an den anderen Passagieren vorbeischlängeln und auf den Ausgang zusteuern. Da wir jetzt einen Plan haben, bin ich viel ruhiger. Bei Plänen blühe ich auf.

»Wo wollen wir hin?«, frage ich und versuche, niemandem auf die Füße zu treten. »Zu mir oder zu dir?«

»Zu dir«, antwortet er umgehend. »Nicht nur, weil es dort schöner ist, obwohl es das tatsächlich ist. Mein Mitbewohner hat seine Freundin für eine Woche zu sich eingeladen, und ich möchte ihnen nicht beim Sex zuhören, während wir uns *Das Wunder von Manhattan* ansehen.«

Ich nicke und bin insgeheim erleichtert. Meine Wohnung *ist* schöner. Seit drei Jahren wohne ich in einer ziemlich guten Zweizimmerwohnung in Uptown. Das zweite Zimmer habe ich manchmal an Freunde von Freunden vermietet oder Verwandten überlassen, die zu Besuch waren. In den letzten Wochen hatte ich die Wohnung jedoch für mich allein, und ich habe sie gestern Abend sogar gründlich gereinigt, sodass nirgendwo schmutziges Geschirr steht oder Unterwäsche herumliegt.

Zumindest hoffe ich das.

»Wir müssen uns auch normales Essen besorgen«, sage ich, als wir kurz vor den Türen anhalten. Andrew zieht einen dicken grünen Schal aus seiner Tasche und wickelt ihn sich um den Hals. »Neben lustigem Essen. Ich habe gestern Abend den Kühlschrank leer geräumt. Wollen wir auf dem Rückweg irgendwo anhalten? Ich kenne sonst auch ein paar Läden, wo wir …«

»Hey, ihr Turteltäubchen!«

Überrascht drehe ich mich um und sehe auf der anderen Seite der Türen einen rotgesichtigen Mann auf einem robusten Koffer sitzen. Er lächelt uns an und sieht viel zu fröhlich aus für jemanden, dessen Flug wahrscheinlich gerade storniert wurde.

»Kann ich Ihnen helfen?«, frage ich, aber er zeigt nur an die Decke. Ich sehe Andrew mit hochgezogener Braue an, als wollte ich fragen: *Bringt dieser Typ uns gleich um?* Doch Andrew sieht lächelnd nach oben, und ich folge seinem Blick zu einem Bündel grüner Blätter direkt über mir.

»Was ist das?«, frage ich verwirrt.

Jetzt richtet Andrew den Blick auf mich. »Ein Mistelzweig, du Dummie.«

»*Das* soll ein Mistelzweig sein?« Niemals. »Es sieht aus wie Spinat. Wie ein Spinatzweig.«

»Erkennst du etwa keinen …«

»Ich weiß, was das ist, ich habe nur noch nie einen gesehen. Es ist ja nicht so, dass ich im Dezember die ganze Zeit nach oben sehe, oder?«

»Du bist eins fünfzig, du siehst meistens nach oben.«

»Ich bin eins zweiundsechzig, vielen Dank. Und ich kann die Welt sehr gut von …«

»Seien Sie kein Grinch!«, unterbricht mich der Mann. »Es ist eine Tradition!«

»Immer mit der Ruhe!«, rufe ich zurück. Andrew lacht nur, aber ein paar andere Leute sind wegen des Aufruhrs stehen geblieben, und plötzlich haben wir Publikum.

»Diese Dinger sind so albern«, murmle ich und versuche, niemanden anzusehen, während Andrew sich eine zum Schal passende Pudelmütze aufsetzt. »Und irgendwie unheimlich, findest du nicht?«

»Ich verweigere die Antwort.«

»Die Aussage.«

»Was auch immer.«

Während wir dort herumstehen, geht ein anderes Paar an uns vorbei und blickt zu dem Mistelzweig hoch. Ohne auch nur den Schritt zu verlangsamen, drehen sie sich einander zu und küssen sich, woraufhin die Zuschauer jubeln.

Mir bleibt der Mund offen stehen, als sie weitergehen, als wäre nichts gewesen.

»Es bringt Unglück, wenn man sich nicht küsst!«, ruft der fröhliche Mann und wendet seine Aufmerksamkeit wieder uns zu.

»Nein, das stimmt nicht!«, rufe ich zurück. »Das haben Sie sich gerade ausgedacht!«

Andrew schiebt sich neben mich und sieht immer noch amüsiert aus.

»Molly …«

»Das hat er sich ausgedacht.«

»Achte einfach nicht auf ihn.«

»Das kann ich nicht. Er hat mich einen Grinch genannt. Warum nennen mich ständig alle so?« Zunehmend gereizt beobachte ich, wie ein älteres Paar ebenfalls Applaus erntet, als es sich direkt neben uns küsst. »Das war's. Du musst mich küssen.«

»Du bist zu ehrgeizig, weißt du das? Lass uns einfach unseren Fahrer finden.«

Ich greife nach seinem Ärmel. Dieses vertraute Bedürfnis, mich vor völlig Fremden zu beweisen, gibt mir ein Glücksgefühl, das ich den ganzen Tag noch nicht hatte, und bevor ich es mir anders überlegen kann, lasse ich eine Hand um Andrews Nacken gleiten und hebe mein Gesicht zu seinem.

Ich habe nicht gelogen, als ich Gabriela sagte, dass ich seit Brandon mit niemandem mehr zusammen war. Aber eigentlich war ich auch mit Brandon nicht richtig zusammen. Jedenfalls nicht in den letzten paar Wochen. Es war eine dieser langsamen Trennungen, unbeholfen und unsicher, bei der jeder Kuss zu einer Frage wurde, jede Berührung die letzte sein konnte. Bis wir mit beidem ganz aufhörten.

In dieser Hinsicht bin ich ziemlich ausgehungert, was

vielleicht der Grund dafür ist, dass in dem Moment, in dem Andrew und ich uns berühren, etwas … passiert.

Als Erstes fällt mir seine Wärme auf, die in krassem Gegensatz zu der eiskalten Luft steht, die durch die Türen strömt. Die leicht rauen Bartstoppeln an meiner Haut sind eine Überraschung, insbesondere im Vergleich zu seinen weichen Lippen.

Männer haben im Winter keine weichen Lippen. Sie haben rissige Lippen, weil sie keinen Lippenbalsam benutzen. Aber Andrews sind weich. Weich und warm schmiegen sie sich an meine. Denn er erwidert meinen Kuss. Das ist kein Kuss auf die Wange, kein freundschaftlicher Spaß unter dem Mistelzweig. Er steht da und erwidert meinen Kuss, und plötzlich kann ich ihm nicht nah genug sein.

Ich habe ein flaues Gefühl im Magen, bestimmt vom Sekt, und es kostet mich mehr Anstrengung, als es sollte, mich von ihm zu lösen. Ich zwinge mich dazu, aber Andrew schließt sofort den Zentimeterabstand, den ich zwischen uns gebracht habe, um noch einmal über meine Lippen zu streichen, bevor er sich ganz zurückzieht.

Als ich die Augen öffne, klopft mein törichtes Herz, und ich starre auf seine Schulter, während er sich wieder dem klatschenden Mann zuwendet, als wollte er sagen: *Bitte sehr, Kumpel. Fröhliche Weihnachten.*

»Bist du jetzt zufrieden?«, fragt mich Andrew, nachdem er sich kurz verbeugt hat. »Willst du jetzt Zuckerstangen essen und dem Club der kitschigen Weihnachtspullover beitreten?«

Ich räuspere mich und weiß, dass ich jetzt eine Bemerkung über den Geschmack seiner Zwiebelringe machen sollte oder darüber, dass ich mir den Mund mit Seife auswaschen müsste, aber plötzlich ist mein Mund trocken, und ich bringe kein Wort heraus.

»Moll?«

Mein Handy brummt, weil ich eine Nachricht bekomme, und ich nutze es als willkommenen Vorwand, um seinem fragenden Blick auszuweichen.

»Der Fahrer ist da«, murmle ich, wobei ich gar nicht richtig auf mein Display sehe, und gehe nach draußen, ohne auf ihn zu warten. Ich brauche frische Luft, egal wie kalt es ist. Und es ist verdammt kalt. Trotzdem atme ich tief ein, bis meine Lunge schmerzt.

Also, das war seltsam.

Kurz darauf stupst Andrew mich am Arm an, und ich sehe zu dem Haltepunkt für unser Uber. »Der Kuss hat dich umgehauen, stimmt's?«

Ich werfe ihm einen tadelnden Blick zu, aber er lächelt. Er *scherzt*.

»Ich meine ja nur, wenn du jetzt endlich in Weihnachtsstimmung kommst …«

»Okay«, unterbreche ich ihn, und als er daraufhin lacht, fühle ich mich gleich besser. »Ich glaube, ich bekomme wieder Hunger«, sage ich. Was nicht gelogen ist. Die ganze Panik hat eine Menge Energie verbraucht.

»Wir besorgen uns einen richtig großen Panettone«, verspricht er, während ich mich darauf konzentriere, Trevor und seinen weißen Toyota zu finden. Ich will nicht lügen, ich konzentriere mich hauptsächlich auf das Weiß in dieser Beschreibung. »Den größten Panettone im ganzen Land.«

»Hör auf, Panettone zu sagen«, grummele ich, als sein Handy klingelt.

»Das muss der Typ sein, von dem ich meinen Panettone beziehe.« Er weicht meinem Schlag aus und holt es aus der Tasche. Als er aufs Display sieht, verblasst sein Lächeln. »Es ist Christian. Natürlich ist er um diese Uhrzeit noch wach.«

»Wohnt er nicht in London?«, frage ich und schiebe mein Kinn in den Mantel. Mich fröstelt. Andrews jüngerer Bruder ist aus beruflichen Gründen vor ein paar Jahren dorthin gezogen.

»Er schläft nicht so gut.«

»Ich wette zehn Dollar, dass er anruft, um dich anzuschreien.«

Andrew wirft mir nur einen Blick zu und nimmt den Anruf an. »Hey«, meldet er sich, während ich erneut vor Kälte bibbere. »Ja, wir stecken total fest.« Er reißt sich den Schal vom Hals und hält ihn mir hin. Als ich ihn nicht nehme, wirft er ihn mir an den Kopf.

Zieh ihn an, sagt er tonlos, und ich verdrehe die Augen, bin jedoch insgeheim dankbar und tue genau das. Ich trage meinen irischen Reisemantel, nicht meinen Chicagoer, und Junge, Junge, ich spüre den Unterschied.

Andrew hört mit finsterer Miene, was sein Bruder sagt, lässt mich jedoch nicht aus den Augen, bis ich den Schal fest um den Hals gewickelt habe.

»Das haben wir natürlich versucht ... Ich *weiß*, dass Mam aufgelöst ist, aber was soll ich tun? Ja, sie ist hier.

Nein, ich bin …« Seine Stimme wird leiser, er dreht mir den Rücken zu und entfernt sich ein paar Schritte von mir. »Das ist nicht der Grund, warum ich … Oh, wie erwachsen.«

Ich wende mich ab und tue so, als könnte ich ihn nicht hören, während ich den Schal über mein Kinn ziehe.

Er duftet nach ihm. Nein, nicht nach ihm. Nach seiner Seife. Seiner *Seife*, Molly. Mein Gott. Ich starre auf die Autoschlange und ärgere mich über mich selbst, während ich den Duft einatme.

Aber mal im Ernst: Was ist das? Sandelholz? *Kiefer?* Gibt es Kiefernseife?

»Sind Sie Molly?«

Als ein großer, finster dreinblickender Mann vom Fahrersitz seines weißen Toyotas über die Straße nach mir ruft und gestikuliert, erschrecke ich.

»Steigen Sie ein oder was?«, fragt er schroff, als ich nicke.

Ich schnappe mir den angespannt dreinblickenden Andrew, der auflegt und mit mir zu unserem Uber-Taxi eilt. Was auch immer Christian zu ihm gesagt hat, hat ihm die gute Laune verdorben und damit auch mir. Als wir einsteigen, schweigt er und hält den Kopf gesenkt, da sie ihr Gespräch per Textnachrichten weiterführen.

Als er endlich aufsieht und entnervt ächzend das Telefon wegsteckt, sich zurücklehnt und aus dem Fenster starrt, sind wir schon auf der Autobahn. Der Drang, ihn zu trösten, ist überwältigend, und wie um mir zu beweisen, dass alles in Ordnung ist, lege ich meine Hand in seine freie und drücke sie.

»Wir können einen Videocall mit deiner Familie machen«, sage ich. »Den ganzen Tag, wenn es sein muss. Ein Live-Stream aus meiner Wohnung. Alles bis aufs Bad.«

Er seufzt dramatisch. »Aber ist es wirklich Weihnachten, wenn keiner meiner Geschwister mich beim Duschen stört?«

»Ihr habt seltsame Traditionen.«

Er schenkt mir ein halbherziges Lächeln, bevor er ebenfalls meine Hand drückt und sie dann loslässt. »Was ist mit deiner Familie?«, fragt er, während ich meine Hand unbeholfen auf meinen Schoß lege. »Haben sie kein Problem damit?«

»Sie werden es verstehen«, sage ich automatisch. Um ehrlich zu sein, war ich so mit ihm beschäftigt, dass ich gar nicht an sie gedacht habe. »Ich rufe sie in ein paar Stunden an, wenn meine Eltern wach sind, aber sie werden sich vor allem um Zoe sorgen.«

»Das Baby kommt bald, oder?«

»Noch ein paar Wochen.«

»Dann wirst du Tante.« Das scheint ihn zu freuen. »Ich muss dir alle meine Patentipps geben.«

»Die brauche ich nicht. Sie hat eine ihrer Freundinnen als Patin ausgewählt. Ich habe einen ganzen Tag lang geschmollt.«

»Dazu hast du jedes Recht. Das ist eine große Ungerechtigkeit.«

»Das habe ich auch gesagt. Und sie hat einfach ...« Ich verstumme, als mein Display auf dem Sitz zwischen uns aufleuchtet und Gabrielas Name erscheint.

»Arbeit«, erkläre ich, bevor er fragen kann. Seufzend halte ich das Telefon an mein Ohr. »Wenn es um …«

»Ich möchte nur, dass du weißt, dass ich annehme«, unterbricht Gabriela mich eilig.

»Dass du was annimmst?«

»Die Nominierung als beste Person auf der ganzen verdammten Welt.«

»Ich kann dir nicht folgen.«

»Der Partner von Michaels Freund arbeitet für Delta.«

Ich blinzle den Hinterkopf unseres Fahrers an. »Okay?«

»Michaels Freund schuldet uns einen großen Gefallen, weil Michael besagten Freund *dem* besagten Partner vorgestellt hat.«

»Ich bin wirklich nicht …«

»Ich habe diesen Gefallen heute Abend gegen zwei Wartelistentickets eingetauscht.«

Mir stockt der Atem, als ich begreife, was sie sagt. »Du hast uns Tickets nach Hause besorgt?«

Andrew fährt zu mir herum, während Gabriela weiterspricht.

»Also, nein«, sagt sie. »Ich habe euch Tickets nach Buenos Aires besorgt.«

»*Buenos Aires?*«

»Wo ihr einen Anschlussflug nach Paris bekommt«, fährt sie fort. Ich stöhne auf und schlage mit dem Kopf gegen den Sitz. »So umgeht man den Sturm an der Ostküste komplett.«

»Gabriela …«

»Doch, das funktioniert«, sagt sie aufgeregt. »Heute

Abend geht es über Nacht nach Argentinien. Ihr habt einen Zwischenstopp in Atlanta. Morgen um sieben Uhr geht es dann wieder über Nacht weiter nach Paris.«

»Paris liegt nicht in Irland.«

»Das weiß ich, du Dummie, aber das ist immerhin näher dran, oder? Ihr werdet am Dreiundzwanzigsten dort sein. Zugegeben, ihr werdet beide Zombies sein, aber ihr seid ein ganzes Stück näher dran als jetzt. Komm schon«, fügt sie hinzu, als ich nichts sage. »Ich habe es geschafft! Du hast die Flugmeilen und bekommst noch dazu die Rückerstattung für deinen ersten Flug.«

Das stimmt, die bekomme ich. Und ich habe die Flugmeilen. Ich habe sehr viele Flugmeilen. Ich habe sie jahrelang in der irren Vorstellung gehortet, dass ich plötzlich den Impuls verspüren könnte zu verreisen. Und nach Süden zu fliegen, um den Sturm zu umgehen, der nicht nachzulassen scheint, ist im Moment die einzige Möglichkeit. Aber das bedeutet zwei bis drei Tage Reisen und das alles nur, um meine Familie an Weihnachten zu sehen, ein Fest, das uns gar nicht so viel bedeutet. Alles nur, um ...

Mein Blick springt zu Andrew, der mich anstarrt. Er rührt sich nicht, *atmet* kaum und sieht mich so voller Hoffnung an, dass sich meine Brust zuschnürt.

Ach, Mist.

»Ich weiß, es ist heftig, aber du musst dich bald entscheiden«, sagt Gabriela in mein Ohr. »Das Flugzeug geht in knapp zwei Stunden, und wir müssen euch einbuchen. Seid ihr noch am Flughafen?«

»Heute Abend?«, flüstert Andrew, und ich nicke ruckartig.

»Wir sind gerade losgefahren«, sage ich und kann den Blick nicht von ihm abwenden. »Aber wir könnten umdrehen …«

Andrew grinst mich an, und eine bizarre Art von Enttäuschung mischt sich mit neuer Entschlossenheit, als ich den Blick von ihm abwende.

»Tu es«, sage ich. »Buche uns ein. Unsere Daten sind auf meinem Desktop. Der Ordner heißt …«

»Weihnachtsflüge/erledigt«, sagt Gabriela. »Denn natürlich sind sie das.«

»D… du kennst mein Computer-Passwort?«

»Es ist deine Sandwich-Bestellung aus dem Café unten in der Straße«, sagt sie beiläufig, als ich wegen dieser eklatanten Verletzung meiner Privatsphäre kurz ins Stottern gerate. »Du bist irgendwie berechenbar, weißt du das?«

»Buche uns einfach ein.«

»Ja, Ma'am«, sagt sie, und ich kann das Lächeln in ihrer Stimme hören. »Das ist ein tolles Gefühl. Das ist meine gute Tat für dieses Jahr.«

»Du bist tatsächlich der beste Mensch auf der ganzen Welt«, stimme ich zu, während Andrew wieder eine Nachricht schreibt und seine Daumen über das Display fliegen. »Ich sage dir Bescheid, wenn wir am Flughafen sind.«

Sie verabschiedet sich mit einem fröhlichen »Bon voyage«, bevor wir auflegen, und ich beuge mich zum Fahrer vor.

»Ich weiß nicht, ob Sie das gehört haben, aber …«

»Wir sind in zehn Minuten am Ziel«, sagt er, ohne mich anzusehen.

»Richtig«, stimme ich ihm zu. »Aber wir müssen unbedingt zurück zum Flughafen.«

»Und ich muss nach Hause«, sagt er. »Ich mache Schluss für heute.«

»Aber ich …«

»Für dieses Jahr«, fügt er hinzu. »Meine Frau hat Steaks gekauft.«

»Trevor …«

»Große Steaks.«

Ich starre auf seinen Hinterkopf, während er stur nach vorne starrt.

Gut.

Gut!

Ich hole meine Tasche vom Boden des Taxis und greife nach dem Geld, das den größten Teil der Weihnachtsgeschenke für meine Verwandten ausmachen sollte.

»Was tust du da?«, flüstert Andrew.

»Dich nach Hause bringen.« Ich zähle, wie viel ich habe, dann beuge ich mich wieder nach vorn. »Wenn Sie sofort umdrehen, gebe ich Ihnen hundert Dollar.«

Trevors Blick springt im Rückspiegel zu meinem. »Zweihundert«, sagt er, als er sieht, dass ich es ernst meine. »In bar.«

Andrew schnaubt, und ich nicke.

»Abgemacht.«

»*Was?*« Andrew sieht schockiert von dem Fahrer zu mir. »Nein!«

»Schon okay«, sage ich und überreiche Trevor die Scheine. »Wozu so viel Geld verdienen, wenn ich es nicht ausgebe?«

Er protestiert weiter, während Trevor das Auto schnell und wahrscheinlich illegal wendet und dafür von mehreren Seiten wütend angehupt wird.

Ich stütze mich mit einer Hand an der Tür ab, bis wir in die richtige Richtung fahren.

»Molly …«

»Zu spät«, unterbreche ich ihn fröhlich.

Andrew schnaubt erneut, aber ich kann förmlich sehen, wie sich seine Stimmung hebt. »Ich zahle es dir zurück«, verspricht er, während Trevor Gas gibt.

»Ja, das wirst du.«

»Buenos Aires?«, fragt er mit verwirrter Miene.

»Ich habe gehört, der Flughafen soll um diese Jahreszeit besonders schön sein.«

»Und dann Paris.« Ein Lächeln erscheint auf seinem Gesicht. »Von Paris aus kommen wir schon irgendwie zurück«, sagt er zuversichtlich.

Er redet von Verbindungsflügen, ruft die Uhr auf seinem Handy auf, um Zeitunterschiede zu berechnen, und es dauert nur ein paar Sekunden, bis seine Aufregung meine eigene Aufregung noch verstärkt. Das ist doch ein Abenteuer, oder? Das ist entweder ein lustiges kleines Abenteuer oder das Dümmste, was ich je gemacht habe. Und ich habe einmal versucht, mir selbst die Augenbrauen zu wachsen.

Als wir zum Flughafen zurückkommen, springen wir

fast aus den Sitzen, und Andrew reißt schon die Tür auf, bevor wir richtig angehalten haben.

»Es war mir ein Vergnügen, mit Ihnen Geschäfte zu machen!«, ruft Trevor, als ich meinem Freund nach draußen folge.

Andrew eilt zum Kofferraum, während ich einen Blick auf den Eingang werfe und im Geiste die Zeit überschlage, die wir fürs Einchecken des Gepäcks und für die Sicherheitskontrolle brauchen werden. Dank Trevors Fahrkünsten sollten wir es mit einem dreißigminütigen Zeitfenster als Reserve schaffen, wenn die Schlangen nicht zu lang sind.

»Hey, Molly?«

Als ich mich umdrehe, steht Andrew direkt vor mir, und bevor ich reagieren kann, legt er seine Hände an meine Wangen, hält mich fest und küsst mich herzlich auf die Stirn. Es dauert kaum eine Sekunde, aber mein Puls, dieser überdramatische Verräter, schießt in die Höhe.

Andrew rückt von mir ab und grinst mich an.

»Du hast gerade Weihnachten gerettet.«

Theoretisch gesehen hat Gabriela Weihnachten gerettet, aber ich werde ihn nicht korrigieren. Nicht solange er immer noch mein Gesicht hält. Nicht, wenn er mich so ansieht.

»Warten wir ab, bis wir im Flugzeug sind«, sage ich, während er sich umdreht, um unsere Koffer zu holen. »Besser gesagt: Warten wir ab, bis wir auf dem richtigen Kontinent sind.«

Eilig gehen wir zurück durch den Eingang, direkt am

Mistelzweig vorbei, ohne ihn überhaupt zu sehen. Nun, ich sehe ihn. Ich bin mir seiner äußerst bewusst, aber Andrew scheint ihn nicht zu bemerken, also tue ich so, als würde ich ihn auch nicht bemerken, und folge ihm durch die Menge.

»Entschuldigen Sie. Sorry. Verzeihung. Ich bin so …« *Vorsicht*«, schnauze ich, als mich ein Geschäftsmann fast über den Haufen rennt.

Ich stelle mich neben Andrew vor die Abflugtafel, und wir blicken auf die wenigen Flüge, die noch geplant sind.

»Ich sehe ihn nicht«, sagt er atemlos. »Siehst du ihn?«

Ich überfliege eine Spalte nach der anderen, kann aber nichts entdecken, was nach Atlanta führt. »Vielleicht muss die Anzeige nur aktualisiert werden«, sage ich mit mehr Zuversicht, als ich empfinde, aber es ändert sich nichts.

Andrews Gesichtsausdruck wirkt angespannt, und ich hole mein Handy heraus und versuche, nicht in Panik zu geraten, während ich Gabriela zurückrufe.

Nach dem dritten Klingeln nimmt sie ab. »Habt ihr es geschafft?«

»Haben wir. Aber bist du sicher, dass du den richtigen Flug gebucht hast?«

»Ich bin mir sicher. Ich habe es zweimal überprüft.«

»Hier steht davon nichts«, sage ich, während Andrew so angestrengt auf die Tafel starrt, dass es an ein Wunder grenzt, wenn er keine Kopfschmerzen davon bekommt.

»Ich schwöre es, Molly. Ich sehe mir gerade die Website an.«

»Lies mir die Flugnummer vor.«

»Er geht auf jeden Fall«, erklärt sie mit Nachdruck. »Delta DL676. Von Chicago Midway nach …«

»*Midway?*«, kreische ich so laut, dass ein Baby in der Nähe in Tränen ausbricht. »Wir sind am O'Hare!«

Am anderen Ende der Leitung folgt eine lange Pause. »Oh.«

Ich bin augenblicklich ernüchtert, mein Adrenalinspiegel steigt sprunghaft an, und ich wende mich von Andrew ab. Ich ertrage es nicht, ihn jetzt anzusehen.

»Ich hätte es checken sollen«, sagt Gabriela unglücklich.

»Ich hätte es dir sagen sollen«, erwidere ich schnell. »Das ist nicht deine Schuld.«

»Lass mich weitersuchen.«

»Gab…«

»Es muss doch noch etwas gehen. Wenn nicht heute Abend, dann morgen früh.« Sie redet weiter, aber als ich ein Ziehen an meinem Mantel spüre, drehe ich mich zu einem grimmig aussehenden Andrew um.

»Ich rufe dich zurück«, sage ich, als er mir mit Zeichen zu verstehen gibt, dass ich auflegen soll. »Sie versucht, ob wir …«

»Wie lange haben wir noch, bis das Gate schließt?«, unterbricht er mich, und ich schaue auf meinem Handy nach der Uhrzeit.

»Eine Stunde, aber …« Als mir klar wird, was er meint, verstumme ich. »Das schaffen wir nicht.«

»Vielleicht doch. Wie weit ist es? Vierzig Minuten bis Midway?«

»Nicht bei diesem Verkehr. Und selbst wenn der Flug

Verspätung hat, ist da noch die Sicherheitsabfertigung und die Gepäckaufgabe und …«

»Ich sage nicht, dass wir kein kleines Wunder brauchen«, unterbricht er mich. »Aber wir könnten es versuchen. Ich muss es versuchen.«

Ich will das nicht. Ich will es wirklich nicht. Es war schon anstrengend genug, hierher zurückzukommen. Ich will nicht noch quer durch die Stadt hetzen, nur damit wir unsere Enttäuschung hinauszögern können.

Aber er sieht mich mit diesem gottverdammten Hundeblick an, und sein Haar ist ganz zerzaust, weil er es sich gerauft hat, und ich muss daran denken, wie sich jedes Mal bei der bloßen Erwähnung seiner Familie seine Miene aufhellt.

Wann dieser Mann zu meiner Schwäche geworden ist, weiß ich nicht. Aber heute Abend ist es so, als hätte er mich um den kleinen Finger gewickelt.

Ich atme tief durch, umklammere den Griff meines Koffers und bereue meine Entscheidung bereits, ehe ich sie ausspreche.

»Okay«, sage ich. »Also, los.«

Kapitel 6

Vor dem Flughafengebäude herrscht Verkehrschaos, weil immer noch Menschen ankommen, deren Flüge gestrichen wurden. Verwirrung und Verdruss sind deutlich zu spüren, und die lange Schlange am Taxistand hilft nicht gerade, die Stimmung zu heben. Andrew und ich machen uns gar nicht erst die Mühe, uns anzustellen, sondern sehen uns beide um, als hofften wir auf ein Wunder.

»Drängeln wir uns einfach vor jemanden?«, frage ich und beobachte eine Frau, die in ein Taxi steigt. »Wie im Film?«

Andrew zieht eine Grimasse, sagt aber nicht Nein, und in diesem Moment sehe ich ein halbwegs bekanntes Gesicht an uns vorbeigehen, die Mütze tief in die Stirn gezogen.

»Trevor?«

Als er seinen Namen hört, dreht sich unser Fahrer automatisch um. Er macht ein finsteres Gesicht, sobald er mich erkennt. »Ich dachte, Sie mussten ein Flugzeug erwischen?«

»Das musste ich auch! Wir müssen es immer noch! Und Sie sind noch hier?« Ich folge ihm, als er sich abwendet, und stolpere in meiner Eile fast über meine eigenen Füße.

»Ich musste nur auf die Toilette.«

»Was sein muss, muss sein!«, flöte ich mit einer mir

fremden Stimme. »Und was für ein unglaublicher Glücksfall für uns«, füge ich hinzu. »Denn wie sich herausgestellt hat, sind wir zum falschen Flughafen gefahren und benötigen noch einmal Ihre Dienste.«

Er dreht sich nicht mal um. »Nein.«

Mir bleibt der Mund offen stehen, und ich drehe mich nach Andrew um, der mit unserem Gepäck kämpft.

»Ich habe Ihnen gerade zweihundert Dollar gegeben«, erinnere ich ihn.

»Für ein Geschäft, das vereinbart und abgeschlossen wurde.«

»Ach, kommen Sie«, flehe ich. Nicht das beste Argument meiner Karriere, aber es ist alles, wozu ich im Moment fähig bin. Wir haben höchstens zwei Minuten Zeit, um ein Taxi zu bekommen, sonst brauchen wir es gar nicht erst zu versuchen. »Wir wollen nur nach Hause.«

»Ich auch«, schnaubt er. »Und Ihretwegen bin ich schon eine Stunde zu spät.«

»Wofür ich Sie großzügig bezahlt habe. Wir kommen aus Irland«, versuche ich es noch einmal und übertreibe dabei meinen Akzent so, dass wahrscheinlich jeder zu Hause zusammenzucken würde. Aber manchmal muss man die irische Karte ausspielen. »Haben Sie Familie von dort?«

»Nein«, sagt Trevor ausdruckslos. »Aber mir hat mal ein Ire ins Taxi gepinkelt.«

»Okay. Also, ich gebe zu, das ist keine gute …«

»Auf Wiedersehen.«

»Warten Sie!« Ich wirble herum und stoße fast mit

Andrew zusammen, als Trevor an seinem Auto stehen bleibt. Ich greife nach meiner Tasche und öffne sie mitten auf der Straße. Der Teddybär fällt auf das nasse Pflaster, während ich eine kleine rosafarbene Schachtel heraushole, die ich sorgfältig hineingelegt hatte. »Ich möchte Sie bestechen«, sage ich und halte sie ihm hin.

Andrew schiebt sich neben mich und hebt den Bären auf. »Ich glaube nicht, dass du es ankündigen solltest, wenn es sich um Bestechung handelt.«

Ich ignoriere ihn und öffne den Deckel. Gegen seinen Willen neugierig geworden, späht Trevor hinein.

»Was zum Teufel ist das?«, fragt er, und ich weiß, dass ich ihn an der Angel habe.

Was das ist? Das sind handgemachte Trüffel aus meinem liebsten Schokoladengeschäft in der Stadt. Das heißt, sie sind verdammt teuer. Eine kostbare Mischung aus Karamell-Latte, Passionsfrucht und Ingwer, geröstetem Kokosnuss-Rum und einem Dutzend anderer praktisch perfekter kleiner Kugeln voller Freude. Ich wollte sie mit Andrew teilen, sobald wir auf unseren Plätzen in der ersten Klasse gesessen hätten. Wir hätten sie zu unserem kostenlosen Champagner genossen und auf unseren zehnten Weihnachtsflug angestoßen.

Aber das alles braucht Trevor nicht zu wissen.

»Pralinen«, sage ich und halte ihm die Schachtel vor die Nase. Er sieht misstrauisch auf sie hinunter, aber bei ihrem Anblick wird seine Miene weicher. Und warum auch nicht? Es sind gut aussehende Pralinen. Ich muss es wissen. Ich habe sie selbst ausgesucht.

»Meine Frau liebt Schokolade«, gibt er mürrisch zu und wendet den Blick widerwillig von ihnen ab und wieder mir zu. »Meine Tochter auch. Sie ist ungefähr in Ihrem Alter.«

»Ich bin sicher, Sie lieben sie sehr ...«

»Sie ist eine Nervensäge.«

»In Ordnung, tja ...«

»Steigt einfach ein.«

Ich blinzle überrascht, als er mir die Schachtel abnimmt. »Wirklich?«

»Stell den Mann nicht infrage«, murmelt Andrew, während ich eilig den Reißverschluss meiner Tasche schließe.

Wir haben einen *kleinen* Stau hinter uns verursacht, und ich hebe entschuldigend die Hand, als wir Trevor zurück zum Auto folgen.

»Ich hätte schon vor Jahren in Rente gehen sollen«, knurrt er, während wir hinten einsteigen. »Sind Sie sicher, dass Sie diesmal wissen, wo Sie hinwollen?«

»Midway«, sage ich, während Andrew sich mit der Hand durchs Gesicht streicht. »Und ich bezahle gern jeden Strafzettel, den Sie bekommen, weil Sie zu schnell fahren.«

»Das möchte ich wetten«, murmelt Trevor, als er aus der Parklücke setzt, aber es liegt keine Wärme in seinen Worten, und als er sich nach uns umdreht, sieht er entschlossen aus. »Schnallen Sie sich an«, sagt er. »Ich werde mein Bestes tun.«

Die Fahrt Richtung Süden, zu Chicagos zweitem Flughafen, verläuft schnell, aber angespannt. Weder Andrew noch ich sagen ein Wort, während Trevor dem Wetter und dem

Verkehr trotzt und nur *leicht* gegen das Gesetz verstößt. Er hat sich die Pralinen redlich verdient.

Als er mit quietschenden Reifen hält, um uns aussteigen zu lassen, haben wir noch ein dreiminütiges Zeitfenster für Verspätungen, und Andrew rennt sofort zum Kofferraum, während ich mich zu Trevor nach vorne lehne.

»Wenn Sie vielleicht zehn Minuten warten könnten, nur für den Fall, dass wir …«

»Raus.«

»Okay. Alles klar. Frohe Weihnachten!«

Mit unserem Gepäck in der Hand eilen wir ins Flughafengebäude und halten nur kurz inne, um die Abflugtafel zu überprüfen, bevor wir einchecken.

Unsere erste Hürde.

»Es tut mir leid«, sagt die Frau, als ich ihr meine Bordkarte zeige. »Aber die Gepäckannahme für diesen Flug ist seit zwanzig Minuten geschlossen. Die fangen gleich mit dem Boarding an«, fügt sie hinzu, als ob uns das nicht *völlig klar* wäre.

»Verstehe«, sage ich mit meiner professionellsten Stimme. »Aber das Flugzeug ist noch da, und ich glaube nicht, dass der Riesenkoffer meines Begleiters in das Gepäckfach passt.«

»Das Gepäck wurde bereits ins Flugzeug geladen.«

»In das Flugzeug, das noch nicht abgeflogen ist!«, betone ich und schlage bei jedem Wort mit den Händen auf den Tresen. »Bitte.«

»Wir versuchen nur, bis Weihnachten zu Hause zu sein«, sagt Andrew. »Ihre Schwester steht kurz vor der Entbindung, und ich bin der einzige Mensch, der den Rosenkohl meiner Mutter mag. Es ist wirklich wichtig, dass wir nach Hause kommen.«

Die Frau wirkt ehrlich mitfühlend, schüttelt aber nur den Kopf, während ich dem Drang widerstehe, mich einfach auf den Boden zu werfen und so zu tun, als würde das alles nicht passieren.

»Lassen wir es hier«, sagt Andrew mit verzweifeltem Blick. »Lassen wir unser Zeug einfach hier.«

»Aber deine Geschenke!«, protestiere ich. »Und meine Tabasco-Soße.«

»Deine was?«

»Wir können unser Gepäck nicht hierlassen«, fahre ich fort und ignoriere ihn. »Das ist verrückt.«

»Hast du einen besseren Vorschlag?«

»Offensichtlich nicht, aber …«

»Wir werden das Flugzeug verpassen.«

»Und die werden unser Zeug zerstören, wenn wir …«

»Gehen Sie einfach.«

Wir wenden uns wieder dem Schalter zu. Die Angestellte nimmt mit einer Hand einen Telefonhörer ab und bedeutet mir mit der anderen, ihr meinen Koffer zu reichen.

»Gehen Sie«, wiederholt sie. »Ich nehme die hier an und rufe am Gate an.«

O mein Gott. »Wirklich?«

»Mein Vater war beim Militär«, sagt sie. »All die Jahre, in denen er Weihnachten nicht zu Hause war?« Sie schüttelt den Kopf und gibt eine Nummer in die Tastatur ein.

»Gehen Sie. Feiern Sie mit Ihren Familien. Aber ich kann nichts versprechen.«

Andrew zuckt kurz in ihre Richtung und sieht aus, als wollte er sie umarmen, aber zum Glück dreht er sich um und rennt in Richtung Sicherheitsabfertigung.

Ich verweile noch eine Sekunde länger und ziehe eine kleine schwarze Karte aus meiner Brieftasche. »Es gibt da diesen tollen Thailänder in Ravenswood«, plappere ich drauflos. »Weil ich einmal zwei Wochen lang jeden Abend dort gegessen habe, haben sie mir diese Karte gegeben, mit der ich fünfzig Prozent bekomme. Die sollen Sie haben.«

Die Angestellte starrt mich nur an. »… Okay.«

»Weil Weihnachten ist.«

»Molly!«

»Probieren Sie den Papayasalat«, empfehle ich ihr und höre schon Andrews verzweifelte Rufe von der anderen Seite der Halle. »Und danke!«

Ich bin in Rekordzeit an seiner Seite, wir biegen um die Ecke, und mein Herz klopft bei jedem Schritt.

Das war's. Wir müssen nur noch durch die Sicherheitskontrolle. Wir müssen nur noch durch die Sicherheitskontrolle und …

Mist.

Andrew und ich kommen abrupt zum Stehen, als wir fast in die Wand aus Menschen laufen, die auf die Passkontrolle warten. Der Bildschirm über uns zeigt an, dass die Wartezeit fünfundvierzig Minuten beträgt, und selbst der Zoll ist überfüllt.

Trotz unserer Eile starren wir ein paar Sekunden lang

einfach nur auf die geordneten, trägen Schlangen vor uns, und mein letztes bisschen Hoffnung schwindet. Das Gate soll in ein paar Minuten schließen, und ich bezweifle, dass sie es viel länger offen halten werden.

Andrew atmet hörbar aus und steht äußerst angespannt da, während er jede Warteschlange mustert, als suchte er nach der kürzesten.

»Ich bitte sie, uns durchzulassen«, murmelt er. Ich folge ihm benommen, als er auf einen Sicherheitsbeamten zugeht und damit beginnt, ihm unsere Notlage zu schildern. Ich bringe es nicht übers Herz, ihm zu sagen, dass es keinen Sinn hat. Ich bin sicher, dass diese Leute jede Minute von einem Dutzend Menschen um das Gleiche gebeten werden.

Ich schlucke heftig. Adrenalin und neuerliche Enttäuschung halten sich die Waage, und immer mehr Reisende stellen sich in die Schlange. Ich spüre ein Brennen in meiner Brust, das meine Kehle hochkriecht, und mein Atem wird mit jeder Sekunde flacher. Wir werden den Flug verpassen. Wir haben es zum Flughafen geschafft, und jetzt werden wir den Flug verpassen.

»Andrew«, murmle ich, aber er hört nicht zu. Um ehrlich zu sein, bin ich mir nicht einmal sicher, ob ich es laut ausgesprochen oder nur gedacht habe.

Gott, ist das warm hier drin.

»Sie werden warten müssen wie alle anderen auch«, erklärt der Beamte und klingt dabei, als würde er es aus einem Gesprächsleitfaden ablesen.

»Man hält das Gate für uns offen«, sagt Andrew. »Wenn Sie einfach nur …«

»Andrew«, sage ich.

»Sir, es gilt für alle das Gleiche …«

Jetzt breche ich in Tränen aus.

Ich war schon immer nah am Wasser gebaut. Ich weine aus Trauer, vor Glück und vor Wut. Das ist die normale Reaktion meines Körpers, unabhängig von der Situation oder der Zeit im Monat. Und normalerweise ist es gar nicht so schlimm. Ein paar Sekunden Pause, mit einem Taschentuch kurz die Augen abtupfen. Ich lasse sie laufen, richte mein Make-up und weiter geht's.

Diese Tränen hier sind jedoch anderer Art.

Ich schluchze so laut, dass jeder in unserer unmittelbaren Umgebung uns anstarrt. *Mich* anstarrt.

»Wir werden … unseren *Flug* … verpassen«, heule ich, und der Sicherheitsbeamte weicht entsetzt zurück. Sogar Andrew sieht erschrocken aus, und er hat mich bestimmt schon einmal weinen sehen.

Der Beamte tritt verlegen von einem Fuß auf den anderen und hebt eine Hand, als wüsste er nicht, ob er mich trösten oder in die Ecke drängen soll. »Ma'am …«

»Meine Schwester … bekommt … ein Baby«, keuche ich und verschlucke mich fast, als ich die Worte herauspresse.

»Lassen Sie sie einfach durch!«, ruft jemand von vorne und erhält sofort Unterstützung von anderen Passagieren.

»Es ist Weihnachten!«

»Sie ist schwanger!«

»Sie ist nicht …« Der Beamte macht ein angespanntes Gesicht. »Es ist ihre Schwester, die …«

Aber er wird von weiteren Stimmen übertönt, die mein

kleines, altes, höchst hysterisches Ich unterstützen. Ein besonders heftiger Schluchzer lässt ihn zusammenzucken, während Andrew mir mit kleinen, kreisenden Bewegungen langsam über den Rücken streicht.

»Schon gut, schon gut«, murmelt der Mann und schiebt uns an den Kopf der Schlange. »Beeilen Sie sich.«

Er weiß anscheinend nicht, mit wem er spricht. Wir hetzen durch die Passkontrolle und schleudern unser Gepäck praktisch aufs Laufband. Wie durch ein Wunder werden unsere Taschen nicht extra kontrolliert, und dann sprinten wir so schnell wir können durch das Terminal und ernten hier und da verärgerten Protest, während wir Rollkoffern und Einkaufenden ausweichen.

»Lauf!«, sagt Andrew und klingt nur ein wenig panisch, als wir um eine Ecke biegen. »Lauf, lauf, lauf!«

Irgendwo über mir höre ich eine Lautsprecherdurchsage mit meinem Namen, und ich beschleunige das Tempo, wobei meine Laptoptasche unangenehm gegen meine Hüfte schlägt und mir bei jedem Schritt von der Schulter rutscht. In *Kevin – Allein zu Haus* sah das *viel* leichter aus.

»Wir sind da!«, rufe ich, als wir uns dem Gate nähern. Dort wartet sonst niemand mehr, aber die Türen sind offen, der Schalter ist noch besetzt. »Wir sind da!«

Eine genervt aussehende Angestellte spricht kurz in ein Walkie-Talkie, bevor sie um den Schalter herumkommt. »Ms Kinsel…«

»Ja! Hallo. Das bin ich.« Wir kommen stolpernd vor ihr zum Stehen, und ich rufe die Tickets auf meinem Handy auf.

»Wir haben Sie ausgerufen«, sagt sie streng.

»Und wir sind gelaufen«, sagt Andrew und grinst sie an. Als sie ihn ansieht, wird ihr Blick weicher, klar. Doch als sie unsere Pässe kontrolliert, kehrt ihre Aufmerksamkeit zu mir zurück.

»Ist alles in Ordnung, Ma'am?«

Andrews erleichtertes Lächeln verblasst, als er mich ansieht. Erst da merke ich, dass ich immer noch weine.

»Mir geht's gut«, sage ich zittrig und schnappe mir verlegen meinen Pass von ihr.

Sie wirkt nicht überzeugt, winkt uns aber trotzdem durch und schließt die Tür hinter uns.

»Ich wusste nicht, dass es ernst gemeint war«, murmelt Andrew besorgt, während wir den Tunnel hinuntereilen.

»War es nicht«, flüstere ich zurück. »Mir geht es wirklich gut.« Doch jetzt, da ich die Schleusen einmal geöffnet habe, weiß ich nicht, wie ich sie wieder schließen soll. O Gott, ist etwas in mir kaputt gegangen? Bleibe ich jetzt einfach so?

Ich werde bald vollkommen dehydriert sein.

Wir haben den ohnehin schon verspäteten Flug eindeutig aufgehalten und werden von den anderen Passagieren wütend angestarrt. Aber ich glaube, das ist uns beiden egal, als wir den Gang hinunter zu zwei Plätzen direkt neben den Toiletten gehen.

Ich will mich nicht beschweren und lasse mich auf den Sitz plumpsen, während Andrew unser Handgepäck verstaut. Er nimmt den Platz neben mir ein, während die Flugbegleiter mit der Endkontrolle beginnen und die Türen schließen. Ich atme zittrig aus, während der Schweiß, der sich durch den plötzlichen Aktivitätsschub auf meinem Körper gebildet hat, unangenehm abkühlt.

»Also«, sagt Andrew und öffnet die Plastiktüte mit den Kleinigkeiten, die es im Flugzeug geschenkt gab. Er holt ein Taschentuch heraus und reicht es mir, während mir weiter die Tränen über das Gesicht laufen. »Du nimmst deine eigene Tabasco-Flasche mit nach Hause?«

»Ich bin in einem Haus aufgewachsen, in dem Salz und Pfeffer die einzigen Gewürze waren«, schniefe ich und tupfe mir die Augen ab. »Was denkst du denn?«

»Ich glaube, wenn du diesen Trick mit dem Weinen beibehalten kannst, müssen wir nie wieder für irgendetwas anstehen.«

Ich fange an zu lachen, wodurch ich irgendwie nur noch mehr weinen muss, aber ich lasse die Tränen laufen. Das Adrenalin macht mich ein wenig hysterisch, bis mich eine Flugbegleiterin höflich darauf hinweist, dass ich den anderen Passagieren Angst mache.

Kapitel 7

VOR SECHS JAHREN

FLUG NUMMER VIER, CHICAGO

»Ich möchte, dass du aufhörst, mir Bilder von Lampen zu schicken.«

»Also, mal sehen …« Andrew stopft meine Tasche in das Gepäckfach, bevor er sich neben mich auf den Sitz schiebt. »Nachdem du das gesagt hast, werde ich nie mehr damit aufhören. Du hast dir gerade in die Karten sehen lassen, Kinsella.«

»Weiß deine Freundin, dass du mir Bilder von Lampen schickst, die du auf der Straße findest?«

»Emily weiß es nicht nur, sie ermutigt mich sogar dazu, damit ich sie nicht mit nach Hause bringe, um sie ihr zu zeigen.«

Ich lache und beuge mich vor, um nach meiner Wasserflasche zu greifen, was mein Körper mit Protest quittiert. Ich habe die halbe Nacht recherchiert und bin schließlich in einer blöden Position eingeschlafen, für die mich jetzt jeder Muskel meines Körpers straft.

»Alles klar bei dir, Champion?«, fragt Andrew, als mir ein Stöhnen entfährt.

Ich richte mich wieder auf und versuche, es mir bequem zu machen. »Ich brauche eine Massage.«

»Ich habe eine Freundin, Molly.«

»Halt die Klappe.«

Andrew grinst mich nur an.

Er ist aufgedreht, seit wir uns beim Sicherheitsdienst getroffen haben. Zuerst dachte ich, es läge an seiner neuen Beziehung, doch als er sich vorbeugte, um mich zu umarmen, roch ich seine Alkoholfahne, und er gestand mir, dass er direkt von einer Party gekommen ist.

»Du schläfst doch nicht etwa neben mir ein, oder?«, frage ich, während er den Sicherheitsgurt schließt. »Du siehst aus, als würdest du dich gerade in einen müden Betrunkenen verwandeln.«

»Ich komme schon klar.« Er beobachtet, wie einige andere Passagiere den Gang hinunterschlurfen, bevor er sich wieder mir zuwendet. »Du kannst sie kennenlernen, weißt du? Emily. Ich will nicht, dass du denkst, das ginge nicht.«

»Warum sollte ich das denken?«

Er zuckt mit den Schultern. »Sprich einfach nicht mit ihr, und sieh ihr nicht in die Augen. Bei so etwas ist sie komisch.«

»Klar, sicher.« Ich nippe an meinem Wasser und beobachte ihn neugierig. »Du stellst sie also deinen Freunden vor? Es wird wohl langsam ernst.«

»Ja, na ja …« Er bricht ab, wirkt unbeholfen, und ich versuche, den leichten Stich in meinem Herzen zu ignorieren. Es *wird* ernst mit ihnen. Es ist erst zwei Monate her, dass er mir von ihr erzählt hat. Soweit ich weiß, gab es keine längere Beziehung nach Hayley, und ich hatte mich irgendwie daran gewöhnt, dass er Single ist. Vielleicht aber auch nur, weil ich es jetzt bin. Daniel hat im Herbst mit mir Schluss gemacht. Ein klarer Fall von »Es liegt nicht an dir, sondern an mir«. Seitdem habe ich Trübsal geblasen, und das ist ja wohl erlaubt! Manchmal braucht man das. Aber wenn das Trübsalblasen mich daran hindert, mich für andere zu freuen, weiß ich, dass es Zeit wird, mich aus meinem kleinen Tief herauszuarbeiten.

Also tue ich das Erste, was mir in den Sinn kommt, und trete Andrew gegen den Fuß.

»*Au*«, sagt er empört.

»Ich freu mich für dich.«

»Du hast eine seltsame Art, das zu zeigen.«

»Ich meine es ernst, Andrew. Das ist toll. Ich kann es kaum erwarten, sie kennenzulernen.«

Daraufhin lächelt er. »Es *ist* toll.«

»Ja.«

»Weil ich etwas Gutes verdient habe.«

»Das stimmt. Das Beste.«

»Einschließlich …« Er hebt und senkt die Augenbrauen und drückt die Service-Taste. »Etwas Sekt?«

Ich lache. »Man wird dich nicht bedienen.«

»Doch. Es ist Weihnachten.«

»Und du bist betrunken.«

»Beschwipst. Vertrau mir. Ich schaff das.«

Er nimmt Blickkontakt mit einer Flugbegleiterin auf, die sich durch den Gang zwängt, und lächelt so strahlend, dass sie ins Stocken gerät.

»Nur die Ruhe«, murmle ich, aber er zischt mir zu, ich solle still sein. Und dann besorgt er uns, wie versprochen, den Sekt.

JETZT, BUENOS AIRES

Buenos Aires ist eine wunderschöne Stadt. Kosmopolitisch, leidenschaftlich – überall gibt es Essen und Tanz, das Leben *pulsiert*. Zumindest verheißen das die riesigen Plakate, die uns umgeben. Tatsächlich weiß ich es nicht, denn ohne Visum dürfen wir den Flughafen nicht verlassen.

»Gott, weißt du, was ich jetzt gern hätte?«, fragt Andrew, der sich auf dem Stuhl neben mir ausgestreckt hat. »Ein paar von diesen kleinen Pralinen von …«

»Ich verpasse dir gleich eine«, sage ich grimmig. »In dein großes, dummes Gesicht.«

»Ich meine – das Geld, das verstehe ich. Aber die Pralinen?« Er legt eine Hand auf sein Herz und sieht mich mit verletzter Miene an. »Ich liebe Schokolade.«

»Das weiß ich«, murmele ich und starre auf das Bild einer Tangotänzerin mit rot geschminkten Lippen an der gegenüberliegenden Wand. »Deshalb habe ich sie ja gekauft.«

Ich blicke an die Deckenbeleuchtung und versuche mir darüber klar zu werden, ob ich hungrig oder müde bin oder beides. Wir sind nach Atlanta geflogen, wo wir vier Stunden Aufenthalt hatten, um dann die zehn Stunden nach Argentinien zu fliegen, wo wir gerade auf unseren

Anschlussflug nach Paris warten, der weitere siebenhundert-achtzig Minuten dauern wird. Dreizehn weitere Stunden.

Ja. Viel besser, als in Chicago zu bleiben, bei meinem Bett, meiner Dusche, meinem Essen und meinen …

Stöhnend lasse ich mich in meinen Stuhl sinken. Alle meine Klamotten sind in meinem aufgegebenen Gepäck. Darüber hatte ich mir keine Gedanken gemacht, aber jetzt kann ich an nichts anderes mehr denken als daran, dass ich nichts zum Wechseln dabeihabe. Wahrscheinlich stinke ich, trotz des billigen Körpersprays, das ich hier in einer Drogerie gekauft habe.

»Wir haben die richtige Entscheidung getroffen«, sagt Andrew, der meine gereizte Stimmung richtig deutet. Er scrollt in seinem Handy. »Der Sturm zieht nicht ab. Wir hätten nie einen Direktflug bekommen.«

»Wäre es wirklich so schlimm gewesen, in Chicago zu bleiben?« Ich seufze, nur halb im Scherz. »Klar, ich weiß, du liebst deine Familie und alles, aber …«

Andrew grinst. »Das hier werde ich dir nie vergessen. Das weißt du doch, oder? Ich kann mir nicht vorstellen, dass das irgendjemand anders für mich getan hätte.«

»Na gut«, murmle ich verlegen. »Kein Grund, es an die große Glocke zu hängen.«

Er lacht und ahmt meine Pose nach, indem er auf seinem Stuhl nach unten rutscht und die Beine spreizt. Aber ich schelte ihn nicht dafür. In unserer Reihe sitzt sonst niemand, und ich mag es, wie sein Knie meines streift. Noch besser gefällt mir, dass er es nicht wieder wegnimmt.

Als ich sein Knie an meinem spüre, atme ich langsam

ein, halte den Atem an und versuche zugleich, entspannt zu bleiben. In der Luft haben wir kaum miteinander gesprochen, wir waren zu erschöpft, um mehr als nur ein paar Worte zu wechseln. Aber ich war mir seiner Nähe ständig bewusst. So bewusst wie jetzt, als er ausdruckslos vor sich hinstarrt und ich ihn beobachte. Unauffällig, natürlich. Das Gesicht in die andere Richtung gedreht, aus dem Augenwinkel, heimlich. Ich kann nicht anders. Irgendwie hoffe ich, dass ich, wenn ich ihn weiter beobachte, irgendwann erkennen werde, was mich in Chicago so verwirrt hat. Was mich noch immer verwirrt.

»Wir sollten versuchen zu schlafen«, sagt er. »Wir haben nur eine Stunde Zeit, um den Flug nach Dublin zu erwischen.« Er hält inne. »Wenn es keine Verspätung gibt.«

»Gibt es nicht. Wir schaffen das. Vielleicht schaffen wir es sogar in die Nachrichten.«

»Das ist also dein Plan. Kurzer, lokaler Ruhm.«

»Wir schaffen das«, wiederhole ich, und er schenkt mir ein schwaches Lächeln.

»Ich weiß. Ich glaube, es geht mir besser, wenn wir erst einmal … ich weiß nicht, in Europa sind?« Er lacht, weil es lächerlich klingt. »Wenigstens können wir unseren Familien eine lustige Geschichte erzählen. Wenn wir zwischen den Filmen eine Pause einlegen, um uns die Beine zu vertreten, werde ich sagen: Hey, wisst ihr noch, wie ich damals vierundzwanzig Stunden unterwegs war, nur um an Weihnachten zu Hause zu sein?«

»Ihr vertretet euch zwischendurch die Beine? Wie viele Filme seht ihr im Haushalt der Fitzpatricks?«

Er grinst. »Das kommt auf das Jahr an. Normalerweise wählt Dad den Hauptfilm aus, aber er ist unberechenbar. Wenn er uns nicht zufriedenstellt, können wir danach noch die ganze Nacht hindurch schauen, obwohl meine Eltern normalerweise gegen Mitternacht ins Bett gehen.« Andrew verändert seine Haltung und wendet sich mir zu. »Wären wir bei dir geblieben, hätte ich einen Filmmarathon vorgeschlagen. Den ganzen Tag nur Weihnachtsfilme.«

Ich zwinge mich zu einem Lächeln. »Das klingt gut.« Es klingt sehr gut. Aber ich möchte nicht an all die Dinge denken, die er vorgeschlagen hätte. Es hat nur eine Stunde oder so angedauert, aber die Idee, Weihnachten mit Andrew zu verbringen, hat mir ziemlich gut gefallen.

»Nächstes Halloween sollten wir in die *Music Box* gehen«, fährt er fort, und ich ziehe eine Augenbraue hoch. Die *Music Box* ist die Art von anspruchsvollem Kino, das ich liebe und er toleriert. »Da gibt es Horrormarathons«, fügt er auf meinen Blick hin an.

»Ich kann nicht so lange still sitzen, ich muss dann pinkeln.«

»Ich besorge dir einen Platz am Gang. Dann kommst du schnell raus. Oder so eine Windel für Erwachsene.«

»Tja, wie kann eine Frau dazu Nein sagen?«

»Dann haben wir ein Date.«

Mein Lächeln gefriert in meinem Gesicht, und ich zwinge mich dazu, mich wieder der Tangodame zuzuwenden.

Es ist kein Date. Kein Date! Warum also …

Als ich ein Kitzeln an meinem Ohr spüre, zucke ich zusammen und drehe ruckartig den Kopf, woraufhin Andrew erstaunt über meine übertriebene Reaktion zurückschreckt. Seine Hand schwebt unsicher zwischen uns.

»Dein Ohrring«, erklärt er und zeigt mir die kleine silberne Mondsichel. »Er hatte sich in deinem Haar verfangen.«

Ich taste nach meinem nackten Ohrläppchen. »Ich muss den Verschluss verloren haben.«

Mit einem Stirnrunzeln lässt er ihn in meine offene Hand fallen. »Ist alles okay?«

»Bin nur müde«, lüge ich. Ich nehme den anderen Ohrring ebenfalls heraus und stecke beide in meine Tasche. Andrew scheint nicht überzeugt, aber er hakt nicht weiter nach. »Ich wette, du freust dich, die Kinder zu sehen«, sage ich und wechsle das Thema. Sein älterer Bruder Liam hat einen Jungen und ein Mädchen. »Du musst sie vermissen.«

»Ja.« Er nickt. »Ich schwöre, jedes Mal, wenn ich zurückkomme, sind die beiden ganz neue Menschen. So war es damals auch bei Hannah. Obwohl, so wie Liam und Christian früher über sie geredet haben, glaube ich, dass sie ziemlich nervig war.«

Ich lache. »Ernsthaft?«

»Na ja. Vermutlich ist jede Sechsjährige eine Nervensäge, wenn man achtzehn ist und einfach nur sein Ding machen will. Aber wir stehen uns nahe. Sie ist ein gutes Kind. Sehr klug. Klüger als alle anderen von uns.«

»Wir sollten etwas zusammen unternehmen, wenn sie das nächste Mal zu Besuch kommt.«

»Das würde ihr gefallen«, sagt er, jetzt schon munterer. »Sie weiß alles über dich.«

»Wirklich?«

»O ja. Eine Irin, die es in der Welt zu etwas bringt? Sie findet dich ziemlich cool.«

Ich sehe ihn erfreut an. »Mich hat noch nie jemand als cool bezeichnet.«

»Kaum zu glauben«, antwortet er todernst.

Wir verstummen, und nach einem Moment zieht er seinen Pullover aus und stopft ihn sich als Kissen in den Rücken.

Darunter trägt er ein weihnachtliches T-Shirt – was sonst. Obwohl das hier gar nicht so schlecht ist, marineblau mit einem Lebkuchenmann auf der Vorderseite. Ich betrachte es kurz, dann zupft Andrew einen losen Faden vom Ärmel, und ich starre auf seinen Bizeps, der sich unter dem Stoff abzeichnet. An seinem Ellbogen hat er eine winzige Narbe, ein Stückchen erhabene rosa Haut von einem Sturz in der Kindheit, das mich sofort fasziniert.

»Warum bist du nicht nach Seattle gezogen?«

»Was?« Mein Blick zuckt nach oben, und ich sehe, dass er mich beobachtet. Ich versuche, nicht so schuldbewusst auszusehen, wie ich mich seltsamerweise fühle.

»Mit Brandon«, sagt er. »Du sagtest, du hast ihn gebeten zu bleiben, aber warum wolltest du nicht umziehen?«

»Wegen meines Jobs.«

»Gibt es in Seattle keine Anwälte?«

Ich runzle die Stirn. »Vereinfache das nicht so.«

»Mach ich nicht, ich bin nur ...« Mit einem Achselzucken verstummt er. »Du hast recht, vergiss es.«

Ich kann den Ausdruck in seinem Gesicht nicht deuten.

Er wirkt fast enttäuscht, aber das könnte auch an der Erschöpfung liegen. Um ehrlich zu sein, bin ich überrascht, dass wir uns noch nicht angeschnauzt haben.

»Ich wollte nicht gehen«, sage ich. »Außerdem hätte ich die Anwaltsprüfung wiederholen müssen. Das wäre ziemlich aufwendig gewesen.«

»Das müsstest du auch machen, wenn du in Irland als Anwältin arbeiten wolltest«, sagt er, und ich werfe ihm einen komischen Blick zu.

»Ja, aber ich ziehe doch nicht nach Irland, oder?«

»Eines Tages vielleicht schon.«

Ich schnaube. »Du klingst wie meine Eltern. Ich habe nicht die Absicht, zurück nach Dublin zu ziehen. Chicago ist jetzt mein Zuhause.« Ein unangenehmer Gedanke schießt mir durch den Kopf. »Deins nicht?« Er lebt sogar schon länger dort als ich.

»Doch, klar«, sagt er. »Aber das ist Irland auch. Sofern man an zwei Orten zu Hause sein kann.«

»Natürlich kann man das. Aber ich war damals erst seit ein paar Monaten mit Brandon zusammen«, füge ich hinzu, weil ich das Gefühl habe, das noch einmal betonen zu müssen. »Auf jeden Fall nicht lange genug, um durchs halbe Land zu ziehen.«

»Das heißt, wenn du länger mit ihm zusammen gewesen wärst, wärst du vielleicht mitgegangen?«

»Keine Ahnung«, sage ich knapp und klinge so gereizt, wie ich mich fühle. »Die Frage ist viel zu hypothetisch.«

Wir starren uns einen Moment lang an, dann nickt er. »Okay.«

»Ja? Können wir also das Thema wechseln?«

»Klar. Triffst du dich mit einem anderen? Ich glaube, das habe ich noch nicht gefragt.«

»Das ist kein neues Thema.«

»Dann eben nicht.«

»Ich habe mich in letzter Zeit auf mich selbst konzentriert«, erkläre ich.

»Hast du?« Er lächelt leicht. »Und wie genau sieht das aus?«

»Sonntagmorgens mache ich Hot Yoga. Und jeden zweiten Dienstag bekomme ich eine Massage.«

»Schwedisch?«

»Tiefe Muskelmassage.« Ich verziehe das Gesicht. »Normalerweise aus dem Grund, weil ich mir beim Hot Yoga etwas gezerrt habe.«

Er grinst. »Also, ich bin froh, dass du dich mit niemandem triffst. Das bedeutet, dass ich dich ganz für mich allein habe.« Während er spricht, setzt er sich auf und streckt die Arme über den Kopf. Bei der Bewegung rutscht sein T-Shirt ein Stück nach oben, und über dem Bund seiner Jeans kommt ein schmaler Hautstreifen zum Vorschein, was mich plötzlich wütend macht.

Ich wende den Blick ab und beiße die Zähne auf eine Weise zusammen, über die mein Zahnarzt alles andere als glücklich wäre. »Du willst also, dass ich allein bin, ist es das?«

Er zögert. »So habe ich das nicht gemeint.«

»Es hörte sich aber so an.«

Andrew schweigt neben mir, aber ich kann mich nicht

dazu durchringen, ihn anzusehen. Meine Wut verschwindet so schnell, wie sie gekommen ist, und lässt mich müde, verlegen und immer noch sehr, sehr verwirrt zurück.

»Tut mir leid«, sage ich nach einer langen Pause.

»Mir auch. Ich habe es wirklich nicht so gemeint, wie es sich angehört hat.«

»Ich weiß. Ich muss nur …« Ich muss von ihm weg. »Ich muss mir die Beine vertreten und werde Zoe schreiben.«

»Molly …«

»Bin gleich wieder da.« Ich stehe so schnell auf, dass mir ein bisschen schwindelig wird, was ich jedoch ignoriere. Dann humpele ich davon, weil mein Bein eingeschlafen ist. Ich konzentriere mich auf das Kribbeln, damit ich mich nicht auf ihn konzentriere, und marschiere durch das Terminal, bevor ich an einem Toilettenschild abrupt links abbiege.

Der Flur ist leer und die Damentoilette zum Glück auch. Also schließe ich mich, wie schon Millionen verwirrter Frauen vor mir, in der ersten Kabine ein, setze mich ächzend auf den Toilettendeckel und … äh.

Vielleicht habe ich zu viel getrunken. Vielleicht bin ich müde und gestresst, und es war ein Glas Sekt zu viel. Das ist die einzige Erklärung dafür, dass ich das Gefühl habe, den Verstand zu verlieren. Weil Andrew und ich …

Manchmal habe ich das Gefühl, dass er die einzige Konstante in meinem Leben ist, seit ich in diese Stadt gezogen bin. In dem Chaos meiner frühen Zwanziger, als ich meinen Weg und mich selbst gesucht habe, war er immer bei mir. Vielleicht nicht körperlich. Es gab Jahre, in denen ich ihn nur eine Handvoll Male gesehen habe, aber er war immer da. Ich konnte immer mit ihm reden. Konnte mich immer bei ihm ausweinen. Ich konnte immer mit ihm feiern und mit ihm trauern. Und jetzt verstecke ich mich vor ihm in einer Flughafentoilette.

Ich hätte ihn nicht küssen sollen.

Warum habe ich ihn nur geküsst?

Ich schließe die Augen und lasse den Kopf auf die Knie sinken, als sich hinter meinen Schläfen Kopfschmerzen ankündigen.

Ich werde einfach nicht darüber nachdenken. Das werde ich einfach nicht tun. Stattdessen werde ich die Dinge voneinander trennen und mich darauf konzentrieren, uns zurück nach Irland zu bringen. Und *dann* werde ich meinen Job kündigen und einen Urlaub buchen, und in diesem Urlaub werde ich eine Menge essen und mich verlieben. Ich werde mich in einen Masseur verlieben, der sehr gut aussieht und ein untrügliches Gespür für seine Kleidung hat und mich kein bisschen verunsichert.

Aber jetzt schotte ich mich erst mal ab.

Ich bleibe so lange dort, wie es gesellschaftlich akzeptabel ist, und auch dann zwinge ich mich nur deshalb dazu aufzubrechen, weil es sonst mit dem Boarding knapp werden könnte.

Die grellen Leuchtstoffröhren über den Waschbecken sind meinem Selbstbewusstsein nicht gerade zuträglich. Ich habe die ganze Nacht mit meinen Haaren gespielt, jetzt hängen sie schlaff um mein Gesicht, und das Make-up ist mir in die Poren gezogen. Ich sehe schrecklich aus. Das ist verständlich und nichts, was mich normalerweise in Andrews Gegenwart stören würde. Jetzt fühle ich mich jedoch ungewöhnlich verunsichert.

Ich feuchte ein Papiertuch an und wasche mir, so gut es geht, das Gesicht. Dass ich in O'Hare die Kleidung gewechselt und Rock und Bluse gegen Jogginghose und einen übergroßen Kapuzenpulli eingetauscht habe, macht die Sache nicht gerade besser. Die Sachen sind zwar bequem, verstärken aber mein Gefühl, wie die Frau auf dem Vorher-Foto auszusehen. Was insbesondere deshalb unangenehm ist, weil ein Nachher-Foto nicht so bald möglich sein wird.

Ich gebe meine halbherzigen Verschönerungsversuche auf, übe mein »Ich-bin-vollkommen-normal-und-einfach-nur-ein-bisschen-müde-Lächeln« und öffne die Tür zu den Toiletten, fest entschlossen, so zu tun, als sei alles in Ordnung und …

»Endlich.«

Draußen im Flur wartet Andrew.

Als ich ihn sehe, erstarre ich, woraufhin er ein irritiertes Gesicht macht und sich von der Wand abstößt, während ich wie eine in die Enge getriebene Maus dastehe.

»Also gut«, sagt er und blickt auf mich herab. »Was zum Teufel ist los mit dir?«

Kapitel 8

»Was meinst du?« Seine argwöhnische Miene zerrt an meinen Nerven. Er steht viel zu nah vor mir, so nah wie unter dem Mistelzweig, und nein, nein danke. Das brauche ich jetzt wirklich nicht.

»Du verhältst dich irgendwie merkwürdig«, sagt er, als ich versuche, an ihm vorbeizugehen. Sofort macht er einen Schritt zur Seite und versperrt mir den Weg, sodass ich keine Chance habe auszuweichen.

»Weil es eine seltsame Nacht war. Ein seltsamer Tag. Was auch immer.«

Als ich erneut versuche, an ihm vorbeizukommen, schießt seine Hand nach vorn, und er drückt mich sanft gegen die Wand. So, wie ich reagiere, könnte man allerdings meinen, er hätte mich in seine Arme gezogen, denn ich atme so vernehmlich ein, dass er zurückweicht, als hätte ich ihn geschlagen.

Er sieht mich an, als wäre ich eine Fremde. Wahrscheinlich, weil ich mich auch so benehme.

»Du siehst aus, als müsstest du dich übergeben«, sagt er, wobei sich seine Skepsis in Besorgnis wandelt. »Willst du dich setzen?«

»Mir geht's gut.« Ich streiche mir das Haar aus dem Gesicht und spüre, wie mir die Röte in die Wangen schießt.

Vielleicht muss ich mich wirklich setzen. Vielleicht bin ich ja krank! Das würde alles erklären.

»Was ist los?«, fragt er erneut. »Du kannst es mir sagen. Ist es deine Periode?«

»Nein«, murmle ich gereizt und zwinge mich schließlich, ihm in die Augen zu sehen. Als ich dort die Sorge erkenne, fühle ich mich nur noch schlechter. Das ist *Andrew*. Ich kann mit Andrew reden.

Nur nicht darüber. Da Andrew im Moment meine einzige Konstante ist, werde ich mich hüten, ihn zu vertreiben. Denn es könnte komisch rüberkommen, seinem Freund zu eröffnen: *Hey! Es hat mir gefallen, als sich unsere Körper berührt haben! Lass uns das noch mal machen!*

»Können wir jetzt gehen?«, frage ich. »Wir schaffen es noch, den Flug zu verpassen.«

»Wir haben noch Zeit.«

Wegen der Panik, die sich zweifellos auf meinem Gesicht abzeichnet, wird seine Miene weicher. »Komm schon, Moll. Was ist los?«

»Abgesehen von dem riesigen Durcheinander auf dieser Reise?« Ich zögere, als er mich wie der sture Blödmann ansieht, der er nun mal ist. »Nichts«, sage ich schließlich. »Ich hatte in letzter Zeit einfach superviel zu tun.«

»Du hast immer zu tun.« Es klingt nicht wertend, mehr wie eine Feststellung, aber es tut trotzdem weh.

»Ich weiß«, sage ich. »Aber momentan ist es echt irre viel Arbeit.«

»Okay, na ja …«

»Außerdem glaube ich, ich gerate langsam in eine Art

frühe Midlife-Crisis. Dabei habe ich mich so auf dich und den Flug gefreut, dass ich wahrscheinlich viel zu hohe Erwartungen hatte, und es ist einfach …«

»Molly …«

»Es ist dumm«, ende ich.

»Was ist dumm?«

Ich ignoriere ihn und bemerke zum ersten Mal seine leeren Hände. »Wer passt auf unsere Sachen auf?«

»Ein windiger Mann, der mir eine Rolex verkaufen wollte«, sagt er, ohne zu zögern. »Was ist dumm?«

»Die …« Was ist nur mit mir los? »Die Sache mit dem Mistelzweig … Ich hätte nicht …« Ich hebe hilflos die Hände, aber er hilft mir nicht, sondern starrt mich mit ausdruckslosem Blick an, als hätte er keine Ahnung, wovon ich rede. Denn natürlich hat er das nicht. Wahrscheinlich hat er es schon vergessen.

»Weißt du was?«, sage ich. »Vielleicht muss ich mich übergeben.«

»Meinst du die Sache, als du mich geküsst hast?«

Mir bricht der Schweiß aus.

»Molly?«

»Ja. Ja.« Ich verlagere mein Gewicht von einem Fuß auf den anderen. »Das hätte ich nicht tun sollen.«

Er runzelt die Stirn. »Warum nicht?«

»Weil es *bescheuert* ist!«, rufe ich. »Die ganze Sache ist bescheuert, und es hat mir gefallen, und vielleicht bin ich es einfach leid, dass jedes Jahr alle denken, ich würde Weihnachten hassen, und ich wollte nur zeigen, dass ich ein bisschen gemütliche Weihnachtsfreude haben kann und …«

»Es hat dir gefallen?«, unterbricht er meinen Rede-schwall.

»Was?«

»Der Kuss hat dir gefallen?«

Ich verstumme und beiße mir so fest von innen in die Wange, dass ich mich wundere, dass sie nicht blutet. Viel-leicht sollte ich einfach einen Flug nach Griechenland neh-men und Zoe dort treffen. Ich wette, Griechenland ist im Dezember wunderschön. »Ich glaube ja.«

»Du glaubst«, wiederholt er langsam. »Und deshalb …mussst du dich vielleicht übergeben?«

»Ich glaube, das liegt daran, dass ich seit Brandon eine Durststrecke durchgemacht habe«, sage ich, und er blin-zelt. »Das und der Sekt und der ganze schon erwähnte Stress. Das hat mich durcheinandergebracht. Das hat mich total wuschig gemacht.«

»Das ist kein richtiges Wort.«

»Du hast recht.« Ich stoße ihm einen Finger gegen die Brust und ignoriere das sofortige Kribbeln an meiner Fin-gerspitze. »Es ist kein richtiges Wort. Ein weiteres Indiz dafür, wie wuschig ich bin. Das ist alles.«

Andrew sieht mich aus schmalen Augen an, aber tat-sächlich fühle ich mich etwas erleichtert. Es ihm zu beich-ten, hat mir als brave, kleine, nicht praktizierende Katho-likin bereits geholfen.

»Okay?«, frage ich, und er weicht zurück und bringt etwas dringend nötigen Abstand zwischen uns.

»Okay«, sagt er. »Verstehe.«

»Wirklich?«

»Ja. Als du mich unter dem Mistelzweig geküsst hast, ist es nicht so gelaufen, wie du es erwartet hattest.«

»Richtig.«

»Du warst müde und gestresst und hattest schon lange niemanden mehr geküsst, und als du mich geküsst hast, hattest du einen Kurzschluss.«

»Genau.«

»Es hat dich verwirrt.«

»Allerdings.« Erleichtert, dass er es versteht, strahle ich ihn an.

Andrew nickt. »Also sollten wir es noch mal tun.«

»Ja, wir … Was?«

»Wir sollten uns noch mal küssen, um das zu klären«, sagt er vollkommen ernst. »Damit du weniger verwirrt bist.«

Ich stutze. Jedes einzelne Wort für sich genommen verstehe ich. Aber zusammen … »Wieso sollte ich anschließend weniger verwirrt sein?«, frage ich.

»Wenn du nichts fühlst, weißt du, dass es nur ein zufälliger, stressbedingter Moment war. Und wenn du dasselbe fühlst …«

»Was?«, dränge ich, als er nicht weiterspricht. »Wenn ich dasselbe fühle, was dann?«

»Das ist egal«, sagt er einfach. »Das wirst du wahrscheinlich nicht. Schließlich warst du wohl nur müde.«

»Ich *bin* müde.«

»Okay.«

Ich starre ihn an, als ein Lautsprecher in unserer Nähe mit einer Durchsage zum Leben erwacht, aber sie betrifft nicht unseren Flug. Andrew rührt sich nicht vom Fleck, und etwas verzögert begreife ich, dass er von mir den nächsten Schritt erwartet.

Und ich weiß, wie dieser Schritt aussehen sollte. Er erwartet, dass ich lache und ihn zurück zum Gate schleppe. Ja, genau das sollte ich tun.

Doch als ich in sein vertrautes Gesicht hochsehe, weiß ich, dass es nicht das ist, was ich tun will. Und ist das nicht erschreckend?

»Fändest du das nicht merkwürdig?«, frage ich.

»Ich glaube nicht, dass es merkwürdiger wäre, als du es im Moment bist«, erwidert er unumwunden. »Es ist einen Versuch wert, meinst du nicht?«

Ich habe keine Ahnung. Aber irgendwie hat der Mann recht.

»Okay«, sage ich und stelle ihn auf die Probe. Wenn er überrascht ist, lässt er es sich nicht anmerken. »Tolle Idee.« Ich straffe die Schultern und balle die Hände an den Seiten zu Fäusten, um dem Drang zu widerstehen, mein Haar zurückzustreichen. »Wahrscheinlich solltest du es tun. Mich küssen, meine ich. Da ich dich beim ersten Mal geküsst habe. Obwohl ich denke, wissenschaftlich betrachtet, müssten wir zurück zum O'Hare fahren und den Mistelzweig suchen, aber ich glaube nicht, dass sie ihn noch haben, wenn wir zurückkommen – Okay, okay! Herrgott.«

Als Andrew näher rückt, bis wir uns so nahe sind, wie es nur geht, ohne einander zu berühren, stoße ich mit dem Rücken gegen die Wand. Ich fasse nach seinen Schultern, um ihn dort zu halten, und mein Puls beginnt zu rasen.

»Dies ist ein Experiment«, stelle ich klar und sehe einen Hauch von Belustigung in seinen Augen, das schwöre ich. Aus welchem Grund auch immer, es beruhigt mich. »Für die Wissenschaft.«

»Für die Wissenschaft«, wiederholt er, als wäre es ein Schwur. »Willst du vorher noch einen Chemie-Witz hören?«

»Nein.«

Er grinst, und plötzlich bekomme ich keine Luft mehr. »Bist du sicher? Der ist ziemlich gut …«

Ich küsse ihn.

Es gibt ja Leute, die behaupten, dass die Vorfreude auf einen Kuss besser sein kann als die Sache selbst. Diese Leute haben noch nie Andrew Fitzpatrick geküsst.

Es ist ein zarter Kuss. Keusch. Und wieder ist meine Reaktion nicht so, wie sie sein sollte. Mir klopft das Herz bis zum Hals, mein Körper drängt sich an ihn und sucht seine Wärme. Ich sollte enttäuscht sein, denn bei allem, was sonst gerade in meinem Leben passiert, ist das hier das Letzte, was ich gebrauchen kann. Das Letzte, was ich brauche, und das Einzige, was ich will.

Diese einfache Erkenntnis lässt in meinem Kopf die Alarmglocken schrillen, ein unüberhörbares *He, Auszeit*, doch dann bewegt Andrew seinen Mund zu meinem, während er die Hände von meinen Hüften löst, um mein Gesicht zu umfassen. Er neigt meinen Kopf nach hinten, um den Kuss zu vertiefen, und ich gebe ein Geräusch von mir, ein kleines – wie soll ich mich ausdrücken – Wimmern. Das macht mich so verlegen, dass ich wieder die Erste bin, die ihren Kopf zurückzieht. Diesmal lässt Andrew mich los, und ich öffne die Augen, um mich zu entschuldigen, Ausreden zu erfinden oder einfach nur zu lügen, als ich zu ihm hochsehe und bemerke, dass ich ihm das Lächeln aus dem Gesicht gewischt habe.

Eine Haarsträhne fällt mir in die Stirn und kitzelt meine Wange, und ich beobachte, wie Andrews Blick die Bewegung verfolgt, bevor er sie langsam, als wäre ich ein scheues Tier, hinter mein Ohr steckt. Eine Gänsehaut überläuft meinen Körper, als er mit seinen Fingern durch die Strähnen fährt, bevor er die Hand schließlich sinken lässt.

»Diesmal kein Ohrring?« Ich versuche, sarkastisch zu sein, aber stattdessen klinge ich nur heiser.

»Diese Ausrede kann man nur einmal benutzen.«

Keiner von uns rührt sich. Keiner sagt etwas. Der Flur, in dem wir uns befinden, ist hell erleuchtet und riecht stark nach Desinfektionsmittel. Aber er ist auch leer, und wir sind allein und werden es wahrscheinlich noch eine Weile bleiben.

»Fühlst du dich besser?«, fragt er schließlich, und ich brauche einen Moment, um zu begreifen, was er meint.

»Ja«, krächze ich.

»Alles geklärt?«

»Mhh.«

»Willst du es noch mal machen?«

»Ja … *Nein*«, korrigiere ich mich schnell, und schon ist sein Lächeln wieder da, und die Gefühlstiefe in seinen Augen verschwindet, als hätte er einen Schalter umgelegt.

»Immer noch verwirrt?« Er seufzt. »Ich wusste, es würde nicht funktionieren.«

»Warum hast du es dann vorgeschlagen?«

»Ich wollte sehen, wie es ist.«

Ich starre ihn an. »Und?«

»Ja.«

»Was meinst du mit ›Ja‹?«

»Es war gut«, sagt er und wendet sich ab, um einer weiteren Durchsage zu lauschen, die durch das Terminal schallt.

»Es war mehr als gut!« Das kitschige, warme Gefühl in mir weicht Verärgerung, als er mit seiner Aufmerksamkeit nicht mehr bei mir ist. »Ich kann ausgezeichnet küssen. Und das war ein ausgezeichneter Kuss.«

»Sicher.«

»Nein, nicht *sicher*, du …« Als er sich umdreht und über den Flur zurückgeht, verstumme ich kurz. »Andrew!«

»Wir verpassen noch unseren Flug«, ruft er mir über seine Schulter zu.

Ich eile hinter ihm her und habe Mühe, mit seinen langen Beinen Schritt zu halten.

»Wie konntest du mich nur so erschrecken«, sagt er und tippt etwas in sein Handy. Vorn fangen die Leute an, sich für das Boarding anzustellen. »Ich dachte schon, mit dir stimmt etwas nicht, aber du bist nur ein bisschen verknallt.«

»Bin ich nicht!«

»Ich denke doch. Ich spüre es.«

»Von einem Kuss?«

»Zwei Küssen«, sagt er etwas abwesend, während er eine neue Nachricht liest.

»Der erste zählt nicht«, erkläre ich. »Und der zweite war deine Idee.«

Er antwortet nicht und nimmt einer fröhlichen jungen Frau mit riesigen Christbaumkugeln auf dem T-Shirt unsere Taschen ab.

»Sechs von zehn«, sagt er und wendet sich wieder mir zu.

Mir bleibt der Mund offen stehen. Ich weiß sofort, was er meint. »Für unseren *Kuss*?«

»Mach dir nichts draus. Du hast es selbst gesagt, du bist müde.«

»Ich bin nicht …« Ich breche ab, ehe ich ihn auch noch anschreie. »Du ärgerst mich absichtlich.«

»Stimmt«, sagt er, als wäre das offensichtlich. »Fühlst du dich besser?«

Die Türen gehen auf, und die Schlange rückt langsam vor. Ich fühle mich tatsächlich besser. Als ob er gewusst hätte, dass es mich am besten ablenken würde, wenn er mich ärgert.

»Ja«, gebe ich zu und versuche, unter seinem Blick nicht zu erschauern.

»Gut.« Er stellt sich ans Ende der Schlange, und nach einer Sekunde folge ich ihm.

»Du hättest mich nicht küssen müssen, nur um mich abzulenken.«

»Ach, wir müssen alle Opfer bringen.« Er dreht sich zu mir um, und ich schwöre, in seinen Augen liegt ein gottverdammtes Funkeln. »Und du küsst ausgezeichnet, Molly Kinsella.«

»Hör auf, Scherze zu machen«, stöhne ich.

»Das ist kein Scherz.« Er streckt den Arm aus und legt ihn mir um die Schulter, als ich wie immer zu ihm trete. »Vergiss es, okay? Es ist nicht merkwürdig und keine große Sache. Ich bin nur froh, dass du nicht mehr so trübsinnig bist.«

»Ich weiß, dass es keine große Sache ist. Ich habe nie gesagt, dass es eine große Sache ist.«

»Diese Geschichte erzähle ich auf deiner Hochzeit. Wie du dich bei dem Gedanken daran, mich zu küssen, übergeben wolltest.«

»Vielleicht erzähle ich es auf deiner«, schieße ich zurück. »Wie du mich in Buenos Aires während des schlimmsten Weihnachtsfestes aller Zeiten angemacht hast.«

»Gut. Wer zuerst heiratet, bekommt die Geschichte.«

»Abgemacht.«

»Abgemacht.«

Ich blicke zu ihm hoch und kneife die Augen zusammen. »Sechs von zehn?«

Er lächelt. »Sieben. Für mehr bräuchte ich etwas mehr Zunge.«

»Das ist eklig. Du bist eklig. Küss mich bloß nicht noch mal.«

»Ich werde versuchen, mich zu beherrschen«, sagt er ernsthaft, und ich schnaube verächtlich, aber halbherzig. In erster Linie bin ich erleichtert. Erleichtert darüber, dass ich ihm nicht länger etwas verheimliche. Dass er es wirklich für keine große Sache zu halten scheint, dass wir uns innerhalb von vierundzwanzig Stunden zweimal geküsst haben, nachdem wir das zehn Jahre lang *überhaupt nicht* getan hatten.

Während wir zum Flugzeug vorrücken, schweige ich und versuche, nicht zu viel darüber nachzudenken. Andrew bekommt wieder eine Textmessage und ist schnell abgelenkt, obwohl seine Hand fest an meiner Schulter bleibt.

Das ist kein Scherz.

Es ist keine große Sache. Er hat gesagt, dass es keine ist, und jetzt verhält er sich auch so. Aber meine Lippen kribbeln immer noch. Meine Lippen kribbeln immer noch, und es hört nicht mal auf, als ich sie zusammenpresse.

Kapitel 9

FLUG NUMMER FÜNF, CHICAGO

»Probiere ihn an.«

»Nein.«

»Probiere ihn einfach an!«

»Nein, das würde dich zu glücklich machen.«

»Probiere ihn an, oder ich gebe ihn zurück.«

»So läuft das nicht mit Geschenken, du Spinnerin.« Aber Andrew zieht seinen Pullover aus (darauf sind Frauen mit Rentiergeweihen und Weihnachtsmützen abgebildet) und wickelt den aus, den ich ihm gerade geschenkt habe.

»Das ist Kaschmir«, erkläre ich, als er ihn hochhält. »Und ich weiß, er ist nicht unbedingt lustig, aber das ist Wintergrün. Also definitiv eine Weihnachtsfarbe. Und er ist so leicht, dass du ihn das ganze Jahr über tragen kannst, wenn du willst.«

Er antwortet nicht, sondern zieht sich den Pullover über den Kopf. Ich weiß nicht, warum ich so nervös bin. Ich habe mir noch nie viele Gedanken über Geschenke gemacht, und doch bin ich ein ganzes Wochenende lang durch die Stadt gerannt, um das perfekte Geschenk für ihn zu finden. Und ich bin mir ziemlich sicher, dass ich versagt habe. Ich hätte ihm einfach einen Geschenkgutschein geben sollen. Alle lieben Gutscheine.

»Ich habe die Quittung aufbewahrt«, füge ich hinzu. »Also, falls er dir nicht gefällt oder nicht passt, können wir …«

»Er passt«, unterbricht er mich, seine Stimme ist durch den Stoff gedämpft. Sein Kopf taucht mit zerzaustem Haar aus dem Ausschnitt auf, und er zieht den Pullover über seine Brust.

Ich beuge mich vor und zupfe ein paar Fussel von seinem Ärmel, lasse es aber sofort, als es mir bewusst wird. »Und? Was meinst du?«

»Ich *meine*«, sagt er und zieht das Etikett heraus, »das ist jetzt das Schönste, was ich besitze.«

»Wirklich?«

Er grinst. »Geht es in diesem Moment darum, dass ich ein Geschenk bekomme, oder darum, dass du mir ein Geschenk machst?«

»Um mich«, sage ich, und er lacht. »Es ist wirklich schwer, etwas für dich zu finden.«

»Es ist einfach, etwas für mich zu finden. Kauf mir irgendwas.«

»*Irgendwas* ist ein Codewort für ›schwer zu beschenken‹.«

»Okay, das machen wir auf keinen Fall noch einmal«, erklärt er. »Es soll Spaß machen und nicht stressig sein. Schenkt ihr euch in deiner Familie nichts?«

»Doch, natürlich. Aber normalerweise Geld, das größte Geschenk von allen.«

»Du bist eine kalte, traurige Frau.«

»Gib mir mein Geschenk.«

Andrew grinst und greift in das vordere Fach seiner Tasche. Er wollte unbedingt, dass wir uns was schenken, und ich habe mich nur darauf eingelassen, weil ich dachte, wir würden die Geschenke im Flugzeug tauschen und zu Hause öffnen. Allein. Ich habe nicht damit gerechnet, dass er das Ganze *jetzt* machen will. Vor aller Augen. In ein paar Minuten müssen wir ins Flugzeug steigen, und die Sitzreihen am Gate füllen sich, einige Leute stehen schon in der Schlange und halten ihre Pässe bereit.

»Hier, bitte sehr.«

Er nimmt meine Hand und drückt mir ein kleines, in Seidenpapier eingewickeltes Rechteck in die Hand, das ich schnell öffne.

Was?

Ich wusste wirklich nicht, was ich erwarten sollte. Aber ich glaube, selbst wenn ich hundert Versuche gehabt hätte, um zu erraten, was Andrew mir zu Weihnachten schenken könnte, hätten sie nicht ausgereicht.

»Ein … Kühlschrankmagnet?«, frage ich, und er nickt.

»Aber ein lustiger«, ergänzt er. »Es ist ein Wortspiel.«

»Das sehe ich.«

»Da steht ›Pasta la vista, Baby‹«, fährt er mit ernster Miene fort und deutet auf die Comic-Sans-Schrift. »Und da ist ein Bild von …«

»… ein paar Nudeln, ja.«

»Ich habe es auf eBay gekauft.«

»Andrew.«

»Es hat mich drei Dollar an Porto gekostet.«

Ich muss unwillkürlich losprusten und schlage mir die Hand vor den Mund. »Das ist dein Geschenk? Ich habe mir die letzten zwei Wochen den Kopf darüber zerbrochen, und du schenkst mir das?«

»Es ist der Gedanke, der zählt.«

»*Das* hast du dir ausgedacht?« Ich kneife die Augen zusammen, das glaube ich nicht für fünf Pfennige. »Gib mir mein richtiges Geschenk.«

»Das ist …«

»Andrew.«

Grinsend greift er wieder in die Tasche. »Du bist wie das typische verwöhnte Kind am Weihnachtsmorgen, weißt du das? Das sollte eine Lektion darin sein, wie man auf kultivierte Weise mit einer Enttäuschung umgeht.«

»Ich bringe den Pullover zurück.«

»Nochmals, so läuft das nicht. Aber bitte, hier.«

Als er mir ein schmales, rotes Lederbuch reicht, lasse ich den Magneten in meinen Schoß fallen.

Der Buchrücken hat Risse, und der Einband ist vom vielen Herumtragen stark abgenutzt. Es muss mindestens einige Jahre alt sein. Wenn nicht Jahrzehnte. Auf der Vorderseite steht in schrägen Buchstaben *Restaurantführer Chicago*.

»Es ist vielleicht nicht der aktuellste«, sagt er und beugt sich zu mir, als ich ihn aufschlage. »Aber sieh mal.« Er blättert ein paar Seiten vor und deutet auf die Ränder.

»Der Besitzer hat Notizen gemacht?«

»*Die* Besitzer«, korrigiert er. »Es sind unterschiedliche

Handschriften. Sieht aus, als wären es mehrere Leute gewesen.«

Er hat recht. Einiges ist mit Bleistift, einiges mit Rotstift geschrieben, und saubere, eckige Buchstaben wechseln mit einer winzigen Schreibschrift, die ich kaum lesen kann.

»Woher hast du das?«

»Ich habe es vor Monaten auf einem Flohmarkt gefunden. Ich dachte, es würde dir gefallen.«

»Es ist wunderbar.« Ich streiche über die handgeschriebenen Worte. *Frag nach der hausgemachten Butter. Stiehl sie, wenn nötig.* »Es ist, als würde man ein Tagebuch lesen.« *Das Degustationsmenü ist die Zeit wert. Flirte mit Diane, um den guten Tisch zu bekommen.* »Du hast es schon vor Monaten gekauft?«

»Wenn man es weiß, weiß man es einfach.«

Und er hat es die ganze Zeit über aufbewahrt. Um es mir zu schenken.

»Oh-oh«, sagt Andrew, als ich heftig schlucke. »Da kommen sie.«

»Es sind Freudentränen«, versichere ich ihm. »Weihnachtstränen. Es ist perfekt, danke.« Ich drücke das Buch an meine Brust und drehe mich so, dass ich ihn umarmen kann.

»Gern geschehen«, murmelt er und drückt mich ebenfalls. »Frohe Weihnachten, Moll.«

Eine Phantomstimme hallt durch das Terminal und kündigt eine zwanzigminütige Verspätung unseres Fluges an, aber das macht uns beiden nicht viel aus. In dem Moment denke ich, dass ich auch eine zwanzigstündige

Verspätung in Kauf nehmen würde, solange ich sie mit ihm verbringen kann.

JETZT, PARIS

»Was soll das heißen, *mein Koffer ist nicht da*?«

Ich starre die Frau hinter dem Tresen an, und sie erwidert meinen Blick. Ihr nudefarbener Lippenstift ist perfekt aufgetragen, und sie lächelt mich entschuldigend an.

»In diesem Koffer sind meine Sachen«, sage ich albernerweise.

»Es tut mir leid.«

»Sie haben ihn verloren?« Das ist ein Scherz. Das ist ein furchtbarer, völlig unwitziger Scherz. Fast erwarte ich, dass ein Kamerateam hervorspringt und verkündet, ich sei in einer schäbigen Realityshow gelandet. Ich habe auf dem Flug nach Paris kaum geschlafen, nachdem ich auf dem Flughafen kaum geschlafen hatte, nachdem ich seit meiner Abreise aus Chicago kaum geschlafen hatte. Es ist der 23. Dezember. Ich habe seit achtundvierzig Stunden nicht mehr geduscht, das Timing meiner Antibabypille ist *völlig* durcheinander, und die haben *meinen Koffer verloren*?

»Sie haben unsere Koffer gleichzeitig eingecheckt!«, rufe ich. »Wie kann es sein, dass sie meinen verloren haben und seinen nicht?«

»Vielleicht war deiner zu klein«, murmelt Andrew hinter mir und wendet sich rasch ab, als ich ihm einen tödlichen Blick zuwerfe.

»Wir haben ihn nicht verloren«, beruhigt mich die Frau. »Wir wissen, wo er ist. In Argentinien.«

»Aber *ich* bin in Paris!«

»Er kommt mit dem nächsten Flug her.«

Ich widerstehe dem Drang, mit dem Kopf auf den Tresen zu sinken. »Aber wir bleiben nicht hier. Wir versuchen, nach Irland zu kommen.«

»Nochmals, es tut mir sehr leid.« Sie bleibt weiterhin höflich, aber hinter ihrer Höflichkeit blitzt ein Stahlpanzer durch, der mir sagt, dass ich nicht der erste jammernde Passagier bin, mit dem sie es heute zu tun hat und noch haben wird. »Wir können Sie für jeden Tag entschädigen, an dem Sie auf den Koffer verzichten müssen, und ihn sofort dorthin fliegen, wo Sie ihn haben möchten, aber im Moment können wir nichts weiter für Sie tun.«

»Aber …«

»Es tut mir leid, Madam.«

Eine endlose Sekunde lang sehen wir uns an, aber ausnahmsweise bin ich die Erste, die blinzelt, während ich den schrecklichen Drang unterdrücke, in meiner Verzweiflung als Fluggast die Person anzuschreien, die nichts für mein Problem kann.

»Okay.« Ich höre mich nicht nur an wie ein kleines Mädchen, sondern fühle mich auch so. »Was muss ich tun?«

Ein unterschriebenes Formular und zwei Minuten später stapfen wir zurück durch die Eingangshalle des Flughafens Charles de Gaulle. Die Halle ist voll, was absehbar war, und ich spüre, wie meine Stimmung bei dem Blick auf die Abflugtafel weiter sinkt.

»Wir haben den Flug nach Dublin verpasst, stimmt's?«
Es wäre ohnehin eng geworden, aber durch das Warten auf
meinen Koffer, der nicht kam, wurde es völlig unmöglich.
Ich brauche Andrew gar nicht erst zu fragen, denn ich ahne
bereits, dass der Rest der Flüge ausgebucht ist.

»Mach dir keine Sorgen«, sagt Andrew sanft. Aber das
tue ich. Denn etwas so Einfaches, wie an Weihnachten nach
Hause zu fahren, sollte nicht so kompliziert sein. »Der
Flug heute Abend ist ausgebucht«, fährt er fort. »Wir können nicht mehr viel tun, aber wenn wir hierbleiben, können wir versuchen, doch noch einen Platz zu bekommen,
und es gibt immer ein Morgen.«

Morgen. Morgen ist Heiligabend, was bedeutet, dass es
knapp wird. Zu knapp, um einen weiteren Tag auf einem
Flughafen zu verschwenden. Doch das scheint Andrew
nicht zu interessieren. Er blickt nicht einmal auf die Tafel,
sondern starrt mit hängenden Schultern ins Leere und gibt
sich geschlagen.

Er hat aufgegeben. Das ist verständlich. Aufzugeben ist
im Moment bei Weitem die verlockendste Option. Und
eindeutig die einfachste.

Aber ich war noch nie ein großer Freund vom Aufgeben.

»Wir sind beide erschöpft«, fährt er fort. »Vielleicht ist
es das Beste, wir versuchen, ein Hotelzimmer zu bekommen und dann …«

»London.«

»Was?«

Ich drehe mich zu Andrew um und rechne in meinem

nebligen, müden Hirn die Zeiten durch. »Wir können versuchen, nach London zu kommen. Von dort aus schaffen wir es nach Hause.«

Er zögert. »Wir reden hier von ein paar Hundert Dollar, Molly.«

»Dafür gibt es Kreditkarten. Wir sind so weit gekommen. Willst du jetzt wirklich aufgeben?«

»Ich möchte, dass du ein paar Stunden schläfst, bevor du noch zusammenbrichst.«

»Ich habe gesagt, ich bringe dich nach Hause«, weise ich seinen Einwand zurück. »Also bringe ich dich nach Hause.«

Ich dränge mich an ihm vorbei zu einem freien Platz an der Wand, lasse mich in den Schneidersitz sinken und klappe meinen Laptop auf. Es dauert eine Sekunde, doch dann folgt er mir.

Nichts anderes habe ich erwartet.

»Lass uns das durchdenken«, sage ich nachdenklich, als er mich nur ansieht. »Setz dich!«

Er seufzt schwer, um mir zu zeigen, dass er es nur tut, um mir einen Gefallen zu tun, wirft seine Tasche auf den Boden und setzt sich mit mürrischem Blick vor mich. Ich weiß, das liegt nur daran, dass er irgendwie nicht mehr daran glaubt, er könnte es rechtzeitig schaffen, also nehme ich es ihm nicht allzu übel.

»London ist kein Problem«, sage ich und gehe die verfügbaren Flüge durch. »Es gibt Plätze für heute Nachmittag und heute Abend. Und von dort …« So ein Mist. Es gehen täglich über hundert Flüge von London nach

Dublin, aber bei der Anzahl von Iren, die im Vereinigten Königreich leben, ist es kaum verwunderlich, dass sie alle ausgebucht sind.

Ich schicke Andrew ein kurzes Lächeln, das er mir keine Sekunde lang abnimmt.

»Molly …«

»Wenn du schmollen willst, dann halt die Klappe«, unterbreche ich ihn. Er bohrt mit seinen Blicken ein Loch in meinen Schädel, aber ich gehe weiter die Flüge durch und dehne meine Suche auf umliegende Städte aus. Alles, um ihn nach Hause zu bringen. Irgendwie …

Als mir ein ebenso perfekter wie einfacher Gedanke durch den Kopf schießt, erstarren meine Finger über der Tastatur. Für eine Sekunde bin ich von meiner eigenen Genialität wie gebannt.

»Wir kommen von einer Insel.«

Andrew sieht mich an, als hätte ich den Verstand verloren. »Ja«, sagt er langsam. »Willst du nach Hause schwimmen?«

»Nein.« Ich richte mich auf, mache einen auf selbstgefällige Molly und öffne ein neues Fenster. »Ich will die Fähre nehmen.«

»Die Fähre? Glaubst du etwa, dass die nicht ausgebucht ist?«

»Die Autotickets vielleicht.« Ich gebe unsere Daten ein. »Aber es gibt immer Platz für Fußgänger. Natürlich verpassen wir die heutige Abfahrt, aber morgen …« Ich stoße einen Siegesschrei aus, der mehrere Leute in der Nähe aufschrecken lässt.

»Von Paris nach London«, sage ich, während ich das Puzzle zusammensetze. »Wir nehmen uns ein Hotelzimmer und fahren morgens mit dem Zug vom Bahnhof Euston nach Wales. Um die Mittagszeit geht es ab Holyhead per Fähre weiter. An Heiligabend sind wir in Dublin. Du kannst entweder den Bus nehmen, oder ich bitte meinen Dad, dich zu fahren, wenn es sein muss. Das klappt, Andrew. Weihnachten bist du zu Hause.«

Als er meine geniale Idee nicht sofort lobt, sehe ich auf. Er sieht mich mit einem derart verwirrenden Blick an, dass ich plötzlich verunsichert bin und meine Aufmerksamkeit wieder auf meinen Laptop richte.

»Du wirst natürlich erledigt sein«, füge ich hinzu. »Aber ich glaube, wir können es schaffen. Es sei denn, du hast noch eine andere …«

»Hab ich nicht«, unterbricht er mich. »Das klingt perfekt. Das ist … danke.«

Ich nicke, sehe ihn aber immer noch nicht an. »Dann kaufe ich die Tickets? Wenn wir den Mittagsflug nehmen, können wir am späten Nachmittag in London sein! Vielleicht können wir bei deinem Bruder übernachten?«

»Der ist schon nach Hause gefahren«, sagt Andrew. »Aber ich habe einen Cousin dort. Oliver. Er freut sich normalerweise über Gesellschaft.«

»Das ist doch toll. Wenn er uns aufnimmt.«

»Ich schreibe ihm eine Nachricht.« Es folgt eine Pause, dann sagt er: »Es tut mir leid, Molly.«

Bei seinen Worten sehe ich ihn an. »Mir auch. Es tut mir leid, dass wir den Flug nach Dublin verpasst haben.«

»Nicht deine Schuld. Und das ist ein guter Plan. Ich bin beeindruckt.«

»Das ist noch gar nichts«, erwidere ich. »Warte nur, bis ich einen Kaffee getrunken habe.«

Er lächelt. Zwar nur schwach, aber ich verbuche es als Sieg. »War das eine subtile Andeutung, Miss Kinsella?«

»Milch. Kein Zucker.«

Er seufzt übertrieben, steht aber auf. »Für mein Reisebüro tue ich doch alles«, sagt er, und ich versuche, nicht zu erfreut auszusehen, während ich mich wieder meinem Laptop zuwende und mich um die Buchungen kümmere.

Kapitel 10

Es dauert weitere dreißig Minuten, die Tickets zu buchen und unsere Familien über unseren neuen Plan zu informieren. Die von Andrew scheint dankbar zu sein, meine nur verdutzt, dass ich so viel Aufwand betreibe. Doch sein Cousin nimmt uns gern für die Nacht bei sich auf. Er antwortet innerhalb weniger Minuten auf Andrews Nachricht, dass er schon dabei sei, das Porzellan zu polieren.

Andrews Gesichtsausdruck kann ich nicht entnehmen, ob das ein Scherz ist oder nicht.

Erst als alles geklärt ist, wird mir bewusst, was es bedeutet, meinen Koffer nicht zu haben. Ich bin es nicht gewohnt, so auszusehen, wie ich gerade aussehe. Die Geschäftswelt verlangt ein gewisses gepflegtes Äußeres, und da dies zu den wenigen Dingen in meinem Job gehört, über die ich die volle Kontrolle habe, nehme ich das ernst. Ich habe zwar kein Problem damit, mich für einen langen Flug bequem zu kleiden, aber die Male, die eine Frau ihre Unterwäsche auf links drehen kann, sind begrenzt.

»Ich muss mir etwas zum Anziehen kaufen.«

»In Paris?« Andrew verzieht das Gesicht. »Die sind hier nicht gerade für ihren Sinn für Mode bekannt.«

»Süß«, sage ich schroff, aber insgeheim freue ich mich, dass er sich erholt hat. Der Kaffee hat geholfen, und wir trinken beide noch einen Espresso, bevor wir seinen nicht verloren gegangenen Koffer in einem Gepäckschließfach lassen und uns in die Stadt wagen.

Es fühlt sich ein wenig so an, als würden wir das Schicksal herausfordern. Es sind jedoch noch fünf Stunden bis zu unserem Flug, und keiner von uns will noch eine Sekunde länger als nötig in einem Flughafengebäude verbringen.

Nach einer kurzen Beratung mit meinem guten Freund Google nehmen wir den RER-Zug nach Les Halles, einem unterirdischen Einkaufszentrum in der Nähe der Seine. Dort steuere ich den ersten anständigen Laden an, den ich sehe, um eine Jeans und ein paar schlichte T-Shirts und Pullover zu kaufen.

Andrew ist nicht beeindruckt.

»Es sind nur noch zwei Tage bis Weihnachten«, sagt er und folgt mir durch die Regalreihen. »Und das willst du anziehen?«

»Ja, weil ich erwachsen bin.«

»Eine Erwachsene, die gesagt hat, sie will kein Grinch sein«, setzt er nach. »Das heißt, den Sinn von Weihnachten zu begreifen.«

»Der Sinn von Weihnachten ist nicht, ein T-Shirt zu tragen, auf dem steht: ›Zieh an meinem Knallbonbon‹.«

»Nein, es geht um Familie und Freunde. Und als Freund würde ich es wirklich zu schätzen wissen, wenn du ein bisschen offener für etwas Festliches wärst.« Er nimmt ein Paar Schneemann-Ohrringe aus der Auslage und hält sie mir an. »Die hier zum Beispiel.«

»Nein.«

»Ich glaube, sie würden richtig … O mein Gott, die leuchten.«

Ich verdrehe die Augen, als sie in seinen Händen zu blinken beginnen, und gehe zum Tresen, um schnell aus diesen Klamotten herauszukommen. Die Verkäuferin zeigt mir den Weg zu den Umkleidekabinen, und ich atme erleichtert auf, als ich mir ein frisches T-Shirt über den Kopf ziehe. Ich hadere noch eine Minute mit mir, bevor ich einen kleinen Umweg quer durch den Laden mache, und gehe dann nach draußen, wo Andrew mit einer Tüte in der Hand wartet.

»Bitte sag mir, dass du sie nicht gekauft hast.« Argwöhnisch sehe ich ihn an.

»Für meine Schwester«, erklärt er mit einem Blick auf mein Outfit. »Fühlst du dich besser?«

»Viel besser«, gebe ich zu. »Aber das könnte auch an der Magie der Festtage liegen, die durch meine Adern fließt.«

»Wie bitte?«

Ich öffne meinen Mantel, um meinen Last-Minute-Einkauf zu präsentieren, und Andrews Augen weiten sich angesichts meines neuen gold-schwarz-gestreiften Pullovers. *Joyeux Noel* steht in schräger Schrift darauf, verziert mit einer gehörigen Portion Glitzer.

»Sieh dich an, Cindy Lou Who.« Ein Lächeln breitet sich auf seinem Gesicht aus. »Ich kann nicht glauben, dass du mir diesen kleinen Gefallen getan hast.«

»Klein? Das ist ein großer Schritt! Der Glitzer kratzt.«

»Tja, wer schön sein will, muss leiden. Weißt du, diese Ohrringe würden wirklich gut dazu …«

»Vergiss es.«

Er grinst, als ich den Reißverschluss meines Mantels wieder schließe, scheint sich aber immer noch zu freuen. Keine Spur mehr von seiner schlechten Laune. Und genau deshalb habe ich den Pullover gekauft.

»Ich denke, wir sollten eine Sightseeingtour machen«, sagt Andrew zögernd, aber wir brauchen uns nur einmal in die Augen zu sehen, um zu wissen, dass uns beiden die Energie dazu fehlt.

»Wie wäre es mit etwas zu essen?«, frage ich hoffnungsvoll, und er grinst. »Aber nicht hier«, füge ich hinzu. »Ich werde unsere wenigen Stunden in Paris nicht mit Fast Food vergeuden.«

»Du liebst Fast Food.«

»Alles zu seiner Zeit«, sage ich entschieden und führe uns vom Einkaufszentrum weg. Wir haben noch viel Zeit, bevor wir zurückmüssen. »Vertrau mir.«

Als wir nach Osten gehen und uns vom Louvre und den Touristen entfernen, beginnt es zu regnen. Einer meiner Lieblings-Foodblogger schwärmt von einem kleinen Laden in der Nähe des Saint-Jacques-Turms, und genau dorthin führe ich Andrew. Das Restaurant liegt in einer ruhigen Seitenstraße und hat gerade zum Mittagessen geöffnet. Wir bekommen einen kleinen Tisch direkt am Fenster, und der Geruch von köstlichem Essen und das leise Stimmengewirr verbessern meine Laune schlagartig. In Restaurants habe ich mich schon immer wohlgefühlt, sogar wenn ich allein dort bin.

»Sehr französisch«, stellt Andrew fest, als der Kellner

uns die Speisekarten überreicht. »Soll ich ein Foto von dir machen?«

»Nein.«

»Warum nicht? Ich habe meine Kamera dabei. Du bist in Paris. Du begeisterst dich für Hefe«, fügt er hinzu, als ich den Brotkorb bewundere.

Ich lasse ein Brötchen auf meinen Teller fallen und verziehe das Gesicht.

»Komm, lass uns Erinnerungen festhalten.«

»Ich möchte mich nicht unbedingt an diese Reise erinnern«, sage ich, woraufhin er mich verletzt ansieht.

»*Diese* Reise? Diese teure, anstrengende, schreckliche Reise?«

»Genau die.«

»Ich finde, wir haben Spaß.«

»Das liegt daran, dass *du* deinen Koffer noch hast.«

Der Kellner kommt zurück, um unsere Getränkewünsche aufzunehmen, und ich muss mir auf die Zunge beißen, um mir nicht ein Glas Wein zu bestellen. Stattdessen frage ich in gebrochenem Französisch nach einem Eiswasser, und Andrew bestellt ein Ginger Ale. Noch eins. Das hat er auch am Flughafen und auf den Flügen getrunken. Ich frage mich, ob das sein bevorzugtes Getränk ist, wenn er eigentlich etwas Alkoholisches möchte. Macht man das, wenn man versucht, trocken zu bleiben? Ich habe keine Ahnung. Aber ich weiß auch nicht, wie ich ihn danach fragen soll, ohne zu aufdringlich zu klingen.

»In Frankreich gibt es doch ›French fries‹, oder?«, fragt Andrew und nimmt die Speisekarte in die Hand.

»*Frites*«, antworte ich. »Aber ich finde, du solltest ...«

Irgendwo in der Nähe vibriert etwas, und wir sehen uns an, bevor ich merke, dass es mein Geschäftshandy ist. Sofort packt mich die Angst. Ich krame meine Laptoptasche hervor und stelle fest, dass ich eine Nachricht von meinem Chef auf der Mailbox habe.

»Arbeitest du wieder über Weihnachten?« Die Frage ist nicht wertend gemeint, aber aus irgendeinem Grund fühle ich mich dadurch nur noch schlechter. Ich möchte keine sein, die ständig arbeitet.

»Eigentlich nicht«, sage ich und gehe meine E-Mails durch, bevor ich merke, was ich hier eigentlich tue.

Andrew beobachtet mich mit skeptischer Miene. »Falls du telefonieren ...«

»Muss ich nicht.«

»Das macht mir nichts aus. Tu, was du tun musst.«

»Ich muss nichts tun«, sage ich und lege das Telefon weg. »Das kann warten. Was?«, füge ich angesichts seines verwirrten Gesichtsausdrucks hinzu.

»Nichts«, sagt er schnell. »Ich weiß nur, wie viel du zu tun hast.«

»Ich versuche gerade, eine bessere Work-Life-Balance zu finden«, sage ich und habe ein flaues Gefühl im Magen. Es ist eine Sache, zu merken, wie viel Zeit seines Lebens man mit seinem Job verbringt, aber eine ganz andere, es von jemand anderem zu hören.

Doch Andrew lächelt. »Work-Life-Balance, aha? Woher diese Wandlung?«

»Ach, nur so. Ich wollte nur nicht ...« Ich zucke mit den

Schultern und sehe, wie eine weitere E-Mail-Benachrichtigung auf meinem Display aufleuchtet. »Ich glaube, das bin ich einfach nicht mehr«, versuche ich zu erklären. »Ich überlege, etwas zu entschleunigen.«

»Eine völlig unterschätzte Möglichkeit«, sagt er, und ich entspanne mich etwas, weil er so leicht akzeptiert, was mich schon länger belastet.

»Es könnte allerdings bedeuten, dass ich mich von jeglichen Boni verabschieden muss.«

»Dafür bekommst du ein Hobby, das du nach ein paar Monaten wieder aufgeben wirst.«

Ich lächle und spiele mit der Ecke des Tischtuchs. »Es macht dir nichts aus, wenn ich dir keine Erste-Klasse-Flüge mehr besorgen kann?«

»Ich bin immer noch nicht davon überzeugt, dass du sie überhaupt gekauft hast. Das war ein *sehr* praktischer Sturm.«

Ich ignoriere ihn und blicke aus dem Fenster, wo der Regen zunimmt. Die Passanten fangen an zu rennen, die wenigen Bedauernswerten ohne Regenschirm halten sich Jacken und Taschen über die Köpfe, um sich vor der Nässe zu schützen.

Paris, erinnere ich mich. Wir sind in Paris. Ich wünschte nur, ich hätte nicht so einen Jetlag und könnte mehr daraus machen.

»Wir sollten in den Urlaub fahren«, sage ich. »In einen richtigen Urlaub.«

»Das können wir machen«, sagt er und studiert die Speisekarte. »Wohin willst du?«

»Egal.«

»Okay, das grenzt die Auswahl etwas ein.«

Ich beobachte ihn, während ich nervös an meinem Brötchen knabbere. Er hat sich am Flughafen umgezogen und Jogginghose und Kapuzenpulli gegen Jeans und einen roten, mit Weihnachtsbäumen verzierten Pullover getauscht. Er sollte damit albern aussehen, aber der Pulli steht ihm irgendwie, der Stoff schmiegt sich so an seine Brust, dass …

»Wenn du mich weiter so anstarrst, verlange ich Geld dafür«, murmelt er, ohne aufzusehen. Auf frischer Tat ertappt, erröte ich und trinke einen Schluck von meinem Wasser.

»Ich bin nur nicht an deine Stoppel gewöhnt.«

»Bart«, korrigiert er mich. »Es ist ein attraktiver und beeindruckender Bart.«

»Man kann dein Grübchen nicht sehen.«

Andrew lässt die Speisekarte auf den Tisch sinken, lehnt sich zurück und sucht meinen Blick.

Oh-oh.

»Gefällt dir mein Grübchen?«, fragt er.

»Das habe ich nicht gesagt. Ich habe nur gesagt, dass man es nicht sehen kann.«

»Und das stört dich, ja?«

»Was nimmst du?«, frage ich, und er schmunzelt über den warnenden Unterton in meiner Stimme.

»Was nimmst du?«, fragt er zurück.

»Die *Andouillette grillée*.«

»Und zu Hause wäre das was?«

»Eine Wurst.«

Er verzieht das Gesicht. »Bei Wurst kriege ich die Krise.«

»Deshalb solltest du die Pesto-Tagliatelle bestellen«, sage ich steif. »Und dann die Mousse au Chocolat.«

»Ich hab mir noch nie viel aus Mousse gemacht.«

Ich bin fassungslos. »Das ist eine unverschämte Lüge. Du liebst Schokolade. Warum solltest du keine Mousse au Chocolat mögen?«

»Ich weiß nicht, ich hatte eine Phase, in der ich diese kleinen Töpfe aus dem Supermarkt gekauft habe und …«

»Das ist nicht dasselbe«, unterbreche ich ihn empört. »Das hier wird komplett anders schmecken. Frisch. Hausgemacht. Ich habe gelesen, dass sie einen Hauch von Lavendel hineingeben. Hör auf, mich so anzusehen!«

»Ich kann nicht anders.« Er lacht. »Du regst dich so auf wegen ein paar untergemixter Eier.«

»*Geschlagene* Eier.« Mein Gott, es macht ihm Spaß, mich zu ärgern. »Für eine Mousse schlägt man Eier auf. Und nicht einmal Eier, sondern Eiweiß. Man schlägt sie und hebt sie dann unter …« Ich verstumme, als erneut mein Geschäftshandy klingelt, und ich spüre einen Anflug von Wut, als ich danach greife und mein Daumen eine Sekunde lang darüber schwebt, bevor ich das Ding abschalte.

Oh, das wird ihnen nicht gefallen.

»Molly?«

Mein Blick springt zu Andrew, der mich besorgt mustert.

»Es macht mir wirklich nichts aus, wenn du einen Anruf entgegennehmen musst oder …«

»Ich bin im Urlaub«, erkläre ich entschieden. »Sie wissen, dass ich im Urlaub bin.« Ich schiebe das Ding zurück in meine Tasche und werfe einen Blick auf den Laptop und die Akten darin. Einen kurzen Moment verspüre ich den überwältigenden Drang, das alles in die größte Pfütze zu werfen, die ich finden kann.

»Ich denke darüber nach zu kündigen«, sage ich unvermittelt, und Andrew richtet sich überrascht auf.

»Deinen Job? Willst du zu einer anderen Kanzlei wechseln?«

»Nein, ich will ganz aussteigen. Ich will nicht mehr als Anwältin arbeiten.« Es ist das erste Mal, dass ich diese Worte laut ausspreche. Ich habe sie bislang noch nicht einmal zu mir selbst gesagt. Aber sobald ich es tue, weiß ich, es ist die richtige Entscheidung. Ich empfinde keine Panik, kein mulmiges Gefühl im Bauch. Nur Erleichterung.

Andrew sagt eine ganze Weile lang nichts und sieht aus, als hätte ich ihn völlig überrumpelt. Was ich in gewisser Weise wohl auch getan habe. Seit wir uns kennen, war mein Job alles für mich. Ich habe nie etwas anderes angedeutet.

»Um was zu tun?«, fragt er schließlich.

»Keine Ahnung.«

Zu meiner Überraschung scheint er fast enttäuscht. »Komm schon, Moll. Du hast keine Vorstellung, was du tun willst? Im Ernst?«

»Ja«, begehre ich auf. »Zumindest nichts Realistisches. Ich habe mir …«

Er unterbricht mich mit einem leisen Lachen. »Du hast es gerade gesagt. ›Zumindest nichts Realistisches.‹ Du weißt also doch, was du tun willst.«

»Oh, *tut mir leid*, wenn ich Supermodel und Hollywoodstar zu diesem Zeitpunkt ausklammere.«

»Sie standen von vornherein nicht zur Debatte«, sagt er unumwunden. »Du hasst jede Veranstaltung, die länger als bis dreiundzwanzig Uhr dauert.«

Okay, gutes Argument.

»Sag mal«, fährt er fort, »wenn Geld keine Rolle spielte und du morgen in einem völlig neuen Leben aufwachen würdest und tun könntest, was immer du willst – was würdest du tun?«

»Das ist das Problem. Ich weiß es nicht.«

»Du lügst. Es ist etwas Unkonventionelles, stimmt's?«

»Andrew ...«

»Du willst Hüte machen.«

»Ich weiß nicht, was ich machen will«, wiederhole ich verzweifelt. »Ich weiß nur, dass ich momentan unglücklich bin.«

Seinem plötzlich betrübten Blick nach zu urteilen, hätte ich das nicht sagen sollen. »Wie unglücklich?«

»Ich bin nicht ... es ist ...« Rückwärtsgang, Molly. Rückwärtsgang. »Ich habe nur darüber nachgedacht. Ich werde nicht gleich morgen mein Kündigungsschreiben abgeben.«

»Warum nicht?«

»Weil ich kein Idiot bin? Ohne einen Plan auszusteigen, wäre aus finanzieller Sicht eine ziemlich dumme Entscheidung. Und selbst mit einem Plan könnte es ein großer Fehler sein. Es wird noch ein paar Jahre dauern.«

»Ein paar ...« Er sieht mich ungläubig an. »Du hast

gerade zugegeben, dass du unglücklich bist, und jetzt willst du das für wie lange bleiben? Fünf weitere Jahre?«

»Keine *fünf*«, murmle ich. Vielleicht drei.

»Fehler kann man korrigieren«, fährt Andrew fort.

»Man kann sie auch vermeiden.«

»Ich kann nicht glauben, dass du dir das jetzt schon selbst ausredest.«

»Tue ich nicht!«

»Doch. Du bist …«

»Excusez-moi?«

In diesem Moment gibt sich unser Kellner die Ehre und steht mit Stift und Notizblock in der Hand bereit. Er hat diese leicht angespannte Miene, die alle Kellner an Weihnachten haben. Noch ein Grund, Weihnachten nicht zu mögen.

Der Mann zögert und registriert die gereizten Blicke, mit denen wir ihn beide bedenken. »Encore une petite minute?«

Ich sehe wieder zu Andrew, der einen Moment wartet, bevor er seine Speisekarte zur Seite schiebt. »Wähl du was aus«, sagt er zu mir. »Ich vertraue dir.«

»Auch wenn ich dir die Wurst bestelle?«

Er lächelt. Ein vorübergehender Waffenstillstand. »Ich vertraue darauf, dass du mir keine Wurst bestellst«, korrigiert er sich, überlässt mir das Kommando und betrachtet mich nachdenklich, während es draußen in Strömen regnet.

Kapitel 11

Ich bestelle ihm die Pasta, gefolgt von der Mousse, und während des Essens reden wir darüber, wie wir nach Dublin kommen. Nicht mehr über Fehler oder Jobs oder irgendetwas anderes, was jenseits der nächsten vierundzwanzig Stunden liegt.

Wir fahren zurück zum Flughafen und sind die Ersten am Gate. Andrew riskiert es nicht mal, auf die Toilette zu gehen, sondern wartet, bis wir an Bord sind, obwohl er sich von Minute zu Minute sichtlich unwohler fühlt. Wir starten fünf Minuten zu früh und müssen nach unserer Ankunft kaum auf seinen Koffer warten. Alles verläuft reibungslos.

Sollte mich das nicht äußerst misstrauisch machen?

»Es ist, als wolltest du, dass etwas schiefläuft«, sagt Andrew, während ich ein letztes Mal die Fähre für morgen checke.

»Wir sollten einen Plan B haben.«

»Das ist unser Plan B. Wir sind hier. Die Tickets sind gebucht. Das Wetter sieht gut aus. Es ist alles okay.«

»Der Zug könnte kaputtgehen.«

»Dann nehmen wir den Bus«, sagt er entschieden, und ich nicke trotz des mulmigen Gefühls in meinem Bauch.

»Wo wohnt dein Cousin eigentlich?«, frage ich, während

wir uns einen Weg durch die Menschenmassen vor dem Flughafen Heathrow bahnen.

»Er zieht oft um. Aber im Moment wohnt er in Notting Hill.«

Dabei werde ich hellhörig. »Wie der Film?«

»Genau wie der Film. Du warst doch schon mal in London, oder?«

»Meine Mutter ist mit meiner Schwester und mir für ein Wochenende hergefahren, als wir noch jünger waren. In der U-Bahn wurden wir fast voneinander getrennt, und von diesem Trauma habe ich mich nie ganz erholt.«

»Deshalb schreist du also jedes Mal, wenn du die Chicago-L nimmst.«

Ich nicke. »Die Leute denken, es sei das Quietschen der Schienen, aber nein.«

»Nur dein Kindheitstrauma.«

Wir warten in der Schlange auf ein Taxi und landen bei einem wunderbar schweigsamen Fahrer, der außer einem »Hallo« keinen Versuch unternimmt, sich mit uns zu unterhalten. Und schon befinden wir uns auf der nächsten Etappe unseres verfluchten Abenteuers.

»Wir sollten versuchen, uns was anzusehen, wenn wir Zeit haben«, sagt Andrew und blickt auf die M4 hinaus. Autos und Häuser von Londons Westen fliegen an unserem Fenster vorbei. »Vor allem, weil wir nicht viel von Paris gesehen haben. Ich war seit Jahren nicht mehr hier.«

»Ich glaube nicht, dass wir die Zeit haben werden.«

»Das werden wir«, beharrt er und wirft einen Blick auf

meine ungläubige Miene. »Wir haben den ganzen Tag Zeit.«

»Wir werden sehen«, sage ich und klinge genau wie meine Mutter. (Es bedeutet »Nein«.)

Als wir die Autobahn verlassen und uns Notting Hill nähern, wird die Umgebung allmählich schicker. Die Häuser sehen vornehmer aus, die Autos eleganter; glänzende Teslas und SUVs, von denen ich nicht glaube, dass sie wirklich nötig sind, um damit durch die engen Wohnstraßen zu fahren. Ich klebe praktisch mit der Nase an der Scheibe, während ich alles in mich aufnehme, insbesondere als wir vor einem weißen Stadthaus halten, das aussieht wie aus dem *Mary-Poppins*-Film.

Ich bin verwirrt.

»Ist deine Familie insgeheim reich?«, frage ich Andrew, als wir aussteigen. Londoner Immobilien sind nicht gerade billig, aber ich weiß, dass der Schein trügen kann. Vielleicht ist das Gebäude in winzige Wohnungen aufgeteilt worden, und sein Cousin wohnt zur Untermiete bei einem Untermieter, der die Wohnung besetzt hat. Aber das glaube ich nicht. Das Haus wirkt zu gepflegt, die lackierten Fensterläden und -rahmen farblich zu abgestimmt. Eine geschmackvolle Lichterkette hängt vom Dach, und eine dicke weiße Kerze steht im Fenster und wartet darauf, angezündet zu werden. »Du musst es mir sofort sagen«, fordere ich, als das Taxi wegfährt. »Ich merke, ob du lügst.«

Andrew lacht nur. »Wir sind nicht reich.«

»Aber *irgendjemand* ist es«, beharre ich.

Daraufhin zögert er. »Also ...«

»Der Cousin!«

Die Haustür geht auf, und ein Mann in einem dicken weinroten Morgenrock und dazu passenden Pantoffeln tritt aus dem dunklen Haus ins Tageslicht. Beides wirkt mitten am Tag unpassend. Selbst an Weihnachten.

Oliver.

Er ist jünger, als ich dachte, vielleicht Ende zwanzig, und gut aussehend, mit einem markanten, von Aknenarben gezeichneten Gesicht und einem vollen blonden Haarschopf, der dringend geschnitten werden müsste. Er scheint fast überrascht zu sein, uns zu sehen, obwohl er ja wusste, dass wir kommen.

»Wir wollten dich nicht wecken!«, ruft Andrew und klingt nur ein wenig sarkastisch.

»Du meinst mein Outfit?« Oliver sieht an sich hinunter. »Das ist Loungewear. Ich bin schon seit Stunden wach.«

»Aber nur, weil du noch nicht geschlafen hast.«

Oliver lächelt reumütig. »Du warst schon immer ein kluger Kopf.« Er wartet, bis wir die Steinstufen hinaufgestiegen sind, dann umarmt er Andrew derart stürmisch, dass der fast umfällt.

Zu meiner Überraschung macht er dasselbe mit mir und schlingt seine Arme fest um meinen Körper. Er riecht seltsam nach Zimt, was nicht unangenehm ist. Als er sich jedoch zurückzieht, sehe ich seine geröteten Augen, und plötzlich ergibt seine Kleidung etwas mehr Sinn.

»Ist es gestern Abend spät geworden?«, fragt Andrew, der zu demselben Schluss gekommen ist.

Oliver tätschelt ihm die Wange. »Es ist schließlich

Weihnachtszeit«, sagt er schwach. »Kommt herein! Mein irischer Lieblingscousin und seine schöne irische Freundin. Hat Christian sie schon kennengelernt? Sie scheint sein Typ zu sein.«

Er redet weiter, während er im Haus verschwindet, ohne sich darum zu scheren, ob wir ihm folgen. Ich werfe einen Blick auf Andrew, der ihm müde hinterherstarrt.

»Ist er immer ...«

»Ja.« Andrew seufzt. Er legt mir eine Hand auf den Rücken und schiebt mich ins Haus. »Ja, ist er.«

»Früher habe ich jeden Sommer in Cork verbracht«, sagt Oliver, als wir eintreten. Meine Augen passen sich dem schwachen Licht an und sehen ihn auf der untersten Stufe einer stattlichen, mit Teppich ausgelegten Treppe stehen. »Bist du aus Cork, Molly?«

»Dublin«, sage ich und versuche, mich unauffällig umzuschauen.

»Ich fand es furchtbar in Cork. Wochenlang wurde ich wegen meines englischen Akzents gehänselt. Und zwar von diesem Mann hier.«

»Es war eher ein Familiensport«, erklärt Andrew, und ich versuche, nicht zu lächeln.

»Er war der schlimmste Plagegeist«, sagt Oliver und zeigt auf Andrew. »Bis auf den Tag, an dem eines der Dorfkinder dasselbe versuchte und er ihm eins auf die Nase gab.«

»Was?!« Ich wende mich zu Andrew, der nicht einmal den Anstand hat, peinlich berührt auszusehen.

»Er hatte einen ausgezeichneten rechten Haken«, fährt Oliver fort. »Schon mit zehn.«

»Er gehört schließlich zur Familie«, sagt Andrew achselzuckend. »Wir waren die Einzigen, die sich über ihn lustig machen durften.«

»Das ist nicht, was ich …« Ich starre ihn an. »Du hast einem Kind die Nase zerschlagen?«

»Gebrochen«, sagt er, als ob das besser wäre.

»Es war großartig«, fügt Oliver liebevoll hinzu. »Na, dann! Wollt ihr eine Führung?«

Andrew streckt sich und mustert seinen Koffer. »Ich glaube, wir würden lieber …«

Aber Oliver ist schon weg und ins nächste Zimmer geschlurft, und trotz meiner Erschöpfung eile ich ihm hinterher, weil ich einfach zu neugierig bin.

Ich bin in meinem Leben schon oft reichen Leuten begegnet, in meiner Branche hat man viel mit neuem und altem Geld zu tun, aber das hier ist eine Stufe darüber. Das ist … wie im Film.

Das Haus ist so klein wie wohl die meisten Londoner Häuser. Die Opulenz liegt in den Details, den kunstvollen Möbeln und polierten Dielen, den Blumenvasen und dem passenden goldenen und silbernen Weihnachtsschmuck. Er ist stilvoll und zurückhaltend, macht mir aber Angst, irgendetwas anzufassen, weil es sofort in Millionen Stücke zerspringen könnte.

Oliver führt uns durchs Wohnzimmer, dann durch ein weiteres Wohnzimmer und anschließend durch eine verdammte *Bibliothek*, bevor wir in die Küche, das Esszimmer und die Vorratskammer kommen, die fast so groß ist wie mein Schlafzimmer in Chicago. Schließlich landen wir wieder dort, wo wir begonnen haben, in der Empfangsdiele, wo gerade der Glockenschlag einer Standuhr, die ich zuvor nicht bemerkt habe, prachtvoll ertönt.

»Und jetzt die erste Etage!«, verkündet Oliver, doch da spricht Andrew ein Machtwort.

»Können wir das später machen, Oli? Ich muss unter die Dusche und die Wand anstarren, bis ich mich wieder normal fühle.«

»Aber die ... Ach, na gut«, sagt sein Cousin sichtlich enttäuscht. »Lasst euch wenigstens eure Zimmer zeigen. Ich habe euch meine Lieblingszimmer gegeben.« Er wirft ihm einen durchdringenden Blick zu. »Weil ich nett bin.«

Andrew kämpft mit seinem Koffer, während Oliver mich die Treppe hinaufführt und dabei auf die Gemälde an den Wänden hinweist.

»Was hältst du von Blumenmustern?«, fragt er, als wir oben ankommen.

»Ich stehe ihnen völlig neutral gegenüber.«

»Wunderbar!« Er stößt eine Tür auf und bittet mich mit großer Geste herein.

Es ist bei Weitem schöner als jedes Hotelzimmer, in dem ich je gewohnt habe. Eigentlich ist es so geräumig wie zwei Zimmer, und es hat große Fenster zur Straße hin. Ein Himmelbett beherrscht den Raum, und die Tapete ist in der Tat geblümt, ebenso wie die Tagesdecke, die Polsterung des Stuhls und das kleine Sofa, das am Fenster steht. Ein ehrwürdiger, möglicherweise von Gespenstern bewohnter Schrank nimmt die andere Wand ein, und rechts neben dem Bett befindet sich eine Tür. Vermutlich führt sie in ein

Badezimmer oder vielleicht in das Zimmer der Zofe, wer kann das schon wissen. Es müsste eigentlich spießig wirken, vielleicht ein bisschen altmodisch, aber es ist überraschend charmant, und ich fühle mich auf Anhieb wohl.

»Gefällt es dir?«, will Oliver wissen.

»Mir gefällt hier alles«, gestehe ich. »Du hast ein wunderschönes Haus.«

Er strahlt, erfreut über meine Antwort. »Und jetzt komm erst mal an und sag Bescheid, wenn du etwas brauchst!« Bei den letzten Worten hallt seine Stimme ein bisschen, denn er ist schon im Flur verschwunden, und ich nehme mir einen Moment Zeit, den dezenten Duft von Möbelpolitur einzuatmen. Dabei ziehe ich meinen Mantel aus und trete weiter in den Raum, wobei ich mit einer Hand über die dicke Bettdecke streiche.

Was für seltsame vierundzwanzig Stunden.

»Sieht gemütlich aus.«

Als ich Andrews Stimme höre, drehe ich mich um. Er steht in der Tür und mustert das Bett.

Mit einem unschuldigen Blick stellt er meine Laptoptasche direkt neben der Tür ab. Ich zögere nur kurz, dann folge ich ihm in sein Zimmer, das sich direkt neben meinem befindet.

»So, wie er über eure Kindheit gesprochen hat, dachte ich, er würde dich auf dem Dachboden unterbringen«, sage ich.

»Der Dachboden hier ist wahrscheinlich größer als meine ganze Wohnung.«

Ich sehe mich um und nehme alles in mich auf. Sein

Zimmer ist genauso schön wie meins, aber mit einer typisch männlichen Atmosphäre, mit dunklem Holz und marineblauen Tapeten. Außerdem ist es ...

»Kleiner«, sage ich prompt und schaue mich um. »Dein Zimmer ist kleiner. Ich habe gewonnen.«

»Glückwunsch.« Er öffnet den Reißverschluss seines Koffers, seine Aufmerksamkeit gilt ärgerlicherweise nicht mir.

»Unglaublich, dass du mir nicht gesagt hast, wie reich dein Cousin ist.«

»Ist er nicht.«

»Bitte. Dieser Ort ist wie aus einem Märchenbuch.« Als Andrew erfolglos versucht, ein Lächeln zu unterdrücken, und vor sich hin grinst, als hätte ich einen Witz nicht mitbekommen, verschränke ich die Arme. »Was?«

»Es gehört ihm nicht.«

»Wie meinst du das?«

»Das ist nicht sein Haus, Moll.«

O Gott. »Bitte sag nicht, dass wir jetzt Hausbesetzer sind ...«

»Nein«, unterbricht er mich und richtet sich mit einem Kulturbeutel in der Hand auf. »Es wird kein Polizist an die Tür klopfen. Zumindest nicht deswegen. Oliver ist Assistent in einer winzigen, albernen Galerie in Mayfair. Das Haus hier gehört dem Besitzer. Oder vielmehr einem von ihnen.«

»Er lebt mit dem Besitzer zusammen?« Ich senke meine Stimme zu einem Flüstern. »Ist das so eine Sex-Sache?«

»Würdest du ... *Nein*.« Er lacht. »Der *Besitzer* ist ein

fünfundsiebzigjähriger Mann mit dubiosen Verbindungen zum Königshaus, der den Winter auf einer griechischen Insel verbringt, weil er die Kälte nicht erträgt. Er will nicht, dass das Haus leer steht, solange er weg ist. Er ist davon überzeugt, dass sonst jemand seine Kunstwerke stehlen wird. Darum wohnt Oliver seit drei Jahren hier, wenn der Besitzer nicht da ist.«

»Das ist *verrückt*.«

»So etwas kann nur Oli passieren«, stimmt Andrew zu und legt eine frische Jeans aufs Bett. »Sag ihm nur nicht, dass ich es dir erzählt habe, okay? Er dachte, es wäre lustig, so zu tun als ob. Er will immer ein bisschen Show.«

»Wer bin ich, ihm Weihnachten zu verderben?«

Andrew nickt nur und geht weiter seine Klamotten durch, bis sich meine Anwesenheit etwas unangenehm anzufühlen beginnt.

»Ich könnte ein Nickerchen machen«, verkünde ich und verschränke die Hände hinter dem Rücken.

»Mach doch.«

»Ich bin ziemlich müde.«

»Darauf wette ich.«

»Dann werde ich vielleicht anschließend … Was machst du da?«, platze ich heraus, als Andrew sich Pullover *und* T-Shirt über den Kopf zieht. Mein Blick fällt sofort auf seine nackte Brust, bevor ich ihn wieder auf sein Gesicht richte.

»Mich ausziehen.«

»Warum?!«

Er sieht mich an, als ob ich verrückt wäre. »Weil ich

jetzt duschen gehe.« Er greift nach seiner Gürtelschnalle und zieht eine Augenbraue hoch, als ich weiterhin nur dastehe. »Ich kann gerne eine Show abziehen, falls du ...«

»Ich gehe!« Ich ignoriere sein Grinsen, stürze aus dem Zimmer und schlage die Tür hinter mir zu.

Kapitel 12

VOR VIER JAHREN

FLUG NUMMER SECHS, CHICAGO

»Fahr nicht.«

»Ich muss.«

»Dann lass mich mitkommen.«

»Nein.« Ich drehe mich um und muss lachen, als ich ihn schmollen sehe. »Seit wann bist du denn so anhänglich?«, stichle ich.

Mark tritt auf mich zu und legt die Hände um meine Taille. »Seit du zwei Wochen von mir getrennt sein wirst.«

»Eine Woche«, korrigiere ich ihn. »Du machst zwei daraus.«

»Dann komm anschließend zu mir. Meine Familie wird nichts dagegen haben.«

»Ich muss arbeiten.«

»Und ich muss dich sehen.« Seine Stimme wird zu einem Raunen, und als er mich küsst, lasse ich mich in seine Arme sinken. Es ist nicht so, dass ich sein Drängen nicht verstehen würde. Das ist unsere erste richtige Trennung, seit wir offiziell zusammen sind, und ich bin auch nicht gerade begeistert.

Mark unterbricht den Kuss, legt seine Hände um meine Hüften und zieht mich an sich.

»Ich liebe dich.«

»Ich dich auch«, sage ich und lächle an seinen Lippen.

Sein Griff wird fester. »Lass mich mitkommen.«

»Vielleicht nächstes Jahr. Oder wir könnten …« Ich breche ab, als sich jemand hinter mir laut räuspert, und drehe mich etwas unbeholfen in Marks Armen um. Ein Stück entfernt steht Andrew.

Seltsamerweise trägt er einen Anzug, und ich starre ihn einen Moment lang an, bevor ich mich daran erinnere, dass er sagte, er würde direkt von einem Job bei einer Hochzeit zum Flughafen kommen.

»Oh, lasst euch nicht stören«, sagt er unverkennbar amüsiert. »Ich fühle mich heute nur ein bisschen phlegmatisch.«

Ich werfe ihm einen Blick zu, während ich mich von meinem Freund losreiße und mir meinen Rucksack über die Schulter hänge.

»Du bist früh dran.«

»Ja. Du musst Mark sein.« Andrew kommt die zwei Schritte zu uns und streckt ihm die Hand hin.

»Und du bist der Freund«, sagt Mark und schüttelt sie.

»Von allen, die mich haben wollen. Andrew.«

»Freut mich, dich kennenzulernen.«

Das Händeschütteln dauert etwas länger als nötig, und ich bemerke, dass mein Blick wieder zu Andrew wandert. So adrett herausgeputzt sieht er ganz anders aus. Er trägt einen tiefblauen Anzug und glänzende, braune Schuhe, und auf seinem Kinn liegt ein leichter Bartschatten, der ihn attraktiver und nicht mehr so jungenhaft aussehen lässt. Er hat noch nie so erwachsen auf mich gewirkt.

»Wo ist Alison?«, frage ich und reiße meinen Blick los, um mich nach seiner neuen Freundin umzusehen.

»Oh, wir sind noch nicht in der Phase, in der man seinen Partner zum Flughafen begleitet«, sagt Andrew. »Obwohl sie sagt, wenn ich brav bin, darf ich vielleicht schon im Frühjahr ihre Hand halten, also drückt mir die Daumen.«

»Er macht gern Witze«, erkläre ich Mark, als der befremdet die Stirn runzelt.

»Klar«, sagt Mark, klingt aber immer noch verwirrt, und ich drehe mich wieder zu ihm um, bevor das hier noch peinlicher wird.

»Wir sollten besser reingehen. Es wird viel los sein.«

»Ihr habt noch etwas Zeit.«

»Ich muss noch etwas einkaufen«, lüge ich, während Andrew ein paar Schritte weggeht und so tut, als ob er uns etwas Privatsphäre gönnen wollte.

»Rufst du mich an, wenn du gelandet bist?«

»Das wird mitten in der Nacht sein!«

»Das ist mir egal. Ich bleibe auf.« Mark küsst mich erneut, lässt die Hände tiefer wandern und drückt kurz meinen Hintern, was ich schnell abwehre, wobei ich zu Andrew sehe, der wie durch ein Wunder nicht in unsere Richtung blickt. Nach diversen »Ich liebe dich« und »Ich werde dich vermissen« kann ich ihn endlich zum Gehen überreden, und selbst dann rührt er sich nicht vom Fleck und beobachtet, wie wir uns in Richtung Sicherheitskontrolle entfernen.

Andrew schweigt, was mich *äußerst* misstrauisch macht, und tatsächlich, sobald wir um die Ecke sind, dreht er sich zu mir um.

»Lass es«, warne ich ihn.

»Was soll ich lassen? Darüber zu reden, wie nett dein neuer Freund ist?«

»Halt die Klappe.«

»Er ist sehr nett. Und so groß.«

»Andrew …«

»Aber eindeutig arschfixiert.«

Mir schießt die Hitze in die Wangen, als eine Frau in der Schlange in unsere Richtung sieht. »Willst du den ganzen Flug über so weitermachen?«, frage ich angespannt.

»Wenn du weiterhin so reagierst, dann schon«, erwidert er grinsend. »Ich glaube, ich habe ihn eifersüchtig gemacht.«

»Und ich glaube, du hast eine ziemlich hohe Meinung von dir.«

»Ach, komm. Der Mann hat da hinten ganz klar sein Revier markiert.«

»Hat er nicht!«

»Er war kurz davor, dir ans Bein zu pinkeln.«

Ich versuche, ein Lachen zu unterdrücken, aber dadurch wird es zu einem Prusten, was ihn nur noch mehr zum Grinsen bringt.

»Ich kann nichts dafür, dass ich solche Besitzgier bei Menschen wecke«, sage ich schließlich.

»Das müssen die Haare sein.«

»Stopp.«

»Ich meine es ernst. Sieht schick aus. Hast du sie selbst geschnitten?«

Ich schlage mit einer Hand nach ihm, während die andere unsicher an meinen frisch geschnittenen Strähnen zupft.

»Es steht dir«, sagt er, als er die Geste bemerkt.

»Ja?«

»Ja. Es betont deine Ohren.«

Ich werfe ihm einen bösen Blick zu, dann drehe ich mich nach vorn um. »Ich hasse dich.«

»Nein, das tust du nicht«, sagt er und stupst mich sanft von hinten an. »Und dieser Mann ist total in dich verliebt.«

Als ich mich zu ihm umdrehe, stelle ich fest, dass er diesmal keinen Scherz macht. Ich bemühe mich, meine finstere Miene zu bewahren, bin jedoch so erfreut über seine Worte, dass meine Mundwinkel zucken.

»Wie auch immer«, sage ich und sehe, wie er erneut zu grinsen beginnt, bevor ich mich wieder umdrehe.

JETZT, LONDON

Gabriela ruft mich an, fünf Minuten nachdem ich mich in meinem Zimmer eingeschlossen habe. In diesen fünf Minuten habe ich jedes Wort analysiert, das Andrew je zu mir gesagt hat, und versucht, mich genau an den Tonfall seiner Stimme zu erinnern, als er mir mal in einem Jahr sagte, dass mein Kleid gut aussehe. Als der Anruf kommt, bin ich so erleichtert über die Ablenkung, dass ich weinen könnte.

»Die haben meinen Koffer verloren!«

»Wer?«, fragt sie, als wollte sie gleich herkommen und die Schuldigen für mich verprügeln.

»Argentinien.« Ich lasse mich zurück aufs Bett fallen, und sofort sinkt mein Körper in die weiche Matratze. »Sie haben ihn verloren, und wir haben unseren Flug nach Dublin verpasst, also sind wir jetzt in London und übernachten bei Andrews Cousin, der so tut, als wäre er reich.«

»*Lustig.* Wie, er tut so, als wäre er reich?«

»Er wohnt in der Villa seines Chefs und heißt Oliver.«

»Hör auf.« Sie seufzt. »Wann fliegt ihr nach Irland?«

»Gar nicht«, sage ich und starre an die Decke. »Wir nehmen die Fähre.«

»*Wie süß.*«

»Lang«, korrigiere ich. »Die Fähre geht ab Wales, was bedeutet, dass wir morgens mit dem Zug dorthin fahren müssen. Und dann muss Andrew in Dublin noch einen Bus nehmen. Wir sind jetzt schon erledigt. Es würde mich nicht wundern, wenn er Weihnachten durchschläft.«

»Geht es ihm gut?«

»Er ist … okay.«

Am anderen Ende der Leitung folgt eine lange Pause, während sie vermutlich eine Million Dinge in mein Zögern hineininterpretiert.

»Was ist passiert?«, fragt sie schließlich.

»Nichts.«

»O mein Gott.«

»*Nichts!*«

»So klingst du, wenn etwas passiert ist«, sagt sie. »Ich wusste, dass irgendetwas passiert ist. Ich *wusste* es.«

»Das ist nicht der Grund, warum ich …« Ich seufze und reibe mir die Augen. »Das ist etwas ganz anderes.«

»Oh, wenn du zurückkommst, haben wir eine fette Mittagsverabredung. Wir bestellen Krabbensalat bei *Morillo's* und schließen uns in den östlichen Besprechungsraum ein, und ich lasse dich erst raus, wenn du mir alles erzählt hast. Und zwar …«

»Er hat mich geküsst.«

Gabriela verstummt augenblicklich, als wäre ihr bei meinen Worten die Puste ausgegangen. »Wer?«

»Andrew!« Ich drehe mich um, sodass ich mit dem Gesicht auf der Matratze liege. »Zweimal.«

»*Zweimal?*«

»Ich glaube, streng genommen habe ich ihn geküsst. Beim ersten Mal war da ein Mistelzweig.«

»Okay.«

»Und das hat mich irgendwie verwirrt. Weil ich dachte, oh, ein freundschaftlicher Mistelzweigkuss unter Freunden, weil wir doch Freunde sind …«

»Klar.«

»Aber so war es dann *nicht*. Und dann ist er mir in Argentinien zur Toilette gefolgt …«

»Er ist *was*?«

»Es war nicht so schlimm, wie es klingt«, versichere ich

ihr und zwirble eine Haarsträhne so fest um meinen Finger, dass es wehtut. »Wie auch immer, er ist mir gefolgt, und wir haben uns noch mal geküsst.«

»Auf der Toilette?«

»Auf dem Flur *vor* der Toilette. Weil ich ihm gesagt habe, dass der erste Kuss mich verwirrt hat, und er meinte, wir sollten es noch einmal versuchen, also haben wir es noch einmal versucht.«

»Molly.« Sie klingt ziemlich enttäuscht. »Das ist so ein billiger Spruch.«

»Es klingt nur wie einer.«

»Weil es einer ist!« Sie murmelt etwas vor sich hin, und ich stelle mir vor, wie sie im Büro auf und ab geht. Ein kurzer Blick auf die Uhr zeigt mir, dass es vier Uhr nachmittags Londoner Zeit ist, was bedeutet, dass es in Chicago zehn Uhr morgens ist, und ich spüre ein vertrautes Schuldgefühl. Seit wir Buenos Aires verlassen haben, habe ich keine einzige E-Mail beantwortet.

»Was willst du tun?«

»Ich hatte gehofft, das würdest du mir sagen.«

»Magst du ihn denn auf diese Art?«

»Das weiß ich nicht. Kann sein. Aber was ist, wenn das nur an der Erschöpfung liegt? Was, wenn es am Stress und der Erschöpfung liegt und ich davon keine grauen Haare oder einen Pickel auf der Nase bekomme, sondern stattdessen supergeil werde?«

»Könnte es sein, dass du einfach nur superdumm bist und nie realisiert hast, was du direkt vor der Nase hast?«

Ich werfe mich auf den Rücken und schließe die Augen.

Irgendwo im Haus beginnt sanfte Jazzmusik zu spielen. War ja klar.

Bin ich dumm? Manchmal natürlich, aber dieses Mal glaube ich das nicht. Es gab Zeiten, in denen wir beide Single waren, aber selbst dann …

Ich stutze, als ich an seine früheren Freundinnen zurückdenke. Ein Haufen absolut netter Frauen (mehr oder weniger), deren Instagram-Accounts ich zumindest für ein paar Minuten gestalkt habe, wenn sie zusammen waren. Und wenn sie zusammen waren, waren sie wirklich *zusammen*. Fotos von ihnen im Urlaub und auf Partys mit Freunden. In Secondhand-Läden, Cafés und Parks. Sie schienen nie die Art von Menschen zu sein, die eine Verabredung absagen, weil sie an einem Sonntag arbeiten müssen.

Sie hatten ihn an die erste Stelle gesetzt.

Ich glaube nicht, dass ich jemals einen Partner an die erste Stelle gesetzt habe. Zudem war ich eher mit Männern zusammen, die das verstanden und sich genauso verhielten. Ich wollte nicht mit Brandon nach Seattle ziehen. Aber er wollte auch nicht mit mir in Chicago bleiben. Ist das der Grund, warum ich noch nie so über Andrew nachgedacht habe? Warum ich noch nicht einmal den Gedanken zugelassen habe? Weil ich wusste, dass ich ihm nicht die Aufmerksamkeit geben könnte, die er verdient, und ich ihm das nicht antun wollte?

Weil ich wusste, dass ich ihn nie an die erste Stelle setzen könnte. Und erst als ich beschlossen habe, mir ein anderes Leben aufzubauen, habe ich …

»Hey, Gab?« Ich setze mich auf und ziehe die Knie an

die Brust. »Was hättest du gemacht, wenn du nicht an der juristischen Fakultät angenommen worden wärst?«

»Abrupter Themenwechsel?«

»Bitte.«

Sie macht einen unglücklichen Laut, aber sie tut mir den Gefallen. »Keine Ahnung. Wahrscheinlich wäre ich zusammengebrochen, hätte mir die Haare gefärbt und es noch einmal versucht.«

»Nein, ich meine, wenn du keine Anwältin wärst. Was würdest du tun, wenn du diesen Beruf aus irgendeinem Grund nicht ausüben könntest?«

»Oh, das ist einfach«, erwidert sie. »Wahrscheinlich das mit der Geige.«

»Mit der Gei… Du spielst Geige?«

»Ja.«

»Seit wann?«

»Seit ich fünf war?« Sie lacht. »Damals war es mein Traum, in einem Orchester zu spielen. Ich nehme immer noch einmal in der Woche Unterricht. Das hilft mir runterzukommen.«

»Woher hast du die Zeit dafür?«

»Fragt die Frau, die einmal an einem Montagabend eine dreistündige Irrfahrt auf sich nahm, weil sie von einem Imbisswagen gelesen hatte, den sie unbedingt ausprobieren wollte. Ich nehme mir die Zeit einfach, genau wie du. Du nimmst dir immer die Zeit, wenn du es willst. Deshalb reist du ja auch gerade um die Welt, oder?« Sie hält inne, und ihre Stimme klingt anschließend so beiläufig, dass es fast komisch ist. »Warum?«, fragt sie. »Was hättest du getan?«

»Ich weiß es nicht.«

»Aber du hast darüber nachgedacht?«, hakt sie nach.

»Vielleicht.«

Es gibt einen Knall auf ihrer Seite, als hätte sie triumphierend mit der Hand auf den Schreibtisch geschlagen. »Ich hab's gewusst! Etwas stimmt nicht. Etwas stimmt nicht, und ich wusste es, weil ich so einen Draht zu dir habe.«

»Gab…«

»Wegen unserer engen Bindung.«

»Darf ich jetzt auch mal was sagen?«

»Sprich. Ich höre zu. Erzähl mir alles. Was denkst du gerade?«

Ich verkneife mir ein Lächeln, und der Drang, zu lügen, droht, die Oberhand zu gewinnen. »Ich *glaube*«, beginne ich, »dass ich mit sechzehn Jahren beschlossen habe, Anwältin zu werden, weil es beeindruckend klang und ein akzeptabler Berufswunsch war. Und jetzt denke ich, dass ich ein Drittel meines Lebens mit einem Beruf verbracht habe, den ich nicht einmal besonders mag.«

»Überhaupt nicht?«

»Ich mag *dich*«, sage ich und lasse mich wieder auf die Matratze fallen. »Ich mag den Wettbewerb. Den Adrenalinkick, wenn wir ein Geschäft abschließen, und das Geld, um mir schöne Dinge zu kaufen. Dass meine Familie stolz auf mich ist, weil ich einen guten Job und ein gutes Leben habe. Aber wenn ich mir vorstelle, dass ich in fünf, zehn, fünfzehn Jahren immer noch dienstags um zwei Uhr nachts in demselben Büro sitzen werde, könnte ich heulen.«

»Mein Gott, Molly. Geht es hier darum? Willst du kündigen?«

»Ich habe darüber nachgedacht. Aber ich weiß nicht, ob ich schon so weit bin.«

Gabriela verstummt, und ich mache mich auf ihre Gegenargumente gefasst, weshalb ich von ihren nächsten Worten überrascht bin.

»Dann helfe ich dir.«

»Wirklich?«

»Ja«, sagt sie entschlossen. »Frauen helfen Frauen. Ich helfe dir zu kündigen. Ich bringe dich zu einem Life-Coach. Wir machen ein paar Listen. Ich bringe dir das Geigespielen bei.«

Ich lache. »Ich dachte, du würdest versuchen, es mir auszureden.«

»Machst du Witze? Ich brauche neue Freunde, die keine Anwälte sind, Molly. Das ist ein Segen.« Sie hält inne. »Hast du es mir deshalb nicht gesagt?«

»Auch. Und weil ich mir selbst noch nicht ganz klar darüber bin.«

»Nein, du hast dich entschieden«, sagt sie. »Das höre ich an deiner Stimme, auch wenn du es selbst nicht hörst. Aber das ist gut! Das ist ein Projekt. Du weißt, ich liebe Projekte.«

»Ja, weiß ich«, sage ich. »Ich werde meine E-Mails erst lesen, wenn ich zurück bin.«

»Gut. Scheiß auf sie.«

»Aber *du* darfst mir eine Message schicken, wenn du mich brauchst.«

»Okay, Gott sei Dank«, sagt sie eilig. »Spencer ist immer noch außer Gefecht. Wer bekommt heutzutage noch Pfeiffersches Drüsenfieber? Ernsthaft.«

Ich grinse und spüre, wie die Last, die ich mit mir herumgetragen habe, ein wenig leichter wird. Zwei Menschen wissen es schon, jetzt sind nur noch alle anderen in meinem Leben übrig. »Es fühlt sich realer an, wenn ich darüber spreche. Weniger beängstigend.«

»Ich habe auch den Eindruck, dass ich dir helfe. Das fühlt sich gut für mich an, also ist es für uns beide ein Gewinn.«

Ich will gerade antworten, als das Handy an meinem Ohr summt, weil eine Textnachricht eingegangen ist.

»Wenn es jemand aus dem Team ist, schick ihn einfach zu mir«, sagt sie, als sie es ebenfalls hört. »Die Revolution startet genau jetzt.«

»Es ist Andrew«, sage ich und checke die Nachricht.

Oliver sagt, du kannst dir in der Küche alles nehmen, wenn du Hunger hast. Ich habe ihm erzählt, dass du immer hungrig bist.

»Ich habe gesagt, ich mache ein Nickerchen. Wahrscheinlich denkt er, ich schlafe.«

»Ah ja, dein anderes Problem.«

»Er ist kein Problem.«

»Ein Rätsel also, das es zu lösen gilt.«

»Gabriela …«

»Ich meine, wir sind jetzt so gut drauf, wir können

genauso gut weitermachen. Er trifft sich doch mit niemandem, oder?«

»Nein«, sage ich zögernd. »Es gab jemanden, aber sie haben sich im Sommer getrennt.«

»Und du warst seit Brandon mit niemandem mehr ernsthaft zusammen.«

»Nein.«

»Warum es also nicht ausprobieren?«, fragt sie.

»Und was, wenn er mich wieder küsst und ich es schrecklich finde?«, entgegne ich. »Dann ist die Freundschaft ruiniert. Eine richtig gute Freundschaft, einfach kaputt.«

»Was ist, wenn das nicht passiert und der Kuss stattdessen zu atemberaubendem Sex führt und zur besten Entscheidung wird, die du je getroffen hast? Ich finde, du solltest ernsthaft mit ihm darüber reden. Vielleicht ist er ja gerade genauso aus dem Häuschen.«

»So wirkt er aber nicht«, murmele ich und zupfe an einem losen Faden auf der Bettdecke. »Er tut so, als wäre die ganze Sache lustig. Als wäre es ein Witz.«

»Molly, ich kenne ihn nicht, aber ich garantiere dir, niemand würde denken, dich zu küssen wäre ein Scherz.« Ihre Stimme wird härter. »Wenn er auch nur *ein* Sterbenswörtchen sagt, das dir das Gefühl gibt …«

»In Ordnung«, unterbreche ich sie. »Danke, Süße.«

»Du bist ein guter Fang, hörst du?«

»Ja«, sage ich trocken und muss lächeln. »Aber ich glaube, jetzt muss ich wirklich ein bisschen schlafen. Ein Jetlag ist kein Vergnügen.«

»Okay, aber falls du noch mehr Probleme hast, egal was —«

»Dann melde ich mich.«

»Das wollte ich hören.«

Wir verabschieden uns, und ich lege auf. Ich mache ein Nickerchen, aber als ich vierzig Minuten später mit trockenem Mund, knurrendem Magen und beginnenden Kopfschmerzen aufwache, fühle ich mich nur noch schlechter. Das zusammen mit meinem ohnehin schon ekligen Gefühl aus dem Flug bringt mich dazu, die Dusche zu erkunden. Auf dem Waschtisch liegt ein ordentlich gefaltetes Handtuch, also nehme ich es, ebenso wie die Toilettenartikel, die neben dem Waschbecken liegen, und hoffe, dass es heißes Wasser gibt. Das gibt es.

Und es ist *himmlisch*.

Der Wasserdruck ist so, wie ich mir diese Wasserfälle in den Werbespots für Shampoo vorstelle, und ich bleibe viel zu lange unter der Dusche. Ich benutze sogar eine Haarkur, habe aber keine andere Wahl, als meine Haare an der Luft trocknen zu lassen, da ich keinen Föhn im Zimmer finde. Dafür aber einen Dampfglätter, mit dem ich sofort alles, was ich in Paris gekauft habe, entknittere und mich dabei bestens amüsiere.

Ich arbeite gerade nur zum Spaß an dem Kissenbezug, als es an der Tür klopft. Ich öffne, und davor steht Andrew, der so angezogen ist, als wollte er nach draußen gehen.

»Was hast du vor?«, frage ich und deute mit dem Kopf auf seine Jacke.

»Was hast *du* vor?«, kontert er. Er starrt auf meinen

Dampfglätter, als wäre er eine Weltraumkanone aus einem billigen Science-Fiction-Film.

»Den habe ich unter dem Bett gefunden. Nur weil wir auf Reisen sind, müssen wir ja nicht vollkommen zerknittert aussehen. Wenn du nett bittest, dampfe ich auch dein Zeug.«

Er lehnt sich gegen den Türrahmen. »Ich überlege gerade verzweifelt, wie man daraus eine zweideutige Anspielung machen könnte.«

»Aber dir fällt nichts ein?«

»Ich habe einen langen Tag hinter mir. Und um deine Frage zu beantworten: Ich gehe aus und du auch. Oliver hat vorgeschlagen, draußen die Atmosphäre zu schnuppern.«

»Jetzt?«

Als er meinen ungläubigen Ton hört, zögert er. »Willst du nicht das weihnachtliche London sehen?«

»Du meinst, ob ich eine auch sonst schon überfüllte Stadt zu einer der geschäftigsten Zeiten des Jahres besuchen will? Nein. Es wimmelt bestimmt von Touristen.«

»Wir sind doch auch Touristen.« Er grinst, als ich den Dampfer aus der Steckdose ziehe. »Es ist ja nur für eine Stunde.«

»Wir müssen morgen früh aufstehen.«

»Und das werden wir auch. Sag mir, wann du das letzte Mal länger als bis acht Uhr geschlafen hast.«

Ich öffne den Mund, aber der Mann hat nicht ganz unrecht.

»Hör zu«, fährt er fort, als er mich zögern sieht. »Du

kannst alleine hierbleiben und … dampfen, aber ich besorge mir eine heiße Schokolade.« Er drückt Daumen und Zeigefinger zusammen. »Mit einem Hauch Zimt. Und drei Marshmallows. Wir haben es verdient, uns zu amüsieren.«

Ich seufze und werfe einen Blick auf das Bett. Ich wünschte, ich wäre müde, aber das bin ich nicht. Ich bin hellwach und zunehmend unruhig. Und das weiß er.

»Eine Stunde?«, frage ich.

»Höchstens.«

»Gut.« Ich streife mir den Bademantel von den Schultern, und sein Lächeln erlischt. In diesem Moment fällt mir ein, dass ich darunter nur einen BH anhabe. Alles andere wurde gedampft.

»Okay«, stoße ich hervor und ziehe ihn wieder über. »Tut mir leid, dass ich dich mit so viel nackter Haut gequält habe.«

Andrew erholt sich schnell, schon ist sein Grinsen wieder da. »Du bist wirklich ein Quälgeist.«

»Und nach dieser Bemerkung werde ich deine Kleidung nicht dampfen. Ich hoffe, du bist zufrieden mit dir.« Ich deute zur Tür, und er richtet sich auf und hebt verteidigend die Hände in die Luft.

»Wir sehen uns unten«, ruft er und schlägt die Tür hinter sich zu. »Vorzugsweise angezogen.«

Kapitel 13

Ich bleibe in meiner neuen Jeans, ziehe aber ein frisches T-Shirt unter meinem Weihnachtspulli an. Ich mache mir nicht die Mühe, etwas mit meinen Haaren anzustellen, lasse sie feucht um meine Schultern hängen und riskiere, dass es kalt wird. Ich habe immer noch Andrews Schal, den er mir in Chicago gegeben hat, und nach kurzem Zögern wickele ich ihn mir um den Hals und stecke die Enden in meinen Mantel.

Als ich hinunterkomme, warten Oliver und Andrew an der Eingangstür auf mich. Oliver ist gekleidet, als wollte er in ein schickes Restaurant gehen, und Andrew sieht aus wie Andrew. Er hat seine schwere Chicagoer Jacke gegen eine von Olivers Jacken getauscht und seine Kameratasche über die Schulter gehängt. Ich versuche, ihn nicht anzustarren, aber mir entgeht nicht, wie sein Blick zu dem Schal zuckt, als er mich sieht. Ich erwarte, dass er ihn zurückverlangt, doch dann breitet sich ein zufriedener Ausdruck auf seinem Gesicht aus, als würde es ihm gefallen, dass ich ihn trage.

»Wunderschön!«, stellt Oliver fest, als ich die unterste Stufe erreiche. »Du steigst die Treppe hinunter, als wärst du dazu geboren.«

Andrew schüttelt nur den Kopf, während Oliver einen

schwarzen Rucksack aufhebt, der mir vorher nicht aufgefallen war.

»Wo genau fahren wir hin?«, frage ich, während er ihn aufsetzt.

»Ich dachte, wir können die Lichter anschauen«, sagt Oliver vage. »Und dann muss ich noch einen kurzen Boxenstopp einlegen, um etwas abzugeben, und dann … ins Pub?«

Der Gedanke an einen gemütlichen englischen Pub, wo ich mich neben einen Kamin setzen kann, ist nicht die schlechteste Idee der Welt, aber ich sehe Andrew an und will schon ablehnen. Offenbar hat er damit gerechnet, denn er zwinkert mir zu und sieht mich mit einem Blick an, der sagt: *Ich habe dir gesagt, es ist okay.* Und das stimmt, aber trotzdem gibt es keinen Grund, es dem Mann noch schwerer zu machen. Bei allem, was in den letzten Tagen passiert ist, hofft er wahrscheinlich, dass ich seine beiläufige »Ich bin jetzt trocken«-Bombe schon vergessen habe, aber darüber werden wir irgendwann noch mal reden müssen.

Allerdings nicht jetzt, und so versuche ich, es zu verdrängen, während Oliver uns aus der Tür treibt. Sobald wir die Portobello Road erreichen, sehe ich sofort, was er mit »Lichtern« meint. Im Taxi hatte ich die Dekorationen nicht bemerkt, weil es Tag war und sie ausgeschaltet waren. Aber jetzt sind die engen, gewundenen Straßen beleuchtet. Lichterketten kreuzen sich über unseren Köpfen, und die Häuser sind immer ausgelassener geschmückt, je weiter wir uns von dem extrem noblen Viertel entfernen und dem gemäßigt noblen nähern. Warmer, goldener Schein weicht einem bunten Lichtermeer, über das ich lächeln muss, während wir uns langsam durch die Menschenmassen bewegen.

Oliver scheint es nicht eilig zu haben und ist geradezu nachsichtig, während er Andrew Fotos von den Häusern und Ladenfronten, den überfüllten Restaurants und Pubs machen lässt. Er zwingt ihn sogar, Fotos von ihm zu machen, auf denen er königlich in der Stadt posiert, bis Andrew droht, ihm nur die schlechten zu schicken.

Oliver ist irgendwie urkomisch. Fast schon ein bisschen nervig. Aber er scheint sich wirklich zu freuen, dass Andrew da ist und damit auch ich. Er erkundigt sich nach meinem Leben in Chicago und meiner Kindheit in Dublin und kauft mir einen duftenden Glühwein an einem der Stände, die überall aufgebaut sind. Das ist der erste weihnachtliche Genuss, an den ich mich gewöhnen könnte, und die Art, wie Andrew mich jedes Mal anlächelt, wenn Oliver mich zum Lachen bringt, macht es umso besser.

Schließlich lassen wir die hell erleuchteten Straßen hinter uns und kommen in eine ruhigere Wohngegend. Sie ist nicht so schick wie die, in der Oliver wohnt. Die meisten Häuser sind in einzelne Wohnungen unterteilt, aber es ist schön und friedlich, und durch die offenen Vorhänge kann ich in vielen Zimmern junge Familien und Freundesgruppen um Esstische sitzen sehen. Ich vermute, dass er uns in der Gegend in einen Pub führen will, und bin darum überrascht, als er vor einem sehr kleinen, roten Backsteinhaus auf der halben Höhe der Straße anhält.

Es steht am Ende einer kleinen Häuserreihe, eine schmale Gasse trennt es vom Nachbargrundstück. Im Gegensatz zu allen anderen Häusern, an denen wir vorbeigekommen sind, ist es völlig dunkel, und es steht kein Auto davor.

»Wir sind da«, verkündet Oliver und dreht sich lächelnd zu uns um.

»Wo?«, fragt Andrew, und ich bin froh, dass ich nicht die Einzige bin, die verwirrt ist. »Bist du hier auch als Haussitter engagiert?«

»O nein«, sagt Oliver fröhlich. »In das hier breche ich ein.«

»Du … was?« Andrew zischt das letzte Wort, während sein Cousin bereits die Gasse hinunterläuft und in der Dunkelheit verschwindet. »Oliver!«

»Das ist offensichtlich ein Scherz«, sage ich, aber Andrew scheint das anders zu sehen.

»Bleib hier«, murmelt er und läuft seinem Cousin hinterher, aber zum Teufel. Ich ignoriere seinen verärgerten Blick und folge den beiden in die Dunkelheit. Meine Augen gewöhnen sich gerade noch rechtzeitig an sie, um zu sehen, wie Oliver seinen Rucksack über eine hohe Backsteinmauer wirft, hinter der sich wahrscheinlich der Garten befindet.

»Erklär es mir«, fordert Andrew und hält ihn am Ellbogen fest, bevor er noch weiter gehen kann. »Sofort.«

Oliver seufzt resigniert und schüttelt ihn ab. »Früher konnte man mit dir noch was anfangen, weißt du das?«

»Ich erzähle es Tante Rachel«, warnt Andrew, aber Oliver rollt nur mit den Augen und dann, bevor ich auch nur blinzeln kann, tritt er einen Schritt zurück, springt hoch, umfasst den oberen Rand der Mauer und zieht sich flink nach oben. Dann verschwindet er auf der anderen Seite.

»Kommt ihr?«, ruft er viel zu laut. Andrew sieht entsetzt aus, aber ich verspüre ein aufgeregtes Kribbeln. Auch wenn ich den Mann gerade erst kennengelernt habe, er ist immerhin Andrews Cousin, und ich bezweifle stark, dass das, was wir hier tun, wirklich illegal oder gefährlich ist.

Okay, vielleicht *ein bisschen* illegal.

Vielleicht liegt es am Glühwein oder daran, dass ich eine überraschend schöne Zeit habe, aber was auch immer es ist, ich bin heute Abend etwas leichtsinnig.

»Traust du dich?«, frage ich, und Andrew schnaubt. Aber er weiß, dass er keine Wahl hat, und so wirft er mir einen letzten strengen Blick zu, ahmt die Bewegung seines Cousins nach und springt an der Mauer hoch. Was ihm erstaunlich gut gelingt, wohingegen mein Sprung weniger anmutig ausfällt. Ich habe so etwas noch nie gemacht, und einen Moment lang sitze ich rittlings oben auf der Mauer und bin mir ziemlich sicher, dass ich einfach auf der anderen Seite hinunterfallen werde. Doch unten wartet Andrew auf mich und hilft mir herunterzuklettern, wobei meine Arme wie Wackelpudding zittern.

»Gut gemacht«, jubelt Oliver, als ich meine schmerzenden, leicht aufgeschürften Hände abklopfe und mich umschaue. Wir befinden uns in einem kleinen, hübsch bewachsenen Garten, dessen Rasenfläche schwach von den Lichtern der umliegenden Häuser beleuchtet wird. Aber durch die Scheiben der Verandatüren sieht das Haus genauso aus wie von vorn: leer und dunkel.

»Brechen wir wirklich ein?«, frage ich.

Andrew schnaubt erneut. »Wir brechen nicht ein.«

»So etwas Ähnliches«, sagt Oliver und macht sich auf den Weg zur Steinterrasse, die die Rückseite des Hauses umschließt. »Aber wir lassen Dinge zurück, wir nehmen nichts mit. Und uns passiert nichts. Das ist eine gute Gegend. Die halten uns wahrscheinlich für Reinigungskräfte.«

Ich folge ihm zum Wintergarten und bahne mir einen Weg durch die verblühten Winterblumenbeete, während Andrew angespannt neben der Mauer stehen bleibt.

»Willst du das Fenster einschlagen?«, frage ich besorgt.

»Natürlich nicht«, sagt Oliver und betrachtet die verschiedenen Blumentöpfe um uns herum. »Wir suchen den Schlüssel.« Unvermittelt kniet er sich neben einen kleinen Terrakottatopf und hebt ihn auf. »Er muss unter … Nein.« Er greift nach dem blauen daneben. »Der hier sieht … Nein.«

Andrews Stimmung verschlechtert sich zunehmend, als Oliver beginnt, mit der Taschenlampe seines Handys in den Büschen zu suchen.

Es scheint mir ein wenig zu offensichtlich, aber ich lasse ihn gewähren, während ich mir die Umgebung genauer ansehe. Obwohl der Garten etwas zugewachsen ist, wirkt er gepflegt. Neben einer verwitterten Bank gibt es einen überdachten Grillplatz und einen kleinen Tisch mit Stühlen. An den Mauern hängen Schmetterlinge aus farbigem

Glas, und der Rasen sieht aus, als sei er kürzlich gemäht worden. Tatsächlich ist der gesamte Garten größtenteils von Unrat und Blättern befreit … bis auf ein paar auffällig arrangierte Blätter um die Abflussrinne herum.

»Molly«, sagt Andrew in warnendem Ton, als ich davonschlendere. Aber ich bin wie ein Hund, der eine Fährte aufgenommen hat. Während meiner verschiedenen Praktika habe ich eine Menge Teambuilding-Tage mitgemacht. Escape Rooms sind mir vertraut.

»Ermutige ihn nicht noch«, zischt er.

»Warum bist du so schlecht gelaunt?«, frage ich und hocke mich neben die Abflussrinne.

»Bin ich nicht.«

Ich mache mir gar nicht erst die Mühe zu antworten, sondern schalte ebenfalls die Taschenlampe meines Handys an und zupfe die Blätter heraus. Sie sind matschig und eklig, aber nach einem Moment finde ich eine alte Metalldose für Pfefferminzbonbons, die am Boden versteckt ist. Bingo.

Oliver ist im Nu bei mir. »Ausgezeichnete Arbeit. Du bekommst einen Preis.«

»Ich?«

»Du sollst *sie* auch nicht ermutigen«, sagt Andrew, als er zu uns stößt. Oliver wischt den Schlüssel an Andrews Ärmel ab, bevor der sich wehren kann, und eilt zurück, um die Tür aufzuschließen. Eine kleine Bewegung seines Handgelenks, und sie schwingt auf. Zwei Sekunden lang starren wir drei ins Haus, ohne uns zu rühren, bis ein lautes Piepen ertönt.

Oliver schreitet hinein, und ich folge ihm, zu fasziniert, um anzuhalten.

Vielleicht sollte ich Einbrecherin werden? Eine Art geheimnisvolle Juwelendiebin.

Ich betrete eine winzige Küche, die in ein offenes Wohnzimmer führt. Oliver schreitet hindurch, als wäre er schon eine Million Mal hier gewesen, und ich gehe hinter ihm her, dicht gefolgt von Andrew, der bei jedem Schritt gegen mich stößt, als wollte er mich jeden Moment packen und mit mir fliehen.

»Wir haben zwanzig Sekunden, um das Problem zu lösen«, sagt Oliver und bleibt in dem kleinen Eingangsbereich neben der Tür stehen. Er klappt den Deckel der piependen Alarmanlage auf und lässt die Fingerknöchel knacken. »Wählt eine Zahl zwischen eins und neun.«

Andrew gibt hinter mir einen erstickten Laut von sich. »Ist das dein Ernst?«

»Natürlich nicht.« Seine Finger fliegen über die Tasten, und der Alarm verstummt augenblicklich. »Du bist heute Abend ganz schön empfindlich, weißt du das?«

»Und du musst aufpassen, dass du heute Abend nicht gekillt wirst«, schnauzt Andrew ihn an, und ich lege eine Hand um sein Handgelenk und drücke es kurz. Ich habe keine Ahnung, was in ihn gefahren ist.

»Ist das dein richtiges Haus?«, frage ich misstrauisch. Oliver lacht und schlüpft an uns vorbei zurück ins Wohnzimmer. Wie der Garten ist es ein wenig unordentlich, wie es bei allen Häusern sein sollte, wirkt aber dennoch leer. Erst recht mit dem kleinen, kahlen Tannenbaum in der

Ecke, der aussieht, als hätte der Besitzer ihn aufgestellt und keine Zeit mehr gehabt, ihn zu schmücken.

»Wer wohnt hier?«, frage ich und betrachte ein Foto neben mir. Eine große Frau mit schwarzen Locken steht vor dem Eiffelturm und strahlt mich an.

»Lara«, sagt Oliver beiläufig.

»Und wer ist Lara?«, fragt Andrew, als keine weitere Erklärung folgt.

Oliver blickt zwischen uns hin und her, bevor er sich mit einem freundlichen Lächeln wieder auf Andrew konzentriert. »Meine Molly.« Er lässt seinen Rucksack auf den Boden fallen, und Andrew legt verwirrt die Stirn in Falten. Wie ein Clown, der eine Schnur mit Taschentüchern aus der Tasche zieht, entwirrt er eine Handvoll selbst gemachter Weihnachtswimpel. »Du bist groß«, fügt er hinzu. »Du bist für das Aufhängen zuständig.«

»Oliver ...«

»Wir waren zusammen auf der Uni«, unterbricht er ihn. »In der Erstsemesterwoche habe ich mich betrunken und versucht, vom Wissenschaftsgebäude in den See zu springen. Sie hat mich einen Idioten genannt und mir ein Knie ins Gemächt gerammt, um mich aufzuhalten. Seitdem sind wir die besten Freunde.« Er sieht auf, sein Gesichtsausdruck wirkt beunruhigend ernst. »Lara liebt Weihnachten und hat normalerweise das bestgeschmückte Haus in der Straße. In diesem Jahr ist jedoch ihre Mutter krank geworden, und darum ist sie bei ihr in Berlin und wacht an ihrem Bett. Schon seit drei Wochen. Morgen kommen beide zusammen zurück, und ich kann nicht zulassen, dass sie in ein leeres, kaltes Haus kommen. Das darf einfach nicht sein. Deshalb sind wir hier und dekorieren es jetzt, als wollten wir in einer Realityshow gewinnen.« Er zögert. »Natürlich nur, wenn ihr mir helft.«

O mein Gott! Ich sehe mit flehendem Blick zu Andrew, woraufhin er die Augen verdreht.

»Du magst doch gar keinen Weihnachtsschmuck.«

»Jetzt schon.«

Er wendet sich an Oliver, ohne mich zu beachten. »Das hättest du uns auch einfach sagen können.«

Jetzt ist Oliver derjenige, der ein verwirrtes Gesicht macht. »Aber das wäre nicht so lustig gewesen.«

»Oliver, ich schwöre …«

»Ein Kompromissvorschlag«, unterbricht er ihn und schaut auf seine Uhr. »Angesichts der Tatsache, dass wir nur wenig Zeit haben. Wir machen das hier höchstens dreißig Minuten. Mal sehen, wie viel wir schaffen können.«

Ich ziehe eine Tüte mit Schneekonfetti heraus. »Wie eine Art Spiel?«

Andrew lässt stöhnend den Kopf in den Nacken sinken, aber Oliver nickt nur, erfreut über mein Interesse. »Ganz genau. Ich stelle sogar den Timer.«

»Herrgott.« Andrew seufzt, wirft mir einen Blick zu und merkt, dass er auf mich nicht zählen kann. Ich weiß gar nicht, was daran so schlimm ist. So etwas scheint doch genau sein Ding zu sein. Aber als er den Gurt der Kameratasche um seine Brust festzieht und seinen Cousin ansieht, wird sein Blick nur noch finsterer. »Wo fangen wir an?«

Nach einer kurzen Diskussion einigen wir uns darauf,

unsere Stärken auszuspielen, und mir wird die Verantwortung für die Küche übertragen. Oliver reicht mir kleine Schachteln mit Partysnacks aus dem örtlichen Supermarkt, zusammen mit ausgefallenen Kuchen und Keksen. Ich verstaue alles an seinem Platz, kann mir aber nicht verkneifen, ein paar Teller für den morgigen Tag herzurichten. Prickelnder Cider und Wein vervollständigen diesen essbaren Teil der Dekoration, und als ich mich wieder dem vorderen Raum zuwende, ist er wie verwandelt.

Die Wimpel hängen fröhlich über dem offenen Kamin, zusammen mit Dutzenden von Lichterketten, die eine warme Atmosphäre verbreiten. Um den Baum, den Andrew gerade schmückt, ist eine bunte Lichterkette drapiert. Mit hochkonzentriertem Gesicht verteilt er die Kugeln an den Zweigen.

Oliver ist für die Strümpfe zuständig und bestückt die beiden, die er an den Kaminsims gehangen hat, mit weiteren Leckereien.

Ich habe nicht gerade viel Erfahrung in solchen Dingen, aber es kann ja wohl nicht allzu schwer sein, und so gebe ich mein Bestes und widme mich den letzten Dekorationen – kleinen Weihnachtsmännern und glitzernden Schneeflocken.

Als wir fertig sind, ist das Haus das ganze Gegenteil von dem, in dem Oliver wohnt. Der Weihnachtsschmuck ist farblich und stilistisch nicht aufeinander abgestimmt, was dem Raum eine chaotische Atmosphäre verleiht, einen aber auch zum Lächeln bringt. Es sieht aus wie ein weihnachtlicher Fiebertraum. Eigentlich sollte es mein Albtraum sein, aber es macht irgendwie … Spaß. Was ich auf keinen Fall Andrew sagen werde.

»Ich werde das alles übrigens als mein Werk ausgeben«, sagt Oliver, während er die übrig gebliebenen Verpackungen wieder in seine Tasche stopft. »Keiner von euch war hier. Nur ich.«

»Was für eine Überraschung.« Andrew sitzt am Fenster und richtet sich auf. »Zufrieden?«, fragt er.

»Überglücklich. Nur noch eine Kleinigkeit.« Behutsam, fast ehrfürchtig legt Oliver ein kleines, eingepacktes Geschenk unter den Baum und legt den Geschenkanhänger zurecht. *Für Lara,* steht dort, und sofort möchte ich nichts lieber wissen, als was er ihr besorgt hat. Wider Erwarten schaffe ich es jedoch, den Mund zu halten.

»Vielen Dank für eure Hilfe«, sagt er nach einem Moment. »Auch wenn ich euch anfangs ausgetrickst habe.«

Ich stoße Andrew mit dem Ellbogen an, und er seufzt.

»Gern geschehen«, sagt er ein wenig widerstrebend. »Aber das nächste Mal wäre es mir lieber, wenn du …«

Er bricht ab, als plötzlich Blaulicht durchs Zimmer flackert.

»Oliver …«

»Alles klar!« Oliver klatscht in die Hände und schiebt uns zur Hintertür. »Alles erledigt.«

»Du hast gesagt …«

»Zeit zu gehen!«, ruft er fröhlich und dreht sich um, um die Alarmanlage zu aktivieren.

Andrew und ich laufen in den Garten, wo er mir mit einer Räuberleiter über die Mauer hilft. Zwanzig Sekunden später stößt Oliver zu uns, geht zügig den Weg hinunter und überlässt es uns, ihm zu folgen. Ich blicke mich ein paarmal um, was natürlich erst recht verdächtig wirkt, aber niemand kommt uns hinterher, und keine Sirenen heulen auf. Wir sind in Sicherheit, auch wenn Andrew wieder ziemlich aufgebracht aussieht.

Niemand sagt ein Wort, bis wir die nächste Straße erreichen, wo Oliver plötzlich stehen bleibt und sich die Hände reibt.

»Alles klar«, sagt er. »Danke dafür. Pub?«

Andrew schüttelt den Kopf. »Wir gehen nach Hause.«

»Was?« Oliver klingt entsetzt. »Warum?«

»Weil ich dir heute Abend nicht traue.«

»Was redest du da? Es ist doch alles gut gegangen.«

»Wir gehen zurück nach Hause«, wiederholt Andrew mit Nachdruck. »Wir müssen früh aufstehen.«

Oliver wendet sich um Unterstützung heischend an mich, aber ich habe nur ein mitfühlendes Lächeln für ihn.

»Gut.« Er seufzt. »Dann gehe ich halt und suche mir ein paar Gleichgesinnte.«

»Mach das«, sagt Andrew und lenkt mich entschieden in die Richtung, aus der wir gekommen sind.

Oliver buht uns noch einen Moment aus, bevor er aufgibt, und als ich mich noch einmal umdrehe, geht er schon in die andere Richtung davon.

»Das hat irgendwie Spaß gemacht«, sage ich. Andrew grunzt nur. »Ist deine ganze Familie so?«

»Nur er.«

»Meine Familie ist langweilig. Das einzige schwarze

Schaf, das wir haben, ist meine Tante, die einen Etsy-Shop für selbst gemachte Armbänder betreibt.«

Er antwortet nicht, und nicht zum ersten Mal an diesem Abend ärgere ich mich über seinen plötzlichen Sinneswandel.

»Würdest du bitte damit aufhören?«, frage ich. »Ich habe dich noch nie so mürrisch erlebt.«

»Bei mir ist alles okay.«

»Du klingst wie ich«, erwidere ich. »Was ist los?«

Er schüttelt den Kopf und blickt mit zusammengebissenen Zähnen in die Richtung, aus der wir gekommen sind. »Er hätte uns in Schwierigkeiten bringen können. Er hätte uns sagen sollen, was er vorhat.«

»Er hat dich nur ein bisschen veräppelt.«

»Wenn die Polizei an die Tür geklopft hätte …«

»Sie hätten sich an Lara gewandt«, sage ich. »Es wäre nichts passiert.«

Aber vielleicht auch doch. Erst da wird mir klar, was er meint. Bis sie Lara erreicht hätten, hätten wir wahrscheinlich irgendwo auf einer Polizeistation festgesessen und unsere Chance verpasst, nach Hause zu kommen. Natürlich hat Andrew sofort daran gedacht und sich gesorgt, dass er noch eine weitere Hürde überwinden müsste, um seine Familie zu sehen.

Als er das Navi auf seinem Handy öffnet und nach dem schnellsten Weg zu Olivers Haus sucht, nagt das schlechte Gewissen an mir. Ich zögere nur einen Moment, dann treffe ich eine Entscheidung.

»Warum gehen wir nicht noch etwas aus?«

Er würdigt mich nicht einmal eines Blickes. »Du bist diejenige, die zu Hause bleiben wollte.«

»Ja, aber jetzt bin ich hellwach. Und der Abend ist noch jung. Lass uns die Stadt erkunden.«

»Der Abend ist noch jung?« Er blickt auf, und ich spüre, dass ihn mein Sinneswandel misstrauisch macht. »Ich dachte, du magst London an Weihnachten nicht.«

»Ein Grund mehr, mich umzustimmen.«

»Molly …«

»Komm schon. Nur für eine Stunde. Bevor ich müde und launisch werde. So wie du.«

»Sehr witzig«, sagt er, doch als ich ihn am Arm ziehe und Richtung Bahnhof führe, folgt er mir.

Kapitel 14

Je näher wir dem Zentrum von London kommen, desto mehr entspannt sich Andrew, und als wir an einer überfüllten U-Bahn-Station in Westminster aussteigen, ist er wieder ganz der Alte und grinst über die vielen Touristen um uns herum.

Mein Plan reicht nicht weiter als »in die Stadt fahren und etwas mit viel Zucker essen«. Nach einem kurzen Moment der Verwirrung beschließen wir, allen anderen über die Brücke neben dem Big Ben zu folgen, wo wir am Südufer des Flusses bald einen Weihnachtsmarkt entdecken.

Er ist kitschig, selbst für Andrew, mit altmodischen Buden voller süßer Leckereien und Modeschmuck, den ich nicht eine Sekunde für echt halte. Aber vermutlich ist es nicht der schlechteste Ort für einen klaren Dezemberabend. Es ist viel los, aber nicht so viel, dass man sich nicht mehr von der Stelle bewegen kann. Sobald wir die Stände hinter uns gelassen haben, gibt es Sitzbänke und Jahrmarktattraktionen. Ein klassisches Karussell fährt kreischende Kinder und ihre duldsamen Eltern im Kreis herum, und aus den Lautsprechern ertönt weihnachtliche Popmusik, ein Hit nach dem anderen.

Wir spazieren an der Themse entlang, und ich kaufe uns eine Tüte Churros und für Andrew die versprochene heiße

Schokolade. Ich bin ungewöhnlich zufrieden und fühle mich so wohl, dass ich nicht einmal darüber nachdenke, als die nächsten Worte aus meinem Mund kommen.

»Das wäre ein toller Abend für ein Date.« Kaum habe ich es gesagt, verstumme ich, doch als Andrew sich grinsend zu mir umdreht, unterstreiche ich meine Aussage nur noch. »Stimmt doch!«

»Ist das hier eines?«

»*Nein*«, sage ich kindisch, doch dann denke ich an mein Gespräch mit Gabriela. »Vielleicht«, korrigiere ich mich.

Andrews Gesichtsausdruck ändert sich nicht, aber es dauert einen Moment, bis er den Blick abwendet. »Das ist kein Date«, sagt er. »Bei einem Date würde ich nie mit dir auf einen Weihnachtsmarkt gehen.«

»Wohin würdest du denn mit mir gehen?«

»Darüber habe ich noch nie nachgedacht.«

»Du hast genug darüber nachgedacht, um zu wissen, dass du nicht hierher mit mir gehen würdest«, stelle ich fest, und als er nichts erwidert, weiß ich, dass ich ihn ertappt habe. »Sag schon«, beharre ich und schüttele die Churros vor ihm, als wollte ich ihn damit bestechen. Er nimmt eine der Gebäckstangen in die Hand und mustert sie kurz, bevor er die Hälfte mit einem Bissen verschlingt. Männer.

»Okay«, sagt er, während wir weitergehen. »Ich schätze, es geht eher darum, was du nicht magst, als darum, was du magst.«

»Und was mag ich nicht?«

»Picknicks.«

»Ich mag Picknicks«, protestiere ich. »Ich mag nur keine Insekten. Was Picknicks normalerweise mit sich bringen.«

»Du sitzt auch nicht gern in der Sonne.«

»Ich verbrenne eben schnell.«

»Oder Pappteller.«

»Die sind so wabbelig.«

»Du magst keine Picknicks«, stellt er fest. »Du gehst gern ins Kino, also könnte ich dich in ein altes, elegantes Kino ausführen und verrückte Eintrittspreise zahlen, aber so etwas mochte ich noch nie für ein erstes Date. Warum einen Abend mit Schweigen vergeuden, wenn ich mich stattdessen mit dir unterhalten könnte?«

»Damit fällt auch Theater aus.«

»Das ist praktisch, denn du hasst auch Theater.«

»Also, ich hasse Theater nicht. Was ich hasse, sind Orte, an denen man nicht pinkeln darf, wenn man pinkeln muss. Und manchmal muss man einfach niesen. Ich meine, es tut mir leid, wenn in dem Moment gerade ein langer, dummer Monolog dran ist, aber so etwas kann man doch nicht zurückhalten. Das schadet dem Gehirn.«

»Nein, tut es nicht.«

»Doch, tut es. Hab ich im Internet gelesen.«

»Kein Theater«, sagt er. »Museen und Galerien sind schwierig. Jeder hat sein eigenes Tempo, und sie können auch ermüdend sein. Eine Buchhandlung kann romantisch sein, aber du liest nicht …«

»Ich lese!« Manchmal.

»Bei Wanderungen und Spaziergängen hat man wieder das Problem mit dem Tempo. Plus Sonne und Insekten.«

»Aber es gibt jede Menge Stellen zum Pinkeln.«

»Stimmt. Wenn das Wetter schön ist, könnten wir ans Wasser gehen, aber da wäre auch wieder die …«

»Ich verstehe schon«, unterbreche ich ihn. »Ich bin zum Daten völlig ungeeignet.«

»Das habe ich nicht gesagt.« Er isst die andere Hälfte des Churros, und ich bin so abgelenkt von einem Krümel Zucker in seinem Mundwinkel, dass ich die nächsten Worte fast verpasse. »Axtwerfen.«

»Axt… was?«

»Ich würde mit dir zum Axtwerfen gehen«, sagt er.

Ich starre ihn an. »Was zum Teufel ist Axtwerfen?«

»Genau das, wonach …«

»… es klingt«, bringe ich seinen Satz zu Ende. »Na gut, Mr Klugscheißer. Das scheint nicht sehr romantisch zu sein.«

»Warst du schon einmal dort?«

»Offensichtlich nicht.«

»Man bekommt eine kleine Axt und eine runde Holzscheibe, wie beim Bogenschießen oder wie eine Dartscheibe. Es gibt eine Markierung zum Punktezählen und alles. Und dann gehst du in deine Bahn und wirfst einfach.« Er ahmt die Bewegung nach. »Ist dir manchmal zum Schreien zumute?«, fragt er. »Hattest du jemals einen schlechten Tag, an dem alles schieflief und du einfach nur aufstehen und schreien wolltest?«

»Nur drei- bis viermal pro Woche.«

»Hot Yoga heilt nicht alles«, sagt er ausdruckslos. »Ich würde also mit dir zum Axtwerfen gehen. Davon würden wir Appetit bekommen, also würde ich dich anschließend zum Essen einladen. An einem ruhigen Ort, damit wir reden könnten. Natürlich an einem Ort deiner Wahl. Und das wäre dann unser Date.« Er kippt den letzten Schluck seiner heißen Schokolade hinunter und wirft den leeren Becher in einen nahe gelegenen Mülleimer, als hätte er nicht gerade den vielleicht seltsamsten und möglicherweise tollsten Tag aller Zeiten beschrieben.

»Was würdest du für mich organisieren?«, fragt er.

»Für ein Date?« Ich denke nach. »Keine Ahnung.«

»Also, das finde ich jetzt ungerecht.«

»Ich bin ganz schlecht in Vorschlägen für Dates.«

»Dann versuch es wenigstens.«

Ich stöhne innerlich auf. Das war nicht gelogen. Bei meinem Beruf folgen Dates einem vorhersehbaren Muster. Ein alkoholisches Getränk nach der Arbeit, normalerweise spät, und dann vielleicht ein formelles Abendessen. Seit dem College habe ich nichts mehr getan, was man als »Spaß« bezeichnen könnte.

»Na ja, da du Picknicks *liebst*«, beginne ich, und er lacht. »Abendessen«, schlage ich ernster vor. »Aber nicht auswärts. Ich würde dich zu mir nach Hause einladen und für dich kochen.«

»Ich wusste nicht, dass du kochen kannst.«

»Ich kann Nudeln, Knoblauchbrot und Käse-Knoblauchbrot machen.«

»Ah, die drei Lebensmittelgruppen.«

»An einem Dessert würde ich mich allerdings nicht versuchen. Das würde ich kaufen, aber ich würde es nett anrichten und wahrscheinlich lügen und behaupten, dass ich es selbst gemacht habe, um dich damit zu beeindrucken.«

»Und weil ich nett bin, würde ich so tun, als ob ich dir glaube.«

Das würde er. Das weiß ich. Und ich würde zwei Desserts besorgen, falls er eins nicht mag. Aber ich weiß, was Andrew mag. Alles mit flüssiger Schokolade in der Mitte. Ich würde etwas Legeres anziehen, in dem ich mich wohlfühle, denn neben Kochen und Tischdecken hätte ich keine Zeit, mich schick zu machen. Anschließend würden wir uns aufs Sofa setzen und uns eine seiner doofen Komödien ansehen, oder er würde mich den Film aussuchen lassen und ihn stillschweigend durchleiden. Und wenn der Abspann liefe, wäre es draußen dunkel, und ich würde ihn küssen, denn es wäre ein Date, und es ist völlig normal, jemanden bei einem Date zu küssen, und noch normaler ist es, dabei Herzklopfen zu verspüren.

»Du willst mich also mit Essen rumkriegen, ist es das?«

Ich blinzle das Bild von uns weg und räuspere mich. »Beschwerst du dich etwa?«

»Ganz und gar nicht. Das klingt ganz nach meinem Geschmack.«

»Ich könnte das nach dem Axtwerfen machen«, sage ich leichthin, und er lächelt.

»Abgemacht.«

Unsere Blicke treffen sich, und da ist er wieder, dieser Funke, der immer öfter aufzublitzen scheint.

Und Andrew weiß es. Er bleibt auf dem Gehweg stehen

und lehnt sich gegen das Geländer. In der Ferne ragt Big Ben neben dem Fluss in die Höhe, während direkt hinter Andrew der Markt in seiner ganzen festlichen Stimmung weitergeht. Doch hier ist es ruhiger, hauptsächlich schlendern Paare und einzelne Besucher wie wir herum und machen Fotos von den Lichtern, essen geröstete Kastanien und lecken sich schmelzende Marshmallows von den Fingern.

Aber ich sehe nicht sie an, sondern Andrew. Andrew, der mich mit einem derart ernsten Blick anschaut, dass es mir plötzlich vorkommt, als sei ich vor den Schuldirektor zitiert worden. Und ich weiß, dass er mich ausfragen wird. Wegen des Kusses. Wegen uns. Er wird die Frage stellen, und ich weiß die Antwort nicht, und ich gerate so in Panik, bin so besorgt, dass ich ihn mit dem Erstbesten ablenke, das mir einfällt.

»Mach ein Foto von mir.«

»Was?«

»Mach ein Foto von mir«, wiederhole ich, diesmal etwas bestimmter.

Er hebt die Brauen. »Du hasst es, wenn man dich fotografiert.«

Das stimmt. Es lag nicht nur daran, dass ich in Paris vollkommen fertig aussah. Ich habe mich vor der Kamera schon immer unwohl gefühlt und kann selbst die professionellen Porträtfotos kaum ertragen, die wir für die Arbeit machen müssen. In meinem Instagram-Feed gibt es kein einziges Selfie von mir. Nicht einmal aus der Zeit, als ich diese Bobfrisur hatte, für die ich so viele Komplimente bekommen habe, die aber leider viel zu aufwendig zu pflegen war. Ich mache keine Fotos. Aber mein Ablenkungsmanöver funktioniert.

»Ich fühle mich hübsch«, sage ich. »Und ich möchte diesen verrückten Tag festhalten.«

Zunächst antwortet er nicht, als würde er auf die Pointe warten. Ich stehe einfach nur da.

»Okay«, sagt er schließlich und greift nach seiner Kamera.

»Du hättest mir auch sagen können, dass ich immer hübsch aussehe«, merke ich an.

»Hätte ich«, stimmt er zu und fordert mich mit einer Geste auf zu posieren.

Erwartungsgemäß fühle ich mich sofort befangen.

Was mache ich mit meinen Händen? Wie stelle ich mich hin? Neige ich den Kopf? Lächle ich? Springe ich in den Fluss und schwimme weit, weit weg?

Andrew wirft einen Blick durch das Objektiv und korrigiert eine Einstellung. Als er mich herumhampeln sieht, zuckt sein Blick nach oben.

»Das geht gar nicht.«

»Andrew!«

Er lacht, und ein Teil meiner Unbeholfenheit verwandelt sich in Ärger.

»Vergiss es«, sage ich. »Steck sie weg.«

»Oh, auf keinen Fall. Jetzt habe ich zu viel Spaß daran.«

Fast mache ich einen Schmollmund. Ich winde mich unter seiner Aufmerksamkeit, während er sich vorbereitet.

»Leg deine linke Hand auf das Geländer«, fordert er

mich auf. »Nicht so, als würdest du dich an der *Titanic* festhalten … Perfekt. Sieh mich an.«

»Ich sehe dich an.«

»Sieh mich an, wie du es vorhin getan hast.«

»Und das war wie?«, frage ich verwirrt, aber er schüttelt nur den Kopf und richtet seine Aufmerksamkeit auf die Kamera.

»Was auch immer du tust«, sagt er, während er fast unnatürlich ruhig wird. »Lächele nicht.«

»Halt die Klappe.«

Er drückt auf den Auslöser.

»Was habe ich gesagt?«, fragt er empört, als meine Lippen zucken. Er drückt erneut ab. »Du weißt doch, dass man von Kameras sagt, sie würden einem die Seele stehlen, oder?«

»Tust du das?«

»Ich möchte nur, dass du weißt, worauf du dich einlässt.« Er lässt die Kamera sinken und betrachtet zufrieden das Ergebnis.

»Fertig?«, frage ich. Ich bin seltsamerweise etwas außer Atem, aber vermutlich ist das einfach so, wenn Andrew Fitzpatrick seine ganze Aufmerksamkeit auf einen richtet.

Er nickt, und ich strecke die Hand aus. »Zeig mal.«

»Nö.«

»Zeig sie mir!« Ich nehme ihm die Kamera ab, und er lässt es zu. Er zieht sich den Gurt über den Kopf, während er auf etwas klickt und ein Display das letzte Foto zeigt, das er gemacht hat.

Einen Moment lang erkenne ich mich selbst nicht wieder. Weil ich es nicht geföhnt habe, ist mein Haar auf natürliche Weise sanft gewellt, und von der Kälte sind Nase und Wangen gerötet, während der Rest von mir in den sanften Glanz des Weihnachtsmarkts getaucht ist. Ich blicke nicht in die Kamera, ich blicke Andrew an. Mit einem Lächeln, das ich noch nie an mir gesehen habe.

Wenn ich für ein Foto posiere, lächle ich normalerweise mit geschlossenen Lippen, weil ich zwei schiefe Vorderzähne habe. Mit vierzehn hörte ich mal jemanden eine Bemerkung darüber machen, und das habe ich nie vergessen. Ehrlich gesagt, habe ich noch nie ein Foto von mir machen lassen, auf dem ich nicht darüber nachgedacht habe, wie ich aussehen würde. Und wie andere mich sehen würden.

Auf diesem Foto sind meine Lippen geöffnet, und ich kneife leicht die Augen zusammen, weil ich schallend lache und mich leicht von ihm abwende. Ich sehe aus, als hätte ich die beste Zeit meines Lebens. Als befände ich mich in einem Winterwunderland. Ich sehe …

»Ich sehe *toll* aus.«

»Ich bin einfach ein richtig guter Fotograf.«

Ich bin viel zu erfreut, um an eine schlagfertige Antwort zu denken. »Kannst du mir das schicken?«

»Natürlich.«

Als ich ihm die Kamera zurückgeben will, überlege ich es mir in letzter Sekunde anders und drücke sie an meine Brust. »Darf ich ein Foto von dir machen?«

Er hält inne. »Ich will dir nichts vormachen, ich weiß, dass du eine fähige, professionelle Erwachsene bist, aber diese Kamera hat drei Riesen gekostet, also wenn du …«

»Danke«, sage ich und ignoriere seinen Seufzer, als ich

durch den Sucher schaue. Wie das geht, weiß ich schon mal. »Wo soll ich draufdrücken?«

»Der große rote Knopf.«

Ich schneide eine Grimasse, aber offenbar ist das wohl die richtige Antwort.

»Sag Cheese«, murmle ich und versuche, ihn so zu fotografieren, wie er mich fotografiert hat. Für jemanden, der es gewohnt ist, hinter der Kamera zu stehen, wirkt er gar nicht unbeholfen. Er lehnt einfach am Geländer, den Körper dem Wasser zugewandt, das Gesicht in meine Richtung gedreht.

Ich zögere. »Es wird nicht so gut wie deins.«

»Das will ich hoffen, ich bin schließlich Profi«, sagt er todernst. Aber sein Gesichtsausdruck wird weicher. »Vertrau einfach auf dein Gefühl«, sagt er schlicht. »Es geht nicht nur um Wissenschaft, Winkel und Licht. Manchmal muss man es einfach … fühlen.«

Fühlen. Ich denke, das kann ich.

»Denke an etwas, das dich glücklich macht«, sage ich und drücke erneut auf den Auslöser.

Er grinst. »Zum Beispiel an dich?«

»Vielleicht nicht an mich«, sage ich sofort. »Versuchen wir, dieses Shooting jugendfrei zu halten.«

Und da ist es. Sofort grinst er über das ganze Gesicht, und das Karussell im Hintergrund verschwimmt. Es ist ein unscharfes Gemälde aus Farben und Bewegung, und es scheint, als würde neben allem anderen sogar die Geräuschkulisse eingefangen. Und mit einer kleinen Bewegung meines Fingers habe ich es für immer festgehalten.

Ich muss es mir nicht einmal ansehen, um zu wissen, dass ich gute Arbeit geleistet habe, und reiche ihm die Kamera zurück. Dabei bin ich so glücklich, dass es fast wehtut. »Da«, sage ich. »Jetzt sind wir quitt.«

»Quitt?«, fragt er und lächelt immer noch.

Ich nicke und wende mich wieder dem Wasser zu, während er das Foto begutachtet. »Jetzt habe ich auch deine Seele.«

Kapitel 15

Als wir zurückkommen, ist das Haus dunkel, aber obwohl wir schon in wenigen Stunden aufstehen müssen, möchte ich den Abend noch nicht beenden. Ich überlege, einen Film vorzuschlagen, vielleicht den Kühlschrank nach ein paar Snacks zu durchstöbern und das Weihnachtsfest nachzuspielen, das wir gehabt hätten, wenn wir in Chicago geblieben wären. Doch sobald wir durch die Tür treten und eine Reihe achtlos weggeworfener Kleidungsstücke sehen, die vom Flur in die Küche führen, löst sich mein großartiger Plan in Luft auf.

»Hm«, sage ich, und Andrew seufzt. Er tastet an der Wand nach einem Lichtschalter, und als er ihn findet, sehe ich, dass neben der Kleidung Quittungen und Bankkarten liegen, als hätte jemand (Oliver) seine Taschen durchwühlt, während er sich ausgezogen hat, und dabei eine Spur aus bizarren Brotkrumen hinterlassen.

Andrew schaltet das Licht wieder aus. »Ich würde sagen, wir gehen einfach ins Bett.«

»Was, wenn er sich verletzt hat?«, frage ich und gehe in Richtung Küche.

»Was, wenn er in Gesellschaft ist und du ihn störst?«

»Es sind nur *seine* Klamotten«, entgegne ich, bereite mich jedoch darauf vor, rasch die Augen zu schließen, falls ein nackter Oliver samt Begleitung durchs Haus streift. Zum Glück passiert das nicht, und ich finde unseren liebenswürdigen Gastgeber in einem Weihnachtsmannkostüm, mit weißem Bart und allem, was dazugehört, wie er zusammengesunken auf dem Küchenboden neben dem Kühlschrank hockt.

»Cousine!«, ruft er aus, als er mich sieht.

»Ich bin die Freundin«, erkläre ich.

»Und doch habe ich schon das Gefühl, du gehörst zur Familie, so stark ist unsere Verbindung.«

Er ist blau. Besoffen. *Berauscht.* Wie auch immer man es nennen will, der Mann wird es morgen früh spüren.

»Das hättest du vorhin bei Lara tragen sollen«, scherze ich, als Andrew hinter mir den Raum betritt.

»Du musst verzeihen, normalerweise bin ich viel zivilisierter, aber ich habe mich in Chelsea mit meinem Freund Zac getroffen, und er hat darauf bestanden.«

»Hat er?«, fragt Andrew skeptisch.

»Na ja, ich wollte nicht unhöflich sein«, erwidert Oliver und wirkt gekränkt, dass Andrew an seiner Aussage zweifelt.

»Muss ich dich ins Krankenhaus bringen?«

»Mir wäre viel lieber, du würdest mir ein Tikka Masala bestellen.«

»Wie wäre es mit einem Glas Wasser und einer Scheibe Toast?«

Oliver seufzt laut, protestiert aber nicht, und während Andrew sich in der Küche umsieht, greife ich in meine Tasche und reiche ihm die Schachtel mit den Lebkuchen, die ich beim Verlassen des Weihnachtsmarktes gekauft habe.

Er lächelt mich an und dreht sie in den Händen. »Du hast ein Geschenk für mich?«

»Als Dankeschön dafür, dass wir bei dir übernachten dürfen.«

»Das ist fast schon verdächtig aufmerksam von dir, Molly, aber ich werde es in dem Sinne annehmen, in dem es sicher gemeint ist.«

»Großartig.«

Sein Blick bleibt an meinem Gesicht hängen und wirkt dabei überraschend konzentriert. »Hattet ihr eine schöne Zeit?«, fragt er plötzlich eindringlich.

»Ja, hatten wir.«

»Dann komm doch mal wieder zu Besuch. Mit oder ohne Andrew, ich habe keine starken Gefühle für den Mann.«

Ich lache, und er öffnet die Lebkuchenschachtel. »Weißt du, ich bin ziemlich sicher, dass im Gefrierschrank eine Fertigpizza liegt!«, ruft er Andrew zu. »Aber ich würde mich nicht trauen, sie selbst aufzubacken. Nicht in diesem Zustand.« Er senkt die Stimme zu einem lauten Flüstern. »Viel zu gefährlich.«

Ich schmunzle und sehe mich um, aber Andrew hört uns nicht zu, während er mit konzentrierter Miene eine Scheibe Weißbrot aus einer Plastikpackung zieht. Erst dann bemerke ich die Unordnung in der Küche, die zahlreichen Wein- und Schnapsflaschen, die den Tresen säumen. Oliver muss die Schränke geplündert haben, bevor er zu müde wurde.

»Hey«, rufe ich leise und drehe mich ganz zu Andrew um.

Es dauert einen Moment, bis er mir seine Aufmerksamkeit zuwendet. »Ja?«

»Könntest du sein Bett vorbereiten? Ich kümmere mich um den Toast.«

»Pizza«, protestiert Oliver, aber ich schüttle den Kopf.

»Ein Toastbrot erfüllt den gleichen Zweck, *und* du wachst morgen früh nicht auf und hast die Hälfte im Gesicht kleben.

»Wollen wir wetten?«

Ich ignoriere ihn und beobachte Andrew, der vorsichtig eine Scheibe Toast auf den Tresen legt, wobei sein Blick zwischen dem Brot und dem Alkohol neben seinen Fingerspitzen hin und her springt.

»Klar«, sagt er nach einer Sekunde und verschwindet ohne ein weiteres Wort.

»Ich liebe es, wenn eine Frau die Sache in die Hand nimmt«, nuschelt Oliver, während ich mich ums Essen kümmere. Dann zwinge ich ihn, einen halben Liter Wasser zu trinken. Als er fertig ist, ist Andrew zurück und wir hieven Oliver auf die Beine.

Sein Schlafzimmer befindet sich natürlich ganz oben unterm Dach, und ich bin enttäuscht, dass sein Zimmer im Vergleich zum Rest des Hauses unglaublich schlicht ist – weiß getünchte Wände und eine einfache, marineblaue Tagesdecke. Auch hier ist alles durcheinander. Seine Sachen liegen überall verstreut, doch als ich die Reste von Laras Weihnachtsdekoration auf dem Boden sehe, muss ich lächeln. Buntes Papier und Watte, als hätte er den ganzen Tag nur für sie gebastelt.

»Es sind nur noch zwei Nächte bis Weihnachten«, sagt Oliver mit großer Geste, als Andrew ihm auf die Matratze hilft. »Ich stehe morgen früh auf, um euch zu verabschieden.«

»Ich wette meinen gesamten Kofferinhalt darauf, dass du das nicht tust«, sagt Andrew. »Und ich habe eine riesige Toblerone da drin.«

Oliver macht ein entsetztes Gesicht, als sein Cousin vor ihm in die Hocke geht. »Das sagst du mir erst jetzt?«

»Danke, dass wir hier übernachten durften. Such dir einen richtigen Job.«

»Jederzeit. Und auf keinen Fall. Und, Molly!« Ich stehe an der Tür, und er reckt den Hals, um mich zu sehen. »Es war mir ein Vergnügen, dich kennenzulernen. Danke für das Geschenk.«

»Danke, dass wir hier sein durften.«

»Jederzeit, jederzeit.«

Wir lassen ihn seinen Rausch ausschlafen, gehen die Treppe hinunter und bleiben eine Etage tiefer vor unseren jeweiligen Türen stehen.

»Das tut mir alles sehr leid«, sagt Andrew. »So einen gibt es in jeder Familie.«

»Ich mag ihn«, sage ich. »Ich freue mich, dass ich ihn kennengelernt habe.«

»Na, dann …« Er lächelt ein Gute-Nacht-Lächeln und wendet sich seiner Zimmertür zu.

»Andrew?« Ich trete näher an ihn heran und versuche zu

erraten, was in seinem Kopf vor sich geht. Seine Miene verrät jedoch nichts. »Ist alles okay?«

»Mit Oliver?« Er zuckt mit den Schultern. »Er ist etwas melodramatisch, aber er meint es gut.«

»Ich meinte mit … Er ist ziemlich betrunken«, ende ich, und Andrew verspannt sich, als er versteht.

»Alles okay«, sagt er. »Keine Gefahr eines Rückfalls. Mein Cousin ist nicht gerade ein glanzvolles Beispiel dafür, wie wundervoll das Trinken ist.«

»Trotzdem«, versuche ich es erneut. »Wir können reden, wenn du willst.«

»Es geht mir gut, Moll. Mach dir keine Sorgen.«

»Mach ich nicht, wenn du aufhörst zu lügen.« Mein gereizter Tonfall überrascht uns beide, doch jetzt bleibe ich dabei und nehme kein Blatt vor den Mund. »Ich werde mir aber immer mal wieder Sorgen machen«, sage ich. »Natürlich werde ich das. Du kannst mir nicht einfach erzählen, dass du diese unglaublich schwierige Sache durchmachst, und dann erwarten, dass ich dir nicht helfen will.«

»Molly …«

»Du musst das nicht allein durchstehen.« Kaum habe ich die Worte ausgesprochen, sehe ich vor mir, wie Gabriela mir durchs Büro folgt und mich anfleht, mit ihr zu reden. Sie wusste, dass mich etwas beschäftigt, so wie ich weiß, dass ihn etwas beschäftigt. Und ich glaube, jetzt verstehe ich endlich ihre Enttäuschung. »Du kannst mit mir reden.«

»Das weiß ich.« Als er die offensichtliche Sorge in meiner Stimme hört, wird sein Blick sanft. »Ich weiß, ich bin nur … Das ist für mich auch alles noch ziemlich neu.

Außer meinen Mitbewohnern bist du die Erste, der ich es erzählt habe.«

Also, das überrascht mich. »Wirklich? Nicht einmal deine Familie weiß es?«

Er schüttelt den Kopf. »Noch nicht. Ich überlege noch, wie ich es ihnen erklären kann, ohne sie zu sehr zu beunruhigen.«

»Aber was ist mit Weihnachten?«

Er weiß, was ich meine. Niemand mag das Klischee, aber die Kultur des sorglosen Trinkens ist in Irland sehr verbreitet, erst recht zu dieser Jahreszeit. Meine Social-Media-Feeds sind voll von Frühstücks-Mimosas und Mittagsbierchen unter der Überschrift *Es ist Weinachten* und *Warum nicht*. Es wird erwartet. Man wird dazu ermutigt. Und wenn man nicht mitmacht, bedeutet das, dass irgendetwas nicht stimmt.

»Ich erzähle ihnen einfach, ich nehme Antibiotika oder so was«, sagt Andrew. »Christian ist sowieso zu verkatert, um Alkohol anzurühren. Ich werde nicht der Einzige sein. Ich glaube, ich will einfach nicht, dass sie mich anders als sonst behandeln.«

»Aber das werden sie tun«, sage ich. »Das müssen sie.« Ich gehe noch einen Schritt auf ihn zu, bin erleichtert, dass er endlich mit mir redet, und sauer, weil ich nicht früher gefragt habe. Mir war nicht klar, wie schuldig ich mich gefühlt habe, seit er es mir gesagt hat. Was bin ich doch für eine schlechte Freundin. Ich war in all den Jahren so sehr mit meinen eigenen Problemen beschäftigt, dass ich es nicht einmal bemerkt habe.

Andrew lächelt und liest meine Gedanken, als ob ich sie laut ausgesprochen hätte. »Dich trifft keine Schuld, Moll. Das ist ganz allein meine Sache. Ich war sehr, sehr gut darin, es zu verbergen. Sogar vor mir selbst.«

»Seit wann wusstest du es?«

»Dass ich ein Problem habe?« Er zuckt mit den Schultern und versucht, sich lässig zu geben, doch sein Körper wirkt angespannt. »Es gab keine Warnzeichen«, sagt er. »Zumindest nicht die, auf die man meint achten zu müssen. Ich bin nicht dauernd verkatert aufgewacht. Ich war nicht aufbrausend oder launisch. Zumindest redete ich mir das ein. Aber es wurde zu etwas Alltäglichem. Bei jeder Mahlzeit, jedem Ereignis. Jedes Mal, wenn ich irgendwohin ging, jedes Mal, wenn ich irgendetwas tat, war es alles, worauf ich mich konzentrieren konnte. Aber ich habe mir immer wieder eingeredet, solange ich mich nicht zu sehr betrinke, wäre es kein Problem.« Er hält inne und kratzt sich im Nacken. Es ist eine nervöse Geste. Eine, die ich von ihm nicht gewohnt bin. »Ich habe es geleugnet«, sagt er schließlich. »Und gerade habe ich wohl auch gelogen. Ich konnte es nicht vor allen verbergen. Deshalb haben Marissa und ich …«

Ich richte mich auf, als ich begreife, was er da sagt. »O mein Gott, Andrew.«

»Sie hat mich gebeten, damit aufzuhören, und das habe ich nicht getan. Ich war überzeugt davon, dass sie es zu sehr aufbläst. Aber sie hat es erkannt. Ihr Vater hatte Probleme damit, als sie aufwuchs, und das wollte sie nicht noch einmal in ihrem Leben haben.«

Ich weiß nicht, was ich sagen soll, also schweige ich und höre so zu, wie ich es von nun an immer tun sollte.

»Nachdem sie weg war, wurde es schlimmer«, sagt er nach einem kurzen Moment. »Keine große Überraschung. Aber ich weiß jetzt, dass ich nicht für sie aufhören konnte. Ich musste für mich aufhören. Und das habe ich getan.«

»Das ist gut«, sage ich. »Das ist toll.«

Er lächelt über meine Ernsthaftigkeit. »Ich habe immer noch den einen oder anderen Moment«, gibt er zu. »Der Leiter des Programms sagt, es sei hilfreich, Orte mit übermäßigem Alkoholkonsum zu meiden. Mir machen aber mehr die kleinen Momente zu schaffen. Die ruhigen Momente, in denen man denkt … vielleicht wäre es gar nicht so schlimm. Vielleicht könnte ich nur ein Glas trinken und dann aufhören. Auch wenn ich tief im Inneren weiß, dass ich das nicht kann. Und heute Abend? Ihn mit dir zu verbringen und zu wissen, dass ich morgen meine Familie sehe … Könnte es da einen besseren Weg geben, einen perfekten Tag zu beenden?«

»Sag es mir, wenn das passiert«, bitte ich. »Lass mich für dich da sein. Und wenn es nur eine Ablenkung ist.«

»Eine Ablenkung?« Seine Stimme wird sanft, und er sieht zu mir herunter. »Willst du mich ablenken, Moll?«

Ich antworte nicht und kann mich nicht rühren. Ich schlucke, plötzlich ist mein Mund ganz trocken. Sein Blick fällt auf meinen Hals und wandert dann hinunter zu der Halskette, die er mir geschenkt hat. Ich glaube, ich atme nicht einmal, als er die Kette unter meinem Pullover hervorzieht, sodass sie oben aufliegt.

»Danke, dass du es mir erzählt hast«, flüstere ich, während er mit der Kette spielt. »Du kannst mir alles erzählen. Das weißt du doch, oder?«

»Ja.« Er lässt den Anhänger los, aber seine Hand bleibt, wo sie ist, und streicht mir eine Haarsträhne hinters Ohr, was offenbar mittlerweile zu seinem Markenzeichen geworden ist. »Aber nur fürs Protokoll«, sagt er. »Du darfst mir nichts erzählen.«

Er lächelt, als er meinem Schlag ausweicht, einen Schritt von mir zurücktritt und dabei den dringend benötigten Abstand zwischen uns schafft.

»Ich verspreche dir, dass ich es dir sage, wenn es zu viel wird«, sagt er. »Und du darfst mich so viel ablenken, wie du willst.«

Ich ziehe eine Grimasse, weil ich denke, dass er wieder einen Scherz macht, aber er schüttelt den Kopf.

»Ich verspreche es«, wiederholt er, und er sieht dabei so aufrichtig aus, dass ich ihm diesmal glaube.

»Wir sollten etwas schlafen«, sage ich schließlich und denke an unseren letzten Reisetag morgen. »Wenn wir aufwachen und die Fähre gestrichen wurde, sollten wir so viel Essen kaufen, wie wir tragen können, und in dem riesigen Kamin da unten S'mores machen.«

»Und du sagst, du magst Weihnachten nicht.«

»Gute Nacht, Andrew.« Ich öffne die Tür zu meinem Zimmer, wende den Blick von ihm ab und trete ein.

»Träum schön«, ruft er mir nach, und ich warte, bis sich seine Tür schließt, bevor ich die meine ebenfalls schließe.

Drinnen schalte ich die Nachttischlampe ein und ziehe

mich aus. Unterwäsche und T-Shirt lasse ich als Pyjama an. Dann wasche ich mir im Bad das Gesicht. Da ich kaum etwas dabeihabe, dauert es nicht lange, bis ich für den Morgen gepackt habe.

Meine Laptoptasche bleibt unangetastet dort, wo Andrew sie am Nachmittag zurückgelassen hat, und ich habe noch ein frisches T-Shirt für die Reise. Den Rest packe ich in die kleine Tüte, in der ich die Sachen bekommen habe, und lege sie ordentlich neben meine Schuhe ans Bettende.

Als ich fertig bin, ziehe ich den dicken grauen Bademantel über, der an der Rückseite der Badezimmertür hängt, und starre auf das Bett.

Ich weiß, dass ich zumindest versuchen muss, etwas Schlaf zu bekommen. Dass ich es morgen bereuen werde, wenn ich es nicht tue. Aber ich glaube, ich war noch nie so wach, und meine Gedanken springen von einer Sache zur nächsten.

Meine Haut fühlt sich angespannt an. Mein Körper ist unruhig.

Ein perfekter Tag.

So hat er den heutigen Tag genannt. Perfekt.

An der Wand zwischen uns ist ein leises Geräusch zu hören, wahrscheinlich schließt er gerade etwas an, aber ich erstarre, weil mir plötzlich schmerzhaft bewusst wird, wie nah er ist.

Bevor ich weiß, was ich tue, bin ich aus der Tür und marschiere die zwei Schritte zu seiner. Ich klopfe und schlage mir dabei fast die Knöchel am Holz auf, bis ich ihn auf der anderen Seite fluchen höre.

»Oliver«, knurrt er, als er öffnet. »Ich schwöre bei Gott, wenn du …«

Bei meinem Anblick verstummt er. »Alles okay?«, fragt er sofort besorgt.

Ist es das? Ich betrachte sein zerzaustes Haar, seine freundlichen Augen und sein albernes Weihnachts-T-Shirt und denke ernsthaft über eine Antwort nach.

»Nein«, sage ich, drücke ihm eine Hand auf die Brust und schiebe ihn zurück ins Zimmer.

Kapitel 16

Auf der anderen Seite der Tür ist es dämmrig. Er hat noch keine Lampe eingeschaltet, und die Straßenlaternen draußen tauchen alles in ein seltsames, violett-oranges Licht. Das Zimmer hinter ihm ist aufgeräumt. Er hat kaum etwas ausgepackt, abgesehen von seinem Kulturbeutel und einem frischen T-Shirt, das er aufs Bett geworfen hat, damit er morgen nach dem Aufwachen schnell fertig ist. Und das hier alles hinter sich lassen kann.

Bei dem Gedanken daran schließe ich die Tür, lasse aber eine Hand auf dem Griff, nur für den Fall, dass ich doch noch kneife.

»Molly?«

»Sei einfach eine Sekunde lang still.« Zu meiner Überraschung tut er, worum ich ihn bitte, und lässt sich schweigend von mir betrachten. Und ich betrachte ihn ausgiebig, mein Blick gleitet von seinem Gesicht hinunter zu seiner Brust, weiter zu seiner Jeans und wieder nach oben.

Könnte es sein, dass du einfach nur superdumm bist und nie realisiert hast, was du direkt vor der Nase hast?

Gabrielas Worte hallen in meinem Kopf nach, während ich ihn anstarre. Ich starre ihn so lange an, dass sich meine Hand um die Klinke verkrampft und ich loslassen muss.

»Du hast meinen Kuss erwidert«, sage ich, und er wird

ganz ruhig. Ich könnte schwören, dass er den Atem anhält.

»Nicht, damit ich den Kopf freibekomme. Nicht, weil du dachtest, ich mache Spaß. Du hast meinen Kuss erwidert, weil du es wolltest.«

»Ja«, gibt er zu, und bei diesem schlichten Wort stolpert mein Herz. Aber das ist noch nicht genug. Ich verstehe es nicht, und ich gehe hier nicht weg, bis ich es verstehe.

»Hast du mich davor schon mal küssen wollen?«

»Molly …«

»Hast du?«

Ein Muskel in seinem Kiefer zuckt und zieht meine Aufmerksamkeit auf sich, bevor er antwortet. »Einmal«, gibt er zu und zwingt das Wort förmlich heraus. »Vor Jahren.«

»Wann?«

»Wir müssen in fünf Stunden aufstehen. Willst du das wirklich jetzt besprechen?«

»Willst du noch zehn Jahre warten?«

Er schnaubt, widerspricht aber nicht und wirkt beinahe verlegen, je länger ich ihn beobachte. »Bei unserem dritten Flug«, sagt er schließlich und fügt dann so leise, dass ich nicht einmal sicher bin, ob ich ihn richtig gehört habe, hinzu: »Du hattest ein rotes Haargummi.«

Ich sehe ihn verwirrt an. »Das war unser erster richtiger Flug.«

»Ich denke schon.«

»Das war vor sieben Jahren.«

»Ich …«

»Du wolltest mich schon seit sieben Jahren küssen …«

»Ich wollte dich *damals* küssen«, betont er. »Aber du musstest pausenlos von deinem Freund erzählen, oder? Also habe ich es gelassen.«

Er hat es gelassen.

»Und?«, fragt er, während ich innerlich durchdrehe. »Hast du mich schon mal küssen wollen?«

»Nein.«

Er wartet einen Moment, damit ich weiterspreche, und wirkt verstimmt, als ich es nicht tue. »Alles klar, danke, Molly.«

»Wollte ich nicht!« Das ist die Wahrheit. »Erst seit vorgestern.« Als es das Einzige wurde, was ich jemals wollte. Als hätte jemand einen Scheinwerfer eingeschaltet und ihn direkt auf ihn gerichtet. »Es hat mir gefallen, als wir uns geküsst haben«, gebe ich zu, weil ich das Gefühl habe, ihm das unmissverständlich sagen zu müssen. »Aber dann hast du angefangen, dich darüber lustig zu machen …«

»Du hast gesagt, du willst es nicht noch mal tun.«

»Ich habe offensichtlich *gelogen*!«, rufe ich aus. »Und du hast gesagt, es sei keine große Sache.«

»Weil du dich merkwürdig benommen hast!«

»Weil es merkwürdig *ist*! *Das hier* ist merkwürdig. So habe ich mich mit dir noch nie gefühlt.«

»Wie?«

»Na ja, jetzt gerade so, als ob ich dir vors Knie treten wollte«, blaffe ich. »Und ansonsten …« Ansonsten, als wäre mein ganzes Leben auf diesen Moment zugesteuert. »Es hat mir gefallen, als wir uns geküsst haben«, wiederhole ich und verschränke die Arme vor der Brust.

»Warum warst du dann so komisch?«

»Weil ich unsere Freundschaft nicht kaputt machen wollte. Ich mag unsere Freundschaft. Sie ist mir wichtig, und ich wollte sie nicht verlieren.«

»Das wirst du nicht.«

»Das kannst du nicht wissen. Das kannst du nicht. Und soweit ich weiß, empfindest du nicht mehr als Freundschaft für mich. Das bedeutet, dass es durch mich zwischen uns ziemlich peinlich werden würde, und wenn du *doch* mehr empfindest ...« Mir fehlen die Worte, denn jetzt stoßen wir zum Kern der Sache vor. »Wenn du doch mehr empfindest und wir es ausprobieren, wissen wir nicht, ob es hält, und dann war's das. Zehn Jahre ausgelöscht. So etwas kann man nicht rückgängig machen. Manche Dinge kann man nicht rückgängig machen.«

»Du hast also Angst, mich zu mögen, weil du Angst hast, mich zu verlieren?«

Am liebsten würde ich im Erdboden versinken. »Tja, wenn du das so sagst, klingt es erbärmlich, also nein.«

»Moll ...« Seine Stimme ist voller Zärtlichkeit, als er einen Schritt auf mich zu macht. »Sieh mich an, ich gehe nirgendwohin.«

»Ich weiß.«

»Nein, das weißt du nicht. Und genau das ist das Problem. Alles, was du gerade gesagt hast, bereitet auch mir Sorgen. Und ich werde so etwas, jemanden wie *dich*, nicht so einfach loslassen.« Er hält inne und runzelt leicht die Stirn. »Ich hätte dich in Argentinien nicht dazu verleiten sollen, mich zu küssen. Das war egoistisch. Und du hast recht. Ich wollte dich küssen. Als ich gemerkt habe, dass du mich auch küssen willst …« Er schüttelt den Kopf, und sein Blick ist voller Leidenschaft, während er auf mich herabschaut. »Ich bin durchgedreht.«

Durchgedreht.

Meinetwegen ist noch niemand durchgedreht.

Ich weiß nicht, warum mich das so anmacht.

»Ich schätze, Weihnachten dreht jeder ein bisschen durch«, flüstere ich und werde tatsächlich rot, als er mich so ansieht.

In dem Moment wird mir klar, dass ich zwei Optionen habe. Ich kann zurück in mein Zimmer gehen und einschlafen, und wir werden weiter so lange auf Zehenspitzen herumschleichen, bis einer von uns einknickt.

Oder ich kann bleiben, wo ich bin. Ich kann bleiben, wo ich bin, und …

»Sieben von zehn?«, frage ich.

Seine Verwirrung währt nur eine Sekunde, dann begreift er, worauf ich anspiele. »Übung macht den Meister«, entgegnet er ruhig.

Und dann passiert alles auf einmal.

Ich schließe den Abstand zwischen uns und stelle mich ganz dicht vor ihn. Brust an Brust, Hüfte an Hüfte, bis unsere Gesichter das Einzige sind, was nicht aneinandergepresst ist. Andrew erstarrt kurz, aber davon lasse ich mich nicht irritieren, und als er nicht zurückweicht, lege ich den Kopf in den Nacken und presse meine Lippen auf seine.

Es ist nicht die eleganteste Bewegung, die ich jemals gemacht habe. Es ist eher ein *Wehe, du unterbrichst das hier* und weniger ein *Lass uns diese neu entdeckte Zärtlichkeit zwischen uns erforschen.* Aber es funktioniert. Wieder durchströmt mich ein warmes Gefühl bis in den letzten Winkel meines Körpers. Es sagt mir, dass das hier richtig ist, und es besänftigt mich. Besänftigt mich an Stellen, von denen ich nicht einmal wusste, dass sie besänftigt werden mussten. Wie der nervöse Aufruhr in meinem Bauch und die angespannten Schultern. Alles schmilzt mit unfassbarer Leichtigkeit dahin, als wollte es sagen: *Sieh mal, du Idiotin, das war alles, was du tun musstest. Es war die ganze Zeit direkt vor deiner Nase.*

An seinem Mund klebt noch etwas Zucker von den Churros, und als ich diesen vorsichtig mit der Zunge ablecke, gibt er ein Geräusch von sich, das ich noch nie zuvor von ihm gehört habe. Zärtlich streiche ich mit den Händen durch sein Haar und halte es schließlich fest, um ihn näher an mich zu ziehen. Unsere Küsse werden leidenschaftlicher, gieriger, unser Atem flacher, und schließlich sind unsere Hände überall. Ich möchte, dass das immer so bleibt. Andrew Fitzpatrick zu küssen war die beste Entscheidung meines Lebens, doch als ich ihm das gerade schamlos sagen will, rückt er von mir ab und bringt etwas Abstand zwischen uns.

Mein Atem geht stoßweise, ebenso wie seiner, und ich denke, vielleicht war es das, vielleicht reden wir weiter, oder er sagt mir Gute Nacht und lässt mich mit dem weiblichen Äquivalent zu dicken Eiern zurück. Doch stattdessen fällt sein Blick von meinem Gesicht zu der Stelle, wo mein Bademantel locker um meine Taille gebunden ist. Er streckt die Hand aus, schiebt einen Finger in den lockeren Knoten und löst ihn mit einem sanften Ruck.

Ich trage nicht gerade sexy Unterwäsche darunter. Das T-Shirt ist aus schlichter weißer Baumwolle, die Unterhose schwarz und praktisch, aber das scheint Andrew nicht zu stören. Sein Blick ist voller Leidenschaft, als er die Hände unter den Saum des Shirts und um meine Taille gleiten lässt. Mit jedem Zentimeter wird er sicherer, bis er mich fest umfasst.

»Ist das okay?«, fragt er.

Ich kann nur nicken und keinen klaren Gedanken mehr fassen, als er über die empfindliche Haut über meinen Rippen nach oben streicht. Das T-Shirt rutscht nach oben und gibt meinen Bauch frei, als er kurz vor meinen Brüsten innehält. Seine Finger fühlen sich brennend heiß an.

»Sag was, Molly.«

»Mir geht's gut«, stoße ich hervor, doch was immer er in meiner Stimme zu hören meint, lässt ihn innehalten und die Hände zurück zu meinen Hüften gleiten. Bevor ich ihm sagen kann, dass er weitermachen soll, legt er seine Lippen auf meine, und okay, das ist auch gut.

Ich reagiere derart leidenschaftlich, dass es mir bei einem anderen Partner vielleicht peinlich gewesen wäre. Bei Andrew zögere ich jedoch nicht, einen Arm um seine Schultern zu legen, mich an ihn zu drängen und diesmal keinen Zweifel daran zu lassen, was ich will. Und er versteht.

Er küsst mich. Fester als zuvor. So fest, dass ich nach

Luft schnappe, verzweifelt bemüht, den Kuss nicht zu unterbrechen, und mit dem Rücken gegen die Tür stoße, bevor er uns beide von ihr wegdreht. Es geht so schnell, dass ich fast stolpere. Ich versuche mich auf den Kuss zu konzentrieren, während ich mich gleichzeitig darauf konzentriere, nicht umzufallen, und auf Andrew. Andrew, der mich zum Bett lenkt und sich mit mir auf die Matratze sinken lässt. Der mich überwältigt, bis ich an nichts anderes mehr denken kann als an die Leidenschaft, die von ihm ausgeht, an das Verlangen, das er in mir auslöst.

Ich lasse die Beine auseinanderklappen, und er sinkt zwischen meine Schenkel. Unsere Körper drängen sich aneinander, bis ich von einem heftigen, erregenden Pochen erfüllt bin.

Ich will sein Shirt loswerden, sein Shirt und mein Shirt. Ich will meine Haut an seiner reiben, meinen Körper an seinem, und zwar jetzt und für den Rest der Nacht und für immer und ewig.

Und immer noch küsst er mich, während seine Finger wieder unter mein T-Shirt gleiten, endlich genau dorthin, wo ich sie haben will, wo ich sie *brauche*. Scheiß auf unsere Freundschaft. Ich habe nur dieses eine Leben, und ich will, dass genau das darin passiert. Ohne meine Lippen von seinen zu lösen, greife ich nach dem Saum seines T-Shirts, um es ihm über den Kopf zu ziehen und mich ihm ganz hinzugeben, als wir von einem spöttischen Klopfen an der Tür unterbrochen werden.

Ich wusste nicht, dass ein Klopfen spöttisch klingen kann, aber dieses Klopfen schafft es.

»Oh, Loverboy?«

Andrew erstarrt über mir, sein Gesicht sieht fast komisch aus.

»Das ist wohl ein Witz«, sagt er, so nah bei mir, dass sein Atem über meine Lippen streift.

»Romeo?«, ruft Oliver wieder.

»Ich schlafe!«, ruft Andrew zurück.

»Darauf falle ich nicht noch einmal rein«, nuschelt Oliver. »Du weißt, dass ich niemand bin, der andere davon abhält, sich zu entspannen, aber ich fürchte, ich brauche deine Hilfe. Ich will dich nicht anlügen, nach all dem Wasser muss ich dringend pinkeln, aber irgendwie komme ich nicht aus diesem blöden Kostüm raus.«

Andrew starrt mich an, und ohne nachzudenken streiche ich ihm mit dem Finger über die Nase. Ein gequälter Ausdruck huscht über sein Gesicht.

»Ich bin müde, Oliver.«

»Molly ist auch willkommen«, sagt sein Cousin im Plauderton, und ich halte mir die Hand vor den Mund und winde mich vor Scham.

»Sie schläft auch!«, ruft Andrew.

»Ich glaube nicht, dass das eben Schnarchen war, was ich gehört habe.«

Ach, du meine Güte.

»Oder vielleicht war es nur ein sehr schöner Traum?«

Andrew rollt mit den Augen und will sich zu mir nach unten beugen, aber ich lege meine Hand auf seine Brust und halte ihn auf.

»Was machst du?«, flüstere ich.

»Wonach sieht es denn aus?«, fragt er, und ich muss unwillkürlich über seinen gereizten Tonfall lächeln. Ich schiebe ihn erneut weg, und er sackt neben mir zusammen.

»Nicht, solange er noch da draußen ist«, raune ich.

»Ist er nicht.«

»O doch, ich bin noch da!«, ruft Oliver. »Und höre zu. Das hier sind erstaunlich dünne Wände, weißt du.« Er klopft erneut, und Andrew wirft einen wütenden Blick zur Tür, bevor er sich wieder zu mir umdreht. Doch als er mein Gesicht sieht, gibt er sich geschlagen.

»Bin gleich da!«, ruft er seinem Cousin zu, und ich tätschle seinen Arm.

»Ausgezeichnet!« Oliver klingt erfreut, und kurz darauf höre ich das leise Schlurfen seiner Pantoffeln auf den Dielen.

Keiner von uns bewegt sich, Andrew sieht mich immer noch an, als hoffte er, ich würde meine Meinung ändern.

»Du solltest gehen«, sage ich, während ich an seinem Körper auf das hinunterblicke, was ich noch vor wenigen Momenten deutlich an mir gespürt habe.

»Er wird eine Minute warten müssen«, brummt Andrew. Ich beiße mir auf die Lippe und versuche, nicht selbstgefällig zu wirken. Was ich eindeutig bin. Und das weiß Andrew, denn er steigt aus dem Bett und reicht mir meinen Bademantel vom Boden. Während ich mich erhebe und ihn anziehe, setzt er sich wieder auf die Matratze.

»Alles okay?«, fragt er vorsichtig.

Ich nicke und halte inne, um ihn anzuschauen. »Und bei dir?«

»Ja.«

»Okay, also dann«, flüstere ich, und wir lächeln uns an, als würden wir über einen Witz lachen oder vielleicht auch nur darüber, wie komisch diese Situation ist. Komisch auf die bestmögliche Weise.

»Gute Nacht, Andrew«, sage ich und wende den Blick von ihm ab, um nicht länger zu sehen, wie er sexy und leicht derangiert am Fußende des Bettes sitzt. Als ich zur Tür gehe, spüre ich, wie er mir mit den Blicken folgt, und erst, als ich auf der anderen Seite bin und die Tür schließe, höre ich seine leise Antwort.

»Nacht, Moll.«

Kapitel 17

FLUG NUMMER SIEBEN, CHICAGO

»Ich hasse Männer. Ich hasse sie. Sieh dir diesen Mist an. *Sieh nur.*«

Andrew weicht zurück, als ich ihm das Telefon vors Gesicht halte und ihm ein Bild von Mark und seiner neuen Freundin zeige. *Naomi.* Die Frau mit der porenlosen Haut.

»Siehst du?«, frage ich, als er nichts sagt.

»Was soll ich sehen? Dein Display ist gesperrt.«

Mit einem finsteren Blick lasse ich den Arm sinken und tippe derart energisch mein Passwort ein, dass mir der Daumen wehtut.

»Molly …«

»Moment«, murmle ich, während ich die richtigen Ziffern eingebe. »Da.« Mit der einen Hand drehe ich das Telefon wieder in seine Richtung, mit der anderen greife ich derweil in eine Riesentüte Sahnebonbons aus dem Duty-free-Shop. »Vor drei Wochen haben wir Schluss gemacht. Vor drei Wochen – und sie sind schon im Urlaub. Weißt du, was das bedeutet?«

»Mir fällt keine Antwort ein, bei der du mich nicht anschreien würdest.«

»Dass das schon viel länger geht«, sage ich und ignoriere ihn. »Mark hat mich betrogen.«

»Das weißt du nicht.«

»Sie sind am *Strand*«, sage ich und scrolle zum nächsten Foto. »Sie trinken aus *Kokosnüssen*.«

Er nickt, und als ich ihn nur wütend anstarre, schüttelt er den Kopf. »Moll, ich will nicht lügen, ich bin extrem schlecht in Frauengesprächen, und diese ganze Unterhaltung macht mich nur nervös. Ich habe Angst, etwas Falsches zu sagen.«

»Tja, Pech«, schnauze ich ihn an. »Denn du wirst sieben Stunden lang neben mir sitzen, was bedeutet, dass du an meinem Zusammenbruch teilhaben musst. Das ist die Freundschaftsregel.«

»Aber gilt die auch für Flugzeuge?«, fragt er, während ich durch Marks letzte Posts scrolle. Bei jedem durchfährt mich ein heftiger Schmerz, als würde mein Herz aufs Neue brechen.

Ich wurde dreimal in meinem Leben verlassen, und jedes Mal war es beschissen. Es war zum Kotzen. Und …

»Ich glaube, du hattest jetzt genug von denen«, sagt Andrew und nimmt mir die Bonbons weg. »Es wäre allen hier bestimmt sehr recht, wenn die Kotztüten für den Rest des Flugs nur Dekoration blieben.«

Ich schlucke den Zuckerklumpen in meinem Mund hinunter. Mir ist bewusst, dass ich mich wie ein Kind benehme, das einen Wutanfall hat und sich nicht wieder beruhigen kann. Wegen Mark und wachsender Verantwortung bei der Arbeit hatte ich zuletzt an manchen Tagen das Gefühl, mein Leben hinge an einem seidenen Faden.

»Denn was heißt ›ich habe jemand anderen kennengelernt‹ in Wahrheit?«, frage ich und setze das Gespräch aus meinem Kopf fort. »Es bedeutet: ›Ich habe dich betrogen.‹« Ich war einfach zu dumm, es zu erkennen. Niemand trennt sich von jemandem, weil er eine Person auf der anderen Straßenseite sieht und denkt: »Ja! Das ist sie!«

Vermutlich hatte er schon vor Wochen etwas mit ihr angefangen. Vielleicht war es noch nicht zum Äußersten gekommen, aber emotional hatte er sich schon von mir entfernt, bevor er mich an einem verregneten Dienstagabend mit einer gut einstudierten Rede und einer Packung Taschentücher überrumpelte. Denn er wusste, dass ich weinen würde, und das tat ich auch.

»Kann ich meine Karamellbonbons wiederhaben?«

»Nein.«

Mit finsterer Miene beobachte ich, wie Andrew die Packung an die Seite seines Sitzes schiebt, damit sie nicht mehr in meiner Reichweite ist. Er trägt einen Pullover mit einem Hund drauf, auf dem *Dackel im Schnee* steht. Das kommt mir ehrlich gesagt etwas lahm vor, aber er hat mir erzählt, dass seine Freundin ihn gekauft hat, also kann ich ihm das nicht sagen.

»Ich finde, du solltest auch verlassen werden, damit wir zusammen unglücklich sein können«, bemerke ich bei dem Gedanken an sie.

»Das ist nicht Teil unseres Vertrags.«

Vertrag. Igitt. Ich warte immer noch auf die Rückmeldung von einem Mandanten …

»Denk nicht mehr an ihn«, sagt Andrew.

»Ich denke nicht an ihn. Ich denke an die Arbeit.«

»Genauso schlecht. Warum denkst du nicht an *Kevin – Allein in New York*?«

Ich stöhne auf, als er die Angebote auf meinem Bildschirm durchgeht. Auf seinem hat er den Film bereits geladen.

»Du wirst Alison heiraten«, sage ich, während er die Kopfhörer einsteckt. »Du wirst Alison heiraten, und ich muss auf eurer Hochzeit jemanden abschleppen. Ist dein Bruder noch Single?«

»Du wirst meinen Bruder nicht abschleppen.«

Er klingt so ablehnend, dass ich schmolle. »Warum nicht? Ich bin ein Sonnenschein. Willst du mich nicht in deiner Familie haben?«

»Nicht auf diese Weise, nein.«

»Ich würde mich als Kompromiss auch mit einem Cousin dritten Grades abfinden«, sage ich, aber das scheint ihn nur noch wütender zu machen.

»Keine Kompromisse.«

»Nun, ich werde wohl Kompromisse machen müssen, denn wie es aussieht, hält bei mir keine Beziehung länger als ein Jahr. Irgendwie scheint zurzeit mit mir etwas nicht zu stimmen.« Ich bereue die Worte, sobald ich sie ausgesprochen habe, und verziehe gequält das Gesicht, als Andrew mich ansieht.

Warum lege ich nicht einfach all meine Unsicherheiten

offen, damit sie jeder kennt, der zu meinem Leben gehört? Warum nicht auch gleich jeder im Flugzeug? Scheint ein toller Plan zu sein. Supergesund.

»Sorry«, sage ich. »Möglicherweise habe ich einen schlechten Tag, ich weiß nicht, ob es dir auffällt.«

Andrew reagiert nicht, hält mir nur einen Kopfhörer hin, bis ich ihn nehme, ihn einstecke und einen Finger auf die Wiedergabetaste lege, damit wir parallel schauen können. Aber Andrew rührt sich nicht und sieht mich immer noch mit diesem ernsten Blick an, der in mir das dringende Bedürfnis weckt, die Stille zu füllen.

»Okay, vielleicht habe ich auch bei den Kokosnüssen überreagiert. Aber …«

»Mark hat dich nicht verdient«, unterbricht er mich. »Und es ist mir egal, ob er seine Seelenverwandte gefunden hat oder ob er sein Wochenende damit verbringt, streunende Hunde zu retten. Er hat dich verletzt, also hasse ich ihn. Und ich würde ihm am liebsten eine reinhauen, weil er dir das Herz gebrochen hat. Wenn dir jemals jemand das Gefühl gibt, dass du weniger wert bist oder dass du nicht alles verdienst, was du dir wünschst, dann werde ich ihm das Leben zur Hölle machen. Auf eine Weise, wie auch immer du es willst. Telefonstreiche. Steine in den Schuhen. Was immer du von mir verlangst, ich werde es tun. Du bist fleißig, leidenschaftlich und freundlich, und eines Tages … eines Tages wirst du jemanden finden, der dich noch mehr zum Leuchten bringt, als du es ohnehin schon tust. Und derjenige wird glücklich sein, dich zu haben.«

Er lehnt sich zurück, und ich kann ihn nur anstarren

und bin so fassungslos, dass ich erst bemerke, dass er die Bonbontüte wieder hervorgeholt hat, als er sie auf meinen Schoß fallen lässt.

»Okay?«, fragt er, als ich zusammenzucke.

»Okay.«

»Also keine Kompromisse?«

»Keine Kompromisse.« Ich flüstere es nur, aber etwas in meiner Miene muss ihn zufriedenstellen, denn er nickt und wendet seine Aufmerksamkeit wieder dem Bildschirm zu.

»Gut«, sagt er und drückt auf Play. »Jetzt sieh dir den verdammten Film an.«

JETZT, LONDON

Am nächsten Morgen stehe ich in der Bahnhofshalle von Euston und warte darauf, dass Andrew mit unseren versprochenen Kaffees zurückkommt, während sich um mich herum gefühlt elf Millionen Menschen versammeln.

Es ist zwanzig vor sieben an Heiligabend, und niemand wirkt besonders glücklich, hier zu sein. Eltern halten ihre müden Kinder an den Händen, Alleinreisende und Paare stehen genauso mürrisch da wie ich, mit Taschen beladen und in ihren Mänteln schwitzend. Alle starren entweder auf ihre Handys oder auf die große Tafel, auf der alle dreißig Sekunden neue Ziele und Abfahrtszeiten angezeigt werden.

Es ist ein einziges Chaos. Und wieder einmal denke ich daran, dass es so nicht geplant war. Andrew und ich hätten eine Stunde in der Erste-Klasse-Lounge verbringen sollen, bevor wir uns zu unseren Sitzen begeben hätten. Wir hätten unseren komfortablen Flug genossen, bevor wir uns wie üblich am Flughafen getrennt hätten, ich wäre in ein Taxi gestiegen und er in den Bus nach Hause. Eigentlich sollten wir jetzt beide bei unseren Familien sein, was bedeutet, dass ich nicht hier stehen würde, frierend, mürrisch und erschöpft.

Ich hätte ihn auch nicht geküsst.

Ich hätte nicht fast noch viel mehr getan, als ihn nur zu küssen.

Oder vielleicht hätte ich es trotzdem getan.

Ich blicke zur Anzeigetafel hoch und warte darauf, dass unser Bahnsteig angezeigt wird, während ich mit dem Schal um meinen Hals spiele. Mit Andrews Schal. Darunter liegt die Halskette, die er mir geschenkt hat und die ich seitdem nicht abgenommen habe. Ich streiche mit dem Finger über den Anhänger und erschauere, als ich mich daran erinnere, wie es sich mit Andrew letzte Nacht angefühlt hat. Ich will gar nicht daran denken, was passiert wäre, wenn Oliver uns nicht unterbrochen hätte.

Also, eigentlich möchte ich unbedingt daran denken, aber …

»Drei fünfzig für ein Croissant«, verkündet Andrew, als er mit unserem Frühstück aus der Menge auftaucht. »Es gibt Londoner Preise, und es gibt Wegelagerer.«

»Du hast also nichts bekommen?«

»Doch, ich habe zwei. Ich hab dich erlebt, wenn du hungrig bist, das kann man keinem zumuten.«

Ich grinse, als er mir einen Kaffee reicht, und nehme einen Schluck, während er in sein Croissant beißt.

»Warum machst du so ein Gesicht?«, fragt er. Ich bin überrascht über den leicht besorgten Tonfall. Als hätte er Angst, an meiner Stimmung schuld zu sein.

»Ich denke an die Erste-Klasse-Tickets«, sage ich. »Und wie ganz anders jene Erfahrung gewesen wäre als das hier.«

»Ach, es ist gut, unter Menschen zu sein«, sagt er. »Man bleibt auf dem Teppich.«

»Ich habe das Gefühl, ein falscher Blick genügt, und ich schreie den ganzen Laden zusammen.«

Er zuckt mit den Schultern und lässt den Blick abwesend über die Menge schweifen. »Wir kriegen das schon hin. Was ist für dich die rote Linie?«

»Rote Linie?«

»Deine Ich-habe-genug-und-es-ist-mir-egal-wie-schlecht-meine-Laune-ist-Linie.« Andrew nimmt noch einen Schluck von seinem Kaffee. »Meine ist, wenn wir liegen bleiben. Es macht mir nichts aus, beim Fahrerwechsel zu warten, aber wenn wir einen Motorschaden haben, drehe ich durch.«

»Ich weiß noch nicht, was meine ist.«

»Du könntest ein schreiendes Baby nehmen. Ein schreiendes Baby ist gut. Oder stark riechendes Essen, wenn man bedenkt, wie früh es noch ist. Das wäre knallhart Nummer eins für mich, wenn ich nicht so sicher wäre, dass noch etwas extrem Schlimmes passiert.«

»Sag das nicht.«

»Ich meine keinen Unfall«, sagt er lässig. »Aber zumindest eine dreistündige Verspätung, die eine verpasste Fähre zur Folge hätte.«

»Du bist pessimistisch. Dabei bin ich die Pessimistin von uns beiden. Ich bin die größte Pessimistin überhaupt.«

»Versuchst du ernsthaft, mich im Pessimismus zu schlagen?«

»Versuchen?«, frage ich, und er grinst und lässt das Thema fallen.

Wir haben noch nicht über gestern Nacht gesprochen. Es ist nicht so, als hätten wir es totgeschwiegen. Wir sind erst vor einer Stunde aufgebrochen, und davor haben wir uns fertig gemacht. Irgendwann werden wir es uns eingestehen müssen. Und etwas sagen – keine Ahnung, was. Keine Ahnung, weil ich noch nicht weiß, was ich davon halten soll.

Ich bereue es nicht. Aber ich weiß auch nicht, was es bedeutet. Ich habe nie zu den Menschen gehört, die ihre Beziehungen überanalysieren. Aber das liegt daran, dass sie bislang einem traditionellen Muster gefolgt sind. Einen Mann kennenlernen, mit ihm reden, mit ihm ausgehen. Das war's. Nicht so was wie das hier. Nicht das, was wir …

»Weißt du, dass du immer diese Grimassen schneidest, wenn du intensiv über etwas nachdenkst?«

Als ich daraufhin den Becher zu fest zusammendrücke, schwappt der Kaffee über den Deckel. »Hä?«

»Als würdest du im Geiste mit dir selbst diskutieren«, fährt Andrew fort und beobachtet mich neugierig. »Du schneidest diese Grimassen. Wusstest du das?«

Nein.

»Worüber diskutierst du mit dir?«

»Über dich.«

Er hebt die Augenbrauen und lächelt.

»Du hast Krümel auf der Jacke«, sage ich.

Sein Lächeln verblasst, während er sich die Krümel abwischt, und ich wende mich zugegebenermaßen etwas steif wieder der Halle zu.

Vielleicht wartet er, dass ich die letzte Nacht zur Sprache bringe. Und das ist okay. Das ist völlig okay, schließlich habe vor allem ich die nicht-platonischen Vorkommnisse zwischen uns initiiert. Ich weiß, dass er es nicht bereut, weil er sich ganz normal verhält, so wie er es versprochen hat, also wartet er vielleicht nur. Auf mich. *Hey, weißt du noch, wie wir vor ein paar Stunden fast Sex hatten? Weißt du noch, wie wir ein paar Minuten lang geknutscht und rumgemacht haben und …*

»Ich gebe dir hundert Dollar, wenn du mir sagst, woran du jetzt gerade denkst.«

»Sieh mich einfach nicht an!«, rufe ich und stelle mich mit dem Rücken vor ihn. Kaum habe ich das getan, ändert sich die Anzeige auf der Tafel, und Andrew zeigt auf die Stelle, wo gerade unsere Bahnsteignummer angezeigt wird.

»Sieben«, sagt er auf Irisch, während er den Griff seines Koffers nach oben zieht. »Numero siete. Die Glückszahl sieben.«

»Okay.«

»Hier entlang, Molly. Ich zeige dir den Weg nach Hause. Zu den grünen Hügeln von Irland. Dem alten Smaragd …«

»Ich hab's kapiert«, blaffe ich, und er lacht.

Einen Vorteil hat sein alberner Koffer: Er bahnt mir einen kleinen Weg durch die Menge. Um uns herum brechen Dutzende von Menschen auf, genau wie wir. In diesem Zug sind, wie in allen anderen auch, nur noch Stehplätze verfügbar. An der Schranke und auf dem Bahnsteig bilden sich Schlangen. Manche Leute heben sogar ihr Gepäck über den Kopf, um sich zu den Türen durchzuzwängen.

Die Atmosphäre ist leicht angespannt, und es dauert nicht lange, bis mich jemand an der Schulter anrempelt, gefolgt von einer Entschuldigung, und sich ein Mann mit einer Akustikgitarre an mir vorbeidrängt.

Ich sehe ihm skeptisch hinterher. »Wenn er anfängt, auf dem Ding zu spielen, steigen wir in einen anderen Waggon um«, sage ich zu Andrew.

»Ist das deine rote Linie?«

»Ja.«

Wie durch ein Wunder finden wir einen Platz für unser Gepäck, und niemand sitzt auf unseren reservierten Plätzen, sodass wir auch niemanden verscheuchen müssen.

Trotzdem halte ich den Atem an und warte darauf, dass etwas passiert. Dass ein Baum auf den Gleisen liegt oder der Zug einen Motorschaden hat. Aber alle steigen ein, und schließlich fahren wir langsam aus dem Bahnhof und rattern an den Gebäuden im Norden Londons vorbei.

Allmählich fühle ich mich etwas besser.

Ich glaube, Andrew auch. Die ersten paar Minuten der Fahrt tut er nichts und sitzt starr neben mir, bis er mit einem leisen Seufzer die Schultern sinken lässt. Nach einer weiteren Minute klappt er dieselbe *National Geographic* auf, in der er schon in Chicago gelesen hat, zusammen mit einem Taschenbuch-Thriller, den er wohl beim Kaffeekauf erstanden hat.

Ich unterdrücke ein Gähnen, drehe mich zum Fenster und beobachte, wie sich der Himmel aufhellt und die Stadt grünen Feldern weicht, die für die nächsten Stunden meine Aussicht bilden werden.

Ich muss wohl eingenickt sein, denn auf einmal rüttelt Andrew mich wach, weil der Schaffner unsere baldige Ankunft in Holyhead ankündigt. Wir haben noch etwa zwanzig Minuten Zeit, aber alle stehen auf, um sich zu strecken, und schon bald ist der Waggon voller Menschen, die ihre Taschen herunterholen und ihre Sachen zusammensuchen.

Die Stimmung ist deutlich anders als bei unserer Abfahrt. Diesmal gibt es kein Gedränge. Jetzt, wo wir auf halbem Weg nach Hause sind, lächeln alle und sind plötzlich gesprächig. Während wir darauf warten, dass wir aussteigen können, werde ich etwas unruhig, aber das legt sich, sobald ich den Bahnsteig betrete und meine Beine dehne. Ich kann das Meer zwar nicht sehen, aber ich kann es riechen, frisch, salzig und lebendig. Und ich kann es hören, das Kreischen der Möwen, das Horn eines auslaufenden Schiffes. Es ist ein sonniger Tag in Wales, weiße Wolkenfetzen ziehen über uns hinweg, und die Luft ist so klar, wie ich es seit Monaten nicht mehr erlebt habe.

Ich atme tief ein und drehe mich zu Andrew um, der mir meine Tasche reicht.

»Mir ist gerade etwas eingefallen.«

»Ja?« Er ist abgelenkt und vergewissert sich, dass wir alles haben, während er seine Jacke wieder anzieht.

»Ja. Ich fahre wahnsinnig gern mit der Fähre.«

Er lacht so laut, dass ein Kind in der Nähe ihn erschrocken anschaut. »Ich war noch nie auf einer.«

»Im Ernst?«

Er zögert. »Jetzt bin ich in deiner Achtung gerade deutlich gesunken, stimmt's?«

»Du bist noch nie mit einer Fähre gefahren? Das ist das Beste, was man machen kann!«

»Ich glaube dir.«

»Bei der Einfahrt in Dublin gehen wir an Deck.«

»Mach mit mir, was du willst«, sagt er und grinst über den Blick, den ich ihm zuwerfe.

Wir geben seinen Koffer auf und warten kurz bei der Passkontrolle, bevor wir einen langen Gang hinunter aufs Schiff gehen.

Es ist kleiner, als ich es in Erinnerung habe, wahrscheinlich, weil ich das letzte Mal als Kind auf einem solchen Schiff war, aber es gibt immer noch viel Platz, und wir sehen uns ein paar Minuten um. Dann besorgen wir uns in der Cafeteria Truthahn- und Schinkensandwiches.

Der Weihnachtsmann gibt sich die Ehre, was jedes Kind an Bord in große Aufregung versetzt. Auch das Kind in manch anderem, angesichts der Tatsache, dass Andrew uns zwanzig Minuten lang in der Schlange anstehen lässt, um Hallo zu sagen und für unsere Mühe einen Schlüsselanhänger mit dem Firmenlogo der Reederei zu bekommen.

Den Rest der Fahrt sehen wir *Buddy – der Weihnachtself*

auf einem der riesigen Fernsehbildschirme, bevor ich ihn zu den anderen tapferen Seelen aufs Freideck schleife. Ein scharfer Wind schlägt uns entgegen, doch als wir uns dem Hafen nähern, finden wir ein geschütztes Plätzchen. Die Nähe von Andrews Körper dicht hinter mir wärmt mich und schützt mich vor dem schlimmsten Wind.

Es ist bereits später Nachmittag, und der Tag geht in den Abend über, aber Tausende Lichter empfangen uns dort, wo Dublin sich um die Bucht schmiegt.

»Ich wette zehn Dollar, dass wir sinken«, sagt Andrew direkt in mein Ohr, damit ich ihn über das Motorengeräusch hinweg hören kann.

»Du gehst unter«, sage ich. »Ich bin eine ausgezeichnete Schwimmerin.«

Lachend tritt er näher und stützt sich rechts und links von mir auf der Reling ab. Ich bleibe ganz still und halte praktisch den Atem an, als er sich zu mir lehnt.

»Danke«, sagt er.

»Für was?«

»Dafür, dass du mich zu Weihnachten nach Hause gebracht hast.«

»Du bist noch nicht zu Hause«, warne ich ihn, aber er ignoriert mich. Seine Lippen streifen meine Wange, seine behandschuhten Hände ruhen auf meinen, was ich vor genau zwei Sekunden noch mehr als in Ordnung gefunden hätte. Deshalb verstehe ich seine Überraschung, als ich ihn unvermittelt zurückstoße und mich ein paar Schritte entferne.

»Okay, das nennt man zweideutige Signale senden!«,

ruft er mir hinterher, aber ich höre ihn kaum, da ich meine Aufmerksamkeit auf die sich schnell nähernde Küste richte. »Und könntest du das bitte lassen?« Als ich mich über die Reling lehne, zieht er mich energisch zurück.

»Das ist okay.«

»Okay ist das Stehen hinter der Sicherheitslinie.«

Das Schiffshorn ertönt, als wir uns dem Hafen nähern, und ich bedeute Andrew, sich neben mich zu stellen, ehe wir es verpassen. »Wir müssen winken!«

»Wem?«, fragt er und klingt immer noch ein wenig verärgert darüber, dass ich den Moment ruiniert habe.

»Ihnen.«

Ich zeige über die Reling auf die Steinmauer, die zu Dublins Poolbeg-Leuchtturm führt. Überall auf dem Weg gehen Menschen am Heiligabend spazieren und recken die Arme in die Höhe, als wir vorbeifahren.

Wir sind zu weit weg, um sie deutlich zu sehen, zu weit weg, um sie in dem schwachen Licht überhaupt zu erkennen, aber ich kann ihre schwachen Rufe ausmachen und ihre übertriebenen Gesten sehen, als sie uns begrüßen.

»Es ist, als würden sie dich zu Hause willkommen heißen«, sage ich und sehe zu Andrew, als dieser nicht antwortet. Er achtet gar nicht auf sie, sein Blick ist auf mich gerichtet, und er strahlt über das ganze Gesicht.

»Lach nicht«, warne ich ihn, plötzlich verunsichert.

»Tu ich nicht.«

»Du bist kurz davor.«

»Weil du hinreißend bist.«

»Winke den guten Menschen von Dublin zu!«, befehle

ich, und er nickt, zwingt sich zu einer ernsten Miene und stellt sich neben mich an die Reling.

»Darf ich schreien?«, fragt er.

»Im Rahmen des Zumutbaren.«

Er scheint einen Moment zu überlegen, bevor er die Hände hebt. »*Hallo!*«, ruft er über den Lärm hinweg. »*Frohe Weihnachten!*«

»Andrew …«

»*Und guten Rutsch!*«

»Du kannst jetzt aufhören.«

»Es ist befreiend«, sagt er. »Versuch es.«

»Nein.«

»Du traust dich nur nicht.«

Ich schnaube, aber als das Horn erneut ertönt, kann uns niemand hören.

»Mach schon«, drängt Andrew, und ich presse kurz die Lippen aufeinander, bevor ich es ihm gleichtue.

»*Frohe Weihnachten!*«, schreie ich, und er grinst.

»Noch einmal«, sagt er, und ich tue es. Und gemeinsam schreien und winken wir, bis unsere Stimmen heiser und unsere Arme müde werden und wir über die Lautsprecher zum Aussteigen aufgefordert werden.

Erst dann zieht Andrew mich von der Reling fort, und wir lachen, atemlos, während wir den anderen die Treppe hinunter folgen und uns auf den Heimweg machen.

Kapitel 18

Ein fröhlicher Busfahrer mit einer Weihnachtsmannmütze begrüßt uns am Ausgang des Hafens mit einem derart starken Dialekt, dass ich einen Moment brauche, um mich einzuhören.

»Und?«, scherzt er, als wir unser Gepäck im Laderaum verstauen. »Was habt ihr mir mitgebracht?«

Als wir unsere Plätze einnehmen, kann Andrew nicht aufhören zu lächeln. Wir setzen uns ganz nach hinten, er am Fenster, und ich schreibe Zoe, dass wir nicht nur am Leben sind, sondern dass sie mich jetzt auch noch wie versprochen abholen muss.

»Wann fährt dein Bus?«, frage ich mit vom vielen Schreien leicht heiserer Stimme.

Andrew zuckt mit den Schultern und beobachtet die Welt draußen, während wir den Hafen verlassen und in die Stadt fahren. »Zu jeder vollen Stunde, der letzte geht um elf.«

»Wirklich?«

Als er meinen erfreuten Ton hört, dreht er sich um. »Laut Website.«

»Na, warum kommst du dann nicht erst mit zu mir? Du könntest endlich alle kennenlernen. Duschen, etwas essen. Wir wohnen nicht so weit weg.« Meine Begeisterung lässt nach, als er mich nur ansieht. »Es sei denn, du willst direkt weiter …«

»Das klingt toll«, fällt er mir ins Wort. »Vor allem das mit der Dusche. Außerdem würde ich gern deine Familie kennenlernen. Und Zoe.«

»Du darfst sie aber nicht lieber mögen als mich«, sage ich nur halb im Scherz.

»Na, dann musst du dich in den nächsten zwanzig Minuten wohl etwas mehr anstrengen, oder?«

Genau zwanzig Minuten später meldet sich meine Schwester zurück und bestätigt den neuen Plan. Inzwischen hat uns der Bus am oberen Ende der O'Connell Street abgesetzt, einer breiten, geschwungenen Straße im Zentrum der Stadt, die genauso gut am Nordpol liegen könnte, so, wie es hier aussieht.

Von überall klingen Lärm, Stimmen, Lachen und Weihnachtsmusik. Frauen preisen Töpfe mit Weihnachtssternen und Sträuße mit roten Beeren an und umklammern Kaffeebecher, um sich zu wärmen. Engagierte Teenager sammeln für wohltätige Zwecke und schütteln Eimer mit Münzen vor den Passanten. Jedes Geschäft ist geöffnet und voller Menschen, die auf die letzte Minute noch ein Geschenk suchen, und solchen, die anscheinend nur für das Chaos leben.

Sogar die Autos haben sich mit Rudolph-Nasen und Rentiergeweihen herausgeputzt und kriechen so langsam die Straße hinunter, dass die meisten Leute einfach zwischen ihnen hindurchschlüpfen, um die Straße zu überqueren.

Ich blicke mich mit einem seltsamen Gefühl im Bauch

um und bin überrascht, wie glücklich mich die Szene macht. Es ist, als wüsste mein Kopf, dass es sich nur um dieselbe alte Dekoration wie jedes Jahr handelt, als würde irgendetwas daran mein Herz aber dennoch etwas schneller schlagen lassen und mich dazu bringen, fremden Passanten zuzulächeln. Selbst den ausgelassenen Chor, der auf der anderen Straßenseite Lieder von Mariah Carey schmettert, finde ich weniger nervig als sonst.

Es ist Weihnachten in Dublin, und es liegt eine große Aufregung in der Luft.

Und ja, man müsste schon ein Grinch sein, wenn einen das alles kaltlassen würde.

Wir müssen zum Merrion Square, um meine Schwester zu treffen. Also holen wir unser Gepäck und laufen an den glitzernden Hotels und beeindruckend großen Weihnachtsbäumen vorbei hinunter zum Liffey, dem Fluss, der die Stadt in eine Nord- und eine Südseite teilt. Selbst er kann sich dem festlichen Jubel nicht entziehen, mit seinen vielen beleuchteten Brücken, die sich im Wasser spiegeln, um auf tausend Instagramprofilen gepostet zu werden. Einschließlich wohl auch auf meinem, denn Andrew hält auf halbem Weg an, um ein Selfie von uns zu machen.

Als Nächstes biegen wir um die Kurve vom Trinity College, wo riesige Schneeflocken auf den Haupteingang projiziert werden. Hier kommen wir deutlich langsamer voran, denn die schmalen Bürgersteige sind voller Menschen, aber Andrew scheint das nicht zu stören. Unverdrossen lenkt er seinen Koffer gut gelaunt durch die Menge, während meine Laune allmählich zu sinken beginnt. Schließlich schiebe ich mich vor ihn, um die Leute höflich aus dem Weg zu drängen, aber Andrew zieht mich zurück, und ich folge seinem Blick in Richtung Grafton Street – der belebten Einkaufsstraße mit der berühmten, eleganten Weihnachtsbeleuchtung.

»Nein«, sage ich, als er eine Augenbraue hochzieht.

»Komm schon.«

»Es ist brechend voll.«

»Es ist Weihnachten.«

Es ist Weihnachten.

Und das Lächeln in seinem Gesicht ist so jungenhaft, so voller Hoffnung, dass ich mich nicht allzu sehr wehre, als er noch mal an mir zieht und wir uns durch den Verkehr in die belebte Straße schlängeln. Auch hier haben noch alle Geschäfte geöffnet, und die Menschen gehen ein und aus mit Eistüten und Bechern mit heißer Schokolade in der Hand, während zahlreiche Einkaufstüten an ihren Armen baumeln.

Wir drängen an einer Gruppe singender Menschen vorbei, die einen Straßenmusiker umringt, einen Teenager mit rosigen Wangen, der aussieht, als hätte er den Abend seines Lebens. Schließlich stoppt Andrew an der Einmündung einer Gasse, um sich mit mir zu besprechen.

»Ich habe das Gefühl, ich sollte irgendwo schnell etwas für deine Eltern besorgen«, sagt er und späht in den nächstbesten Laden. »Ich könnte ja die Riesen-Toblerone nehmen, aber so dankbar bin ich dann doch nicht.«

»Wie wäre es mit einem deiner Fotos?«, schlage ich vor. »Sie würden sich freuen. Ehrlich.«

»Meinst du?«, fragt er leicht abwesend, und ich sehe, dass er nach oben schaut, genauer gesagt zu einem Mistelzweig, der an einem steinernen Torbogen über ihm hängt.

»Das kann alles Mögliche sein«, sage ich. »Es könnten Drogen sein. Es gibt eine Menge Drogen in dieser Stadt. Das ist hier ein großes Problem.«

»Hast du Angst, dass es dich wieder umhaut?«

»*Nein*, ich …«

»Weil ich zu heiß für dich bin? Es liegt an der Pudelmütze, stimmt's? Nichts verleiht einem so viel Sexappeal wie eine gestrickte Pudelmütze.«

Ich küsse ihn, und dabei lächeln wir uns an.

Vielleicht brauchen wir gar nicht über uns zu reden. Vielleicht tun wir das, wenn wir mal Zeit haben, ohne Weihnachten und die Familie im Nacken. Wir unterhalten uns, wenn wir wieder in Chicago sind. Und in der Zwischenzeit geben wir uns einen Abschiedskuss.

Aber ich will nicht, dass es ein Abschied ist.

Der Gedanke kommt mir, sobald seine Lippen meine berühren, woraufhin mich ein heftiger Anflug von Panik durchfährt. Und obwohl er sicher nur einen kurzen Kuss im Sinn hat, dränge ich mich fest an ihn und umklammere den Saum seiner Jacke, während er die Hände auf meine Arme legt.

»Weißt du was?«, murmelt er, als er sich von mir löst. »Ich glaube, wir sind beide ziemlich gut darin. Acht von zehn.«

»Halt die Klappe«, stöhne ich, bin jedoch eher verlegen als sauer. Eher erfreut als verlegen. Und das weiß er. So wie er mich jetzt ansieht, frage ich mich, ob er dasselbe denkt wie ich, nämlich, warum zum Teufel wir das mit dem Küssen nicht schon früher ausprobiert haben. Obwohl es dann vielleicht nicht dasselbe gewesen wäre.

Damals in Chicago kamen mir diese Gefühle überraschend, verwirrend und seltsam vor. Aber jetzt denke ich unwillkürlich, dass sie vielleicht doch nicht so überraschend gekommen sind. Vielleicht haben sie sich allmählich entwickelt. Wie eine sich langsam aufbauende Welle, die nur darauf wartet, am Ufer zu brechen. Vielleicht von Anfang an. Vielleicht fühlt es sich deshalb so richtig an, und der Gedanke, ihn jetzt zu verlassen, und sei es auch nur für die nächsten Tage, macht mich niedergeschlagener, als es angemessen wäre.

»Komm schon«, sagt er und lässt seine behandschuhte Hand wieder in meine gleiten. »Ich will herumschlendern.«

»Wir schlendern seit drei Tagen.«

Doch das interessiert ihn nicht.

Andrew zwingt mich, den ganzen Weg bis zum oberen Ende der Straße zu gehen, was doppelt so lange wie nötig dauert, da er an jedem Schaufenster stehen bleibt.

Schließlich biegen wir am Weihnachtsbaum links ab und gehen parallel zum St. Stephen's Green Park. Der Park ist abends geschlossen, aber die Pferdekutschen stehen noch davor und fahren abwechselnd begeisterte Touristen, die dabei filmen. Wir gehen weiter, vorbei an weiteren Hotels, Pubs und Restaurants, aus denen Menschen auf die Straße und direkt in Taxis strömen, bevor wir am ruhigeren und dunkleren Merrion Square das Ende der Häuserzeile erreichen.

Und dort, auf halber Strecke zu den hoch aufragenden Regierungsgebäuden, lehnt eine Frau in einem pinkfarbenen Mantel an einem Auto, den Kopf gebeugt, während sie durch ihr Handy scrollt.

Meine Schwester.

»Das ist sie«, sage ich überflüssigerweise, denn sie ist die Einzige weit und breit. Die Freude beschleunigt meine Schritte, und als wir näher kommen, blickt sie auf und winkt.

Andrew macht hinter mir ein überraschtes Geräusch. »Also, sie ist eindeutig dein eineiiger, dein *identischer* Zwilling.«

Ich lache. »Ich habe dir bestimmt schon mal ein Bild gezeigt.«

»Ja, aber in natura ist es …«

Verwirrend. Ich weiß. Zoe und ich sehen manchmal bis auf die letzte Sommersprosse gleich aus, obwohl sie ihre Haare immer länger getragen hat als ich. Und natürlich gibt es im Augenblick einen ziemlich großen Unterschied.

»Du lebst!«, ruft sie und breitet die Arme aus. Ich muss zur Seite treten, denn ihr Schwangerschaftsbauch macht es unmöglich, sie von vorn zu umarmen. Als ich von ihr abrücke, ergreift sie meine Hände und legt sie dorthin, wo mein zukünftiger Neffe ruht.

»Das ist Logan«, sagt sie.

»Ich dachte, Patrick.«

»Patrick war letzte Woche. Jetzt ist es Logan.«

Ich grinse. »Und nächste Woche ist es was?«

»Ich habe neulich einen wirklich netten Ryan kennengelernt«, sagt sie, während ihr Blick hinter mich gleitet.

»Das ist Andrew«, stelle ich ihn vor und heiße ihn bei der Familienzusammenführung willkommen.

Zoe streckt ihm eine Hand hin, als würde sie erwarten, dass er sie küsst. »Ich bin entzückt.«

»Würdest du bitte damit aufhören?«

»Was? Mein Kind braucht einen Vater«, sagt sie und schüttelt Andrew die Hand, dem es nicht schnell genug gelingt, seine Verwirrung zu verbergen.

Ihre Miene wird ernst.

»Er hat mich verlassen, als er es herausgefunden hat.«

Na bitte, schon geht's los.

»Zoe …«

»Ich dachte, ich bedeute ihm etwas, weißt du? Aber er hat mich verlassen. Mittellos und allein und …«

»Sie hatte einen Samenspender«, sage ich laut. »Und sie verdient mehr als ich.«

Zoe zieht einen Flunsch. »Spaßbremse. Ich habe eine idiotische Summe für ein kleines bisschen Sperma bezahlt«, sagt sie und reibt die Finger aneinander. »Die totale Abzocke. Für mich wäre es völlig okay gewesen, es mit ein paar One-Night-Stands zu probieren, aber Molly meinte: ›Neiiiiin, das ist unmoralisch.‹«

»Der sarkastische Zwilling zu sein, ist alles, was sie hat«, sage ich, und Zoe legt den Kopf schief und sieht Andrew nachdenklich an, während sie sich über den Bauch streicht.

»Ich hatte noch keinen Andrew auf meiner Namensliste.«

»Okay«, sage ich und stelle mich vor ihn. Damit lenke ich ihre Aufmerksamkeit wieder auf mich, und ein Lächeln erhellt ihr Gesicht.

»Ich kann kaum glauben, dass du hier bist«, sagt sie und zieht mich in eine weitere Umarmung. Diesmal ist es eine richtige Umarmung, und ich spüre denselben Stich wie immer, wenn ich sie zum ersten Mal nach ein paar Monaten sehe. Ich glaube nicht, dass es jemals einfach sein wird, so weit weg von ihr zu sein, auch wenn ich es mir so ausgesucht habe.

»Du musst dich setzen«, sage ich. »Wie kannst du überhaupt noch stehen?«

»Mit großer Mühe.« Sie schließt das Auto auf, und Andrew bringt sein Zeug zum Kofferraum. »Hast du diese Knöchel gesehen? Aber wenn ich mich bei Mam beschwere, muss ich mir natürlich einen zwanzigminütigen Vortrag darüber anhören, dass sie *zwei* Babys zu tragen hatte. Sie freut sich übrigens sehr, diesen Kerl endlich kennenzulernen. Den berühmten Andrew höchstpersönlich.«

Er lächelt. »Berühmt, hm? Also gar kein Druck.«

»Wir erwarten von unseren Gästen auch, dass sie uns unsere Gastfreundschaft mit massivem Gold vergelten. Molly, ich weiß nicht, ob du ihm die Regeln erklärt hast?«

»Hier drin ist eine riesige Tüte M&Ms, wenn du deine Karten richtig ausspielst«, sagt er und hievt seinen Koffer hinein.

Zoe legt eine Hand auf ihr Herz. »Und da haben wir es. Andrew steht ganz oben auf der Liste. Leb wohl, Logan!

Wir hatten kaum Zeit, uns kennenzulernen.« Sie blickt mich an. »Er sitzt vorn.«

»Aber ich bin deine Schwester!«

»Und er ist der Gast. Steig ein, bevor ich dich zu Fuß gehen lasse, meinem Baby ist kalt.«

Und damit steigen wir ins Auto ein.

Kapitel 19

Je näher wir dem Haus kommen, desto stärker wird mein Unbehagen. Zoe löchert Andrew die ganze Fahrt über mit Fragen, was mir die Möglichkeit gibt, mich zurückzulehnen und ein paar Minuten nicht zu denken. Oder es zumindest zu versuchen. Vermutlich sollte ich erleichtert sein. All das Geld, all der Stress, all die Pralinen, die wir mürrischen Taxifahrern geschenkt haben, und jetzt sind wir hier. Wir haben es geschafft.

Aber ich bin einfach nur besorgt. Ich frage mich unwillkürlich, ob das alles vorbei sein wird, sobald wir zurück in Chicago sind. Ob wir dann einfach wieder Andrew und Molly werden. Ich meine, klar, wir hatten eine schöne Zeit in London. Ein bisschen Geplänkel, *oh, ich nehme dich mit zum Axtwerfen*. Aber das haben wir bei blinkenden Lichterketten und einem exzentrischen Cousin gesagt, in dem wohligen Gefühl, dass es nichts mit unserem wirklichen Leben zu tun hat. Mit unseren Freunden, Jobs und Pflichten.

»Hast du gesehen, dass die O'Reillys angebaut haben?«, fragt Zoe, als wir in unsere Straße einbiegen. Wir fahren an einem vertrauten roten Backsteinhaus vorbei, an dessen Seite sich ein auffälliger, großer Kasten befindet. »Mam ist wütend. Sie sagt, es ruiniert die ganze Straße.«

»Sie ist nur neidisch.«

»Natürlich ist sie neidisch.« Zoe biegt scharf ab und parkt mit beneidenswerter Leichtigkeit ein. »Home, sweet home«, sagt sie und schenkt mir ein Grinsen.

Ich ignoriere sie und blicke hinauf zu dem kleinen Reihenhaus meiner Kindheit. »Sie haben dich ernsthaft gezwungen, bei ihnen einzuziehen?«

Zoe wohnt eigentlich in einer anständigen Wohnung unten am Hafen. In einem dieser schicken Gebäude mit eigenem Pilates-Studio und mindestens fünf *sehr* guten Cafés in fußläufiger Entfernung.

»Nur für ein paar Wochen«, sagt sie, als wir aus dem Auto aussteigen. »Ich will nicht lügen, ich mag es irgendwie, wenn man sich um mich kümmert. Aber sag ihnen das bloß nicht.«

Wir folgen ihr den kleinen Weg hinauf, und Andrew grinst beim Anblick des beleuchteten Rentiers im Garten nebenan.

»*Mam?*«, ruft Zoe, als wir ins Haus treten. »Ich habe deine zweitliebste Tochter gefunden!«

»Zoe.«

»Und sie hat einen Jungen mitgebracht!«

»Zoe!«

Sie ignoriert mich und watschelt ein paar Schritte weiter hinein. »Sie müssen bei Mary sein«, sagt sie und dreht wieder um, als keine Antwort ertönt. »Gebt mir fünf Minuten.«

»Bei Mary?«, fragt Andrew, als sie wieder nach draußen verschwindet.

»Unserer Nachbarin. Seit dem Tod ihres Mannes ist sie allein, und die beiden sind oft dort.«

»Das ist nett von ihnen«, sagt Andrew und folgt mir ins Wohnzimmer. »Du musst es vermissen, jeden auf der Straße zu kennen.«

»Machst du Witze? Weißt du, wie neugierig die Leute sein können? Als ich zum ersten Mal meine Periode bekommen habe, hat die Frau vier Türen weiter einen Kuchen für mich gebacken. Ich weiß nicht einmal, woher sie es wusste.«

Er lacht. »Ich finde trotzdem, das klingt nett.«

»Es war ein Red-Velvet-Cake.«

Ich ziehe meinen Mantel und meinen Schal aus, denn bei der üblichen warmen Temperatur im Haus komme ich bereits um vor Hitze. Ein paar von Zoes Sachen liegen herum, auch ein paar Geschenke für das Baby, aber ansonsten sieht das Haus genauso aus wie immer. Ein kleines Zimmer vorne und eine große Küche hinten, oben drei Schlafzimmer und ein Bad. Es ist klein und einfach, wird jedoch geliebt und gepflegt, und an meine Kindheit und Jugend hier habe ich nur gute Erinnerungen.

»Wo ist der Baum?«, fragt Andrew und zupft an einer Quaste an einem von Mams Kissen. Sie hatte sie schon vor meiner Geburt, zusammen mit der braunen Couch und der schweren Holzkommode, die meiner Großmutter gehört hat. Die steht, wo sie immer gestanden hat, in der Zimmerecke, und ächzt unter dem Gewicht von unzähligen Familienfotos.

»Wir haben nie einen Baum.«

Seinem Gesichtsausdruck nach zu urteilen, hätte ich

ihm genauso gut sagen können, dass es den Weihnachtsmann nicht gibt.

»Wo sollten wir ihn hinstellen?«, setze ich hinzu und
deute auf den kleinen Raum.

»Ihr habt wirklich nichts gemacht?«

»Ich glaube, als wir jünger waren, haben wir den Tannenbaum draußen geschmückt. Dad hat so getan, als
wohnten da Feen drin.«

»Okay, das ist wirklich reizend.«

»Ich war auch ein reizendes Kind.« Zum Beweis zeige
ich auf ein Foto, das mich als strahlende Vierjährige zeigt.
»Bis ich etwa zwölf war.«

»Ab da ging es bergab?«

»Die Pubertät war mir nicht wohlgesonnen.«

Er sieht sich die Fotos an und verweilt bei einigen.

»Das ist die Stelle, an der du sagen musst, dass ich ganz
zu mir gefunden habe«, erinnere ich ihn.

»Hast du das?«

»*Okay*, Mr Sarkasmus. Du bist Gast in diesem Haus,
vergiss das nicht.«

Andrew zeigt nur auf ein weiteres Foto, das eine von uns
auf einem Esel zeigt. »Was war hier los?«

»Zoes Geburtstag.«

»Also auch dein Geburtstag«, sagt er und runzelt die
Stirn, als ich den Kopf schüttle. »Seid ihr einer dieser Fälle,
bei denen ein Zwilling eine Minute vor und der andere
eine Minute nach Mitternacht geboren ist?«

»Nein. Wir haben nur an verschiedenen Tagen gefeiert.
Wir durften sie uns aussuchen.«

Er starrt mich an. »Du durftest dir deinen Geburtstag aussuchen?«

»Mhh.« Ich grinse, als ich merke, dass ich ihn überfordere. »Meine Eltern waren sehr darauf bedacht, dass sich jede von uns einzigartig fühlt. Also haben wir unseren richtigen Geburtstag gefeiert *und* einen weiteren Tag dazubekommen.«

»Wie gierig.«

Ich lache. »Für uns war das ganz normal.«

»Welchen feiern wir?«

»Meinen richtigen«, versichere ich ihm.

»Und der andere?«

»Zehnter März. Das hat keine Bedeutung«, füge ich hinzu. »Ich habe ihn zufällig gewählt. Seit ich weggezogen bin, habe ich an dem Tag nichts mehr gemacht, aber meine Eltern schicken mir immer noch eine Karte.«

»Unglaublich, dass du zwei Geburtstage hast.«

»Ich bin eben etwas Besonderes.«

Er verstummt und betrachtet alle Bilder mit größter Aufmerksamkeit, als wolle er so viel wie möglich aus ihnen herauslesen, bevor er sich schließlich von ihnen losreißt und nach der Dusche fragt.

Obwohl ich streng genommen nicht mehr hier wohne, schlüpfe ich schnell in die Rolle der Gastgeberin und springe nach oben, um mich zu vergewissern, dass das Bad sauber ist. Er geht derweil nach draußen, um das Nötigste aus seinem Koffer zu holen.

»Ich bin hier drin«, sage ich und zeige auf mein altes Zimmer, als er zurückkommt. »Mam wird wahrscheinlich

Schmortopf machen, denn das ist das Einzige, was sie kochen kann.«

»Schmortopf klingt gut«, sagt er und hängt das Handtuch auf, das ich ihm reiche.

»Sag Bescheid, wenn du was brauchst.«

Er schenkt mir ein kurzes Lächeln und verschwindet hinter der geschlossenen Badezimmertür.

Ein normaler Mensch würde ihn jetzt in Ruhe lassen. Aber ich bewege mich nicht. Es ist, als klebten meine Füße am Teppich fest. Mein Körper ist wie festgewachsen, während ich dem Kratzen des Schlüssels im Schloss lausche, dem leisen Rascheln der Kleidung, bevor die Dusche anspringt. Der Flur ist von den Geräuschen des Heißwasserboilers und des Wassers erfüllt, das gegen die Fliesen plätschert.

Erst als unten die Haustür aufgeht, zwinge ich mich, wieder in mein Zimmer zu gehen. Zoe hat mir ein paar ihrer (Nicht-Umstands-)Klamotten rausgelegt, und ich ziehe eine Jeans und einen Kapuzenpulli von ihr an, bevor ich mein Haar zu einem Knoten zusammenbinde. Wenige Sekunden später wird das Wasser abgestellt, und ich räume schnell meine Sachen zusammen, als ich höre, wie Andrew an dem Schloss herumfummelt.

Wir treffen uns im Flur, er nur mit dem zerschlissenen Handtuch um die Taille. Seine Kleidung hält er im Arm, und er verdeckt damit einen Teil seiner Brust, aber ich erhasche trotzdem einen Blick auf glatte, nasse Haut und eine Linie von dunklem Haar, die unter dem Handtuch verschwindet.

»Kein Sixpack, tut mir leid.«

Mein Blick zuckt zu dem kleinen, wissenden Lächeln in seinem Gesicht.

»Den brauchst du nicht«, sage ich, und sein Lächeln wird noch breiter. »Du warst schnell«, füge ich hinzu.

»Ich dachte, du willst vielleicht auch duschen.«

»Oh. Nein.« Ich winke ab und richte den Blick auf einen Punkt irgendwo oberhalb seiner linken Schulter. Ich will keine Sekunde länger als nötig von ihm getrennt sein. »Ich, äh … Du kannst dich in meinem Zimmer umziehen.«

Ich gebe ihm keine Chance, zu antworten, und schlüpfe an ihm vorbei in das nun leere Badezimmer. Es ist beschlagen vom Wasserdampf, die Luft ist warm und duftet nach Seife. *Seiner* Seife. Dieser blöden Sandelholz-/Kiefernseife, die riecht, als wollte sie sagen: *Ich nehme dich an einem Sommertag mit in den Wald und küsse dich auf dem weichen Waldboden.*

Was *ist* das?

Ich bewege mich automatisch und versuche, mich zu beschäftigen, wische den Spiegel sauber und schüttle den Duschvorhang aus, hänge die Matte auf und wasche mir die Hände. Ich stehe in der Mitte des Raums und versuche, nicht zu weinen.

Vor Müdigkeit, das weiß ich. Hinter meinen Augen brennen emotionale Tränen. Tränen, die sagen, es soll sich einer um mich kümmern. Aber ich weigere mich, sie laufen zu lassen.

Vielleicht hätte ich ihn einfach gleich zur Bushaltestelle bringen sollen. So wäre es einfacher gewesen. Ein sauberer

Schlussstrich. Ich hätte ihn nicht bei mir zu Hause erlebt, wie er mit meiner Schwester scherzt und wahrscheinlich auf dem besten Weg ist, meine Mutter zu bezaubern. Ich hätte mich in der Stadt verabschieden sollen – aber ich will mich gar nicht verabschieden.

Ich will nicht, dass er geht.

Ich will nicht, dass er geht. Ich will nicht, dass er geht. Ich will nicht, dass er geht.

Ich starre auf die Dusche und atme ein paarmal tief durch, bis ich sicher bin, dass ich mich unter Kontrolle habe. Dann kehre ich zu meinem Zimmer zurück, klopfe leise an und trete ein, als Andrew mich dazu auffordert. Er ist immer noch nur halb angezogen, mit nackter Brust und nackten Füßen, während er die verschiedenen Hemden betrachtet, die er auf meinem Bett ausgebreitet hat.

»Wie formell ist das Abendessen hier?«, fragt er.

»Smoking oder Abflug.«

»Hab ich mir gedacht.«

Ich trete weiter ins Zimmer, als er sich mit einer Hand ein T-Shirt schnappt und mit der anderen das feuchte Handtuch über sein Haar reibt. Dabei spannen sich seine Bauchmuskeln an. Dieselben Muskeln, die ich gestern Abend berührt habe. Und so wie der Kuss in Buenos Aires eine ganze Welt entfernt zu sein schien, kommt es mir jetzt auch so vor, als wäre das dunkle Schlafzimmer in London, über das wir immer noch nicht gesprochen haben, eine Ewigkeit her.

»Du ziehst wieder deine Grimasse.«

»Ich weiß.«

Andrew macht ein nachdenkliches Gesicht und legt das Handtuch über eine Stuhllehne. »Was ist los?«

»Ich möchte noch vor Weihnachten klarstellen, was das zwischen uns ist«, platze ich heraus. »Ich will nicht warten, bis wir wieder in Chicago sind. Das ist zu lang. Du hast gesagt, du gehst nirgendwohin, aber ich muss wissen, was das mit uns ist, sonst drehe ich noch durch.« Ich halte inne und lasse meine Hände über meine Oberschenkel gleiten. »Verstehst du das?«

»Natürlich.«

Ich nicke und warte.

»Na ja«, sagt er, als ich ihn nur anstarre. »Was möchtest du denn?«

Verdammt! Das hätte ich zuerst fragen sollen. »Das weiß ich nicht«, sage ich ehrlich. »Ich weiß nur, dass ich nicht möchte, dass es aufhört.«

»Ich auch nicht.«

»Aber hast du nicht das Gefühl, dass es zu schnell geht?«, frage ich. »Ich meine, wir sind doch ziemlich schnell von null auf hundert gegangen, oder?«

»Vielleicht.« Er zuckt mit den Schultern. »Vielleicht auch nicht. Für mich fühlt es sich nicht falsch an.« Er zögert und sieht mich eindringlich an. »Fühlt es sich für dich falsch an?«

Ich schüttle den Kopf. Denn das ist das Problem, es fühlt sich überhaupt nicht falsch an. Es fühlt sich richtig an.

»Wenn Oliver uns nicht unterbrochen hätte …«, fährt Andrew fort.

»Ich weiß.«

»Ich war bereit, ein paar meiner besten Tricks einzusetzen, mehr sage ich dazu nicht.«

»Halt die Klappe«, stöhne ich und setze mich auf die Bettkante. Ich erhasche einen kurzen Blick auf sein Grinsen, bevor ich den Kopf in die Hände stütze.

»Wir haben Zeit«, sagt er, als ich seinen Blick erwidere. »Sehr viel Zeit. Wenn du also zum Anfang zurückgehen willst, können wir das tun.«

»Zum Anfang?«

»Ja.« Er grinst und geht vor mir in die Hocke. »Indem wir mit einem ersten Date starten. Klar, wir haben einen Vorsprung vor anderen Paaren, aber die können sich sowieso nicht mit uns messen.«

Andere Paare. Bei diesen Worten durchströmt mich eine kribbelnde Freude.

»Du sagst, du glaubst nicht, dass es falsch ist. Aber wenn du dir Sorgen machst, dass es das sein könnte, werden wir es einfach … langsam angehen. Nehmen wir die Dinge, wie sie kommen. Okay?«

»Okay«, murmle ich und spiele mit dem Saum meines Ärmels.

»Wann kommst du zurück nach Chicago?«

»Am achtundzwanzigsten.«

»Ich bin am siebten zurück«, sagt er förmlich. »Möchtest du dann mit mir einen Kaffee trinken gehen, Molly?«

»Ich denke schon.«

»Würdest du bitte etwas mehr Begeisterung zeigen?«

»Würdest du bitte dein Shirt anziehen?«, antworte ich, und er lacht und tut es.

»Wir sehen uns am siebten.«

»Da kommst du doch gerade erst wieder!«

»Und direkt zu dir. Wir können irgendwo zusammen zu Abend essen.«

Abendessen. Darin bin ich gut. Ich habe schon mit vielen Leuten zu Abend gegessen. »Ich darf aussuchen, wo.«

»Etwas anderes würde mir im Traum nicht einfallen.«

Ich nicke gedankenverloren, als er meine Hände nimmt. Es wird immer schwieriger zu denken, wenn er mir so nah ist. Aber ein Abendessen ist gut. »Es gibt da diesen Nepalesen in Wicker Park, der dir bestimmt gefällt ...«

Die Art, wie sein Blick auf meinen Mund fällt, ist die einzige Warnung, bevor er mich küsst. Es dauert nur ein paar Sekunden, bei Weitem nicht lang genug, und ich versuche, meinen Verdruss zu zügeln, als er sich zurückzieht.

»Das meinst du mit langsam angehen lassen«, murmle ich, und er lächelt, bevor er mich wieder küsst.

»Willst du auf deinem Bett rummachen?«

»Und all meine Teenagerträume wahr werden lassen?« Ja, ja, das will ich. Aber bevor ich ihn auf die durchgelegene Matratze drücken und die Fantasien meines siebzehnjährigen Ichs ausleben kann, werden wir von Zoe unterbrochen, die von unten meinen Namen ruft.

»Falls diese Unterbrechungen durch die Familie für uns zur Gewohnheit werden ...«, beginne ich. Er lacht und lehnt sich auf die Fersen zurück. »Bist du bereit, meine Eltern kennenzulernen?«, frage ich, ergreife seine Hand und lasse mir von ihm hochhelfen. »Mam ist ...«

Als Zoe erneut nach mir ruft, verstumme ich und

schnaufe gereizt. Obwohl es schon Jahre her ist, bin ich so sehr an das Rufen meiner Schwester gewöhnt, dass mein erster Impuls ist, es zu ignorieren. Aber eine Sekunde später ruft sie ein drittes Mal, diesmal gefolgt von einem kurzen, durchdringenden Schrei.

Kapitel 20

Ich laufe so schnell die Treppe hinunter, dass ich fast stolpere. Als wir Zoe in der Mitte der Küche stehen sehen, stolpert Andrew bei der letzten Stufe tatsächlich. Sie steht vornübergebeugt, stützt sich mit einer Hand auf einer Stuhllehne ab und verzieht das Gesicht vor Schmerz.

»Mir geht's gut«, sagt sie, als sie uns sieht. »Sorry, alles gut.«

»Du hast geschrien!«

»Ich übertreibe. Ich ...« Sie presst die Lippen zusammen und kann nur mit Mühe ein Stöhnen unterdrücken. Andrew flucht leise neben mir.

»Hast du Wehen?«

Sie schüttelt den Kopf. »Falsche Wehen.«

»Sie sehen nicht falsch aus«, sage ich.

»Das sind Braxton-Hicks. Das ist ein bekanntes Phänomen.« Sie muss sich anstrengen, um das letzte Wort herauszubekommen, bevor sie sich erneut nach vorn krümmt und ihre Fingerknöchel weiß hervortreten. Dann lässt sie sich auf den Stuhl sinken. »Meine Güte.«

»Wir sollten ins Krankenhaus fahren«, sage ich, und Andrew geht neben ihr in die Hocke. Sofort ergreift sie seine Hand, und er zuckt nicht einmal zusammen, als sie ihm die Knochen zerquetscht. »Zoe? Krankenhaus?«

Zoe rollt nur mit den Augen, soweit sie dazu in der Lage ist, während sich ihre Gebärmutter wie ein Stressball zusammenzieht. »Ich werde einfach ein Bad nehmen.«

»Wie soll das helfen?«

»Weiß ich nicht! Hör auf, mich anzuschreien!«

Andrew stützt sie beim Aufstehen, und als sie auf den Beinen ist, stöhnt sie ein Dankeschön.

Dann sehe ich, wie sich rasch ein nasser Fleck auf ihrer Hose ausbreitet. Nur durch schiere Willenskraft kann ich mir ein Keuchen verkneifen.

Andrew folgt meinem Blick, und um fair zu sein, er zuckt nicht mit der Wimper, sondern sieht schnell mit hochgezogenen Augenbrauen zu mir zurück.

»Zoe? Süße?« Ich spreche so sanft wie möglich. »Ich glaube, deine Fruchtblase ist gerade geplatzt.«

»Wahrscheinlich habe ich mir nur in die Hose gemacht. Das kann schon mal passieren, wenn einem ein Mensch auf die Blase drückt.«

»Ich glaube nicht, dass du dich vollgepinkelt hast, und ich glaube auch nicht, dass das falsche Wehen sind. Ich glaube, das Baby kommt.«

Zoe starrt mich an, sie sieht verwirrt und gereizt aus.

Meine Schwester ist nicht dumm. Wir haben in der Schule zusammen um die besten Noten gekämpft. Bei unseren Abschlussprüfungen hat sie mich um drei Punkte übertrumpft. Sie löst jeden Tag das Kreuzworträtsel in der *New York Times* und hat einmal in nur sechs Monaten Portugiesisch gelernt, weil ich mit ihr gewettet hatte, dass sie es nicht schafft.

Sie ist nicht dumm. Aber sie ist ein Sturkopf, das war sie schon immer, und im Moment scheint sie so sehr auf ihre Sichtweise fixiert zu sein, dass die Alternative für sie undenkbar ist.

Ich versuche es noch einmal. »Du hast …«

»Ich habe keine Wehen«, sagt sie, wobei die Gereiztheit über die Verwirrung siegt. »Sei nicht albern. Das ist Blödsinn.«

»Zoe …«

»Ich bin erst in drei Wochen fällig.«

»Das Baby sieht ja nicht in den Kalender!«

»Ins Krankenhaus?«, fragt Andrew.

Ich nicke, bevor mir einfällt, wie wenig ich bei mir habe. »Ich habe meinen Führerschein nicht hier.«

»Ich kann sie fahren.«

»Hallo?«, ruft Zoe und winkt mit der Hand. »Hört auf, über mich zu reden, als ob ich nicht da wäre.«

»Hör auf, dich wie eine Idiotin zu benehmen«, entgegne ich. »Wo sind Mam und Dad?«

»Sie setzen Mary an der Kirche ab.«

»An welcher Kirche?«

»Das weiß ich nicht!«

»Wie lange brauchen sie, um …«

»Vielleicht sollten sie uns dort treffen?«, fragt Andrew.

»Das kann doch nicht wahr sein«, stöhnt Zoe, als Andrew und ich uns über ihren gebeugten Kopf hinweg einen Blick zuwerfen.

»Hör zu, wenn die Wehen falsch sind, dann sind sie falsch«, sage ich. »Kein Problem. Aber es kann nicht schaden, es von jemandem zu hören, der sein medizinisches Wissen nicht bei *Grey's Anatomy* erworben hat. Bitte lass uns dich einfach ins Krankenhaus fahren.«

Zoe sieht mich an, als wäre ich die Unvernünftige in dieser Situation, aber irgendetwas in meinem Gesicht muss ihr sagen, dass ich nicht nachgeben werde.

»Vielleicht können sie mir ein Schmerzmittel verschreiben«, seufzt sie, und ich nicke aufmunternd.

Die Wehen scheinen nachzulassen, sobald wir Zoe ins Auto gesetzt haben, und als wir unterwegs sind, beruhigt sie sich, während sie unseren Eltern und einigen ihrer Freundinnen eine Textnachricht schreibt, um sie wissen zu lassen, was für eine Idiotin ich bin. Obwohl sie nicht glauben will, dass das hier passiert, hat sie glücklicherweise die Wegbeschreibung auf ihrem Navi gespeichert, und Andrew fährt uns geschickt durch den Verkehr zurück in die Stadt.

Die Entbindungsklinik befindet sich direkt im Stadtzentrum, und wir zahlen einen Wucherpreis für einen Parkplatz drei Straßen weiter, aber im Moment ist mir das völlig egal.

An der Rezeption wirft eine Krankenschwester, die Weihnachtspudding als Ohrringe trägt, einen Blick auf uns und schreitet sofort zur Tat.

»Mir geht's *gut*«, sagt Zoe zum millionsten Mal, als die Frau – laut Namensschild Cara – versucht, sie zu einem Rollstuhl zu führen. »Ich habe ja gar keine Wehen mehr.«

Als sie versucht, mich abzuwimmeln, lege ich fest eine Hand um ihren Unterarm. »Können wir vielleicht auf die netten medizinischen Fachleute hören?«

»Das werde ich tun, wenn es *an der Zeit* ist.« Aber sie setzt sich in den Stuhl, die Augen weit aufgerissen und das Gesicht blass, und ich erkenne, was wirklich in ihr vorgeht: nackte Panik.

Trotz ihrer Witze über potenzielle Daddys für ihr Baby wollte sie noch nie eine Beziehung haben. Ich habe nie erlebt, dass sie mit jemandem länger als ein paar Wochen zusammen war, und selbst dann wollte sie vermutlich nur erfahren, warum alle so einen Wirbel darum machen. Aber sie wollte Mutter sein, also wurde sie eine. Es wäre ihr nie in den Sinn gekommen, es nicht wenigstens zu versuchen. Und wie bei allem anderen, was sie tut, hat sie ihr Bestes gegeben.

Für eine zukünftige Alleinerziehende bedeutete das, Pläne zu schmieden. Fünf-Jahres- und Zehn-Jahres-Pläne, komplizierte Finanzpläne und das Erstellen eines dichten Netzes von Freunden und Familienmitgliedern, die ihr zur Seite stehen. Ich weiß, dass sie so lange geplant und alles organisiert hat, dass ein Teil von ihr das eigentliche Ereignis aus den Augen verloren hat, vor allem jetzt, wo sich dieses Ereignis zweieinhalb Wochen zu früh einstellt.

»Gehen wir in einen anderen Warteraum?«, fragt sie und klingt sehr jung, während sie blindlings ein Formular unterschreibt.

»Wir gehen auf die Station mit den Kreißsälen«, sagt Cara.

»Mit den … Warum?«

Die Krankenschwester zuckt nicht einmal mit der Wimper. »Weil Sie in den Wehen liegen.«

»Das kann doch nicht wahr sein«, wiederholt Zoe zum zwölften Mal. Sie reicht das Klemmbrett zurück und sieht mit wildem Blick zu mir auf. »Ich kann keinen Dezember-Steinbock bekommen.«

»Bei Jesus war es okay.«

»Der Mann wurde *gekreuzigt*, Molly!«

Cara nimmt ihre Position hinter dem Rollstuhl ein und sieht uns erwartungsvoll an. »Wollen Sie mir folgen?«

Es dauert einen Moment, bis wir alle merken, dass sie mit Andrew spricht.

»Ich bin nicht der Vater«, sagt er erschrocken.

»Oh, das tut mir leid. Ich dachte …«

»Ich bin Single«, unterbricht Zoe sie und tippt wütend auf ihrem Handy herum. »Modern, stark und mutig. Können wir auf meine Mam warten?«

Die Krankenschwester rollt sie bereits durch die Tür. »Wenn sie sich bei ihrer Ankunft an der Rezeption meldet, werden wir sicher …«

»Nein, wir müssen auf sie warten«, widerspricht Zoe und gerät erneut in Panik. »Wir müssen … Mam!«

Genau in diesem Moment schreitet unsere Mutter, trotz des Wetters ohne Hut und Mantel, durch die Empfangstür.

»Ich bin hier, Liebling. Ich bin da.« Ihr ehemals blondes Haar ist jetzt silbern-weiß, und sie hat mehr Falten als in meiner Erinnerung. Das ist jedes Mal so, wenn ich sie sehe. Doch sie sieht so stark aus wie immer, als sie zu uns eilt und kurz zu mir sieht, bevor sie sich um meine Schwester kümmert.

Zoe ergreift ihr Handgelenk und klammert sich an sie.

»Ich glaube, das Baby kommt«, sagt sie, als würde sie ein Geständnis ablegen.

»Mal sehen, was die Ärzte sagen.«

»Wo ist Dad? Kommt Dad? Wo …«

»Er ist zum Haus zurückgefahren, um deine Sachen zu holen, aber wir hielten es für das Beste, wenn ich gleich reinkomme.«

»Ja«, sagt Zoe. »Ja, bleib bei mir.«

»Ich bleibe die ganze Zeit bei dir«, verspricht sie und drückt meine Schwester an sich.

»Können wir jetzt gehen?«, fragt Cara mit der Geduld einer Heiligen. Meine Mutter nickt und schiebt meine Schwester mit einem verzweifelten Lächeln in meine Richtung durch die Schwingtüren der Entbindungsstation. Andrew und ich bleiben zurück und starren ihnen hinterher.

»Ist das die Stelle, an der sie plötzlich feststellt, dass sie Drillinge bekommt?«, frage ich Andrew, der etwas atemlos wirkt.

»Ich hatte Panik, dass die Wehen im Auto voll losgehen«, sagt er und fährt sich mit der Hand übers Gesicht. »Ich dachte immer, bei einem Notfall wäre ich ziemlich gut, aber …«

Ich stoße ein leicht irres Lachen aus und blicke mich im Wartezimmer um. Niemand scheint sich sonderlich für unser kurzes Drama zu interessieren, alle sind mit ihrem eigenen beschäftigt. »Nun, ich denke, wir sollten … Verdammt! Dein Bus! Wenn du …«

»Ich habe jede Menge Zeit«, unterbricht er mich. »Ich kann hierbleiben, wenn du willst.«

»Wirklich?«

»Der Bus fährt regelmäßig zu jeder vollen Stunde«, erinnert er mich, und ich nicke erleichtert.

»Zumindest, bis mein Vater hier ist?«

»Natürlich.« Er legt mir einen Arm um die Schulter, zieht mich an sich und führt mich zu einer Reihe leerer Stühle an der Rückwand, wo ich wohl den Rest des Heiligabends verbringen werde.

Irgendwann schlafe ich ein. Ich kann mich nicht daran erinnern, dass ich müde war, aber die Ereignisse der letzten Tage haben offenbar ihren Tribut gefordert. Gerade habe ich noch mit leerem Blick auf ein Plakat zur Raucherentwöhnung gestarrt, und im nächsten Moment liege ich waagerecht und blicke auf die Beine eines der werdenden Väter auf der anderen Seite des Raumes.

Ich liege in einer verdrehten Position quer über drei Sitzen. Ich weiß, dass ich das noch tagelang in meinem Rücken spüren werde, schließlich bin ich keine zwanzig mehr, und schon wenn ich zu schnell nach einer Socke greife, kann mich das außer Gefecht setzen. Aber ich richte mich nicht sofort auf, und zwar nicht nur, weil mein linkes Bein eingeschlafen ist und gleich wie wild kribbeln wird. Nein, ich bleibe, wo ich bin, weil mir jemand auf angenehme Weise den Kopf krault, eine – offen gesagt – äußerst erotische Erfahrung, von der ich wünschte, sie würde ewig dauern.

Andrew spielt mit meinem Haar.

Ich öffne die Augen und sehe, dass er mit geschlossenen Augen an der Wand lehnt, während er abwesend mit seinen Fingern über meinen Scheitel streicht. Eine bestimmte Bewegung jagt mir einen Schauer über den Rücken, und als ich zucke, öffnet er die Augen und blickt zu mir herunter, als wäre er überrascht, mich dort zu sehen. Sofort hört er auf, mich zu streicheln, und legt die Hand auf seinen Oberschenkel zurück.

»Tut mir leid«, murmelt er, und ich schüttle den Kopf.

»Mach weiter. Das ist besser als jede Massage, für die ich sonst ein Vermögen hinblättere.«

»Dein Wunsch ist mein Begehr,« erwidert er sarkastisch, aber er wirkt unsicher, also schließe ich absichtlich die Augen und wende mich abwartend von ihm ab.

Nach einem Moment macht er weiter, und ich schwöre bei Gott, dass ich fast schnurre.

»Wie spät ist es?«, frage ich stattdessen.

»Kurz nach elf.«

»Wie bitte?« Ich schlage sofort die Augen wieder auf. »Dein …«

»Alles okay«, sagt er, und seine andere Hand drückt fest auf meine Schulter, als ich versuche, mich aufzusetzen. Als ich ihn mit einem Schulterzucken abwimmele und mich zu schnell bewege, wird mir einen Moment schwindelig.

»Du hast den letzten Bus verpasst.«

»Ich nehme ein Taxi.«

»Aber du wirst …«

»Mir geht's gut, Moll.«

Seine Ruhe lässt meine Panik abklingen.

»Okay«, sage ich, immer noch zögernd, und lasse mich zurück auf den Stuhl sinken. »Ist mein Dad hier?«

»Er ist vor etwa zwanzig Minuten gegangen. Tut mir leid. Ich glaube, er und deine Mutter werden sich beim Schlafen abwechseln, damit immer jemand bei Zoe ist. Er wollte dich nicht wecken. Er meinte, du sähest so müde aus wie eine Leiche.« Andrew zögert. »Aber er hat es auf eine liebevolle Art gesagt.«

Ich schnaube. »Klingt ganz nach ihm.« Ich nehme mein Handy heraus, um ihm eine Nachricht zu schreiben, und dabei fällt mein Blick auf die Duty-free-Tüte neben uns.

»Die hat er hiergelassen«, sagt er, als ich sie aufhebe. »Er meinte, das sei vermutlich für deine Schwester.«

»Das ist es«, bestätige ich und nehme das in Seidenpapier eingewickelte Paket heraus. Es fühlt sich an, als wäre es Jahre her, seit ich es gekauft habe. »Es ist ihr schreckliches Weihnachtsgeschenk.«

»Du kannst ihr sicher noch was anderes besorgen«, sagt er freundlich. »Die Geschäfte haben noch geöffnet.«

Ich lächele. »Es ist ein absichtlich schreckliches Weihnachtsgeschenk«, erkläre ich. »Es ist Tradition, dass wir uns gegenseitig schlechte Geschenke machen.«

»Es ist Tradition, sich gegenseitig Geschenke zu machen, die keiner von euch haben will?« Er klingt verständlicherweise verwirrt.

»Es ist der Gedanke, der zählt.«

»Habt ihr mal darüber nachgedacht, euch etwas zu schenken, das euch wirklich gefällt? Vielleicht kannst du eine neue Tradition beginnen. Eine viel bessere, möchte ich behaupten.«

»Ich weiß, wie das klingt.« Ich lache. »Aber das machen

wir schon seit unserer Kindheit. Wir wissen nicht, warum, sondern nur, dass wir es schon immer getan haben. Und ich weiß nicht ...« Ich zucke mit den Schultern. »Es macht Spaß. Ich kaufe ihr immer Parfum. Das schlechteste Parfum, das ich finden kann.«

»Was schenkt sie dir?«

»Was zu essen«, antworte ich. »Meistens irgendeinen ekligen, neuartigen Snack, von dem ich nur einen Bissen herunterkriege. Er liegt dann einen Monat lang hinten im Schrank, bevor Dad ihn findet und isst.«

»Parfum«, sagt Andrew langsam, als ihm etwas dämmert. »Deshalb riechst du immer so furchtbar, wenn wir fliegen. – Ist doch wahr!«, fügt er hinzu, als ich ihm gegen das Bein schlage. »Ich dachte, du wärst nur exzentrisch. Ich muss sagen, ich bin etwas erleichtert. Auch wenn ich es immer noch nicht verstehe.«

»Weißt du, wie schwer es ist, etwas zu bekommen, das jemand schrecklich findet?«, frage ich. »Weißt du, wie viele Gedanken ich mir immer über dieses Geschenk mache? Ich mache mir mehr Gedanken über ihres als über jedes andere Geschenk.«

»Ich weiß, dass du es so darstellen willst, als wäre es logisch, aber das ist es wirklich nicht.«

Ich grinse und streiche die Tüte auf meinem Schoß glatt. »Es ist eine Tradition«, wiederhole ich. »Es muss nicht logisch sein.«

»Und du hast gesagt, ihr wüsstet nicht, wie man Weihnachten feiert.«

Bevor ich reagieren kann, betritt Mam das Wartezimmer, in den Händen ein Tablett mit Plastikbechern, die mit Wasser gefüllt sind. »Die Ärzte sind bei eurer Schwester«, berichtet sie und reicht uns die Getränke. »Sie hat mich weggeschickt, weil ich sie anscheinend zu oft angesehen habe.« Sie setzt sich neben mich und mustert mit hochgezogener Augenbraue meinen Weihnachtspulli.

»Der ist aus Paris«, sage ich etwas abwehrend, und sie schüttelt den Kopf.

»Du armes Ding. Du musst nach all dem vollkommen erledigt sein.«

»Es war gar nicht so schlimm«, sage ich und sehe zu Andrew. Erst da wird mir klar, dass ich ihn ihr noch gar nicht vorgestellt habe. »Mam, das ist …«

»Wir haben uns schon kennengelernt«, unterbricht sie mich und schenkt ihm ein warmes Lächeln. »Als du geschlafen hast. Er hat mir von all euren Abenteuern erzählt.«

Oh, hat er das, ja? Als sie ihr Handy herausnimmt, eine Textnachricht liest und dann sorgfältig mit einem Finger eine Antwort tippt, sieht er mich mit Unschuldsmiene an. Sie tippt immer noch, als er plötzlich aufsteht und übertrieben gähnt.

»Ich vertrete mir nur die Beine«, sagt er und verschwindet, bevor ich ihn aufhalten kann.

»Er ist sehr gut aussehend«, murmelt Mam, die immer noch auf ihr Handy konzentriert ist. »Du hast mir nie gesagt, dass er gut aussieht.«

Ich mache ein unbestimmtes Geräusch und warte, dass sie ihre Nachricht abschickt. »Dein Haar ist schön.«

»Die neue Friseurin im Salon meint, Grau würde mir stehen.«

»Sie hat recht.«

»Hmmm.« Das Telefon wandert in ihren Schoß, während sie sich zu mir umdreht und mit dem Daumen über meine Wange streicht. Was immer sie in meinem Gesicht sieht, stellt sie offenbar zufrieden, denn sie lässt mich los und richtet ihre Aufmerksamkeit wieder auf die Türen zur Entbindungsstation. »Ich bin froh, dass du heil angekommen bist. Wir waren alle in Panik, weil wir dachten, du würdest es nicht mehr schaffen.«

»Ich hätte nicht gedacht, dass das so eine große Sache für euch wäre.«

»Wenn du nicht nach Hause gekommen wärst?« Dass ich überrascht bin, scheint sie zu überraschen. »Wie kommst du denn darauf?«

»Es ist nur ...« Ich stocke ein wenig verlegen. »Ich weiß nicht. Wir sind nicht gerade die großen Weihnachtsmenschen.«

»Trotzdem will ich dich bei mir haben«, sagt sie. »Wir beide. Du hättest deinen Vater sehen sollen. Normalerweise verfolgt er jede Minute deinen Flug. Und dieses Jahr hatten wir wegen des Sturms große Angst, dass du es gar nicht mehr zurückschaffst. Er ist die ganze Nacht aufgeblieben, um zu sehen, ob sie zusätzliche Flüge bereitstellen.«

»Du hast kein Wort gesagt«, protestiere ich und denke an all die Anrufe von seiner Familie, die Andrew abwehren musste.

»Um dich noch mehr zu stressen?« Mam schüttelt den

Kopf. »Dass du dir auch noch Sorgen um uns machst, war das Letzte, was du brauchtest. Molly, du bist erwachsen. Eine Frau, die ihr eigenes Leben lebt. Ich will dir nicht einreden, dass du alles stehen und liegen lassen musst, um herzukommen. Es sei denn, du willst es.«

»Das will ich«, sage ich schnell. »Immer.«

Sie zögert, ihr Blick fällt auf meinen Pullover. »Falls du anfangen willst, das Haus zu schmücken«, beginnt sie, und ich lächle fast über die Zurückhaltung in ihrer Stimme.

»Will ich nicht. Ganz bestimmt nicht. Ich will nur mit euch zusammen sein.«

Das scheint sie etwas zu beruhigen, und sie beugt sich zu mir, als würde sie mir ein Geheimnis anvertrauen. »Hast du den leuchtenden Schneemann gesehen, den die Brennans auf dem Dach aufgestellt haben? Woher sie das Geld für den ganzen Strom nehmen, weiß ich nicht. Aber Gott bewahre, dass ich sie darauf anspreche.«

»Ich muss ein Foto für Andrew machen«, sage ich. »Er liebt diesen ganzen Kram.«

»Tut er das? Und das färbt auf dich ab, stimmt's?«

»Vielleicht ein bisschen.«

»Als Nächstes trägst du noch ein Rentiergeweih auf dem Kopf«, murmelt sie.

»Oder ich hänge mitten in der Nacht Strümpfe auf. Kannst du dir vorstellen, Dad würde in einem Jahr herunterkommen und das Haus sähe aus wie beim Weihnachtsmann?«

»Wahrscheinlich würde er es nicht mal bemerken«, erwidert sie trocken, und ich lache.

Dann wird ihre Miene weicher.

»Ich bin froh, dass du es nach Hause geschafft hast«, sagt sie. »Glaube nie, dass mir das nicht wichtig wäre.«

Sie zieht mich in ihre Arme und küsst mich auf die Wange.

»Wir werden beobachtet«, fügt sie hinzu, als wir uns voneinander lösen, und ich werfe einen Blick über die Schulter zu Andrew, der am Zeitschriftenregal steht und uns einen Moment Zeit lässt. »Sollte dieser Junge nicht irgendwo in einem Bus sitzen?«

»Ich glaube, er will hier sein, falls etwas passiert.«

»Verstehe. Nun, *das* kannst du mir alles berichten, wenn wir zu Hause sind.«

»Er wird dir gefallen«, sage ich wahrheitsgemäß, und ein warmes Lächeln fliegt über ihr Gesicht, als ihr Telefon klingelt.

»Deine Schwester will mich wieder bei sich haben«, erklärt sie und steht stöhnend auf. »Ich werde versuchen, ihr diesmal nicht in die Augen zu sehen.«

Als sie geht, kehrt Andrew mit einem neckischen Funkeln in den Augen zurück.

»Hah, hah«, singt er. »Deine Familie liebt dich.«

»Alle lieben mich«, brumme ich und versuche, mir meine Verlegenheit nicht anmerken zu lassen. Natürlich durchschaut er mich sofort, weiß aber zum Glück, dass er mich nicht drängen darf, und setzt sich nur zurück auf seinen Stuhl. Gemeinsam starren wir auf die Türen zur Entbindungsstation und warten, dass das nächste Wunder geschieht.

Kapitel 21

Neunzig Minuten später, in den frühen Morgenstunden des ersten Weihnachtsfeiertages, kommt mein Neffe zur Welt – drei Wochen zu früh.

»Er ist gerade herausgeflutscht.« Meine Mam überbringt uns die frohe Botschaft. Andrew ist es hoch anzurechnen, dass er nur ganz leicht das Gesicht verzieht. Denn natürlich ist er immer noch da. Er ist geblieben und hat nur verächtlich geschnaubt, als ich zweimal sagte, er solle sich ein Taxi nehmen. Er hat einfach meine Hand gehalten, weil er spürte, dass ich das brauchte. Und darüber war ich froh. Was egoistisch von mir war. Ich wollte nicht, dass er geht. Ich wollte ihn hier haben. Hier bei mir.

Da das Baby etwas zu früh gekommen ist, müssen erst ein paar Untersuchungen gemacht werden, und es dauert etwas, bis ich meinen Neffen sehen kann. In der Zwischenzeit laufe ich frustriert im Wartezimmer auf und ab.

»Warum müssen sie so viele Tests machen, wenn er gesund ist?«, frage ich zum millionsten Mal. Andrew sagt nichts, sondern tätschelt nur mein Knie, als ich mich wieder auf den Stuhl neben ihm fallen lasse.

»Lenk mich ab«, befehle ich.

»Sexy Ablenkung oder kartentrickmäßige Ablenkung? Wobei sich das nicht ausschließen muss.«

»Kannst du mir was Süßes besorgen?«

»Ich kann dir was mit dem stärksten verarbeiteten Zucker überhaupt besorgen. Es dürfte in einem Krankenhaus eigentlich gar nicht erlaubt sein.« Er drückt mein Bein und macht sich auf den langen, beschwerlichen Weg durchs Wartezimmer, während ich versuche, den Blick der Krankenschwester zu erhaschen – die in den letzten zwanzig Minuten jedoch gelernt hat, bloß nicht in meine Richtung zu sehen.

Währenddessen kommt eine andere Schwester mit einem Stapel Papiere durch die Tür. Sie ist hübsch, hat das lange, dunkle Haar zu einem dicken Zopf geflochten. Als sie an Andrew vorbeikommt, macht sie große Augen, was mich nicht wirklich überrascht, doch dann bleibt sie abrupt neben ihm stehen.

»Andrew?«

Andrew, der gerade seine Kreditkarte an den Automaten halten will, sieht auf und lächelt.

»Ava?«

Ava? Wer zum Teufel ist Ava?

Verblüfft beobachte ich, wie die Fremde ihn umarmt, und spüre einen heftigen Schub von Eifersucht.

Andrew zieht sie zur Seite, und sie unterhalten sich ein paar Minuten in gedämpftem Ton. Schließlich umarmt sie ihn noch mal und verschwindet mit einem fröhlichen Lächeln um die Ecke. Andrew sieht in meine Richtung, woraufhin ich den Blick sofort auf mein Handy richte – sehr unauffällig.

»Hast du eine Freundin gefunden?«, frage ich, als er

zurückkommt und mir einen Schokoriegel in den Schoß wirft.

»Ich war früher ihr Babysitter«, sagt er, und ich blicke überrascht auf. »Bin ich jetzt alt?«

»Die anderen werden einfach jünger«, erwidere ich erleichtert. »Arbeitet sie über Weihnachten?«

»Eigentlich … nein. Sie hat in ungefähr einer Stunde Feierabend, je nachdem wie schnell sie mit dem Bürokram fertig wird. Sie fährt heute Abend zurück zu ihrer Familie.«

Ich nicke, bis mir klar wird, was er mir damit sagen will. »Oh.«

»Ja. Sie nimmt mich mit. Zum Frühstück bin ich zu Hause.«

»Das ist ja … perfekt.« Ich packe den Schokoriegel aus, auch wenn mir gerade der Appetit vergangen ist. »Das sind ja tolle Neuigkeiten.«

»So spare ich wenigstens das Taxigeld. Aber falls du mich brauchst …«

»Halt die Klappe«, unterbreche ich ihn. »Sei still. Fahr nach Hause. Das war doch der Sinn des Ganzen. Du bist schon viel länger geblieben, als du solltest.«

»Es ist eine besondere Situation.«

»Zoe wird *mit Sicherheit* verstehen, dass du als Fremder nicht bleibst, um dich um sie zu kümmern.«

»Und wer kümmert sich um dich?«

Bei seinen Worten halte ich inne, schmelze innerlich ein bisschen dahin und beiße ein großes Stück von dem Schokoriegel ab, um es zu überspielen. In dem Moment wird mir klar, wie leicht ich ihn dazu bringen könnte, bei mir zu bleiben. Ich bräuchte ihn nur darum zu bitten, und er würde es tun. Dass ich mir dessen ganz sicher bin, hilft mir merkwürdigerweise, es nicht zu tun.

Einen Moment später kommt meine Mutter durch die Tür und sucht meinen Blick. Zeit, meine Schwester zu sehen.

»Geh«, sage ich sanft. »Bitte. Ich hab dich so satt.«

Er lacht und lehnt sich auf seinem Stuhl zurück. »Sie fährt noch nicht so bald«, sagt er. »Kommst du wieder her?«

Ich nicke, und als ich aufstehe, knacken meine Knie. Nach Weihnachten muss ich unbedingt ein paar Stunden Hot Yoga machen. »Schick mir eine Nachricht, wenn sich etwas ändert.«

»Mach ich.«

»Ich sollte jetzt gehen, um den jüngsten Kinsella kennenzulernen«, sage ich und überlege, ob ich mich zu ihm hinunterbeugen soll, um ihn zu küssen, wie es Paare tun. Ich kneife jedoch und mache stattdessen eine unglaublich peinliche Pistolengeste, woraufhin er lächelt und ich am liebsten im Boden versinken würde.

Bevor ich mich weiter blamieren kann, drehe ich mich um und folge den Hinweisschildern zur Entbindungsstation.

Dank Zoes Job kann sie sich den Luxus eines Einzelzimmers leisten. Es ist klein und kahl, bis auf die großen, blinkenden Geräte, aber Dad hat von zu Hause ein paar von Zoes Sachen mitgebracht, darunter eine Karte von den Nachbarn und ein Stofftier aus unserer Kindheit. Ich muss an Gabrielas Bären denken, der in dem Koffer wartet, der wahrscheinlich immer noch in Argentinien festhängt, und nehme mir vor, ihn ihr so bald wie möglich zu geben, damit das Baby sich früh an ihn gewöhnt.

Als Erstes gehe ich zu dem Baby. Mein noch namenloser Neffe liegt rosig und frisch in einem Plastikbettchen auf der anderen Seite des Raumes, und sobald ich ihn sehe, passiert das Vorhersehbare.

»Du weinst doch nicht etwa jetzt schon«, murrt Zoe vom Bett aus.

»Es ist neuerdings okay, zu weinen, Zoe. Alle coolen Kids tun das.« Ich beuge mich über das Bettchen und tippe mit dem Finger an seine Nasenspitze. »Du bist sehr klein«, sage ich zu ihm.

»Als ich ihn aus mir rausgepresst habe, fühlte er sich überhaupt nicht klein an.«

»Ich versuche hier, mit meinem Neffen einen privaten Moment zu teilen.«

»Na, dann tu das, während du mir meinen Saft reichst. *Aua.*«

Als ich mich umdrehe, lässt sie sich wieder aufs Bett zurückfallen, ein Kissen stützt ihren Oberkörper. »Du siehst beschissen aus«, stelle ich fest, lasse das Kind schlafen und konzentriere mich auf sie.

»Ich habe gerade ein Baby bekommen«, brummt sie. »Was ist deine Ausrede?«

»Tagelanges Reisen, um bei dir zu sein.«

»Ach, das hast du also für *mich* getan, ja?«

»Ich wusste, dass das Baby kommt. Sechster Sinn.«

»Danke, dass du mich vorgewarnt hast.«

Ich setze mich neben das Bett und reiche ihr den Plastikbecher vom Nachttisch. Sie sieht tatsächlich erschöpft aus,
was nur allzu verständlich ist. Und obwohl ich mich normalerweise ständig über sie lustig mache, habe ich das Gefühl, dass ich sie heute in Ruhe lassen sollte. Stattdessen
nehme ich ihre Hand und streichle sie behutsam, bis sie
die Augen verdreht und die Hand wegzieht.

»Das ist genug an Zuneigung, vielen Dank.«

»Gut gemacht, Zoe.«

Sie atmet hörbar aus, aber sie lächelt. »Danke.«

»Hat die Schwester gesagt, dass alles in Ordnung ist?«

»Ja. Es waren nur ein paar Untersuchungen nötig, weil
er ein Frühchen ist.«

»Er braucht Aufmerksamkeit, genau wie seine Mutter.
Damit können wir umgehen.«

Als ich ihr das Haar aus dem Gesicht streiche, sieht sie
mich an, und ihr Gesicht wird weicher. »Tut mir leid, dass
ich vorhin ausgeflippt bin«, murmelt sie.

»Ich finde, das darfst du. Außerdem hast du recht. An
Weihnachten Geburtstag zu haben, ist beschissen.«

»Ich weiß.« Sie stöhnt. »Es wird so verdammt teuer.
Und wenn er erwachsen ist, wird er sich dauernd darüber
beschweren, dass er an dem Tag keine Aufmerksamkeit bekommt.« Sie seufzt. »Er muss auch einen zweiten Geburtstag bekommen, findest du nicht?«

»Vielleicht haben Mam und Dad da was Gutes erfunden.«

»Hmmm.« Sie neigt den Kopf zur Seite und klopft
neben sich auf die Matratze. »Komm her.«

»Was?«

»Komm her!«, befiehlt sie und zieht die Decke zur Seite. »Ich brauche eine Umarmung. Diese ganzen Hormone.«

Ich verdrehe die Augen, aber im Bett ist mehr als genug Platz für uns beide, also tue ich, was sie verlangt, steige vorsichtig auf die Matratze, kuschele mich an sie und lege einen Arm um sie. So haben wir als Kinder geschlafen, bis Mam uns eigene Zimmer zugeteilt hat. Sie behauptete, das sei nötig. Wir würden zu sehr aneinander hängen und müssten lernen, unabhängig zu werden. Sie hatte nicht unrecht, denn damals waren Zoe und ich unzertrennlich. Die ersten Tage wusste ich nicht, was ich ohne sie tun sollte, doch für Zoe war es noch schwerer. Sie bekam Albträume, und schließlich erlaubte ihr Mam, sich zu mir zu legen, wenn sie aufwachte (ich glaube, sie tat das nur, damit Zoe nicht zu *ihr* kam), und meistens wachte ich morgens davon auf, dass sie mir ihren Ellbogen in den Bauch stieß.

Nach all dieser Zeit fühlt es sich immer noch ganz natürlich an, mich an sie zu kuscheln und meinen Kopf auf ihre Schulter zu legen. Ich glaube, das wird immer so bleiben.

»Hey«, flüstere ich und lege ihr das Geschenk auf den Schoß. »Frohe Weihnachten.«

»O nein.« Sie zieht eine Grimasse und stupst mit einem Finger dagegen. »Parfum?«

Ich nicke.

»Deins ist im Haus. – Igitt.« Sie lässt das Seidenpapier auf das Bett fallen und dreht die glitzernde rosa Flasche in den Händen. Sie wirkt hier noch grässlicher als am Flughafen. »Ich kann es schon riechen.«

»Nicht vorher dran schnüffeln«, sage ich, als sie es an ihre Nase hält. »Das ist geschummelt.«

»Okay, okay.«

Lächelnd beobachte ich, wie Zoe die Augen zusammenkneift, das Parfum ein paar Zentimeter vor ihre Brust hält und sprüht. Sofort beginnt sie zu husten.

»O mein *Gott*.«

»Gut, was?«

»Das kann nicht gesund für das Baby sein. Ich rieche wie ein Mädchenmagazin für Zwölfjährige. Von 2004.«

»Ein klassisches Bouquet.«

Wieder verzieht sie das Gesicht. »Versuch nicht, mich zum Lachen zu bringen, dabei tut meine Vagina weh.«

»Wie kann das …«

»Ich *weiß* es nicht«, stöhnt sie. »Es ist einfach so. Nerv mich nicht. Ich bin eine frischgebackene Mutter.« Sie kuschelt sich enger an mich, und ich rümpfe die Nase wegen des Parfums. »Andrew scheint nett zu sein«, sagt sie nach einer Minute.

»Eleganter Übergang.«

»Willst du mir erzählen, was da los ist?«

»Wie hast du …«

»Bitte«, spottet sie. »Das ist doch offensichtlich. Du bist total durchschaubar.«

»Wir haben uns geküsst.«

»Wirklich?« Sie summt, und ich weiß nicht, wie ich das deuten soll. »Was war es für ein Kuss?«

Ich gebe ihr einen kleinen Abriss der letzten Tage, einschließlich der kurzen, aber denkwürdigen Knutscherei in

London. »Wir wollen nach unserer Rückkehr versuchen, einander zu daten«, beende ich meinen Bericht.

»*Daten?*« Sie macht ein entsetztes Gesicht. »Ihr braucht nicht zu daten. Ihr wisst doch im Grunde alles übereinander.«

»Nicht so.«

»Doch, genau so«, sagt sie. »Kommt nur noch das Poppen dazu.«

»Zoe!«

»Nur ein *Witz*«, sagt sie, als ich Anstalten mache, aus dem Bett zu steigen. Sie zieht mich schnell wieder an sich, ihr Arm liegt mit eisernem Griff um meinen Bauch. »Ist er nach Hause gefahren?«

»Er fährt nachher. Er hat jemanden aus seinem Ort getroffen. Klar, wir sind schließlich in Irland. Und sie nimmt ihn mit.«

»Er könnte auch hier übernachten und morgen früh fahren.«

»Das geht nicht, er muss nach Hause. Dafür haben wir das alles doch nur gemacht.« Plötzlich unruhig, zupfe ich an der Bettdecke, und als mir das nicht genügt, an meinen Haaren.

»Du willst nicht, dass er fährt«, mutmaßt Zoe.

Ich zucke wenig überzeugend mit den Schultern. »Ich sehe ihn in ein paar Tagen wieder.«

Sie blickt mich nur an, ihr Gesicht ist blass und müde, aber als sie mich taxiert, ist der Ausdruck in ihren Augen so scharfsinnig wie immer. »Du könntest ihn begleiten.«

»Wie bitte?«

»Du könntest mit ihm nach Hause fahren«, sagt sie. »Zu Weihnachten.«

»Das ist doch albern.«

»Nein, ist es nicht. An Weihnachten sollte man Zeit mit den Menschen verbringen, die man liebt.«

»Es ist keine *Liebe* …«

»Dann eben als gute Freundin«, unterbricht sie mich. »Hier passiert nichts mehr. Sie behalten mich über Nacht hier.«

»Ich bin zu müde, um noch weiterzureisen«, sage ich. »Und ich werde bestimmt nicht ihr Weihnachtsfest aufmischen.«

»Die würden sich bestimmt freuen. Vor allem *er*. Was glaubst du, warum er sonst so lange hiergeblieben ist? Wenn ihm nicht so viel an dir liegen würde, wäre er schon vor Stunden gefahren. Er mag dich.«

»Und ich mag ihn! Das bestreitet ja niemand, aber ich lasse dich nicht allein. Nicht, wenn du genäht worden bist, wo niemand genäht werden sollte.«

»Aber hier verpasst du doch nichts!«, sagt sie lachend. »Ich bin fertig. Das ist mein Baby, und das ist mein Weihnachten. Dieses Bett. Diese Wände. Wir reden hier von ein paar Stunden.«

»Du interpretierst da zu viel hinein.«

»Wirst du ihn wenigstens fragen?«

»Nein!«

»Molly!«

Bei einem Geräusch aus Richtung Kinderbett – einem leisen Schluckauf –, erstarren wir und wenden uns beide dem Baby zu. Mein Neffe macht noch ein Geräusch und zappelt, als ob er diese seltsame, neue Welt erkunden wollte, dann ist er wieder still. Keine von uns rührt sich, stattdessen warten wir, ob er noch etwas anderes tut.

Doch das tut er nicht.

»Also, ich habe etwas Komisches über mich herausgefunden«, sagt Zoe, während wir ihn beobachten. »Ich glaube nicht, dass ich jemals jemanden so sehr geliebt habe oder jemals lieben werde wie ihn. Selbst wenn er sich als Arsch entpuppt. Was durchaus möglich ist, schließlich bin ich seine Mutter.«

»Ich hab ihn zum Fressen gern. Das ist doch verrückt, oder? Ich sehe seine kleinen Fäuste und möchte ihn einfach nur … aufessen.«

»Wie wäre es, wenn du ihn stattdessen auf den Arm nimmst?«

Ich verziehe das Gesicht. »Nein.«

»Warum nicht?«

»Du weißt doch, ich und Babys«, sage ich, obwohl es mir schwerfällt, den Blick von ihm zu lösen.

»Ja, aber das hier ist *mein* Baby. Ich erwarte, dass du ihm mehr Liebe und Aufmerksamkeit schenkst.«

»Na ja, ich hatte damit gerechnet, Patentante zu werden.«

»Würdest du bitte damit aufhören?«, schnauzt sie mich an. Dann schwingt die Tür auf, und eine Krankenschwester, die eigentlich zu jung aussieht, um Menschenleben zu retten, eilt ins Zimmer.

»Zwillinge!«, verkündet sie und blickt zwischen uns hin

und her. »Wer von Ihnen ist Zoe? Nur ein Scherz. Die im Nachthemd, stimmt's?«

»Sie sind ein Fuchs.« Zoe seufzt und richtet sich auf. »Darf ich jetzt nach Hause gehen?«

»Nein«, sagt die Krankenschwester fröhlich. »Wenn Sie das tun, sind Sie in einer Stunde wieder hier. Es ist Essenszeit.«

»Ich hab keinen Hunger.«

Ich verdrehe die Augen und steige aus dem Bett. »Für das Baby, du Dummie.«

»Oh.« Zoe wirft einen zweifelnden Blick auf ihre Brüste. »Schickst du Mam rein?«

Ich nicke, gehe um das Bett herum und küsse meinen Neffen auf die winzige Stirn. »Ich hab dich lieb«, flüstere ich und umarme dann meine Schwester zum Abschied.

Meine Mutter telefoniert draußen, macht aber Schluss, als ich herauskomme.

»Zoe möchte, dass du reinkommst«, sage ich und sie nickt, rührt sich aber nicht vom Fleck.

»Ist alles okay?«

»Ja. Ich dachte nur ... eigentlich hat Zoe ...«

Sie wartet.

»Ich habe mir überlegt, den heutigen Tag vielleicht mit Andrew zu verbringen. Mit seiner Familie. Zu Weihnachten. Den ersten Weihnachtstag. Und dann könnte ich ...«

»Das klingt nach einer wunderbaren Idee«, unterbricht sie mich.

»Wirklich?«

»Ja, hier passiert heute sowieso nichts«, sagt sie, genau wie Zoe eben. »Wir können dann morgen richtig feiern.«

»Ich muss ihn erst fragen«, murmle ich und ziehe die Ärmel über meine Hände. »Kann auch sein, dass er Nein sagt.«

Mam sieht mich nur an, dann streckt die lächelnde Krankenschwester den Kopf zur Tür heraus.

»Kann die Mutter der Mutter hereinkommen?«, fragt sie, während hinter ihr Zoes frustriertes Stöhnen zu hören ist.

»Ich kann das nicht!«, ruft sie. »Meine Brustwarzen sind kaputt!«

»Halt mich einfach auf dem Laufenden«, sagt Mam und streichelt mir kurz über die Wange, bevor sie der Krankenschwester ins Zimmer folgt. »Und benimm dich.«

»Warum sollte ich mich nicht …«

»Bitte und danke.«

»Ich bin nicht mehr *neun*.«

Doch nach den paar Stunden zu Hause fühle ich mich wieder so. Als die Tür zufällt und ich allein auf dem Flur zurückbleibe, unterdrücke ich ein Lächeln. Ich bleibe einen Moment stehen, dann gehe ich langsam zurück in den Wartebereich, vorbei an Zimmern mit schlafenden Müttern und erschöpften Partnern, vorbei an Krankenschwestern, Hebammen und Ärzten, die sich darauf vorbereiten, den ersten Weihnachtstag im Krankenhaus zu verbringen.

Andrew sitzt genauso da wie am Flughafen O'Hare, er kauert mit einer Zeitschrift auf seinem Stuhl. Nur scheint es diesmal eine Zeitschrift für stillende Mütter zu sein und nicht die *National Geographic*. Ich bleibe an der Ecke stehen, um ihn zu beobachten, und spüre tief in meinem Herzen, dass diese Gefühle so schnell nicht wieder verschwinden werden. Es hat nichts damit zu tun, über Brandon hinwegzukommen oder wegen einer verpatzten Reiseplanung Dummheiten zu begehen. Es geht tiefer, es ist real, und es lohnt sich, mich dafür etwas weiter vorzuwagen.

»Geht es Zoe gut?«, fragt er, als ich näher komme.

»Alles okay.« Ich nicke. »Beide sind wohlauf. Alles paletti.« O mein Gott, halt die Klappe. »Ist Ava noch da?«

»Sie müsste jeden Moment fertig sein. Aber ich sollte es vermutlich nicht beschreien.« Er steht auf und streckt sich. »Alles klar bei dir?«

»Ja. Müde.«

»Das glaube ich. Vielleicht kannst du …«

»Ich hab gedacht, ich könnte doch eigentlich mitkommen«, platzt es aus mir heraus.

Andrew scheint verwirrt, er streckt immer noch die Arme über den Kopf und dehnt sich. »Wie jetzt?«

»Über Weihnachten. Es war Zoes Idee, und ich dachte, es wäre eine gute Gelegenheit, deine Familie kennenzulernen.« Als er mich nur anstarrt, bin ich sofort verunsichert. »Natürlich nur, wenn das für dich in Ordnung ist. Und wenn nicht, ist es auch kein Problem, ich weiß ja, dass du dich darauf freust, alle zu sehen, und wir haben diese ganze Reise gemacht, um …« Nichts. Er sagt nichts. »Weißt du was? Tut mir leid. Das ist zu kurzfristig. Vergiss, was ich gesagt habe. Zoe ist einfach …«

»Ich würde mich freuen, wenn du mitkommst.« Er lässt die Arme an die Seiten fallen und reibt sich dann das Gesicht, als wollte er sich damit wach machen. »Das klingt super. Wenn es für dich okay ist, Zoe allein zu lassen?«

»Sie wird nicht vor morgen entlassen«, sage ich leicht verlegen. »Aber solltest du nicht erst mit deinen Eltern sprechen?«

»Ich sage ihnen Bescheid.« Er zuckt mit den Schultern.

»Dass an ihrem wichtigsten Tag des Jahres eine Fremde zu Besuch kommt?«

Er wirft mir einen irritierten Blick zu. »Du bist keine Fremde. Sie wissen, wer du bist.«

»Ach ja?«

»Natürlich«, sagt er, als wäre es das Selbstverständlichste auf der Welt. »Sie wissen schon seit Jahren von dir. Und der wichtigste Tag im Jahr ist Hannahs Geburtstag. Dafür sorgt sie schon.«

»Wenn du dir sicher bist …«

»Das bin ich«, sagt er entschieden und sieht jetzt viel wacher aus. »Sie werden sich freuen, dich kennenzulernen. Besonders Mam. Ehrlich, das wird ihr den Tag versüßen.«

»Na, dann … okay. Ich sage den anderen Bescheid.« Ich gehe langsam rückwärts, ohne ihn aus den Augen zu lassen. »Treffen wir uns wieder hier?«

Er nickt und sieht mir hinterher. Erst als ich die Doppeltür erreiche, zwinge ich mich, mich umzudrehen und so den Blick von ihm abzuwenden. Dabei lächle ich so breit, dass mir die Wangen wehtun.

Kapitel 22

VOR ZWEI JAHREN

FLUG NUMMER ACHT, CHICAGO

»Ich glaube, ich sterbe.«

Andrew beobachtet mitfühlend, wie ich in den Sitz zurücksinke und mir die winzige Mineralwasser-Dose an die Schläfe presse. »Du hättest etwas sagen sollen.«

»Ich weiß«, stöhne ich und drehe mich wieder um. In diesem blöden Sitz kann man einfach nicht bequem sitzen. Nächstes Jahr fliegen wir Businessclass. Ich zahle für uns beide, es ist mir egal. Obwohl mir das momentan vermutlich auch nicht helfen würde.

Meine Periode ist ein blödes Miststück. Die Ärztin meinte, es könnte am Stress liegen. Als sie mich fragte, ob ich einen stressigen Job habe, musste ich lachen. Ja, wer hätte das gedacht? Klar, die roten Fluten waren schon immer ätzend, aber damals waren sie wenigstens *beherrschbar*. Nichts, was mit ein paar Schmerztabletten und einer Nacht voller Selbstmitleid nicht auszuhalten gewesen wäre. Doch diesen Monat ist es, als hätte mein Körper beschlossen aufzugeben. Ich bin so schwach wie ein neugeborenes Kätzchen, und die Fahrt zum Flughafen hat mir den Rest gegeben.

»Schau mich nicht an«, beklage ich mich. »Ich sehe schrecklich aus.«

»Du hast schon schlimmer ausgesehen«, sagt er und lächelt, als ich ihn wütend anstarre.

Nach meiner Ankunft hatte ich mein Bestes gegeben. Beim Essen brachte ich sämtliche verfügbare Energie auf, hörte zu und nickte an den richtigen Stellen, als er mich über die Zeit nach Alison (scheiße) und seine Wohnung (auch scheiße) aufklärte. Aber als unser Gate aufgerufen wurde, setzten die Kopfschmerzen ein, und seit wir im Flugzeug sind, kann ich kaum noch die Augen offen halten.

Wieder ändere ich meine Position, ziehe die Beine hoch und versuche verzweifelt, es mir auf dem schmalen Sitz bequem zu machen, als ob die Schmerzen plötzlich aufhören würden, wenn ich meinen Körper nur richtig verrenke.

»Hier.«

»Was ... hey!«, rufe ich, als Andrew das winzige Flugzeugkissen von meinem Schoß stiehlt, es so gut wie möglich zurechtklopft und sich auf die Schulter legt. Als ich ihn nur anstarre, klopft er einladend darauf und zieht eine Augenbraue hoch.

»Nein«, sage ich tonlos.

»So sitzt du nicht bequem.« Als ich mich nicht rühre, nimmt er die Decke und sein eigenes Kissen und baut eine Art Mauer zwischen uns auf. »Ich war mal mit einem Mädchen zusammen, das sagte, es fühle sich während seiner Periode nur wohl, wenn es flach auf dem Boden liege und die Beine hoch an die Wand lehne. Wenn ich in die Wohnung kam, entdeckte ich sie oft in verschiedenen Zimmern, wo sie auf diese Weise an ihrem Laptop arbeitete. Ich habe das nicht hinterfragt und werde dich auch nicht fragen.« Er klopft auf das Kissen. »Leg dich hin.«

Gott, ist das peinlich. Aber es ist wohl Glück im Unglück, dass ich zu starke Schmerzen habe, um mich darum zu scheren. Ich klappe die Armlehne hoch und rücke näher zu ihm. In dieser Position kann ich meine Beine bequemer anziehen. Vorsichtig lege ich den Kopf auf das Kissen. Verdammt, es funktioniert.

»Okay, du darfst dich aber nicht bewegen«, murmele ich und spüre sein Lachen durch die behelfsmäßige Barriere, während ich meine Beine fester an den Körper ziehe. »Lass mich nicht einschlafen.«

»Mach ich nicht.«

»Ich meine es ernst, Andrew.« Mir fallen fast die Augen zu.

Ich lehne mich testweise etwas stärker an ihn, und als er nichts sagt, entspanne ich mich langsam.

»Tut mir leid, dass ich dir Weihnachten verderbe«, murmele ich, und er lacht erneut.

»Du verdirbst mir Weihnachten nicht.«

»Ich verderbe dir den Flug.«

»Der einzige Sinn dieses Flugs ist es, Zeit mit dir zu verbringen. Ich verbringe Zeit mit dir, also, hörst du mich jammern?«

Dazu kommt er auch gar nicht, denn mein Gejammer reicht für uns beide.

»Du bist krank«, erklärt er mit Nachdruck. »Ich möchte

mich um dich kümmern. Ich werde mich immer um dich kümmern.«

Das Letzte klingt fast so, als wäre er sauer, wenn ich etwas anderes von ihm denken würde, und ich kuschele mich in das Kissen und fühle mich etwas besser.

»Okay«, sage ich. »Ich werde vielleicht ein ganz kurzes Nickerchen machen.«

»Gut.«

»Aber du musst mich für die Snacks aufwecken.«

»Alles klar.«

Ich spüre, wie er sich über mich beugt, fast so, als würde er mir einen Kuss auf den Scheitel geben. Aber dafür ist die Berührung zu flüchtig, kaum mehr als ein Hauch, und ich denke mir nichts weiter dabei, während ich im Tiefschlaf versinke.

JETZT, DUBLIN

Es dauert noch eine Stunde, bis Ava zurückkehrt. Nach ihrer Doppelschicht sieht sie immer noch heldenhaft wach aus. Bei ihrem Anblick wird mir wieder einmal klar, dass man Krankenschwestern gar nicht genug zahlen kann.

Sie hat sich eine Jogginghose und ein schwarzes Sweatshirt angezogen und quittiert meine Gesellschaft mit einem fröhlichen Lächeln.

Als wir aus dem Krankenhaus kommen, ist die Stadt deutlich ruhiger, der Himmel dunkel und wolkenlos. Ava führt uns die Straße hinunter zu einem kleinen blauen

Auto, in das wir mit Tetris-ähnlichem Geschick irgendwie Andrews Koffer hineinmanövrieren. Natürlich müssen wir dafür Avas Taschen herausnehmen und auf den Rücksitz packen, aber da wir nur zu dritt sind, ist genügend Platz vorhanden.

Andrew dreht nicht nur das Radio auf volle Lautstärke, sondern bemüht sich auch, während der gesamten Fahrt mit Ava zu plaudern, um sie wach zu halten. Dankbar erzählt sie ihm die neuesten Nachrichten aus dem Dorf und Geschichten von zu Hause. Wahllos steigen irgendwelche Namen und Erinnerungen aus meinem Gedächtnis auf, und trotz des Lärms fallen mir bei dem sanften Schaukeln des Autos, das über die leeren Straßen gleitet, bald die Augen zu.

Schließlich schlafe ich ein, wobei ich nicht weiß, wie das möglich ist. Es ist unbequem auf dem Rücksitz, und seit wir die Autobahn verlassen haben, werden die Straßen immer holpriger. Aber ich bin völlig erschöpft, und so wache ich erst auf, als ein Geist mit dem Finger über meine Wange streicht.

Natürlich ist es kein Geist, sondern Andrew, und als ich mich bewege, weicht er zurück und lächelt sanft im schwachen Schein des Armaturenbretts. Er hat sich in seinem Sitz zu mir umgedreht und betrachtet mich.

»Alles in Ordnung?«, fragt er.

Ich nicke und bereue es sofort, weil mein Nacken heftig protestiert. »Wie lange habe ich geschlafen?«

»Etwa eine Stunde«, sagt Ava. »Wir sind fast da.«

Sind wir? Ich setze mich auf und muss unwillkürlich

lächeln, als ich die Felder vorbeiziehen sehe und mich wieder in meine Ecke kuschele.

»Hey«, sagt Andrew. »Schlaf nicht wieder ein.«

»Du bist nicht mein Chef.«

»Ich meine es ernst, Molly. Zwing mich nicht, dich zu wecken.«

Ich ignoriere ihn und versuche, es mir bequem zu machen. Ich habe eigentlich nicht vor, wieder einzuschlafen, aber meine Augenlider fühlen sich immer schwerer an und …

»Au!« Ich reiße die Augen auf, als Andrew meinem Bein einen kräftigen Stups gibt.

»Ich habe dich gewarnt«, sagt er und dreht sich wieder um. »Von hier aus können wir zu Fuß gehen«, verkündet er und deutet auf den Straßenrand.

Ava wirft ihm einen verwirrten Blick zu. »Ernsthaft?«

»Ernsthaft. Wir wohnen gleich hinter dem Hügel. Höchstens fünf Minuten.«

»Und was ist mit deinem Koffer?«

»Das schaffen wir schon.« Seine Stimme wird etwas lauter, als er zu mir nach hinten ruft: »Wir können doch laufen, oder, Moll?«

Ich verziehe das Gesicht, denn ich würde viel lieber hier im warmen Auto bleiben, bis es mich an dem vermutlich warmen Haus absetzt, aber Andrew hat offenbar andere Vorstellungen.

»Sie kann gehen«, sagt er.

Nach einer Minute hält Ava neben einem Feld und entriegelt die Türen. Sie ist zu müde, um weiter zu protestieren, wirkt aber etwas unsicher, als sie Andrew und dann mich zum Abschied umarmt, uns »Frohe Weihnachten« wünscht und leise hupend davonfährt.

Ich warte, bis sie um die Ecke verschwunden ist, bevor ich mich mit einem Stirnrunzeln an Andrew wende. »Soll das eine Strafe sein?«

»Was meinst du?«

»Ich friere mir den Arsch ab.«

»Soll ich ihn aufwärmen?«

Ich würdige ihn nicht einmal einer Antwort und gehe vor ihm her, zum Glück anscheinend in die richtige Richtung, denn er joggt ein paar Schritte, um mich einzuholen.

Die kalte Luft macht mich wenigstens wach, doch ich spüre immer noch den dumpfen Schmerz hinter den Augen, der sich nicht einfach mit einer Tasse Kaffee vertreiben lässt. Bei der Vorstellung, für Andrews Familie ein strahlendes Lächeln aufsetzen und etwas verlegen meine Anwesenheit erklären zu müssen, stöhne ich auf. Ich balle meine behandschuhten Hände und löse sie wieder, und wie ich so mit großen Schritten in der einsetzenden Morgendämmerung den Hügel hinaufstapfe, befallen mich plötzlich Zweifel.

Was für eine blödsinnige Idee. Ich platze in ihr *Weihnachtsfest*. Ganz gleich, wie nett sie sind. Ganz gleich, wie sehr Andrew mich im Augenblick mag. Niemand mag die fremde Frau, die am Weihnachtsmorgen reinschneit. Was für ein toller erster Eindruck, Molly. Wirklich toll gemacht …

»Du gehst, als würdest du einen Stadtbummel machen«,

ruft Andrew mir zu. »Du bist aber auf dem Land, da geht man anders. Vor allem, wenn es bergauf geht.«

Kurz vor der Kuppe bleibe ich stehen. »Tut mir leid.«

»Nein, bitte«, sagt er, leicht außer Atem. »Ich bin beeindruckt.«

»Brauchst du Hilfe mit deinem Koffer?«

»Willst du mir wirklich helfen?«

»Nein«, sage ich und mustere das Ding. »Ich habe kein Mitleid mit dir. Du wolltest schließlich laufen.«

»Stimmt. Ich hatte gehofft, es wäre romantisch.«

Ich blinzle ihn an. »Okay, wir müssen uns mal ernsthaft darüber unterhalten, was romantisch ist und was nicht, denn wenn du denkst …«

»Sieh einfach über den Hügel, Dummerchen.« Und dann murmelt er vor sich hin: »Bevor ich dich runterstoße.«

Ich mache mein »Sehr witzig«-Gesicht und nehme das letzte Stück in Angriff. Oben angekommen, warte ich auf ihn. »Wie schön«, verkünde ich und blicke in das kleine Tal hinunter. »Ich bin so froh, dass du uns …«

Oh.

Ich verstumme, Andrew tritt neben mich, und gemeinsam sehen wir zu, wie die Welt um uns herum langsam heller wird, als würde sie vor unseren Augen zum Leben erwachen.

»Deshalb gehen wir zu Fuß«, sagt er. Ich muss ihm zugutehalten, dass er dabei nur eine Spur selbstgefällig klingt.

Die ersten schwachen Sonnenstrahlen lassen den Frost auf den sanften Hügeln glitzern. Auf den Bergen wird heute Morgen Schnee liegen, aber hier unten ist das Gras noch so grün, dass man meinen könnte, es wäre Sommer. Es ist kein Mensch zu sehen, kein anderes Auto auf der Straße, keine einsame Person, die ihren Hund ausführt. Nur Andrew. Und ich. Nur dieser Moment, friedlich und perfekt und strahlend.

»In einem Jahr hatten wir mal Schnee«, sagt Andrew und deutet auf die Felder. »Wir sind den ganzen Tag den Hügel hinuntergerodelt.«

»Ich bin neidisch. In Dublin schmilzt der Schnee einfach. Und in Chicago ist er …«

»Normal.«

»Ja.« In Irland ist Schnee eine Seltenheit und in der Regel ein Anlass zum Feiern – und für ein großes Verkehrschaos. »Ich habe das Gefühl, du hast das geplant«, füge ich hinzu.

»Nein. Ich hatte nur Glück mit dem Wetter. Es hätte nicht die gleiche Wirkung, wenn es regnen würde.«

Ich brumme zustimmend. »Ist das jetzt die Stelle, an der du mir erzählst, dass du in einer Hobbithöhle wohnst?«

»Ich wohne dort drüben.«

»Wo?«

Er umfasst sanft mein Kinn und richtet meinen Blick auf ein weitläufiges weißes Gutshaus zu unserer Rechten.

»Du lebst auf einem Bauernhof«, sage ich und kann meine Überraschung nicht verbergen.

»Ja, genau.«

»Mit Tieren?«

Er sieht aus, als könnte er sich ein Lachen kaum verkneifen. »Wir haben Kühe.«

»Wie viele Kühe?«

»Fünfzig.«

Ich mache große Augen. »So viele!«

Diesmal lacht er mich zwar aus, aber ich bin zu fasziniert, um mich darum zu scheren.

»Und du wolltest den heutigen Tag in Chicago verbringen«, sage ich. »Ganz ohne Kühe.«

»Ich wollte ihn mit *dir* verbringen«, korrigiert er mich leise. »Und das tue ich immer noch.«

Ich presse die Lippen aufeinander und versuche, mir nicht anmerken zu lassen, wie warm mir ums Herz wird, aber natürlich merkt er es doch und lächelt mich vielsagend an.

»In Ordnung«, sagt er. »Gehen wir rein. Bevor du vor Verlegenheit die Flucht ergreifst.«

»Ich laufe nicht weg. Dafür ist es mir zu kalt.«

Er deutet mit dem Kopf den Hügel hinunter. »Wir sollten auf dem Gras bleiben«, sagt er. »Die Straßen werden vereist sein.«

Vorsichtig machen wir uns auf den Weg nach unten, wobei sich Andrews Tempo mit jedem Schritt beschleunigt.

»Ist so früh überhaupt schon jemand auf?«, frage ich und flüstere fast, während er den Koffer die Auffahrt hinaufrollt. Draußen stehen drei Autos und ein Traktor, aber das Haus selbst sieht aus, als würde es noch schlafen.

»Dad kümmert sich bestimmt schon um die Tiere«, sagt er. »Er wird den ganzen Tag draußen sein, und Mam ist wahrscheinlich noch im Bett, obwohl Weihnachten ihr absolutes Steckenpferd ist, also könnte sie …« Andrew verstummt und bleibt abrupt stehen. »O Gott.«

»Was ist?«, frage ich beunruhigt. »Was ist los?«

»Bist du allergisch gegen …«

Aber was auch immer er fragen wollte, geht unter, als die Tür aufgeht und aufgeregtes Bellen ertönt. Zwei Hunde springen auf uns zu, und ich habe kaum Zeit, mich zu wappnen, während sie auf Andrew zustürmen und ihn fast umwerfen, bevor sie zu mir kommen.

»He, he, he!«

Andrew stürzt sich auf den Braunen und packt ihn am Nacken, aber der Größere springt hoch, legt die Pfoten auf meine Schultern und versucht, mein Gesicht abzulecken.

»Uisce! Polly!«, zischt jemand im Flüsterton aus Richtung des Hauses, und ich spähe an der sabbernden Zunge vorbei und sehe einen Schatten auf die Veranda treten. Aus dem Schatten wird eine Frau, die mit ausgestreckten Armen zu uns eilt, um die Hunde zu packen.

»Rein mit euch«, schimpft sie und zerrt den Hund von mir herunter. »Sofort!« Andrew lässt auf das Kommando hin seinen Hund los, und zu meiner Überraschung gehorchen sie aufs Wort und rennen zurück zum Haus.

»Meine Mutter«, stellt Andrew vor und vergewissert sich, dass es mir gut geht, bevor er sich ihr zuwendet. »Ich wollte gerade fragen, ob du …«

Er verstummt, als sie ihn fest umarmt, die Arme um seine Schultern schlingt und den Kopf an seiner Brust vergräbt. Andrew erwidert die Umarmung und drückt sie fest an sich, und während ich ihr Wiedersehen beobachte, komme ich mir sofort wie ein Eindringling vor. Ich trete einen Schritt zurück, um den beiden einen Moment für sich zu geben. Daraufhin sieht seine Mutter jedoch zu mir, rückt von Andrew ab und wischt sich mit einer Hand über die Wange.

»Ein starkes Stück«, sagt sie. »Uns so zu erschrecken, für nichts und wieder nichts.« Mit einem prüfenden Blick, der mich an meine eigenen Eltern erinnert, mustert sie ihn, als wollte sie sich vergewissern, dass er wohlauf ist, bevor sie sich mir zuwendet. »Erzählt mir, er käme Weihnachten nicht nach Hause.«

»Fast wäre ich nicht gekommen«, erinnert Andrew sie, dann nimmt er meine Hand und zieht mich an seine Seite. »Das ist Molly. Molly, das ist meine Mutter.«

»Nenn mich Colleen«, korrigiert sie ihn, und dann bekomme ich meine eigene Umarmung. »Danke, dass du ihn uns gebracht hast«, flüstert sie mir ins Ohr, und ich kann ihr nur die Schulter tätscheln, denn ganz ehrlich, was könnte ich darauf erwidern, das mir nicht gleich die Tränen in die Augen triebe?

Sie drückt mich noch einmal, dann löst sie sich von mir, und zum ersten Mal sehe ich sie richtig an. Sie ist etwas größer als ich, hat dichtes, grau meliertes Haar, das zu einem Dutt zurückgesteckt ist, und ihr Gesicht ist von vielen Tagen im Freien wettergegerbt. Sie ist noch im Pyjama, hat nur einen kurzen Mantel übergezogen und die Beine in verdreckte und robuste Gummistiefel gesteckt.

»Wir wollten uns reinschleichen«, sagt Andrew entschuldigend. »Ich dachte, du bist noch im Bett.«

»Am Weihnachtsmorgen?«, fragt sie spöttisch. »Ihr wollt doch bestimmt euer Frühstück haben. Ich brate euch später Spiegeleier, aber ich kann euch auch jetzt schon etwas anbieten.«

Andrew und ich tauschen einen Blick, und ich bin erleichtert, dass er ebenso erschöpft wirkt, wie ich mich fühle.

»Wir müssen eine Runde schlafen«, sagt er. »Sonst halten wir nicht bis zum Mittagessen durch.«

»Natürlich! Die anderen stehen sowieso erst in ein paar Stunden auf. Ich habe Liams altes Zimmer für euch hergerichtet. Der Heizkörper hat seinen eigenen Willen, und wir sind etwas knapp mit dem Platz, aber was Besseres kann ich euch nicht bieten. Also, wenn es euch nicht gefällt, müssten wir …«

»Es ist bestimmt prima, Mam«, unterbricht Andrew seine Mutter und schiebt mich hinter ihr her auf das Haus zu.

Ich habe nicht einmal die Energie, mich umzusehen, als wir drinnen sind, und verabschiede mich von Colleen, um Andrew die Treppe hinauf zu folgen.

Liams altes Zimmer liegt in der Mitte eines langen Flurs und ist klein und schlicht mit einer verblichenen blauen Tapete und einem abgenutzten beigen Teppich. Den Großteil des Raums nimmt ein französisches Bett ein, außerdem stehen dort eine alte Holzkommode und ein Karton mit aussortierten Büchern.

»Wo ist dein Zimmer?«, frage ich.

»Ich habe mir eins mit Christian geteilt«, sagt Andrew, während er den Koffer an die Wand stellt.

»Wohnt Liam nicht auch hier?«

»Er wohnt einen Ort weiter und kommt mit den Kindern zum Abendessen, bleibt aber nicht über Nacht.« Skeptisch legt er eine Hand auf den Heizkörper. »Ich hole eine Wärmflasche. Mam hat nicht gelogen, es dauert ewig, bis die Dinger warm werden.«

Ich nicke, und als er mich allein lässt, schalte ich meinen Kopf ab. Ich ziehe den Mantel aus, doch da es kalt ist, behalte ich bis auf die Schuhe alles andere an. Sogar den Schal. Ich setze mich ans Fußende und streiche mit einer Hand über die Bettdecke. Ich hatte nicht darüber nachgedacht, was Colleen meinte, als sie sagte, dass es wenig Platz gebe. Natürlich können sie so kurzfristig nicht einfach ein zusätzliches Bett herbeizaubern, aber mir war einfach nicht in den Sinn gekommen, dass wir eines teilen würden.

Bevor ich mir zu viele Gedanken darüber machen kann, geht die Tür auf und Andrew schlüpft wieder herein, eine Wärmflasche an die Brust gepresst. Zögernd bleibt er an der Wand stehen, zweifellos sieht er die widerstreitenden Gedanken auf meinem Gesicht. Ich bin weiß Gott zu müde, um sie zu verbergen.

»Hier«, sagt er und reicht mir die Wärmflasche. »Ich schmeiße Christian aus dem Bett.«

»Sei nicht albern. Das passt schon.«

Sein Blick springt zwischen mir und der Matratze hin und her. »Bist du sicher?«

»Ob ich sicher bin, dass ich nicht diejenige sein will, die deinem Bruder den Weihnachtsmorgen verdirbt? Ja.«

»Unten steht eine Couch, ich kann …«

»Andrew«, unterbreche ich ihn. »Bitte nimm das wörtlich, ich möchte, dass du mit mir schläfst.«

Er lacht und wirkt erleichtert. »Okay«, sagt er und macht Anstalten, den Pullover auszuziehen, überlegt es sich dann jedoch anders. Wohl kaum, weil er denkt, dass ich ein Problem damit hätte, ihn im T-Shirt zu sehen, sondern weil es hier einfach zu kalt ist.

»Ich behalte deinen Schal an«, sage ich und drehe mich zum Bett, um die Decken zurückzuschlagen. Ich höre, wie er sich die Schuhe auszieht, dann schließt er die Vorhänge und legt sich neben mich.

Wie nicht anders zu erwarten, ist es sofort etwas peinlich. Da helfen auch die drei Schichten Kleidung nicht, die wir beide tragen. Ebenso wenig wie die Tatsache, dass wir beide frieren und nur die Wärmflasche uns warm hält. Ich will ihn gerade fragen, ob er die Wärmflasche lassen will, wo sie ist, oder sie an unsere Füße schieben will, als er genervt schnauft, sich auf die Seite dreht und mich an sich zieht.

»Ist das okay?«, fragt er und kuschelt sich von hinten an mich. Ich nicke und versuche zu ignorieren, wie unglaublich angenehm sich das anfühlt und wie sehr ich seine Wärme, seinen Geruch und alles an ihm mag.

»Sollen wir einen Wecker stellen?«, flüstere ich.

»Meine Familie ist der Wecker.«

»Aber was ist, wenn …«

»Ich werde dich wecken, Moll. Versprochen. Versuch, dich etwas auszuruhen.«

Das muss er mir nicht zweimal sagen, und als sein Kopf neben mir ins Kissen sinkt und seine Körperwärme langsam auf mich übergeht, gleite ich schnell und selig in einen tiefen, traumlosen Schlaf.

Kapitel 23

Ich mag in Andrews Armen eingeschlafen sein, aber als ich aufwache, liegt mein Arm auf seiner breiten Brust, und ich habe einen Oberschenkel über seine Hüfte und den Unterschenkel zwischen seine Beine geschoben. Ich dränge mich an ihn, als wollte ich unbewusst versuchen, über ihn zu klettern. Oder auf ihn drauf.

Ich rühre mich nicht. Zum einen, weil ich nicht will, aber vor allem, weil ich immer noch schrecklich müde bin. Es dauert ein paar Minuten, bis ich so weit zu mir komme, dass ich meine Glieder bewegen kann, und auch dann fühlen sie sich so schwer an, dass ich nicht viel mehr als ein halbherziges Zucken zustande bringe.

Schließlich nehme ich noch andere Geräusche als Andrews Atmen wahr. Gedämpfte Stimmen, eine Schranktür, die zuschlägt. Wahrscheinlich kommen sie von unten, aber der Gedanke, dass jemand eintreten und mich so sehen könnte – eine Fremde, die auf ihrem Sohn oder Bruder hängt –, genügt, um mich zum Aufstehen zu bewegen.

Ich bin so vorsichtig wie möglich und versuche, ihn nicht zu wecken, aber sobald ich den Kopf hebe, bewegt sich Andrew und dreht uns um, sodass er auf mir liegt und mich sanft in die Matratze drückt. Zuerst denke ich, dass er noch schläft und ich somit in der Falle sitze, doch dann kitzelt sein Atem mein Ohr, und ich spüre sein Lächeln auf meiner Haut.

»Wohin willst du?«, fragt er mit leiser, rauer Stimme, die mir eine Gänsehaut über die Arme treibt, und ich stelle fest, dass ich mich gut an Andrew am Morgen gewöhnen könnte. Aber dafür ist später noch genug Zeit.

»Pinkeln«, murmele ich.

Er lacht und löst sich von mir, bevor er sich auf die Seite legt und die Decke bis zum Kinn hochzieht.

»Zwei Türen weiter. Steck eine Socke auf den Türknauf, sonst kommt jemand rein.«

»Was?«, frage ich leicht irritiert.

»Weihnachten bei den Fitzpatricks«, sagt er, als würde das alles erklären. Was es irgendwie tut und auch wieder nicht. Ich warte, dass er noch mehr sagt, aber er sieht so aus, als würde er bereits wieder einschlafen, und da meine Blase zu platzen droht, wenn ich mich nicht sofort bewege, schlüpfe ich aus dem Bett.

Als ich die eiskalte Luft an meinen Füßen spüre, zucke ich zusammen. Ich muss irgendwann im Laufe der Nacht meine Socken abgestreift haben. Oder am Morgen. Oder welchen Teil auch immer wir gerade bewusstlos verbracht haben.

Ich gehe zum Vorhang, um nachzusehen, und als ich ihn zurückziehe, ist es draußen taghell. Andrew stöhnt, als die Sonne auf das Bett fällt, aber wir müssen aufstehen, also lasse ich die Vorhänge offen und verschwinde aus dem Zimmer, bevor er sich weiter beschweren kann.

Im Flur ist es wärmer, und es … duftet köstlich. Von

unten zieht der Geruch von Knoblauch und Zwiebeln herauf, und mein Magen knurrt laut, obwohl meine innere Uhr mittlerweile endgültig durcheinander ist. Gott weiß, wie ich jemals wieder in einen Rhythmus zurückfinden soll.

Auf dem Weg zum Bad zähle ich die Türen. An der Klinke hängt eine Socke, genau wie Andrew gesagt hat, obwohl ich niemanden auf der anderen Seite hören kann. Eigentlich möchte ich nicht noch mehr Familienmitgliedern begegnen, während ich vor der Toilette warte, aber ich muss dringend pinkeln. Ich ringe gerade mit mir, ob ich ein anderes Bad suchen soll, und presse die Schenkel aneinander, als die Tür auffliegt und eine junge Frau in einem zusammengewürfelten Pyjama erscheint.

Als sie mich sieht, kreischt sie und lässt die Zahnbürste fallen, die aus ihrem Mund gehangen hat.

»Hannah!« Colleen kommt mit einem Arm voller gefalteter Handtücher herauf. »Habe ich nicht gesagt, dass du sie nicht wecken sollst? Und warum ziehst du dich nicht an?«

»Ich putze mir die Zähne!«, sagt Hannah beleidigt. Sie ist groß, hat grüne, weit auseinanderstehende Augen und eine Stupsnase mit einem kleinen Piercing an der Seite. Ihr langes braunes Haar ist an den Spitzen leuchtend rot gefärbt, und die Hälfte ist noch auf altmodische Lockenwickler gedreht. Sie sieht Andrew kein bisschen ähnlich, bis auf das Funkeln in ihren Augen, als sie sich wieder zu mir umdreht. »Ich bin Hannah.«

»Molly«, sage ich.

Sie grinst. »Ich weiß.«

Sie bückt sich, um ihre Zahnbürste vom Boden aufzuheben, und Colleen kommt zu uns. »Ich muss noch meine Kontaktlinsen einsetzen«, sagt Hannah entschuldigend und hält eine kleine Dose hoch. »Zwei Sekunden.«

Sie lässt die Tür offen, als sie zurück zum Waschbecken geht, und ich versuche, nicht auf ihr Spiegelbild zu starren.

Hannah.

Als ich Andrew kennenlernte, war sie erst sechs, und das ist sie in meiner Vorstellung irgendwie immer geblieben, wenn er im Laufe der Jahre von ihr gesprochen hat. Es ist seltsam, sie jetzt zu sehen und zu erkennen, wie viel Zeit vergangen ist. Jedes Jahr zu Weihnachten erzählte er mir, wie es ihr gerade ging, und jetzt stehe ich vor ihr.

Ich bin kurz davor, mir in die Hose zu machen.

Colleen räuspert sich und zieht meine Aufmerksamkeit wieder auf sich. »Ich habe das heiße Wasser aufgedreht, falls du duschen willst. Ich lege die Handtücher hinter die Tür.«

»Heißes Wasser nach zehn Uhr morgens?«, stichelt Hannah. »Haben wir in der Lotterie gewonnen?«

»Es ist Weihnachten, und sie ist unser Gast.«

»Sie ist *Andrews* Gast.« Hannah grinst.

Jetzt muss ich aber wirklich … »Darf ich mal auf die Toilette?«

Als sie meiner Stimme anmerkt, wie sehr ich unter Druck stehe, verzieht Hannah das Gesicht. »Sorry! Klar.« Sie huscht an mir vorbei und blinzelt, damit ihre Kontaktlinsen an die richtige Stelle rutschen.

»Lass dir Zeit, Molly«, sagt Colleen, als wir die Plätze tauschen. »Hannah, zieh dich an. Du schälst Kartoffeln.«

»Christian ist mit dem Kartoffelschälen dran.«

»Der kann das nicht«, widerspricht Colleen.

»Der tut nur so, damit er es nicht machen muss!« Hannahs Proteste verhallen in der Ferne.

Ich schließe die Tür, kaum dass ich das Bad betreten habe, und stürze sofort zur Toilette. Solange ich auf der Toilette sitze, versucht niemand hereinzukommen. Auf dem Rückweg zum Schlafzimmer höre ich Weihnachtsmusik hinter einer der geschlossenen Türen und Hannah mit überraschend guter Stimme mitsingen.

Als ich zurückkomme, liegt Andrew auf dem Rücken, einen Arm über das Gesicht gelegt, um sich vor dem Tageslicht zu schützen.

»War das die liebliche Stimme meiner Schwester, die ich gehört habe?«, fragt er.

Ich schließe die Tür. »Ich habe sie erschreckt.«

»Du bist wirklich sehr unheimlich.« Er lässt den Arm sinken, um mich anzusehen, und mein Herz setzt kurz aus. »So gut habe ich seit Wochen nicht geschlafen«, sagt er. »Und das will was heißen, wenn man bedenkt, dass es nur zwei Stunden waren.«

»Du warst müde.«

»Vielleicht.« Er beobachtet mich vom Bett aus, sein Blick ist warm und einladend. Trotzdem bewege ich mich nicht.

»Kommst du wieder rein?«, fragt er, als er mein Zögern bemerkt.

Ich verschränke die Hände vor mir. »Ich glaube, alle anderen sind schon auf, also ...«

»Ah.« Er seufzt und schlägt die Decke zurück.

»Deine Mutter hat Wasser zum Duschen heißgemacht«, sage ich.

»Geh du zuerst. Ich passe auf die Tür auf.«

»Das musst du nicht …«

Er lacht auf. »Doch. Glaub mir. Die Socke funktioniert nicht immer.« Er steht auf und wirft mir einen alten Bademantel zu, den ich zuvor nicht gesehen hatte. Dankbar ziehe ich ihn über, während ich mich nach meiner Tasche umschaue. Und da fällt es mir schlagartig ein.

»Was ist?«, fragt Andrew, als ich ihm nicht zur Tür folge.

»Ich habe nichts mit.« Ich habe *gar nichts* dabei.

Einen Moment lang ist er verwirrt, dann begreift er, was ich meine. In dem ganzen Chaos gestern Abend, nach der Heimreise, *allem*, hatte ich völlig vergessen, dass mein Koffer nicht dabei war und ich auch nichts ins Krankenhaus mitgenommen hatte. Nur die Kleider, die ich am Leib trug, und das Telefon in meiner Tasche.

Er verzieht das Gesicht und fährt sich mit der Hand durch die Haare. »Mach dir keine Sorgen«, sagt er. »Wir haben genug saubere Kleidung. Hannah wird dir etwas geben. Und Mam hat eine Menge … Lippenstift.«

Ich versuche, nicht zu lächeln. »Lippenstift?«

»Haarspray?«

»Du solltest dir eine Freundin suchen«, sage ich, ohne nachzudenken, und bereue es sofort, als ich seinen Blick sehe. »Vorerst würde mir ein Shampoo genügen«, füge ich hinzu und ducke mich an ihm vorbei in den Flur.

Ich folge ihm zurück ins Bad, wo er mir zeigt, wie die

Dusche funktioniert, kurz scherzt, dass er ja bleiben könne, während ich mich ausziehe, und schließlich wie versprochen im Flur Wache hält.

Aber auch wenn er vor der Tür steht, dusche ich so schnell wie möglich, benutze sparsam Shampoo und Duschgel aus dem Supermarkt und trockne mein Haar mit dem Handtuch ab. Als ich halbwegs anständig aussehe, ziehe ich den Bademantel wieder an und klemme mir meine alten Kleider unter den Arm.

Draußen bewacht Andrew immer noch die Tür, doch er ist nicht mehr allein. Neben ihm steht ein fast schon unanständig attraktiver Mann mit einem Becher Tee in der Hand.

Christian. Der jüngste Bruder.

Er ist etwas größer als Andrew, hat einen teuren Haarschnitt und einen helleren Teint, den er wohl von seiner Mutter geerbt hat. Er sieht auf klassische Weise gut aus – dunkle Augen, eine lange Nase, markante Wangenknochen. Während Andrew immer eher etwas zerzaust aussieht, erst recht heute Morgen, wirkt Christian wie ein Darsteller in einer Seifenoper. Oder als würde er Werbung für Herrenrasierer machen.

Bei meinem Erscheinen grinst er, nicht gerade gemein, aber auch nicht gerade freundlich, und es fehlt ihm die Wärme, die in Andrews Lächeln liegt.

»Freut mich, dich endlich kennenzulernen«, sagt er und hebt den Becher, als wollte er einen Toast aussprechen.

»Mein Bruder«, sagt Andrew überflüssigerweise. »Christian.«

»Hi.« Ich ziehe den Gürtel um meine Taille enger und halte inne, als beide ihre Blicke auf meine Hände richten. Christians Blick springt sofort wieder nach oben.

Andrew braucht einen Moment länger.

»Andrew hat mir gerade von deinem Neffen erzählt«, sagt Christian. »Glückwunsch. Klingt, als hättet ihr zwei eine ganz schön harte Woche hinter euch.«

»Kann man so sagen«, schnaubt Andrew. »Hannah bringt dir was zum Anziehen«, fügt er an mich gewandt hinzu.

»Ich kann einfach meine Sachen von gestern anziehen. Sie muss nicht …«

»Sie möchte aber«, unterbricht er mich. »Und du musst ihr den Gefallen tun, denn es ist Weihnachten.« Bevor ich weiter diskutieren kann, deutet er mit dem Kopf in Richtung Dusche. »Ist noch warmes Wasser da?«

Ich nicke, und er lächelt.

»Ich bin dran«, verkündet er und stößt sich von der Wand ab. Ich trete zur Seite, um ihn vorbeizulassen, und er verschwindet im Bad und lässt mich mit seinem Bruder allein.

Christian mustert mich einen Moment, bevor er einen Finger auf die Lippen legt und mir signalisiert, still zu sein. Übertrieben langsam öffnet er die Tür neben dem Bad, hinter der ein Boiler zum Vorschein kommt, der so ähnlich aussieht wie der bei meinen Eltern. Mit einem Augenzwinkern legt er den Schalter um und stellt das heiße Wasser aus.

»Frohe Weihnachten«, sagt er und geht an mir vorbei zur Treppe, während er an seinem Tee nippt.

Ich warte, bis er weg ist, dann stelle ich das heiße Wasser wieder an und husche zurück ins Schlafzimmer, wo ich Andrews Deo benutze und dieselben Klamotten anziehe, in denen ich geschlafen habe. Ich bin gerade fertig, da ruft Hannah durch die Tür.

»Ich habe gehört, du brauchst frische Wäsche«, sagt sie, als ich öffne. Sie wirft mir eine noch verpackte Unterhose zu und tritt ins Zimmer. »Keine Sorge«, sagt sie. »Ich habe Hunderte davon. Ich nähe daraus ein Kleid für die Schule.«

Der Satz bietet verschiedene Anknüpfungspunkte. Ich entscheide mich für die einfachste Option.

»Du nähst Kleider?«

»Ja«, sagt sie fröhlich. Sie zeigt keine Spur von Schüchternheit oder falscher Bescheidenheit, und das gefällt mir. Ich wünschte, ich wäre in ihrem Alter so selbstbewusst gewesen. »Ich dachte, den könntest du zu deiner Jeans tragen«, fügt sie hinzu und legt mir einen weichen, blauen Pullover mit dezent schimmernden Silberfäden hin. »Er ist ein bisschen groß, aber …«

»Es ist perfekt«, sage ich gerührt von ihrer Freundlichkeit. »Danke.«

»Kein Problem.« Sie legt ein Paar Socken und ein einfaches Unterhemd auf den Stapel. »Du bist also mit meinem Bruder zusammen?«

»Ich … was?« Ich blinzle, und sie hüpft auf das Bett.

»Er hat schon seit Jahren keine Frau mehr mit nach Hause gebracht«, sagt sie unschuldig und streckt die langen Beine aus.

Andrew hat eine Frau mit nach Hause gebracht? Ich verspüre einen Anflug von Eifersucht, als ich im Geiste seine letzten Freundinnen durchgehe und überlege, wer die wahrscheinlichste Kandidatin war. *Dieses* kleine Detail hatte er ausgelassen.

»Mam mochte sie nicht«, fährt Hannah fort und lächelt, als ich sie anstarre. »Aber dich mag sie. Das kann ich sehen.«

»Ach ja?«

»Sie hat dir die guten Handtücher gegeben.«

Ehe ich etwas erwidern kann, geht die Tür auf, und zum Glück erscheint Andrew. Er sieht mich mit einem zärtlichen Ausdruck in den Augen an, der sofort verschwindet, als er Hannah bemerkt.

»Raus aus meinem Zimmer.«

»Das ist Liams Zimmer.«

»Dann verschwinde aus Liams Zimmer.«

»Ich habe mich nur mit …«

»Raus«, sagt er und packt ihren Arm.

»Aber ich *helfe* doch nur.«

Er schiebt sie in den Flur und schließt die Tür, während sie ihm den Mittelfinger zeigt.

»Habt ihr jetzt Sex?«, ruft sie von draußen, und er schlägt gegen die Wand, bis ihre Schritte sich in Richtung Treppe entfernen.

»Sie ist süß«, sage ich, als er sich wieder zu mir umdreht.

»Wenn sie will.«

Ich nehme den Pullover, den Hannah mir überlassen hat, und wickle ihn um das Päckchen mit der Unterhose, die mir plötzlich lächerlicherweise peinlich ist. Andrew merkt sofort, dass etwas nicht stimmt.

»Sie hat doch nichts zu dir gesagt, oder?«

»Nein«, lüge ich. Ich richte den Blick aus dem Fenster und tue so, als wäre ich von der Aussicht auf das Feld draußen fasziniert, während ich höre, wie er hinter mir den Reißverschluss seines Koffers öffnet. »Was ist das eigentlich mit deinem Bruder?«

Andrew seufzt. »Ich wusste, dass du ihn mehr mögen würdest. Es ist diese dunkle, grüblerische Art, die er an sich hat, stimmt's?«

»Ich dachte, er wäre der Familienclown.«

»Ein vielschichtiger Charakter. Ich verspreche dir, er ist kein Idiot«, fährt Andrew fort. »Egal wie sehr er den Eindruck vermittelt.« Er hält inne. »Aber wenn du dich mit ihm unter einem Mistelzweig wiederfindest, wäre es mir lieber, du würdest nicht …«

»Halt die Klappe.« Ich werfe ihm einen finsteren Blick zu, und er grinst mich an.

»Und, wie sieht der Plan für heute aus?«, frage ich, um das Thema zu wechseln.

Er atmet aus und legt die Stirn in Falten, als würde er angestrengt nachdenken. »Also, zuerst der Fünf-Kilometer-Lauf, dann ein Bad im gefrorenen See und dann werden wir …«

»Andrew.«

»Wir sollen um sechs Uhr zum Essen kommen. Das heißt, es wird wahrscheinlich sieben. Jetzt ist es elf, wir haben also eine Menge Zeit totzuschlagen. Filme schauen,

Junkfood essen.« Er zuckt mit den Schultern. »Es ist Weihnachten.«

Es ist Weihnachten. Es ist der *erste Weihnachtstag*. Der erste Weihnachtstag, und wir haben es geschafft. Wir sind da.

»Willst du deine Schwester anrufen?«

»Oh, Mist. Ja.« Ich greife nach meinem Telefon, während Andrew ein paar Klamotten aus dem Koffer holt und mir einen Blick zuwirft.

»Ich ziehe mich in Christians Zimmer um. Das wird ihm gefallen.«

Ich freue mich über das bisschen Privatsphäre, setze mich auf das Fußende des Betts und wähle die Nummer meiner Schwester. Sie geht nach dem dritten Klingeln ran.

»Weihnachten im Krankenhaus«, sagt sie zur Begrüßung. »Ich kann es kaum erwarten, es meinem Erstgeborenen für den Rest seines Lebens vorzuhalten.«

»Wie geht es dir?«

»Meine Vagina ist wund, und sie geben mir keine Schmerzmittel mehr. Hast du es gut nach Cork geschafft? Wie sind die Schwiegereltern?«

»So weit ganz gut.« Ich klemme mir das Telefon zwischen Ohr und Schulter, während ich mich ausziehe und in die frischen Sachen von Hannah schlüpfe. »Sie haben mich sehr nett empfangen, aber ich komme mir trotzdem etwas komisch vor. Ich hätte wahrscheinlich in Dublin bleiben sollen.«

»Na, jetzt ist es zu spät«, sagt sie trocken. »Schläfst du auf der Couch?«

»Wir teilen uns ein Bett.«

Es dauert ganze zwanzig Sekunden, bis sie aufhört zu gackern.

»Wir haben nichts gemacht«, protestiere ich. »Wir haben uns noch nicht einmal geküsst.«

»Also gut, Jungfrau Maria, ich glaube dir. Hör auf, dich so unter Druck zu setzen! Genieße einfach den Tag. Biete an, dein Knoblauchbrot zu machen.« Ihre Stimme wird wehmütig. »Ich vermisse dein Knoblauchbrot.«

»Ich mache es für dich, wenn du zu Hause bist«, verspreche ich. »Hast du schon einen Namen?«

»Nein«, sagt sie gereizt. »Und weißt du, was schön wäre? Wenn alle aufhören könnten, mich ständig danach zu fragen. Vielleicht bin ich einer von diesen trendigen Menschen, die ihr Kind den Namen selbst aussuchen lassen.«

»Ich glaube nicht, dass das Standesamt so lange wartet.«

»Es lebe die Bürokratie.«

»Kannst du mir wenigstens ein paar Bilder von meinem namenlosen Neffen schicken?«

Das kann sie.

Wir legen auf, und als Andrew in einer frischen Jeans und einem marineblauen Weihnachtspullover mit einem Rentier darauf zurückkommt, erhalte ich fünf Bilder.

»Sieh mal«, sage ich und halte mein Handy hoch. »Ich bin Tante.«

»Hey. Wie hübsch er ist. Geht es Zoe gut?«

»Sie ist nur müde.«

Er macht ein nachdenkliches Gesicht. »Wenn du heute zurückwillst, können wir uns Christians Auto leihen.«

»Nein«, sage ich schnell. »Sei nicht albern. Ich sehe sie morgen.«

Und ich will hier bei dir bleiben. Ich spreche die Worte nicht aus, obwohl sie mir auf der Zunge liegen und obwohl ich es genau so meine.

Ich sitze am Fußende, die Bettwäsche ist noch zerknittert vom Schlafen, und streiche mit den Händen über meine Oberschenkel, während Andrew seinen Koffer auspackt und Geschenke unter dem Bett versteckt.

»Du hast mir nie erzählt, dass du eine Freundin mit nach Hause gebracht hast.«

Ein verwirrter Ausdruck fliegt über sein Gesicht, dann wirft er einen Blick zur Tür. »Hannah.«

»Ich erfahre alle deine Geheimnisse.«

Er grinst, die Frage scheint ihn nicht im Geringsten zu stören.

»War es Alison?«, frage ich und denke an seine letzte längere Freundin vor Marissa.

»Nein. Emily.«

»*Emily?*« Leise Stimme, Lehrerin, Emily, die supersüß war, bis sie ihn aus dem Nichts heraus drei Wochen geghostet hat? »Im Ernst?«

»Ich war jung und verliebt. Oder zumindest dachte ich das.«

»War es eine Katastrophe?«

Er lacht über die Frage, aber es ist mir egal, ob jetzt meine innere Zicke zum Vorschein kommt. Ich bin fest entschlossen, einen guten Eindruck bei seiner Familie zu hinterlassen, und zu wissen, dass eine andere Frau einen schlechten Eindruck hinterlassen hat, wird mein Selbstvertrauen stärken.

»Eine Riesenkatastrophe«, sagt er, und ich entspanne mich. »Ich hätte sie nicht einladen sollen. Wir waren erst seit ein paar Monaten zusammen, und ich mochte sie sehr, ich dachte, ich wäre in sie verliebt, aber es war ein zu großer Schritt. Der Jetlag hat ihr schwer zugesetzt, und sie konnte nicht richtig essen, was Mam ziemlich genervt hat. Und dann war sie auch noch allergisch gegen die Hunde, was Mam *richtig* genervt hat, und …« Er zuckt mit den Schultern. »Es kam mir so vor, als ob jedes kleine bisschen, das schiefgehen konnte, schiefging. Es ist ein Wunder, dass wir uns nicht auf der Stelle getrennt haben.«

»Und danach hast du keine Freundin mehr mitgebracht?«

»Das weißt du doch«, sagt er.

Aber ich weiß es nicht. Nicht wirklich. Ich wusste nichts von Emily, und so denke ich an all die anderen Sachen, von denen ich vielleicht nichts weiß. Von denen ich aber wissen *will*. Will und werde. Denn ich habe hier eine nachsichtige Mutter, einen frechen Bruder und eine durchtriebene Schwester zur Hand, die ich mit Fragen löchern kann. Ganz zu schweigen von Liam, den ich noch gar nicht kennengelernt habe.

Andrew sieht mich aus schmalen Augen an, er ahnt, was ich denke. »Wenn du etwas über mich wissen willst, frag mich einfach.«

»Aber du bist parteiisch«, sage ich freundlich. »Ich will auch die Schattenseiten kennenlernen.«

Wir halten inne, als mein Magen knurrt. »Ich sollte dir

wohl besser etwas zu essen geben«, sagt er amüsiert. »Bist du bereit, nach unten zu gehen?«

»So bereit, wie man nur sein kann«, sage ich und folge ihm in den Flur.

Ich höre sie sofort. Hannahs abwehrenden Tonfall, Christians leises Murmeln, dann ihr Protestgeschrei.

»*Mam!*«, hallt es die Treppe herauf, während wir nach unten gehen. Andrew bleibt auf der untersten Stufe stehen, gerade noch außer Sichtweite, und zieht eine Grimasse.

»Bist du sicher, dass es in Ordnung ist?«, frage ich, plötzlich nervös. »Dass ich hier bin, meine ich? Ihr nehmt Weihnachten so ernst.« *Und ich bin schlecht im Weihnachtenfeiern.*

»Es ist mehr als in Ordnung, Molly. Vertrau mir.« Er klingt überzeugt, und ich versuche ihm zu glauben, vor allem, als er meine Hand drückt.

»Bist du bereit?«, fragt er und wartet, bis ich nicke. »Na, dann lass uns den Tag beginnen.«

Kapitel 24

In der Küche wird es bei unserem Erscheinen schlagartig still, und selbst Andrew scheint ein wenig verlegen zu sein, denn er wippt auf den Fersen und sieht einen nach dem anderen an.

»Stellt euch nicht so an«, sagt er zu ihnen und schiebt mich sanft vor sich. »Leute, das ist Molly. Wir müssen ihr danken, denn sie hat mich dieses Jahr nach Hause gebracht.«

»Danke wäre jetzt zu viel gesagt«, sagt Christian, der am Tisch lümmelt. Hannah sitzt ihm gegenüber und schält einen Berg Kartoffeln, ihre Mutter steht hinter ihnen. Bei Christians Worten versetzt Colleen ihm eine Kopfnuss, dann wendet sie sich dem Herd zu.

»Wie geht es dir, Molly?«, fragt sie. »Konntest du schlafen?«

»Ein bisschen«, sage ich. »Danke noch mal, dass ich hier sein darf.«

»Keine Ursache!« Eine Uhr piept, und Colleen schiebt eine Kasserolle von einer Platte auf die andere. In dem Raum herrscht ein sorgfältig kontrolliertes Chaos aus Töpfen, Pfannen und allen Arten von Lebensmitteln in verschiedenen Stadien der Zubereitung. Ein altes iPad, auf dem eine farbige Tabelle zu sehen ist, lehnt an einem Stapel

Kochbücher, und sie schaut kurz darauf, bevor sie einen Knopf am Herd dreht.

»Kann ich helfen?«, frage ich, um mich nützlich zu machen. Christian prustet, während Colleen mir über ihre Schulter ein freundliches Lächeln zuwirft.

»Mams Lieblingsbeschäftigung an Weihnachten ist es, sich darüber zu beschweren, dass ihr niemand hilft«, erklärt Andrew.

»Aber wenn du es versuchst, schreit sie dich an«, witzelt Hannah. »Wir dürfen nur simple Hilfstätigkeiten ausführen, das ist alles.«

»Hast du dir die Hand am Herd verbrannt oder nicht?«, murrt Colleen.

»Ich war *sechs*.«

»Ich habe alles im Griff«, sagt sie. »Das größte Geschenk, das ihr mir machen könnt, ist tatsächlich, so lange wie möglich wegzubleiben, bis das Abendessen fertig ist. Es ist ein schöner Tag, und ihr könnt euch mit Liam und den Kindern im Dorf treffen.«

Christian zieht eine Grimasse. »Nein, danke.«

»Du bist verkatert«, murmelt Hannah und wirft ihm eine Kartoffelschale an den Kopf.

»Die Hunde müssen mal raus«, fährt Colleen fort, als hätte er nichts gesagt. »Und ihr könnt Molly herumführen.«

»Wo herumführen?« Hannah lächelt. »Durch die Wiesen?«

»Hannah.«

»Ich sag ja nur.«

»Und *ich* sage, dass du in spätestens fünf Minuten aus der Tür bist.«

»Aber du hast gesagt, du brauchst mich, um …«

»Ich habe meine Meinung geändert.«

Hannah schiebt stöhnend den Stuhl zurück, tut aber, wie ihr geheißen, und grinst mir kurz zu, bevor sie die Treppe hinaufläuft.

»Du wolltest doch ein Mädchen haben«, sagt Christian milde, wofür er sich noch eine Kopfnuss einfängt.

»Du verschwindest auch«, warnt sie ihn.

»Ich kann nicht.« Er steht auf und küsst sie auf die Wange. »Ich habe Dad versprochen, ihm beim Reparieren des Zauns zu helfen oder so was Ähnliches. Ich glaube, er versucht, eine Bindung zu mir aufzubauen.«

Ich sehe mit hochgezogenen Augenbrauen zu Andrew. Ich kann mir Christian nicht bei der Hofarbeit vorstellen, und seinem gequälten Gesichtsausdruck nach zu urteilen, er auch nicht.

»Packt ihr hier alle mit an?«, frage ich. Christian wirft seinen Becher in die Spüle und zieht spielerisch an Colleens Schürzenband, bevor er zur Hintertür hinausschlüpft.

»Ein bisschen«, sagt Andrew. »Liam hat es richtig gelernt. Er hat eigenes Land ein paar Meilen weiter.«

»Kennst du dich mit Landwirtschaft aus?«, fragt Colleen höflich.

Ich schüttle den Kopf. »Stadtmensch durch und durch.«

»Wir machen eine Führung, bevor du wieder fährst.«

Apropos Führung … Ich gehe zum Kühlschrank, an dem ein Dutzend Familienfotos mit verblassenden Magneten befestigt sind, wie sie früher in Müslischachteln steckten. Kinder mit geröteten Gesichtern schauen mich an, Aufnahmen der drei Jungs im Familienurlaub und später Bilder von Hannah, erst als Baby und dann älter, strahlend zwischen ihren Brüdern. Aber vor allem ein Bruder erregt meine Aufmerksamkeit.

»Ich wäre dir dankbar, wenn du dich vom Kühlschrank entfernen könntest«, sagt Andrew hinter mir.

»Aber du warst so süß«, gurre ich und betrachte ein Foto von ihm als Kleinkind. »Ich frage mich allerdings …«

»Bitte nicht.«

»Warum bist du auf jedem Bild nackt?«

»Weil er sich geweigert hat, Kleidung zu tragen«, antwortet Colleen von der Spüle aus.

»Mam«, warnt Andrew sie.

»Er weigerte sich strikt, bis er fünf war«, fährt sie fort, ohne ihn zu beachten. »Ich habe ihn angezogen, und kaum hatte ich ihm den Rücken zugedreht, war er im Nu wieder ausgezogen. Einmal, als er drei war, hat er sich mitten im Supermarkt ausgezogen. Ich werde nie vergessen, wie ich ihn durch den Gang mit der Tiefkühlware gejagt habe. Er schrie wie am Spieß und fasste sich an seinen …«

»Hannah!«, brüllt Andrew. »Beeil dich!«

»Ich komme«, ruft sie zurück. »Du musst nicht gleich aus der Hose springen.«

»Ja, Andrew«, sage ich. »Nicht gleich aus der Hose springen.«

Er sieht mich an, als hätte ich ihn aufs Schlimmste verraten.

»Mindestens zwei Stunden«, erinnert Colleen uns, während Andrew mich in den Flur zerrt. »Und wenn irgendwo geöffnet ist, seht zu, dass ihr noch ein Brot mitbringt!«

Als wir hinaustreten, kommt Hannah gerade in einem grünen Samtkleid und schwarzen Doc Martens die Treppe heruntergerannt. Sie überspringt die beiden untersten Stufen und landet mit einem dumpfen Geräusch, wobei weitere Familienfotos hochflattern.

»Hast du das selbst genäht?«, fragt Andrew, als sie uns unsere Jacken reicht, die sie von oben geholt hat.

Sie nickt und dreht sich auf seine Geste hin im Kreis. Dabei schwingt der Rock nach oben und fällt dann anmutig um ihre Beine.

»Was habe ich dir gesagt?«, wendet er sich an mich und klingt ehrlich stolz. »Sie hat's drauf.«

Draußen sitzt Christian auf der Veranda und schiebt gerade seine Füße in Gummistiefel, während die Hunde um ihn herumschnüffeln. Sie springen sofort auf Hannah zu, die sich nicht die Mühe macht, sie an die Leine zu nehmen, bevor sie sie zum Tor treibt.

»Ich gebe dir hundert Euro, wenn du den Tag mit Dad verbringst«, sagt Christian zu Andrew. Andrew grinst nur und zieht mich hinter Hannah her, die oben an der Einfahrt auf uns wartet.

»Er ist schlecht gelaunt, seit er zurück ist«, sagt Hannah, als wir zu ihr stoßen. Sie hat den Mantel offen gelassen, um ihr Kleid zu zeigen, und zittert in der Kälte. »Das liegt daran, dass er in diesem Jahr hier der einzige Single ist.«

Andrew fährt zu ihr herum, und für einen Moment

denke ich, dass er das mit uns abstreiten will. Aber seine Augen verengen sich. »Du bist mit jemandem zusammen?«

»Könnte sein«, sagt Hannah.

»Seit wann?«

»Geht dich nichts an.«

»Das geht mich sehr wohl etwas an, du bist sechzehn.«

»Ich kann auch schon lesen und schreiben«, sagt sie und joggt leichtfüßig den Weg hinunter, gefolgt von den aufgeregten Hunden.

Auf der Suche nach einem Verbündeten dreht sich Andrew zu mir um, doch ich grinse ihn nur an.

»Was?«

»Nichts«, sage ich unschuldig. »Der Beschützerinstinkt des großen Bruders ist irgendwie heiß.«

»Das ist kein …«

»Du meine Güte, doch.«

»Sie ist sechzehn!«

»Genau.« Ich lache. »Sechzehn. Nicht sechs. Sie darf einen Freund haben.«

»Eine Freundin«, korrigiert Andrew.

»Eine Freundin.« Ich stoße ihn mit dem Ellbogen an, als wir ihr nachlaufen. »Für dich ist sie immer noch ein Baby, oder?«

»Vielleicht«, gibt er zu. »Es ist seltsam, weißt du. Sie war erst sechs, als ich weggegangen bin. Und jetzt ist sie …«

»Praktisch eine Frau«, vollende ich dramatisch. Seine Mundwinkel zucken, als sich unsere Blicke treffen, und als er nicht wegsieht, bin diesmal ich diejenige, die fragt: »Was?«

»Nichts«, sagt er. »Ich bin nur froh, dass du da bist.«

Wir brauchen zu Fuß zwanzig Minuten bis zum Dorf, das nur aus einer Straße mit einer Kirche, einem Pub, zwei Tante-Emma-Läden und einer Werkstatt besteht. Wie nicht anders zu erwarten, ist alles geschlossen (bis auf die Kirche), aber es sind viele Leute unterwegs. Alle machen einen Spaziergang, bevor den Rest des Tages nur noch gegessen wird. Vielleicht ist das aber auch nur meine Hoffnung.

Wir sind kaum angekommen, als Hannah auch schon mit einer Clique von Freunden verschwindet. Unterdessen wird Andrew von jedem Zweiten angesprochen, dem wir begegnen. Anscheinend kennt ihn hier jeder, und jeder hat auch schon von seinen Schwierigkeiten gehört, nach Hause zu kommen. Einige kennen sogar mich oder zumindest meinen Namen, wenn Andrew mich vorstellt. Offenbar hat Colleen jedem, der es hören wollte, von unseren Abenteuern erzählt.

»Du bist berühmt«, necke ich ihn. »Der verlorene Sohn ist heimgekehrt.«

»Lass das Christian nicht hören«, murmelt er, scheint sich aber zu freuen, dass ich beeindruckt bin. Bei unserem Dorfrundgang sieht er immer wieder verstohlen zu mir rüber, doch ich tue so, als ob ich es nicht bemerkte.

Vor einem der Häuser werden an einem Stand heißer Apfelpunsch und Gebäck verkauft, und ich schleife Andrew sofort hin, um mein schwer verdientes Frühstück zu bekommen. Als ich mich gerade über ein Plundergebäck hermache, stürmt ein Mädchen von nicht mehr als fünf oder sechs Jahren mit einem Feenstab in der Hand auf uns zu.

Andrew nimmt sie geübt auf den Arm und drückt ihr Küsse auf die Wangen, bis sie vor Freude quietscht.

»Ja, genau das braucht sie«, sagt ein Mann hinter uns. »Damit sie noch mehr aufdreht.«

Liam. Ich lerne den letzten Fitzpatrick-Spross kennen, den ältesten Bruder, und erkenne endlich eine echte Familienähnlichkeit. Während Christian und Hannah nach ihrer Mutter schlagen, kommt Liam eindeutig nach derselben Seite der Familie wie Andrew – er hat das gleiche zerzauste, braune Haar und haselnussbraune Augen. Seine sind allerdings kleiner und blicken mich freundlich durch eine Brille mit einem filigranen Gestell an.

»Du musst Molly sein«, sagt er und streckt mir die Hand hin. »Ich hab schon gehört, dass du heute in die Feier platzt.«

»Ach, keine Sorge«, sagt Andrew. »Sie bleibt in der Scheune. Hey, da kommt ja noch einer!«

Auf seinen Ruf hin drehe ich mich um und sehe einen älteren Jungen auf uns zuschlurfen. Viel zu cool, um uns so überschwänglich zu begrüßen wie seine Schwester, umarmt er seinen Onkel etwas halbherzig mit einem schüchternen, aber erfreuten Grinsen im Gesicht.

»Mein Gott, Padraig, wie groß du bist«, sagt Andrew.

»Hör bloß auf«, seufzt Liam und kauft sich einen Becher Apfelpunsch. »Ich muss ihm inzwischen jede Woche eine neue Hose kaufen.«

»Du willst so groß werden wie dein Vater, was?«

Padraig schüttelt den Kopf, doch ich bemerke, dass er ein wenig die Schultern strafft. Andrew stellt mich den Kindern vor, die mich beide brav grüßen und sich dann gleich wieder ihrem Onkel zuwenden.

»Dein Dad hat erzählt, dass du beim Krippenspiel mitgemacht hast«, sagt Andrew zu Padraig, während er seine Nichte Elsie in eine bequemere Position hievt. »Einen der Weisen. Hast du ein Lied gesungen?«

Padraig nickt.

»Ein Solo?«

Er zuckt mit den Schultern.

»Was? Bist du plötzlich schüchtern geworden?«, neckt Andrew ihn und wuselt ihm durchs Haar. »Bist du auch zu schüchtern für Geschenke? Was hat dir der Weihnachtsmann gebracht?«

Wir plaudern noch ein paar Minuten weiter, bis Padraig schließlich auftaut und von einem neuen LEGO-Set erzählt, das er bekommen hat. Liam erkundigt sich nach meiner Schwester und dem Baby und behält dabei seine Kinder im Auge – vor allem jedoch, welche Leckereien sein Bruder ihnen kauft. Als Andrew Elsie einen Schokoladenkeks schenkt, der ungefähr so groß wie ihr Gesicht ist, entschuldigt er sich und begibt sich mit ihr auf die Suche nach Hannah und den Hunden.

Andrew macht keine Anstalten, ihnen zu folgen, trinkt den Rest von meinem Punsch aus und führt mich auf die gegenüberliegende Seite des Dorfes, wo nur ein paar vereinzelte Häuser stehen. »Willst du die Burg sehen?«

»Ihr habt eine Burg?«

»Oder war es vielleicht ein Mönchsturm?« Ohne meine Antwort abzuwarten, zieht er mich mit sich, und wir lassen das Dorf hinter uns. »Ehrlich gesagt, habe ich nicht richtig aufgepasst.«

Er führt mich zu einer alten Ruine, nur fünf Minuten entfernt, die einst eine Burg, ein Mönchsturm oder etwas anderes gewesen sein mag, jetzt aber von Gras und Wildblumen überwuchert ist. Hier ist es ruhig, nur das Blöken der Schafe in der Ferne stört die Stille.

»Ta-da«, sagt Andrew, als wir in der Mitte stehen.

Ich warte. »Das ist es?«

»Das ist es.«

»Bekomme ich keine Geschichtsstunde?«

Er verzieht das Gesicht und dreht sich um die eigene Achse, als suchte er nach einem bedeutsamen Ort. »Dort drüben habe ich meinen ersten Kuss bekommen«, sagt er und zeigt auf einen unscheinbaren Fleck Erde, der im schmelzenden Frost glitzert.

»Ich meinte über die Mönche.«

»Ich glaube nicht, dass die Mönche damals wirklich auf Küsse standen. Jetzt eigentlich auch nicht.«

»Scherzkeks.« Ich drücke einen Fuß gegen die niedrige Mauer, und als sie sich als stabil erweist, steige ich hinauf und halte mich an Andrew fest, um das Gleichgewicht zu halten.

»Hannah glaubt, deine Mutter mag mich«, sage ich, während ich über die Umfriedung balanciere. Ich komme mir in meiner dicken Winterkleidung wie ein zu groß geratenes Kind vor, aber irgendwie gefällt mir das.

»Das stimmt. Ich wette, sie hat sogar ein Geschenk für dich.«

»O nein«, stöhne ich.

»Sie hat immer etwas in Reserve, falls ein Verwandter unangemeldet vorbeischneit. Ich hoffe, du magst Duftkerzen aus dem Supermarkt.«

»Aber ich habe nichts für sie!« Warum habe ich nicht daran gedacht? Ich hätte etwas im Krankenhausshop besorgen sollen.

»Unterschreib einfach auf meinen Geschenken mit. Sie können doch von uns beiden sein.«

»Äh, nein.«

»Warum nicht?«

»Erstens ist das nicht fair dir gegenüber und zweitens … ist das nicht etwas, ich weiß nicht, offiziell?«

Er lacht. »Sie lässt uns in einem Bett schlafen, Molly. Ich glaube nicht, dass ein Geschenk von uns beiden sehr schockierend für sie ist. Erinnere mich einfach daran, wenn wir nach Hause kommen. Wir machen die Bescherung immer vor dem Abendessen.«

Ich erreiche das Ende der Mauer, bevor sie sich in Nichts auflöst, und springe ins Gras hinunter. Es gelingt mir nicht so anmutig wie geplant, und mein Knöchel tut ganz schön weh, aber ich verziehe nur kurz das Gesicht, dann gehen wir um einen weitgehend intakten Teil des Turms herum und treten aus dem Schatten in die helle Wintersonne.

»Also, ist das alles, oder bist du … Hey!« Ich stoße die Luft aus, als Andrew sich umdreht und so dicht vor mich tritt, dass ich zurückweichen muss. Ich stoße gegen die Wand, und er folgt mir und stützt sich rechts und links von mir ab, sodass ich in seinen Armen gefangen bin.

Oh. »Hi.«

»Hi.« Als ich zu ihm hochblicke, lächelt er. »Weißt du«, sagt er, »ich habe mich wirklich *sehr* darauf gefreut, meine Familie zu sehen und ein guter zweiter Sohn zu sein, aber seit ich nach Hause gekommen bin, ärgere ich mich nur noch darüber, dass ich nicht jede Sekunde mit dir allein verbringen kann.«

»Willst du mir damit sagen, dass ich dein Weihnachten ruiniert habe und besser in Dublin geblieben wäre?«

»Es war ziemlich egoistisch von dir mitzukommen«, stimmt er zu. »Und meine kostbare Zeit mit Gedanken an dich zu füllen.«

»Gedanken an mich?« Das hört sich gut an. »Unanständige Gedanken?«

»Gott, nein.« Er greift nach dem Reißverschluss meines Mantels, schnippt einmal dagegen und zieht ihn dann herunter. »Ich bin ein Gentleman.«

Ich lächle, als er die Hände auf meine Hüften legt. »Burgen machen dich ganz heiß, was?«

»In den nächsten Stunden werden viele Leute im Haus sein, und wir werden kaum einen Moment für uns haben. Wir sollten ein Zeichen vereinbaren, falls wir fliehen wollen.«

»Ich habe nicht die schlimmste Reise aller Zeiten auf mich genommen, nur damit du deine Familie ignorieren kannst«, erinnere ich ihn.

»Ach, so schlimm war es doch gar nicht.«

»Es war sehr schlimm! Wir waren erschöpft, haben unnötig viel Geld ausgegeben und sind nur durch reines Glück …«

Er bringt mich mit einem Kuss zum Schweigen, und darüber bin ich überglücklich.

Er schmeckt nach Apfelpunsch und riecht wie die Winterluft, knackig, sauber und klar. Ich möchte ihn tief einatmen. Ich möchte meine Lunge mit ihm füllen, nur mit ihm, und als er von mir abrücken will, halte ich seinen Hinterkopf fest, damit er bleibt, wo er ist.

»Wer ist jetzt heiß?« Er grinst.

»Ich habe mich einfach noch nicht daran gewöhnt«, gebe ich zu. »Manchmal denke ich, dass ich gleich aufwache und wir in einem Flugzeug sitzen. Dass nichts von alledem passiert ist.«

»Es musste so kommen«, murmelt er. »Aber natürlich suchst du dir dafür die stressigsten drei Tage überhaupt aus.«

»Hey!«

»Stimmt doch.«

»Wenigstens habe ich …« Ich verstumme und beiße mir auf die Lippe, als er unvermittelt eine Bewegung macht und seinen Schenkel zwischen meine Beine schiebt.

»Wenigstens hast du was?«, fragt er unschuldig, aber ich antworte nicht, ich *kann nicht*, und das weiß er. Er drängt sich an mich, bis mir der Atem stockt. Als Andrew es merkt, rückt er von mir ab, aber nur, um mein Gesicht zu sehen, als er es wiederholt.

Ich packe seine Schultern, Hitze sammelt sich tief in meiner Mitte, und ich kann den Blick nicht von ihm abwenden. Dabei würde ich es am liebsten tun. Er sieht mich mit diesem eingebildeten Blick an, der mich nicht so heiß machen sollte, wie er es tut, und wenn ich nicht so erregt wäre, würde ich ihm dafür den Kopf waschen.

»Heute ist der erste Weihnachtstag«, sage ich stattdessen, und er nickt verwirrt. »In Chicago hast du gesagt, dass ich den zweiten Teil meines Geschenks an Weihnachten bekommen würde.«

»Was?«

»Mein Geschenk«, erinnere ich ihn. »Du hast ein zweiteiliges Geschenk für mich.«

»Ach ja.«

»Also, wo ist es?«

»Wo ist was?«

»Andrew!«

Er grinst. »Zwei Teile kommen mir inzwischen ein bisschen überzogen vor, findest du nicht? Vor allem, weil wir den Flug, den du mir angeblich schenken wolltest, gar nicht genommen haben, *und* weil du die Pralinen verschenkt hast …«

»Ich bin dein Geschenk«, unterbreche ich ihn, und er lacht.

»Ja, das bist du.«

Enttäuschung durchflutet mich, als er sein Bein wegzieht, und ich will gerade protestieren, als er mich plötzlich von unten an den Oberschenkeln packt und mich hochhebt.

Ich gerate in Panik und klammere mich mit den Beinen um seine Taille, um mich an ihm festzuhalten. »Andrew!«

»Viel besser«, sagt er, als wir uns auf Augenhöhe befinden.

»Wenn du mich fallen lässt, bringe ich dich um.«

»Ich lasse dich nicht fallen. Ich bin unheimlich stark.«

Ich keuche und umklammere ihn, während seine Hände von meinen Schenkeln zu meinem Hintern wandern. »Ernsthaft?«

»Vielleicht hatte ich doch ein paar unanständige Gedanken«, gibt er zu, und als ich nicht protestiere, beugt er sich vor und drückt mir einen heißen Kuss auf die Lippen, den die Mönche bestimmt nicht gutgeheißen hätten.

Aber die sind jetzt nicht hier, oder? Nur wir, also lasse ich mich darauf ein, erwidere seinen Kuss und ziehe ihn fester an mich, bis mein Körper vor Lust vibriert. So bleiben wir eine wundervolle, glückselige Minute lang in unserer eigenen kleinen Welt, bis ein lauter Schrei von den Wänden widerhallt.

»Andrew!«

Wir erstarren und sehen uns mit großen Augen an, als Hannah in gereiztem Ton aus der Nähe ruft: »Mam hat angerufen und gesagt, wir sollen nach Hause kommen!«

»Wer auch immer kleine Schwestern erfunden hat, soll in der Hölle schmoren«, murmelt Andrew und legt seine Stirn kurz an meine, bevor er sich von mir löst.

»Weihnachten mit deiner Familie«, erinnere ich ihn, während er mich vorsichtig auf dem Boden absetzt. »Du liebst Weihnachten mit deiner Familie.«

»Sie will auch wissen, was für eine Soße Molly möchte«,

fährt Hannah fort. Ihre Stimme kommt näher, und Andrew zieht den Reißverschluss meines Mantels wieder hoch. »Oder ob sie eine andere ... Oh.«

Hannah kommt um die Ecke und bleibt abrupt stehen, als sie uns erblickt. Ihr plötzliches Grinsen erinnert mich so sehr an Andrew, dass es mich etwas aus der Fassung bringt.

»Knutscht ihr?«, fragt sie und klingt erfreut über den Gedanken.

»Sag nicht knutschen«, brummt Andrew und tritt von mir weg. Im Gehen ergreift er meine Hand und zieht mich noch einmal an seine Seite.

»Rummachen?«, fährt Hannah fort. »Spucke tauschen?«

»Würdest du bitte die Klappe halten?«

»Zungen umeinanderwickeln?«

»Hannah ...«

»Lass mich raten«, unterbricht sie ihn und reibt sich abwesend die kalte Nase. »Ich bin zu jung, um zu wissen, was Küssen ist.«

»Genau.«

»Wann hast du zum ersten Mal jemanden geküsst?«

»Das geht dich nichts an«, sagt Andrew, während wir in Richtung Dorf zurückschlendern. Hannah, die an meiner anderen Seite geht, lässt nicht locker.

»War es nicht in der Burg? Doch!« Ihre Augen leuchten, als sie den Ausdruck auf seinem Gesicht sieht. »Hast du Molly deshalb hergebracht? Das ist voll kitschig.«

»Musst du nicht irgendwo anders sein? Vielleicht unten im Brunnen?«

»Andrew kann sehr sentimental sein«, erklärt sie und

hakt sich bei mir ein, sodass ich auf beiden Seiten einen Fitzpatrick habe. »Das ist irgendwie süß.«

»Ich bin nicht süß. Ich bin ein erwachsener Mann.«

Hannah macht unbeirrt weiter. »An meinem siebten Geburtstag stand ich *total* auf Disney-Prinzessinnen«, erzählt sie. »Und Andrew ist überraschend zu der Party nach Hause gekommen. Er war als Märchenprinz aus *Cinderella* verkleidet und hat mir das blaue Kleid mitgebracht. Dann hat er im Wohnzimmer mit mir Walzer getanzt, und anschließend musste er mit allen meinen Freundinnen tanzen.«

»Das *ist* ziemlich süß«, bestätige ich, während Andrew mir einen vorwurfsvollen Blick zuwirft, der bei Hannahs nächsten Worten in Überraschung umschlägt.

»Darum habe ich mit Mode angefangen.«

»Wirklich?«, fragt er. Seine Verblüffung ist offensichtlich. »Das hast du mir nie gesagt.«

»Damit fing es an. Ich war wie besessen von dem Kleid und habe es wochenlang jeden Tag nach der Schule getragen, bis Mam es weggeworfen hat – angeblich aus Versehen. Ich hörte nicht auf zu weinen, und da sagte sie, wenn ich etwas so sehr liebe, sollte ich lernen, wie ich es selbst herstellen kann. Und das habe ich getan.«

»Als du sieben warst?«, frage ich.

»Ich habe nicht gesagt, dass es gut aussah. Mam hat mir geholfen, Krepppapier an einen ihrer alten Röcke zu tackern. Aber ja. So fing es an.«

Andrew sieht sie mit einem Gesichtsausdruck an, für den ich ihn wieder küssen möchte, aber zum Glück laufen

Liams Kinder gefolgt von den Hunden auf uns zu, bevor ich dazu komme und Hannah wieder durchdreht. Hannah nutzt die Ablenkung, um mich zur Seite zu ziehen, während wir den Weg hinuntergehen. Die anderen bilden die Nachhut.

»Weißt du«, sage ich, als wir das Dorf hinter uns lassen. »Bei dir fühle ich mich sehr alt.«

Sie bricht in Gelächter aus. »Warum?«

»Weil ich das erste Mal von dir gehört habe, als du sechs warst.«

»Auf dem ersten Flug?«, fragt sie.

»Genau.« Ich lächle sie an. »Andrew erzählt dir von unseren Flügen?«

»Er erzählt uns alles über dich. Das hat mittlerweile Tradition. Natürlich bist du in den ersten beiden Jahren nicht sonderlich gut weggekommen«, fährt sie verschmitzt fort. »Aber er hatte schon immer was von einer Drama-Queen. Dann hieß es nur noch Molly macht dies und Molly macht das. Sie studiert Jura, sie hat ihr Studium abgeschlossen, sie hat einen neuen Freund, sie hat eine neue Wohnung, sie ist umgezogen, sie hat einen neuen Job. Die ersten paar Jahre war Christian überzeugt, dass er dich erfunden hat. Aber deshalb kam es mir ehrlich gesagt so vor, als ob ich dich schon kennen würde, als ich dich gesehen habe.«

»Nun, ich weiß den herzlichen Empfang zu schätzen«, lache ich. »Er erzählt mir auch von dir.«

»Ach ja?«, fragt sie ironisch. »Was zum Beispiel? Wie nervig ich bin?«

»Zum Beispiel, wie beeindruckt er von dir ist. Dass er

dich für die Klügste von euch hält und dass du eines Tages berühmt wirst.«

Sie sieht mich skeptisch an. »Du versuchst nur, ihn gut dastehen zu lassen.«

»Nein. Das erzählt er mir ständig.«

Sie schürzt die Lippen und versucht vergeblich zu verbergen, wie sehr sie das freut. »Vielleicht ist er doch nicht der schlechteste Bruder«, sagt sie schließlich, und wir drehen uns zu ihm um, wo er mit den Kindern und Liam geht. Bei der plötzlichen Aufmerksamkeit stutzt Andrew und wird sofort misstrauisch. Hannah prustet los, zieht mich mit sich den Weg hinauf und legt einen Zahn zu.

Kapitel 25

Als wir zum Haus zurückkommen, lerne ich das letzte Familienmitglied kennen. Andrews Vater Sean ist ein ruhiger, nüchterner Mann, der mir zur Begrüßung herzlich seine schwielige Hand reicht und mir wie die anderen dafür dankt, dass ich seinem Sohn geholfen habe, nach Hause zu kommen. Man könnte meinen, ich hätte ihn in einem Schlauchboot hergepaddelt.

Colleen lehnt weiterhin meine Hilfe ab und verdonnert stattdessen Andrew dazu, den Abwasch zu machen. Hannah nutzt die Gelegenheit und lotst mich in ihr Zimmer, um mir die Outfits zu zeigen, an denen sie gerade arbeitet.

Es war keine brüderliche Voreingenommenheit, als Andrew sagte, wie talentiert sie sei. Die Stücke sind wirklich wunderschön, selbst in halb fertigem Zustand, und ich spiele pflichtschuldig eine Stunde lang Modell, während sie mir ihre Arbeitsweise erklärt.

Danach unterschreibe ich auf Andrews Drängen hin auf den Geschenken, die er für alle besorgt hat. Ich habe immer noch ein schlechtes Gewissen, bin aber froh, dass er mich vorgewarnt hat, sonst wäre es mir noch unangenehmer gewesen, mich mit dem Rest der Familie um den riesigen, bildschönen Baum zu versammeln.

Wie vorhergesagt, überreicht Colleen mir eine wunderhübsch verpackte Duftkerze, an der auf einem Etikett in Schönschrift mein Name steht, aber die meiste Aufmerksamkeit gilt Padraig und Elsie, die einen Haufen Spielzeug auspacken und sich pflichtbewusst bei allen bedanken.

Es ist ein seltsames Gefühl, an diesen kleinen Ritualen teilzunehmen, die ich mein ganzes Erwachsenenleben lang gemieden habe, als hätte ich mir beweisen wollen, dass sie mir egal sind. Und obwohl es etwas ungewohnt ist, mit einer Gruppe von Leuten zusammen zu sein, die sich in- und auswendig kennen, ist es schwer, sich nicht von den Witzen, den Sticheleien und der puren, ungehemmten Freude an allem anstecken zu lassen. Ich glaube nicht, dass Andrew auch nur einen Moment lang aufhört zu lächeln. Nicht ein einziges Mal.

Aber der Höhepunkt des Tages ist natürlich das Weihnachtsessen. Um kurz nach sieben werden wir zum Essen in ein kleines Esszimmer gerufen, das ganz offensichtlich nur zu besonderen Anlässen benutzt wird. Ich bin etwas überrascht, wie viel Essen dort steht, auch wenn Liams Frau Mairead und die Kinder dabei sind. Doch dann erklärt Andrew mir, dass seine Mutter wegen meines Besuchs etwas panisch wurde und für den Fall der Fälle von allem doppelt so viel gemacht hat. Nach Feiertagen wie diesem die Reste zu verputzen, ist jedoch immer für alle ein großes Vergnügen, also fühle ich mich nicht allzu schlecht dabei.

Wir schaffen es, uns um den Tisch zu platzieren, wobei wir uns so dicht nebeneinanderquetschen, dass ich Schulter an Schulter mit Andrew und Hannah sitze. Aber die

Kinder essen schnell und langweilen sich dann, und als sie aufstehen dürfen, um im Wohnzimmer mit den Star-Wars-Lichtschwertern zu spielen, die sie von Christian bekommen haben, ist mehr Platz.

Trotz der freundlichen Aufnahme bin ich etwas unsicher, weil ich die einzige Fremde am Tisch bin. So bizarr es auch klingen mag, ich habe Angst, dass die Familie versucht, mich einzubeziehen. Dass sie mir höfliche Fragen über mein Leben stellen, die ich höflich beantworte, die aber niemanden interessieren. Doch zu meiner Erleichterung ignorieren sie mich praktisch. Sie frotzeln und reden übereinander und beziehen mich nur ein, wenn jemand versucht, mich als Verbündete zu gewinnen. Meist Hannah. Und Andrew erklärt mir leise die Hintergründe, wenn neue Namen fallen oder es darum geht, welchen Gegenstand im Haushalt Christian wann kaputt gemacht hat.

Ich bin so abgelenkt, dass ich fast vergesse, mir Gedanken über den Moment zu machen, den ich insgeheim fürchte.

Niemand hat mit der Wimper gezuckt, als Andrew zu Beginn des Essens keinen Alkohol getrunken hat, aber je später es wird und je mehr Flaschen geöffnet werden, desto mehr fällt es auf.

Hannah darf ein zweites Glas Prosecco trinken, obwohl Christian sie bereits den ganzen Nachmittag über heimlich an seinem Bier hat nippen lassen. Wie alle anderen, mich ausgenommen, ist er jetzt auf Rotwein umgestiegen. Und während Colleen problemlos zu akzeptieren scheint, dass ich heute Abend nichts trinke (»Ich will früh los zu meiner

Schwester«), scheint sie es persönlich zu nehmen, dass Andrew jede Flasche ablehnt, die sie ihm anbietet.

»Ich habe immer noch Kopfschmerzen«, sagt er und klingt gestresst, als sie zum dritten Mal aufsteht, um etwas zu suchen, das ihm schmecken könnte. »Wahrscheinlich der Jetlag.«

Ich drücke unter dem Tisch sein Knie, und sofort ergreift er meine Hand und hält sie dort fest.

»Wenn der dir zu schwer ist, wir haben auch einen Merlot im ...«

»Mach doch nicht so einen Aufstand«, sagt Christian und spießt mit der Gabel eine Karotte auf. »Man könnte meinen, dass er einer Sekte beigetreten ist.«

»Er hat einiges auf sich genommen, um hier zu sein, und ich will nur dafür sorgen ...«

»Du sorgst nur dafür, dass dein Essen kalt wird, für das du schließlich den ganzen Tag in der Küche gestanden hast.« Er nimmt sich das Glas, das sie gerade vor Andrew abgestellt hat, und kippt den Inhalt in sein eigenes. »So, Problem gelöst.«

Colleen macht eine Geste, als wollte sie sagen *Na gut, ich gebe auf* und ignoriert Hannahs beiläufige Bemerkung, dass sie nichts dagegen hätte, etwas Wein zu probieren.

Die Blicke der Brüder begegnen sich über dem Tisch, und sie verständigen sich wortlos, was Andrew zu beruhigen scheint, denn die Anspannung in seinen Schultern löst sich leicht. Dass er meine Hand drückt, ist die einzige Vorwarnung, die ich bekomme.

»Eigentlich wollte ich mit euch über etwas reden«, sagt

er, und auf einmal sind alle Blicke auf uns gerichtet. Die Aufmerksamkeit lässt ihn einen Moment zögern, was mich nicht überrascht, denn eigentlich hatte er gesagt, dass er es ihnen nicht erzählen wollte. Doch bevor er fortfahren kann, stößt Hannah ein leises Geräusch aus und starrt uns mit offenem Mund an.

»Ich glaube es nicht.«

»Was?«, fragt Andrew verwirrt.

»Ich glaube es nicht«, wiederholt sie. »Ihr seid verlobt?«

»*Was?*«, ruft Colleen, während ich fast vor Scham im Boden versinke.

»Wir sind nicht verlobt«, sagt Andrew schnell, aber Hannah ist so aus dem Häuschen, dass sie ihm nicht zuhört.

»O mein Gott, natürlich!«

»Nein, wir…«

»Glückwunsch«, sagt Christian laut und grinst, als Andrew ihn wütend anstarrt. »Tolle Neuigkeiten.«

»Christian …«

»Wo ist der Ring?«

»Es gibt keinen Ring. Wir sind nicht verlobt … *Mam*, hör auf. Wir sind nicht verlobt. Hannah!«

Hannah lässt meine linke Hand sinken, an der sie nach einem Diamanten gesucht hat. »Also, du hättest uns was sagen sollen.«

»Du willst, dass ich es jedes Mal verkünde, wenn ich mich nicht verlobt habe?«

»*Nein*, aber …«

»Was wolltest du denn eigentlich sagen, Andrew?«, unterbricht Liam die beiden. Zum Glück tut er das, denn mein Herz schlägt so schnell, dass mir schwindelig wird. Als es am Tisch wieder still wird, beruhige ich mich, und als Andrew mich ansieht, nicke ich ihm aufmunternd zu.

»Ich wollte nur …« Er atmet tief durch und wendet den Blick von mir ab, um seine Familie anzusehen. »Ich trinke nichts mehr«, sagt er. »Ich bin trocken. Nicht nur zu Weihnachten oder im Januar … sondern für immer, wenn ich es schaffe.«

Schweigen.

Christian ist der Einzige, der nicht überrascht wirkt, so als hätte er es schon geahnt, und deshalb ergreift er auch als Erster das Wort. »Das ist toll, Andrew«, sagt er ungewöhnlich ernst. »Gut gemacht.«

Liam und Mairead schließen sich schnell mit ähnlich unterstützenden Worten an, aber Colleen lächelt ihn nur verwirrt an.

»Aber du hast doch kein Alkoholproblem.«

»Doch, Mam«, sagt Andrew. »Oder zumindest hatte ich das.«

»Aber du bist kein …«

»Du musst dich nicht rechtfertigen, mein Sohn«, sagt Sean leise. »Das geht niemanden etwas an, außer dich selbst. Ich bin sehr stolz auf dich.«

»Danke, Dad«, murmelt Andrew, während Hannah sich an mir vorbei zu ihm beugt und ihn aufmunternd anlächelt.

»Deine Haut wird *fantastisch* aussehen.«

»Was stimmt nicht mit meiner Haut?«

»Sie ist ein bisschen grau«, sagt sie ernst, und Andrew verdreht die Augen.

Colleen scheint jedoch noch aufgewühlt zu sein, ihr Blick irrt über den Tisch, als wüsste sie nicht, wohin sie blicken soll, und als sie aufsteht, spannt sich Andrews Bein unter meiner Hand an.

»Also«, sagt sie unvermittelt, und bevor jemand sie aufhalten kann, nimmt sie zwei halb volle Weinflaschen vom Tisch.

»Hey«, beschwert sich Christian, als sie ihm danach das Glas aus der Hand nimmt.

»Unterstützt euren Bruder«, blafft sie ihn an und bringt die Sachen zur Anrichte. Dann kommt sie zurück, um noch mehr abzuräumen.

»Das tue ich! Ich vernichte, was ihn in Versuchung führen könnte!«

»Das ist nicht nötig«, sagt Andrew, während Sean ihr sein Glas reicht.

»Doch, natürlich«, murmelt sie. »Du hast da gesessen und gelitten, während wir mit dem ganzen Zeug vor deiner Nase herumgefuchtelt haben. Molly, ich weiß nicht, was du von uns denken musst.«

»Ich …«

»Ich weiß nicht einmal mehr, wie viel Wein ich in die Soße getan habe.« Sie legt eine Hand auf ihre Brust. »Und in der Eiscreme ist Brandy.«

»Mam, ist schon gut.«

»Bist du einem dieser Vereine beigetreten?«, fragt sie plötzlich. »AAA?«

»Die heißen AA. Und nein, aber ich habe mich einem anderen Programm angeschlossen, das ...«

»Deinem Onkel Kevin hat man gesagt, dass er eine Glutenunverträglichkeit hat. Vielleicht solltest du mal mit ihm reden.«

»Mutter Gottes«, murmelt Christian und lässt den Kopf auf den Tisch sinken.

»Ich weiß, es ist nicht dasselbe«, sagt Colleen. »Aber er muss seitdem auf vieles verzichten. Du weißt ja, wie gern der Mann Brot isst.«

»Im Bier ist auch Gluten«, meldet sich Hannah zu Wort, und Colleen macht eine Geste, als wollte sie sagen: *Siehst du.*

»Mir geht es gut«, erklärt Andrew mit Nachdruck. »Ich habe es euch bis jetzt nur nicht gesagt, weil ich nicht wollte, dass ihr euch Sorgen macht.« Daraufhin brummt Colleen missbilligend irgendetwas vor sich hin. »Ich möchte auch nicht, dass ihr meinetwegen zum Abendessen kein Glas Wein mehr trinkt. Es ist meine Entscheidung, und ich bin froh, dass ich sie getroffen habe. Ich habe viel Unterstützung ...« Ein weiterer Händedruck. »Und ich glaube, ich werde es schaffen«, schließt er. »Aber ich wollte ehrlich sein und es euch sagen.«

Sean nickt, während Colleen sich wieder hinsetzt und immer noch aufgewühlt wirkt. »Du hattest keine Soße, oder?«, fragt sie.

»Nein.«

»Gut. Das ist gut.«

»Alles in Ordnung, Mam?«, fragt Christian, als sie beginnt, ihre Serviette zu einem kleinen Quadrat zu falten.

»Alles gut.«

»Möchtest du ein Glas Wein?«

»Ja, ich glaube … *Nein*«, fügt sie entsetzt hinzu, als Christian zu lachen anfängt. Andrew grinst, während sie ihn wütend ansieht, und dann fängt Hannah an, alle trockenen Promis aufzuzählen, die sie kennt, und Sean steht auf und holt eine frische Flasche Sprudelwasser, in die Colleen schnell ein paar Zitronenscheiben gibt.

Und dann wendet sich die Unterhaltung anderen Themen zu.

Ich weiß nicht, ob nur ich so empfinde, weil ich mich in den letzten Tagen so in ihn reingefühlt habe, oder ob er auch so erleichtert ist, aber es wirkt, als wäre Andrew eine Last von den Schultern genommen.

Später muss er bei seiner Mutter minutenlang Überzeugungsarbeit leisten, bis sie mehr Brandy über den Pudding gießt, doch als alle Lichter aus sind und sie ihn flambiert, ist es das wert. Dazu gibt es Eis und einen weiteren Nachtisch von Liam, einen Kuchen, den er aus ihrem Familienurlaub im November aus Mailand mitgebracht hat.

»Das ist Panettone«, erklärt er und schneidet ihn an.

Andrew und ich drehen uns gleichzeitig zueinander um, und er lächelt so breit, dass ich sehr zur Verwirrung der anderen vor Lachen pruste.

Nach dem Abendessen fahren Liam und seine Familie wieder nach Hause, und die übrigen Fitzpatricks (und ich) begeben sich ins Wohnzimmer, wo Andrews Vater ein Feuer im Kamin entfacht.

»Filmzeit«, erklärt Andrew, als wir uns auf der Couch

niederlassen. Ein altersschwaches, durchgesessenes Modell, in dem man so tief versinkt, dass man kaum wieder hochkommt. Sobald ich mich neben Andrew setze, werde ich an ihn gedrückt, was uns beide nicht stört. Andrew legt schnell einen Arm um meine Schulter, als hätte er Angst, ich könnte wieder von ihm abrücken.

»Was sehen wir uns an?«, frage ich.

»Dad wählt immer den Film aus. Das ist das einzige Mal im Jahr, dass er für den Fernseher zuständig ist.« Kaum hat Andrew den Satz beendet, beginnt Hannah einen Trommelwirbel auf ihrem Schoß, während Sean aufsteht und alle Blicke auf sich zieht.

»Kein Druck«, sagt Christian gedehnt, der es sich auf dem Boden bequem gemacht hat und mit dem Rücken an der Couch lehnt.

Jeder trägt jetzt irgendeine Art von Weihnachtsmütze, auch ich. Und während mich noch vor einer Woche keine zehn Pferde dazu gebracht hätten, so ein Ding aufzusetzen, gefällt es mir irgendwie, wie lächerlich alle aussehen.

Sean steht vor dem Kamin und räuspert sich, während er eine abgenutzte DVD-Hülle hochhält. »*Feld der Träume* ist ein …«

Die Familie um mich herum unterbricht ihn mit ihrem Stöhnen.

»Den haben wir schon letztes Jahr gesehen«, mault Hannah. »Mam!«

Colleen zuckt mit den Schultern und nimmt sich noch ein Stück Schokolade. Jetzt, nachdem das Abendessen vorbei ist, wirkt sie viel entspannter und scheint sich auf einen gemütlichen Abend zu freuen. Ich bemerke, wie sie uns alle paar Minuten lächelnd beobachtet, als könnte sie nicht glauben, dass alle ihre Kinder zu Hause sind, als hätte sie nie etwas glücklicher gemacht.

Sean fährt tapfer fort. »Ein Klassiker über Familie und …«

»Wenigstens ist es nicht *Apocalypse Now*«, murmelt Christian.

»Warum sehen wir nicht *Schlaflos in Seattle*?«, schlägt Hannah hoffnungsvoll vor.

Andrew beobachtet die anderen mit einem zarten Lächeln auf den Lippen und spielt mit einer Strähne von meinem Haar.

»Lasst Molly entscheiden«, sagt Colleen, nachdem sie eine weitere Minute diskutiert haben. »Sie ist der Gast.«

»Ähm …« Ich versuche mich an Andrews Seite aufzurichten, als sich alle zu mir umdrehen, aber er rührt sich nicht und drückt mich weiter mit dem Arm an sich.

Hannah sieht mich flehend an.

»Ich mag *Feld der Träume* irgendwie«, sage ich.

Sean strahlt, während Hannah mich ausbuht, doch als der Film beginnt, wird es still im Raum. Hannah beschäftigt sich allerdings die Hälfte der Zeit mit ihrem Handy, bis Christian es ihr aus der Hand nimmt und in seine Gesäßtasche steckt. Es kommt zu einem kurzen Ringkampf, bis Colleen sie trennt und beide ihre Handys für den Rest des Abends in die Küchenschublade legen müssen.

Als der Film zu Ende ist, schaltet Colleen um, und wir sehen die letzte Hälfte von *My Fair Lady* im Fernsehen. Als auch das zu Ende ist, naht bereit Mitternacht, und der Weihnachtstag ist eigentlich vorbei. Andrews Eltern ziehen sich als Erste zurück, und nach weiteren zehn Minuten streckt sich Christian übertrieben, bis er Andrews Blick auffängt.

»Also.« Er gähnt. »Ich bin kaputt. Bis morgen früh, Leute.« Er wirft Hannah einen durchdringenden Blick zu, stemmt sich vom Boden hoch und geht in Richtung Treppe.

Hannah rührt sich nicht. Erst als er ins Zimmer zurückkehrt und sie am Ohr mit sich zieht.

»*Au.* Okay!« Sie stößt ihn von sich, folgt ihm aber nach draußen und murmelt »Gute Nacht«.

Und auf einmal sind wir wieder allein. Ich hebe den Kopf und sehe, dass Andrew mich beobachtet. Er sieht gut aus im Schein der Weihnachtsbeleuchtung – müde, aber zufrieden, während er eine Strähne von meinem Haar um seinen Finger wickelt.

»Bist du müde?«, fragt er.

»Noch nicht«, antworte ich wahrheitsgemäß. »Deine Familie ist wirklich nett.«

»Ich bin froh, dass sie dich kennengelernt haben.« Er zieht an meinem Haar. »Willst du jetzt dein Weihnachtsgeschenk haben?«

»Ja.«

Er lacht, schiebt mich von sich und geht neben dem Baum auf die Knie. Darunter liegen noch ein paar eingepackte Geschenke, von denen Andrew meinte, sie seien für verschiedene andere Verwandte, die in den nächsten Tagen vorbeikommen. Ich denke mir nicht viel dabei, bis er mit einem runden Gegenstand, der in lila Seidenpapier eingewickelt ist, zur Couch zurückkehrt.

»Schließ die Augen«, sagt er, und das tue ich. Eine Sekunde später lässt er etwas in meine Hände fallen. Das schwere Gewicht überrascht mich, er setzt sich wieder neben mich, und ich packe es schnell aus.

Es ist eine Schneekugel.

Aber nicht die Art, die man in Souvenirshops an Flughäfen sieht, diese billigen Plastikdinger, die man lieber verliert als behält. Diese hier ist so groß wie ein Briefbeschwerer, der Sockel aus schwerem, dunklem Holz bedeckt meine ganze Handfläche. Im Inneren befindet sich kein Schneemann oder Miniaturhaus, sondern ein Flugzeug, das am Nachthimmel schwebt und dessen kleine Fensterluken in warmem Gelb leuchten.

»Sind wir das?«, frage ich, ohne den Blick davon zu lösen.

»Das sind wir.«

Ich drehe die Kugel vorsichtig in meinen Händen und streiche mit den Fingern über das Glas. »Ich habe sonst keinen Weihnachtsschmuck.«

»Dachte ich mir. Ich hoffte, die hier könntest du okay finden.«

»Okay finden?«, stoße ich hervor. »Sie ist wundervoll, Andrew.«

Er zuckt mit den Schultern und sieht mir zu, wie ich sie untersuche.

»Du musst sie schütteln«, erinnert er mich, und das tue ich. Ich kippe sie, sodass der Schnee aufwirbelt, bis das

Flugzeug durch eine Winternacht schwebt. Ich beuge mich vor, damit ich es im Licht besser sehen kann, und Andrews Hand lässt mein Haar los und streicht stattdessen kreisförmig über meinen Rücken. Es ist, als könne er nicht aufhören, mich zu berühren. Und ich will nicht, dass er aufhört. Ich glaube, ich habe mich noch nie so wohl mit einem anderen Menschen gefühlt wie in diesem Augenblick mit ihm.

Der Burn-out, den ich in den letzten Wochen erlebt habe, die Angst, der Stress und die schlaflosen Nächte, in denen ich mich gefragt habe, was ich mit meinem Leben anfangen soll, all das ist weit weg, und ich bin auf einmal so klar wie nie zuvor.

»Weißt du noch, als ich gesagt habe, dass ich dir alles erzählen will?«, frage ich und lasse dabei das Flugzeug nicht aus den Augen.

Er hält mit dem Streicheln inne, und ich lächele. Was für eine dramatische Wendung erwartet er?

»Ja«, sagt er langsam.

»Keine Panik, ich habe kein uneheliches Kind irgendwo.«

»Ich dachte eher, du bist eine CIA-Agentin.«

»Ich fühle mich geschmeichelt.« Ich stelle die Schneekugel vorsichtig auf den Couchtisch, setze mich so gut es geht auf und drehe mich zu ihm um. »Ich habe dich neulich angelogen. Als ich sagte, dass ich nicht weiß, was ich täte, wenn ich nicht als Anwältin arbeiten würde.«

»Ich wusste, dass du lügst«, erinnert er mich. »Das habe ich dir gleich gesagt.«

»Okay, also … Jetzt lüge ich nicht mehr.«

Er wartet ab.

»Ich mag Essen«, sage ich und spreche damit etwas Offensichtliches aus. Ich habe schon immer gern gegessen. Mein größtes Vergnügen im Leben ist es zu essen, und zwar gut zu essen. Neue Restaurants zu entdecken, neue Geschmacksrichtungen auszuprobieren. Ich habe meinen Freunden einige meiner Lieblingsgerichte vorgestellt, so wie andere Leute ihre Lieblingsfilme mit ihren Freunden teilen und dann aufmerksam beobachten, ob sie auch angemessen reagieren. »Ich bin nicht gut genug, um professionell zu kochen«, fahre ich fort. »Das weiß ich, und ich glaube, das will ich auch nicht. Aber …« Ich verstumme, als Andrew meine Hand sanft aus meinem Haar zieht. Ich hatte gar nicht bemerkt, dass ich damit gespielt habe. »Ich hatte tatsächlich eine Idee«, gebe ich zu.

Als ich nicht weiterrede, lächelt er. »Ich sterbe vor Neugier, Moll.«

Und plötzlich kommt mir das alles so dumm vor. Ich weiß nicht, warum ich so ein Gewese darum mache oder warum ich so viel Angst habe, es ihm zu sagen. Vielleicht, weil ich es noch niemandem erzählt habe. Es ist nur einer dieser kleinen Träume, so was wie ein Mitglied einer Boyband zu heiraten oder im Lotto zu gewinnen. Nur, wie Andrew gleich erfahren wird, bei Weitem nicht so glamourös.

»Habe ich dir schon mal erzählt, dass ich Reiseleiterin werden wollte, als ich noch klein war?«

Er sieht mich einen Moment lang an, als würde er

abwägen, ob ich scherze oder nicht. »Nein«, sagt er schließlich.

»Das wollte ich. Ich wollte eine dieser Personen sein, die oben auf einem Touristenbus stehen oder in einer leuchtenden Regenjacke mit passendem Regenschirm über dem Kopf eine Gruppe von Leuten durch eine Straße führen. Mein Vater liebt solche Touren. Er hat sie mit Zoe und mir ständig unternommen. Ich fand sie immer lustig.«

»Und jetzt willst du so jemand werden?«, fragt er neugierig. »In Chicago?«

»Nicht ganz. Ich möchte ein Food-Guide sein. Ich möchte die Leute durch die Stadt führen und ihnen Restaurants und Imbissstände zeigen. Nicht nur die aus den Reiseführern oder die, die auf Instagram gepostet werden. Ich möchte ihnen die *echten* Orte zeigen. Jenseits der ausgetretenen Pfade.«

»Warum tust du es dann nicht?«

»Weil ich nicht in einem Film lebe. Weil ich noch acht Monate Miete für eine teure Wohnung berappen und ein Studiendarlehen abbezahlen muss, was jetzt schon ewig dauert. Weil ich in Amerika lebe, was bedeutet, dass ich eine Krankenversicherung brauche. Weil ich jedes Jahr mehrere Hundert Dollar für das Färben meiner Haare ausgebe.«

»Du färbst dir die Haare?«

»Natürlich. Meinst du, diese Strähnchen sind echt?«

Er sieht sehr verwirrt aus. »Was, die helleren Partien? Das ist nicht dein Haar?«

»Ich färbe mir die Haare«, sage ich. »Ich färbe mir die

Haare und zahle ein Monatsabo für meine Hot-Yoga-Kurse, und ich lasse mich gerne massieren, wenn mir danach ist. Darum muss ich genug Geld verdienen, um mir das alles leisten zu können.«

»Oder du musst reich heiraten.«

»Oder stehlen.«

»Oder das«, stimmt er zu.

»Es war nur eine Idee. Ich habe nicht die geringste Ahnung, wie ich anfangen soll. Es würde wahrscheinlich Jahre dauern und mir vielleicht nicht einmal Geld einbringen und …« Ich zögere und wiederhole dieselben Dinge, die ich mir schon seit Wochen sage, wenn ich nicht schlafen kann und mitten in der Nacht so ängstlich und besorgt aufwache, dass ich manchmal das Gefühl habe, keine Luft mehr zu bekommen. Ich habe ein bisschen recherchiert, mir aber nicht gestattet, viel darüber nachzudenken. Die Nachteile überwogen immer die Vorteile. Der Preis des Scheiterns war stets viel zu hoch.

»Klingt, als würdest du viel darüber nachdenken, was schiefgehen könnte, und nicht darüber, was gutgehen könnte«, sagt Andrew sanft.

»Ich versuche nur, realistisch zu sein.«

»Das weiß ich, doch ich habe in meinem Leben schon oft schlecht gegessen, Molly, aber kein einziges Mal, wenn du mir etwas empfohlen hattest. Es gibt einen Grund, warum dich alle fragen, wo sie essen gehen sollen. Und es gibt einen Grund, warum du immer eine Antwort hast. Was, wenn es nicht schiefgeht? Was, wenn du gut darin bist und es klappt und du genug Geld für alles verdienst, was du brauchst, und du den Rest deiner Tage mit dem verbringst, was du gern machst?«

»Ich ...«

Als ich nicht weiterrede, sieht er mich nachdenklich an. »Hast du wirklich seit Wochen über einen anderen Beruf nachgedacht, obwohl du diese Idee im Hinterkopf hattest? Ist dir nie der Gedanke gekommen, dass sich dein Herz vielleicht nur deshalb so sehr gegen alles andere sperrt, weil du längst genau weißt, was du willst?«

»Nein.«

»Was dann?« Er sieht mir herausfordernd in die Augen, um es mit mir auszudiskutieren. Ich hasse es, wenn er so ernst und vernünftig wird.

»Ich habe zu viel Eis gegessen, um richtig darüber zu reden.«

»Immer eine faule Ausrede parat.«

»Das stimmt nicht«, protestiere ich. »Ich bin müde.«

»Du hast Angst.«

»Und?«, frage ich. »Es ist nicht schlimm, Angst zu haben.«

»Stimmt«, bestätigt er. »Solange man nicht ewig Angst hat.« Als ich wegsehe, legt er einen Finger unter mein Kinn und zwingt mich, ihn anzusehen. »Du kannst dir Hilfe holen«, fügt er hinzu. »Du musst nicht von heute auf morgen starten. Es gibt Leute, die dir helfen können. *Ich* kann dir helfen. Aber du musst fragen. Du musst es versuchen. Und mir wäre es wirklich lieber, du versuchst es, als dass du unglücklich bleibst, Molly. Egal, wie viel Angst du hast.«

Ich weiß nicht, was ich darauf antworten soll. Ich kann ihn einfach nur anstarren. Warum findet er eigentlich immer die richtigen Worte? Warum weiß er immer, wie er mich aufmuntern und beruhigen kann, als würde er mich besser verstehen als ich mich selbst?

Meine Finger kribbeln von dem inzwischen vertrauten Verlangen, ihn zu berühren, ihm so nah wie möglich zu sein, und ich drehe mich etwas und ziehe meine Beine auf die Couch.

»Nebenan steht ein Laptop«, fährt er fort. Ausnahmsweise ist er völlig ahnungslos, was mir durch den Kopf geht. »Willst du mir zeigen, was du …«

»Lass uns morgen darüber reden.«

»Ich sage nicht, dass du eine Entscheidung treffen musst. Ich möchte nur sehen, was du …«

»Andrew.« Ich drehe mich um und schwinge ein Bein über ihn, sodass ich rittlings auf seinem Schoß sitze. Er greift nach meiner Taille und stützt mich, während ich zunächst Überraschung und dann Lust in seinen Augen aufflackern sehe. »Lass uns morgen darüber reden«, wiederhole ich langsam und deutlich. Dann beuge ich mich hinunter und küsse ihn.

Kapitel 26

Ich bin geradezu besessen davon, Andrew Fitzpatrick zu küssen.

Manche Menschen laufen. Manche Menschen backen. Manche Menschen malen Miniaturfiguren oder motzen Möbel auf, um sie zum fünffachen Preis zu verkaufen. Es ist gesund, Hobbys zu haben. Und jetzt habe ich meins gefunden.

»Eines steht fest«, murmelt er, als ich endlich wieder Luft hole. »Ich nehme dich ab jetzt jedes Jahr zu Weihnachten mit nach Hause.«

Ich lächle und fahre mit den Fingerspitzen über seine Nase. Ich frage mich, wie ich es all die Jahre geschafft habe, mich von ihm fernzuhalten. Es tut mir im Herzen weh, wenn ich an die vergeudete Zeit denke, an all die Dinge, die wir zusammen hätten erleben können, aber diesen Gedanken verdränge ich schnell. Ich bin froh, dass wir zuerst Freunde geworden sind, dass ich mich ihm jetzt voll und ganz hingeben kann, ohne mir Sorgen darüber zu machen, welche Seiten von mir er ablehnen könnte.

Er hat mich schon in den schlimmsten Situationen erlebt. Wenn ich müde und gestresst oder wütend war und geweint habe. Er hat alles gesehen und scheint mich immer noch zu wollen.

»Warst du eifersüchtig auf meine Verflossenen?«, frage ich, bevor ich mir auf die Zunge beißen kann.

Andrew grinst nur. »Sollte ich?«

»Vielleicht.«

Er antwortet nicht sofort und scheint über seine Antwort nachzudenken. »Ich war gar nicht so sehr eifersüchtig, sondern eher froh, wenn sie dich glücklich gemacht haben«, sagt er schließlich. »Und irrational wütend, wenn du ihretwegen traurig warst. Ich habe möglicherweise einen Beschützerinstinkt, wenn es um dich geht.«

Ich zucke mit den Schultern und versuche, nicht so glücklich über diese Aussage auszusehen, wie ich es bin, doch er lässt sich nicht täuschen.

»Das gefällt dir, was?«

»Ich weiß nicht, was du meinst.«

»Nein?«

»Nein, ich bin emotional sehr gesund und ...« Ich schnappe lachend nach Luft, als er mich zurück auf die Couch stößt.

»Du bist eine schlechte Lügnerin«, sagt er und beugt sich über mich. Noch immer lachend wende ich mich in letzter Sekunde ab, aber davon lässt er sich nicht abhalten. Stattdessen berührt er mit seinen Lippen meinen Hals, als wäre das von Anfang an sein Ziel gewesen.

Er schmiegt sich an mich, erst sanft und dann fest genug, um meinen Puls in die Höhe schießen zu lassen.

Ich drücke gegen seine Schultern, weil ich einen richtigen Kuss will, aber er rührt sich nicht, sondern konzentriert sich auf die weiche Stelle zwischen meinem Hals und meiner Schulter und wandert dann hinauf bis unter mein rechtes Ohr. Eine Hand schiebt mein Haar zurück, die Strähnen gleiten durch seine Finger, während er auf wundervolle Weise an mir saugt, bis mir schwindelig wird.

»Machst du mir einen Knutschfleck?«, frage ich und zucke zusammen, als er noch fester saugt, bevor er mich loslässt.

»Nein«, lügt er und klingt zufrieden mit sich.

Als er sich zurückzieht, versuche ich ihn vorwurfsvoll anzusehen, was mir aber nicht wirklich gelingt, da ich mich gleichzeitig aufrichte, um ihn richtig zu küssen. Diesmal lässt er mich gewähren. Sein Mund gleitet mit einem leisen Stöhnen über meinen – ab jetzt mein absolutes Lieblingsgeräusch –, und als er seine Hüften an mich drängt, keuche ich so laut, dass ich mich wundere, warum nicht seine ganze Familie davon aufwacht.

Bei dem Gedanken an sie löse ich mich von Andrew und steige mit weichen Knien von der Couch. Andrew blinzelt leicht benommen zu mir hoch, und einen Moment lang wirkt er enttäuscht, vielleicht sogar etwas beunruhigt, als fürchtete er, wir seien zu weit gegangen. Doch dann erinnere ich mich an das, was er gesagt hat, und strecke mit einer stummen Frage die Hand aus. Dass wir die Dinge nehmen, wie sie kommen. Dass wir das tun, was sich richtig anfühlt. Und das hier fühlt sich richtig an. Als er seine Hand in meine legt und mir aus dem Zimmer folgt, fühle ich es tief in meiner Seele.

Während wir versuchen, so leise wie möglich die Treppe hinaufzuschleichen, muss ich ein Kichern unterdrücken. Es ist kurz nach ein Uhr nachts, und unter keiner der Türen, an denen wir vorbeikommen, ist Licht zu sehen. Das Haus schläft tief und fest, aber ich war noch nie so wach.

Sobald wir in unserem Zimmer sind, drehe ich mich zu Andrew um, aber er schreitet zielstrebig zum Heizkörper am Fenster.

»Gott sei Dank«, murmelt er, während er mit der Hand die Temperatur prüft. »Dad hatte versprochen, ihn heute Nachmittag zu repa…«

»Andrew.«

»Ja. Sorry.«

Er springt erstaunlich anmutig über das Bett und stellt sich vor mich.

»Sorry«, flüstert er wieder. »Bist du dir sicher, dass du es willst?«

»Ja. Und du?«

»Ich bin mir sicher. Ich bin mir sehr, sehr sicher.« Er kommt näher, bis kein Raum mehr zwischen uns ist. »Es fühlt sich seltsam an«, sinniert er. »Nach all der Zeit endlich nachzugeben. Es kommt mir so vor, als hätte ich es so lange vor uns beiden verheimlicht. Und jetzt tue ich es einfach … nicht mehr.«

»Was verheimlicht?«, frage ich und kann nicht richtig denken, als seine Finger meine Handgelenke umkreisen und sie sanft umfassen.

»Wie oft ich mir das hier vorgestellt habe.« Ich schlucke, als sein Mund zu meinem Ohr gleitet und er mir zuflüstert: »Willst du, dass ich es dir sage? Wie sehr ich dich jetzt gerade will?«

Ich zucke ein wenig zusammen, oder zumindest glaube ich das, denn mein Körper scheint nicht mehr zu verstehen, was mein Gehirn ihm sagt.

»Was willst du, Moll?«, fragt Andrew, als ich einfach nur dastehe.

»Ich will …«

»Ja?«

Alles. Als mir das bewusst wird, bleibt mir das Wort im Hals stecken. Ich will alles mit ihm. Ich will es so sehr, dass ich es kaum aushalten kann.

»Einen Kuss«, sage ich stattdessen und versuche, mich zu konzentrieren, während sein Griff kaum merklich fester wird.

Sofort legt er seine Lippen auf meine, aber es ist nicht genug. Es ist nicht annähernd genug.

Der Kuss ist sanft. Süß. Der Kuss … ist verdammt aufreizend.

Ich dränge mich an ihn, ich brauche mehr, und als ich ein kleines Stück von ihm abrücke, lockert er seinen Griff um meine Hände, sodass ich nach seinem Pullover greifen kann.

»Dich«, sage ich. »Ich will dich. Alles von dir.«

Sein Blick ist voller Verlangen, als würde er dieselbe Energie spüren, die auch durch meinen Körper fließt. »Du hast mich, Moll. Du hast mich schon seit Jahren.«

»Dann hör auf, mich zu reizen«, murmle ich, lege meine Hand um seinen Nacken und ziehe ihn zu mir herunter.

Dieser Kuss ist intensiver, sicherer. Unsere Lippen bewegen sich in perfekter Harmonie, als hätten wir das schon eine Million Mal getan. Andrew lässt die Hände zu meiner Taille sinken, knöpft meine Jeans auf und schiebt sie über meine Hüften. Ich unterbreche den Kuss nicht einmal, als die Jeans um meine Knöchel fällt, steige aus ihr heraus und schiebe sie mit dem Fuß beiseite. Als Nächstes ist mein Pullover dran, und ich hebe die Arme, als er den Saum fasst und ihn mir über den Kopf zieht. Seine Bewegungen sind jetzt entschiedener. Als würde mit jedem Kleidungsstück, das fällt, die Erregung in ihm steigen, und er folgt mir in unserem wenig eleganten Striptease, bis wir beide in unserer Unterwäsche herumknutschen, aber dabei immer noch wie festgewachsen bei der Tür stehen.

Er bugsiert uns in Richtung Bett, und ich vergesse, mich für meine Geräusche, die Cellulite an meinen Oberschenkeln und die Dehnungsstreifen an meinen Hüften zu schämen. Über diese Dinge denke ich normalerweise nach, wenn ich das erste Mal mit einem neuen Mann zusammen bin, aber Andrew ist nicht neu. Und selbst wenn, wäre ich viel zu sehr damit beschäftigt, genug von ihm zu bekommen, um mich darum zu scheren. Denn egal, wie sehr ich es versuche, ich kann nicht genug von ihm bekommen. Ich will, dass er mich überall berührt, will ihn überall spüren. Ich will zehn Stunden Küsse und Vorspiel. Ich will ihn jetzt in mir haben.

Und Andrew scheint es genauso zu gehen, denn seine Hände wandern an meinem Körper auf und ab, als wüsste er nicht, worauf er sich zuerst konzentrieren soll. Wenn er nicht gerade meine Lippen küsst, dann küsst er meinen Hals, meine Kehle, leckt zwischen meinen Brüsten hinunter und wieder hinauf, bevor er so fest an mir knabbert, dass es fast schmerzhaft ist – eine qualvolle Lust, von der ebenfalls Spuren bleiben werden. Und ich will, dass Spuren bleiben. Ich will einen Beweis für diese Nacht, für diesen Moment, um mich morgen beim Aufwachen genau zu erinnern, was passiert ist.

»BH«, murmelt er in mein Ohr, und ich nicke, während ich mich hochdrücke und hinten nach dem Verschluss greife.

»Hast du ein …«

»Ja«, sagt er und stürzt sich geradezu auf den Boden, um sich neben seinen Koffer zu knien. Ich versuche, nicht auf seinen Hintern in den schwarzen Boxershorts zu starren, und dann fällt mir ein, dass ich jetzt so viel starren kann, wie ich will. Als er mit siegessicherer Miene zum Bett zurückkehrt, ziehe ich beim Anblick des Streifens folierter Päckchen eine Augenbraue hoch.

»Möchte ich wissen, warum du an Weihnachten Kondome mit nach Hause genommen hast?«

»Das nennt man sexuelle Gesundheit, Molly. Und ich habe eine alte Freundin im Ort, die …«

»Das ist nicht lustig«, zische ich und stürze mich auf ihn. Er lacht, als wir aufs Bett fallen. Ich setze mich rittlings auf ihn und reiße vorsichtig ein Päckchen auf. Sein Blick gleitet über meine nackte Brust zu dem Anhänger um meinen Hals, den er mir geschenkt hat. Er zieht sanft daran und legt ihn in die Vertiefung an meinem Hals, bevor er sich aufrichtet und einen federleichten Kuss darauf drückt.

Als Letztes entledigen wir uns rasch unserer Unterwäsche, bevor ich ihm das Kondom überstreife. Und dann tauschen wir plötzlich die Plätze, als er mich mit einer selbstsicheren Bewegung unter sich zieht.

»Alles okay?«, fragt er. Ich nicke und lege die Hände auf seine Wangen, um ihn erneut zu küssen. Er lässt mich nur kurz gewähren, dann löst er sich von mir, streicht mit der Nase an meiner Wange entlang und dann weiter nach unten. Es dauert ein paar Sekunden, bis ich merke, dass er nicht wieder hochkommt.

»Andrew?«

Er brummt nur an meiner Haut, streicht mit der Zunge um meinen Bauchnabel und dann weiter nach unten.

»Du musst nicht …« *Halt die Klappe, Molly.* Ich lasse den Kopf auf das Kissen fallen und kralle die Finger in das Laken, als er sanft meine Beine spreizt.

Bei der ersten Berührung seiner Zunge schließe ich fest die Augen. Bei der zweiten drücke ich meine Oberschenkel zusammen, aber das scheint Andrew nicht zu stören. Wenn überhaupt, scheint es ihn eher anzuspornen. Er packt meine Hüften und hält mich so ruhig wie möglich, während ich mich gegen ihn bewege. Der Mann kann Botschaften lesen, das muss ich ihm lassen. Er folgt jeder Bewegung meines Körpers, mit der ich ihm wortlos mitteile, was ich brauche, bis er es besser weiß als ich selbst. Bis er überhaupt keine Führung mehr braucht. Und als er eine Hand von meiner Hüfte löst, um sie zur Hilfe zu nehmen, ist es um mich geschehen. Süße Lust lässt meinen Körper so erbeben, dass ich es kaum aushalte.

Ich kann nur noch daliegen und nach Luft japsen. Er wartet, bis ich mich beruhige, und küsst sich dann langsam wieder zu meinem Mund nach oben.

»Okay, gut gemacht«, sage ich und tätschele ihm die Wange. »Gute Nacht.«

Er grinst und sieht mich einen Moment lang an, dann küsst er mich. Meine Hände wandern auf seinen Rücken und erforschen ihn nach Herzenslust. Die plötzliche Freiheit, es tun zu können, macht mich fast schwindlig vor Glück, und er ermutigt mich, indem er mich leidenschaftlicher küsst und auf alles reagiert, was ich tue.

Als ich mit den Fingern seitlich an seinem Bauch hinaufstreiche, erschauert er, als ich an seinen Haaren ziehe, stöhnt er. Ich bin von jeder seiner Bewegungen fasziniert, jedem Geräusch, das er von sich gibt, jedem Muskel, der sich unter meiner Berührung zusammenzieht.

Er fühlt sich warm und fest an, und obwohl wir beide schwitzen, protestiere ich nicht, als er die schwere Decke über uns zieht, denn dadurch kommt es mir so vor, als wären wir uns noch näher.

Vorsichtig legt er sich ganz auf mich, als würde er testen, wie unsere Körper zueinanderpassen. So vertraut und doch neu. Und ich weiß, dass es, was auch immer passiert, kein Zurück mehr gibt. Dies ist kein einmaliger Ausrutscher.

Dies ist kein Fehler.

Wie konnte ich jemals denken, dass es ein Fehler wäre?

Ich bin jetzt so bereit für ihn, dass es kein Zögern gibt, als er in mich eindringt, und mir ein Stöhnen entfährt, als sich unsere Blicke treffen. Bei dem Geräusch erscheint ein fast gequälter Ausdruck auf seinem Gesicht, und er beugt sich vor, um mich mit neuer Entschlossenheit zu küssen, erregt und weniger geschickt als zuvor. Seine Arme auf beiden Seiten von mir zittern, als würde er sich mit allen Mitteln beherrschen, und als er sich zurückzieht, bringt die langsame Bewegung meine Nerven zum Vibrieren.

Er küsst mich, wie mich noch niemand geküsst hat. Als ob er sein ganzes Leben darauf gewartet hätte.

Oder vielleicht nur zehn Jahre.

Bei dem Gedanken fasse ich ihn fester und ziehe ihn in mich hinein, bis unsere Körper so eng aneinandergepresst sind, dass kein Blatt mehr zwischen uns passt. Und das will ich auch gar nicht.

Ich liebe diesen Mann. Ich liebe ihn, ich liebe ihn, ich liebe ihn, und ich kann an nichts anderes denken, als daran, wie sehr er auch mich lieben muss. Das muss er. Denn er wollte mich hier haben. Bei sich. Vielleicht schon lange, bevor ich ihn jemals wollte. Und ich bin so froh, dass ich unter dem Mistelzweig stehen geblieben bin, dass das Schicksal endlich die Nase voll vom Warten hatte, auch wenn ich noch nicht den Mut habe, ihm das jetzt zu sagen. Aber vielleicht muss ich das auch gar nicht. Mein Körper sagt ihm, was ich nicht in Worte fassen kann, und so berühre ich ihn. Ich berühre und streichle ihn und lasse meine Küsse sprechen. Und als er meine Hände über meinen Kopf führt und seine Finger mit meinen verschränkt, versuche ich mich zu erinnern, ob ich jemals zuvor so empfunden habe. Ob ich jemals zuvor so *viel* empfunden habe, und dann zupft er an meiner Unterlippe und senkt den Kopf, um seinen Mund auf die Haut über meinem Herzen zu legen, und von da an weiß ich überhaupt nichts mehr.

Kapitel 27

VOR EINEM JAHR

FLUG NUMMER NEUN, CHICAGO

»Ich weiß nicht mehr, wo ich … Nein, ich habe es auf jeden Fall auf ihrem Schreibtisch gelassen. Nun, wenn es nicht da ist, dann hat es jemand verlegt. Ich weiß nicht, wer! Wenn ich es wüsste, wären wir nicht in diesem Schlamassel.«

»Molly.«

Ich hebe einen Finger und bemühe mich sehr darum, dass mir nicht der Geduldsfaden reißt, damit ich morgen früh noch einen Job habe. »Ruf Lauren an und frag sie«, sage ich. »Und sag Carlton nichts davon … Es ist mir egal, ob sie über Weihnachten nach Hause gefahren ist, ich bin auch schon unterwegs!«

»*Molly.*«

»Ich telefoniere«, zische ich und sehe Andrew an. Er starrt wütend über den kleinen Plastiktisch zurück und sieht genauso gereizt und müde aus, wie ich mich fühle.

»Also, wenn du nicht willst, dass ich dir nur ein Glas Wasser bestelle, musst du jetzt Schluss machen«, sagt er.

Erst da bemerke ich die erschöpft wirkende Bedienung, die neben uns steht.

Mist. Na gut. »Ich rufe dich gleich zurück«, sage ich und beende das Gespräch, wobei ich Andrew einen scharfen Blick zuwerfe, bevor ich die Speisekarte überfliege, obwohl ich schon weiß, was ich will.

»Käsepommes«, sage ich. »Danke.«

»Es tut mir leid, die sind aus.«

Natürlich. »Ein Club-Sandwich ist auch okay.«

Die Kellnerin verzieht entschuldigend das Gesicht. Auf ihrer Bluse ist ein Ketchup-Fleck, und ihr dunkles Haar löst sich aus dem lockeren Dutt. »Unsere Sandwiches gibt es nur bis …«

»Dann suchen Sie was aus«, unterbreche ich sie und reiche ihr die Karte zurück. »Überraschen Sie mich.«

»Unsere Tagessuppe ist …«

»Ja. Toll. Die nehme ich.«

Sie murmelt eine weitere Entschuldigung, macht auf dem Absatz kehrt und geht sofort zum Nebentisch.

»Ernsthaft?«, fragt Andrew, als sie nicht mehr in Hörweite ist. »Sie ist fast noch ein Kind.«

»Ich gebe ihr ein gutes Trinkgeld«, murmle ich und lege den Kopf in die Hände. Ich massiere mir die Schläfen und versuche, eine aufziehende Migräne zu lindern. Ich weiß, ich benehme mich wie eine Zicke, aber ich kann gerade nicht anders. Mein Job ist ein endloser Albtraum, den die Weihnachtsfeiertage nur noch verschlimmert haben. Unser Flug hat fünf Stunden Verspätung, und jetzt haben wir anscheinend dreißig Minuten gewartet, um Essen zu bestellen, das es gar nicht gibt.

»Es ist nicht ihre Schuld«, fährt Andrew fort. Ich versuche, einen finsteren Blick zu unterdrücken, und halte den Kopf gesenkt, damit er mein Gesicht nicht sehen kann. »Was?«, fragt er, als ich nicht reagiere. »Mit mir redest du jetzt also auch nicht mehr?«

Meine Güte, um Himmels willen …

»Was willst du denn hören?«, blaffe ich ihn an und setze mich so schnell auf, dass mir schwindelt. »Ich kann sagen, was ich will, so, wie du gelaunt bist, verstehst du doch sowieso alles falsch.«

»So, wie *ich* gelaunt bin? Du bist diejenige, die seit einer Stunde telefoniert.«

»Ja, wegen der *Arbeit*, Andrew. Ich habe einen Job. Einen, der nicht einfach aufhört, wenn ich das Büro verlasse.«

»Wie wäre es mit einem, der ein paar Stunden Pause macht, damit wir uns unterhalten können?«

»Ein paar Stunden? Wie es aussieht, werden wir die ganze Nacht hier sein!«

»Ähm … entschuldigen Sie?«

»*Was?*«, stoßen wir gleichzeitig hervor und drehen uns beide zu der Kellnerin um, die erschrocken vor uns steht.

»Es tut mir wirklich *sehr* leid«, beginnt sie, während mein Telefon auf dem Tisch summt. »Aber die Suppe …«

Andrew sieht mich immer noch an, als wäre ich der schlechteste Mensch auf der Welt, und ich fange an, mich auch so zu fühlen. Der Arbeitsdruck der letzten Wochen hat einen Menschen aus mir gemacht, den ich kaum wiedererkenne.

»Den Hähnchen-Caesar-Salat haben wir *auf jeden Fall*«,

fährt das Mädchen fort, und die aufrichtige Hoffnung in ihrer Stimme gibt mir endgültig den Rest.

Mir kommen sofort die Tränen, und wenn es damit einmal losgeht, sind sie nicht mehr aufzuhalten.

»Es tut mir leid«, keucht sie, als Andrew vor sich hin flucht und von seinem Stuhl gleitet. »Wir haben Spaghetti? Das dauert länger, aber ...«

»Salat ist prima«, sage ich und bringe die Worte kaum heraus. »Das klingt perfekt, danke.«

Sie nickt mir panisch zu, als Andrew sich neben mich kniet und zögernd eine Hand auf meinen Arm legt, während ringsum alle höflich den Blick abwenden.

»Es tut mir leid«, sage ich mit bebender Stimme. »Ich bin total müde.«

»Ich weiß. Ich auch. Tut mir leid, dass ich so pampig war.«

»*Mir* tut es leid, dass *ich* pampig war. Mist. Mein Make-up.«

»Mach dir darüber keine Sorgen.«

Ich ziehe eine Serviette aus dem Spender und tupfe mir damit die Augen. Mein Telefon klingelt unentwegt, aber wir ignorieren es. »Ich wollte doch nur ein paar Käsepommes.«

»Ich weiß. Wir können es woanders versuchen. Oder ich klaue sie diesem Typen am Nebentisch.«

Er sagt das so ernst, dass ich schnauben muss, was man nicht tun sollte, wenn man weint, aber es erfüllt seinen Zweck, meine Tränen versiegen so schnell, wie sie gekommen sind.

»Igitt.« Ich drücke die Serviette an meine Nase und schnäuze mich leicht. »Tut mir leid wegen der Arbeit.«

»Das muss es nicht. Ich weiß, dass du …«

»Nein«, unterbreche ich ihn. »Ich bin unhöflich. Die haben bei uns letzten Monat angekündigt, dass es Kürzungen geben wird, und jetzt fallen alle übereinander her wie die Hyänen, und ich bin einfach …« Ich seufze und lasse mich in meinen Stuhl sinken. »Ich weiß nicht, wann ich das letzte Mal eine ganze Nacht geschlafen habe.«

»Kann ich etwas tun?«

Bei seinen Worten stockt mir der Atem, und ich werde wieder einmal daran erinnert, warum ich jedes Jahr alles stehen und liegen lasse, um mit diesem Mann nach Hause zu fliegen. Kein »Vielleicht solltest du nicht so hart arbeiten«, kein »Reiß dich zusammen, Molly«. Nur, wie er mir helfen kann. Selbst nachdem ich ihn die letzten zwei Stunden ignoriert habe, ist das alles, was er wissen will.

»Tu einfach so, als wäre ich eine großartige Gesellschaft gewesen«, sage ich. »Und sag mir, ob meine Wimperntusche verwischt ist.«

»Meinst du das, was über dein ganzes Gesicht verteilt ist, oder …«

Ich werfe ihm einen bösen Blick zu, aber er lächelt nur und streicht mir dann zu meiner Überraschung mit dem Daumen über die Wange und wischt die Flecken weg. Es ist eine seltsam intime Geste, seine Haut fühlt sich rau und warm auf meiner an, und ich bin verwirrt darüber, was das bei mir auslöst. Er wischt noch einmal, diesmal langsamer, und sein Lächeln weicht einem nachdenklichen Ausdruck.

»Molly …«

Mein Telefon klingelt, und er zuckt zurück und lässt die Hand sinken, als hätte er sich verbrannt. Bevor ich ihn aufhalten kann, nickt er mir aufmunternd zu und setzt sich wieder auf seinen Stuhl.

»Du solltest rangehen«, sagt er.

Aber zum Teufel damit. Ich bringe das verdammte Ding zum Schweigen und stecke es dann in die Tasche.

»Sie werden denken, ich bin schon in der Luft«, sage ich. »Jetzt gehöre ich ganz dir.«

Bei meinen Worten flackert sein Blick kaum merklich, aber was auch immer er sagen will, geht unter, als die Kellnerin zurückkommt, die jetzt sichtlich schwitzt.

»Also, als ich sagte, der Hähnchen-Caesar-Salat …«

JETZT, DUBLIN

Ich dämmere nur vor mich hin. Entweder bin ich es, die aufwacht, oder Andrew, und jedes Mal, wenn das passiert, greift einer von uns nach dem anderen. Irgendwann in der Nacht kommen wir ein zweites Mal zusammen, langsamer und behutsamer, aber nicht weniger vollkommen, und als er mich zum Höhepunkt bringt, muss ich meinen Kopf ins Kissen pressen, um die Geräusche zu dämpfen, die ich unweigerlich von mir gebe.

Erst danach schlafe ich richtig ein, und als ich das nächste Mal aufwache, zeigt die Uhr auf meinem Handy kurz vor sieben. Andrew schläft tief und fest, den Kopf zu mir gedreht, und ein paar Minuten lang liege ich einfach nur da und gewöhne mich an die Dunkelheit und an, nun ja, an *das hier*.

Ich könnte mich wirklich daran gewöhnen.

Mit ihm ins Bett zu gehen, mit ihm aufzuwachen, immer und immer wieder, bis es nichts Besonderes mehr ist. Bis ich ihn als selbstverständlich hinnehmen kann.

Nicht auf eine negative Weise, sondern auf eine angenehme. Zu wissen, dass er da sein wird. So, wie er immer da gewesen ist.

Ich sehe mir die letzten Nachrichten im Gruppenchat der Familie an und scrolle durch unzählige Fotos von jedem Einzelnen mit dem Baby auf dem Arm. Zoe wird heute zu Hause erwartet und ich ebenso, und obwohl ich es kaum erwarten kann, sie und meine Eltern zu sehen, bin ich andererseits ganz traurig bei der Vorstellung, ein paar Tage von Andrew getrennt zu sein.

Am liebsten würde ich ihn wecken, damit wir jede Minute, die uns noch bleibt, ausnutzen können. Doch natürlich tue ich das nicht, sondern starre im Dunkeln minutenlang auf mein Handy und like alle möglichen Instagram-Storys.

Ich habe gerade ein etwas zu langes Update an Gabriela geschickt, als ich zur Toilette muss und das als Vorwand nutze, aus dem Bett zu schlüpfen. Ich muss mich äußerst vorsichtig bewegen, aber es sieht so aus, als habe die Erschöpfung Andrew endlich eingeholt, denn er rührt sich nicht, als ich aus dem Zimmer schleiche.

Ich erledige schnell, was zu erledigen ist, und stehe

gerade wieder vor der Schlafzimmertür, als sich, wie morgens üblich, mein Magen meldet.

Es sollte mich nicht überraschen. Ich habe schon immer gerne gefrühstückt (okay, ich esse eigentlich zu jeder Tageszeit gerne), und obwohl ich gestern fast den ganzen Tag über gefuttert habe, ist es schwer, sich von Gewohnheiten zu lösen. Für den Fall, dass ich unterwegs einem Fitzpatrick über den Weg laufe, ziehe ich den Bademantel über, gehe an Andrews Tür vorbei und schleiche die Treppe hinunter, die wir wenige Stunden zuvor leise hinaufgeeilt sind.

Ich taste mich durch das dunkle Haus, bis ich die Küche erreiche, wo ich nach einigem Suchen den Lichtschalter finde. Ich nehme Colleen beim Wort und bediene mich am Brotkasten auf dem Tresen. Dabei mache ich mir nicht die Mühe, die Scheibe zu toasten, sondern lehne mich gegen den Tresen und schlinge so schnell ich kann ein paar Bissen herunter. Wie gerne hätte ich einen Kaffee, aber ich kann nirgendwo eine Maschine entdecken, und mir ist nicht entgangen, dass gestern Morgen alle Tee getrunken haben. Bestimmt gibt es irgendwo einen löslichen Kaffee, aber als Gast in ihren Schränken herumzuwühlen, geht mir dann doch etwas zu weit.

Irgendwo im Dorf müsste ich doch meine Koffeindröhnung bekommen können. Ich habe mit Andrew nicht besprochen, wann ich zu meinen Eltern zurückfahre, aber wir könnten bestimmt …

Als ganz in der Nähe jemand hustet, zucke ich erschrocken zusammen und stopfe mir das restliche Brot in den Mund, für den Fall, dass Andrew aufgewacht und mir nachgeschlichen ist. Doch als dann wieder jemand hustet, merke ich, dass das Geräusch von draußen kommt, von der Veranda, die die Rückseite des Hauses umschließt.

Neugierig wische ich die Krümel in die Spüle und stecke den Kopf aus der Tür.

Draußen steht Christian in Jogginghose und Kapuzenpulli. Er hat eine qualmende Zigarette zwischen den Lippen und wirkt schuldbewusst, bis er sieht, dass ich es bin.

»Ich dachte, du bist Mam«, sagt er und klingt erleichterter, als es ein erwachsener Mann Ende zwanzig sein sollte.

»Sorry.«

»Konntest du nicht schlafen?«

Ich schüttle den Kopf, schlinge die Arme um meinen Körper und blicke mich um. Zwei Rotkehlchen hüpfen über den gefrorenen Boden neben uns, als wollten sie eine Mutprobe bestehen. Es ist kalt, aber auszuhalten, und ich trete weiter hinaus.

»Stört es dich, wenn ich …?«

Er zuckt mit den Schultern, als ich mit einer lahmen Geste auf die Veranda deute, und ich stelle mich neben der Tür an die Wand.

»Du bist früh auf«, stelle ich fest.

»Ich fliege in ungefähr einer Stunde zurück nach London. Unser Chef ist ein Arsch, er will, dass morgen alle im Büro sind.«

Das kommt mir bekannt vor. »Was machst du beruflich?«

»Immobilien.«

»Gefällt es dir?«

»Nö.« Er grinst. »Aber ich kann damit meine Rechnungen bezahlen. Na ja, halbwegs zumindest.« Er nimmt einen weiteren Zug von der Zigarette und wendet den Kopf ab, um den Rauch nicht in meine Richtung zu pusten. Es entsteht eine peinliche Stille, oder zumindest empfinde ich sie als peinlich. Christian scheint total entspannt zu sein, während er einfach nur dasteht und mich beobachtet. Rauchen Leute deshalb? Damit sie etwas mit ihren Händen tun können?

»Also«, sagt er, nachdem ich dreißig Sekunden lang verzweifelt versucht habe, ein anderes Thema zu finden. »Seid du und Andrew ...«

»Verlobt?«

Er lacht. »Das mit dem Abendessen tut mir leid«, sagt er, klingt allerdings kein bisschen bedauernd. »Hannah ist eine Romantikerin.«

»Und du?«

»Nur ein jüngerer Bruder.« Er zieht die Kapuze über den Kopf und kuschelt sich gegen die Kälte hinein. »Aber ihr seid jetzt zusammen, oder?«

»Es ist noch ganz frisch.«

»Frisch ist keine schlechte Art, das Jahr zu beenden«, sagt er eine Spur freundlicher. »Auch wenn er schon immer ein schlechtes Timing hatte.«

Ich lächle nur leicht verwirrt.

»Weißt du schon, was du willst?«, fragt er.

»Inwiefern ...«

»Ob du in den Staaten bleibst oder zurück nach Dublin gehst?«

»Ah.« Das Auswandererthema. »Ich habe nicht vor, zurück nach Irland zu ziehen. Ich fühle mich in Chicago schon seit einer Weile zu Hause.«

»Schön für dich«, sagt er. »Aber eine Fernbeziehung. Das ist immer schwierig.«

»Was meinst du?«

»Nicht dass es nicht funktionieren könnte«, fügt er hinzu, und ich erstarre, während mein Magen gegen mein improvisiertes Frühstück rebelliert. Weil ich nichts sage, denkt Christian offenbar, ich wäre verärgert. »Ihr macht das bestimmt super.« Ein kurzes Lächeln. »Hat Andrew schon eine Wohnung gefunden? Er glaubt mir nie, wenn ich ihm sage, wie schwierig es ist, in Dublin eine Wohnung zu finden. Anscheinend denkt er, dass er einfach so nach Hause kommen kann und gleich eine Wohnung für ihn bereitsteht.«

Ich stecke mein Haar zu einem lockeren Knoten zusammen und streiche mit meinen jetzt feuchten Händen immer wieder die Strähnen nach hinten. »Er findet bestimmt etwas«, sage ich. Die Worte klingen schwach, als hätte jemand anders gesprochen.

»Aber nicht rechtzeitig. Wann geht der neue Job los? Im März?«

März? *März?* »Ich kann mich nicht erinnern.«

»Vielleicht kannst du ihn dazu bewegen, sich die Wohnungen anzusehen, die ich ihm geschickt habe? Schon allein für eine Besichtigung muss er sich anmelden. Und sag ihm, er soll sich nicht bei mir ausweinen, wenn …«

Als die Tür plötzlich auffliegt, zucken wir beide zusammen, und Christian versteckt reflexartig die Zigarette hinter dem Rücken. Andrew tritt heraus und betrachtet die Szene, dann sieht er seinen Bruder vorwurfsvoll an.

»Was machst du hier draußen?«

Christian zuckt mit den Schultern. »Dir dein Mädchen ausspannen.«

»Na, das kannst du auch drinnen machen. Vorzugsweise neben der Heizung.« Andrew winkt mich zurück in die Küche, und ich folge ihm stumm. »Und mach die aus, bevor Mam dich erwischt«, sagt er zu Christian. »Wie alt bist du? Fünfzehn?«

Christian kommt eine Sekunde später herein und reibt die Hände aneinander, während Andrew weitere Lampen einschaltet. »Es soll heute schneien«, sagt er und blickt aus dem Fenster.

»Das behaupten sie immer«, sagt Andrew. »Wenn überhaupt, dann in den Bergen.« Er sieht mit skeptischer Miene zu mir, zieht sein Sweatshirt aus und reicht es mir. Und nur, um etwas zu tun zu haben, streife ich es automatisch über.

Er zieht zurück nach Irland? Er zieht zurück nach Irland und hat es mir nicht erzählt?

»Ich packe zu Ende«, sagt Christian. »Nichts für ungut, Molly.« Er wartet nicht auf eine Antwort und verschwindet die Treppe hinauf.

»Alles okay?«, fragt Andrew, als er weg ist.

»Alles okay.«

»Bist du sicher?«

»*Ja.*« Ich gehe um den Tresen herum und wünschte, er

hätte uns nicht unterbrochen, denn dann hätte ich Christian fragen können, was genau hier eigentlich los ist.

Andrew grinst mich nur an. »Was soll ich denn denken, wenn ich in einem leeren Bett aufwache?«

»Tut mir leid. Ich bin aufgestanden, weil ich pinkeln musste, und dann hatte ich Hunger.«

»Du hast Hunger? Was willst du haben? Mam kauft normalerweise diese kleinen Cornflakespackungen. Ich mache mich immer darüber lustig, aber jetzt möchte ich nichts lieber haben als die.« Er fängt an, die Schränke zu durchstöbern, und holt verschiedene Frühstückssachen heraus. Dabei kommt mir ein Bild in den Sinn, wie er an der Flughafenbar saß, kurz bevor unser Flug gestrichen wurde.

Kann ich kurz mit dir reden?

Ich war so mit dem aktuellen Geschehen beschäftigt, dass ich ihm nicht zugehört habe. Wollte er es mir bei der Gelegenheit erzählen? Hat er deshalb so schnell vorgeschlagen, Weihnachten in Chicago zu verbringen, auch wenn er dann seine Familie nicht sehen würde? Weil er das letzte Mal die Gelegenheit dazu hatte?

»Willst du einen Kaffee?« Andrew stellt zwei Becher auf den Tresen und durchsucht weiter die Schränke. »Ich bin der Einzige, der hier Kaffee trinkt, darum bringe ich immer meinen eigenen Vorrat mit.«

Als ich nichts sage, blickt er zu mir herüber, in der einen Hand eine in Plastik verpackte Auswahl an Mini-Cornflakesschachteln.

»Bist du sicher, dass alles okay ist?«

Ich beuge mich über die Kücheninsel nach vorn, meine Arme stecken in den weiten Ärmeln seines Sweatshirts, meine Füße in den flauschigen Hausschuhen, die Hannah mir geliehen hat.

»Christian hat gesagt ...«

Als ich stocke, zieht Andrew die Augenbrauen zusammen und sieht mit finsterem Blick zur Treppe. »Was hat Christian gesagt?«

»Er denkt, dass du wieder hierher ziehst. Dass du einen neuen Job hast. Und eine Wohnung suchst.«

Schweigen.

Ich habe es absichtlich so gesagt, als wäre es ein Scherz, so nach dem Motto »Ist Christian nicht lustig, ha ha ha«. Aber Andrew stellt die Cornflakespackungen auf den Tresen und zieht mit verhaltener Miene eine Minischachtel Rice Krispies heraus.

Oh, verdammt, nein.

»Molly ...«

»Das kann doch nicht dein Ernst sein.«

»Es ist nicht so, wie es sich anhört.«

»Ach, nein? Ziehst du wieder hierher?«

»Nein.«

Ah. Okay, jetzt bin ich verwirrt. »Aber Christian hat gesagt ...«

»Ich weiß. Er ... Ich hatte es vor. Als Marissa und ich uns getrennt haben, habe ich einiges überdacht. Mein Leben da drüben. Meine Abstinenz. Ich dachte, vielleicht bräuchte ich einen Neuanfang.«

»Zu Hause?«

»Ich bin mir der Ironie bewusst.«

»Aber du ziehst nicht zurück?«, forsche ich nach und versuche zu verstehen, was hier los ist.

»Ich habe meine Meinung geändert.«

Er hat seine Meinung geändert. Und zum ersten Mal, seit wir hier sind, empfinde ich bei etwas, das er sagt, ein gewisses Unbehagen.

»Wann?«

Er zögert, als ob er wüsste, dass er beim Löschen des einen Feuers ein neues entfacht haben könnte.

»Wann hast du deine Meinung geändert?«, hake ich nach.

»Ist das wichtig?«

»*Ja*. Denn es klingt so, als hättest du bis vor drei Tagen *monatelang* geplant, nach Hause zurückzuziehen. Und jetzt ... tust du es nicht? Warum? Wegen eines Kusses?«

»Es ist nicht nur das, und das weißt du.«

»Aber wenn wir uns nicht geküsst hätten, wäre das immer noch der Plan, oder?« Mir wird ein bisschen übel. Zurück zu seiner Familie, zu seinen Freunden, zurück zu einem neuen Leben, und das wollte er für mich wegwerfen? »Du hast einen neuen Job?«

»Ich habe ihn noch nicht angenommen. Und werde es auch nicht tun.« Jetzt wirkt er angespannt, seine gute Laune ist dahin. Wenn ich nicht so wütend wäre, hätte ich ein schlechtes Gewissen. Ich kann nicht fassen, dass er es mir nicht gesagt hat. »Moll, komm schon, das ist doch keine ...«

»Sag *nicht*, dass es keine große Sache ist«, warne ich ihn. »Ich weiß, das denkst du, aber das ist es doch. Du hast selbst gesagt, wie traurig du es fandest, nicht mitzubekommen, wie Hannah herangewachsen ist. Und deine Nichte und dein Neffe lieben dich, und deine Eltern lieben dich, und du liebst Irland, das weiß ich.« Die Freude in seinem Gesicht, als wir durch Dublin gelaufen sind, die Ruhe, die er ausgestrahlt hat, als wir gestern Morgen auf dem Hügel standen. So habe ich ihn nie zuvor gesehen. Er hat gemeint, einen Neuanfang zu brauchen, und jetzt will er das alles für etwas aufgeben, das noch gar nicht richtig begonnen hat? Jede meiner Beziehungen hat damit geendet, dass meine Partner etwas oder jemand anderen mir vorgezogen haben. Was passiert, wenn ich diesem Mann alles gebe und er seine Entscheidung in drei Monaten bereut?

»Du weißt doch noch gar nicht, was das zwischen uns ist«, versuche ich ihm die Lage verständlich zu machen.

Ein Blick in sein Gesicht verrät mir, dass er es nicht versteht. Vielmehr sieht er sauer aus. »Ich weiß nicht, was das zwischen uns ist? Im Ernst?«

»Wir haben nicht einmal …«

»Flug Nummer eins«, unterbricht er mich, legt die Packung Rice Krispies zur Seite und greift nach den Coco Pops. »Du kanntest mich nicht mal und hast versucht, mich zu beschützen. Du hast mir buchstäblich das Telefon entrissen, um zu verhindern, dass ich verletzt werde. Bei Flug Nummer zwei habe ich die ganze Zeit auf deinen Hinterkopf gestarrt und darauf gewartet, dass du dich umdrehst. Ich weiß, du dachtest, ich sei wütend, aber das war ich nicht. Ich habe mich geschämt. Ich wollte mit dir reden, aber zum ersten Mal in meinem Leben wusste ich nicht, wie. Flug Nummer drei. Unser erster richtiger Flug. Es war die kurzweiligste Reise, die ich je zuvor gemacht hatte. Ich wollte dich um ein Date bitten, aber du hast gesagt, du hättest einen Freund.«

»Andrew …«

»Flug Nummer vier.« Jetzt greift er nach den Cornflakes. »Wir haben uns mit Sekt betrunken und während der ganzen Heimreise geredet. Ich glaube, ich habe noch nie in meinem Leben so viel Spaß gehabt. Bei Flug Nummer fünf hattest du mir diesen Pullover gekauft. Ich habe ihn eine Woche lang nicht gewaschen, weil er nach dir gerochen hat. Den alten Restaurantführer habe ich wochenlang mit mir herumgetragen und mich gefragt, ob ich ihn dir geben soll oder nicht, und dein Gesichtsausdruck, als du ihn ausgepackt hast … Ich war noch nie so glücklich, jemanden lächeln zu sehen. Bei Flug Nummer sechs habe ich gesehen, wie du dich von deinem Freund verabschiedet hast. Du wolltest wissen, ob ich eifersüchtig auf deine Ex-Freunde war, Molly? Damals habe ich es darauf geschoben, dass ich nicht wollte, dass du mit einem Arschloch zusammen bist, aber euch zusammen zu sehen, fühlte sich an, als würde ich in zwei Teile zerrissen. Ich war damals mit einer anderen Frau zusammen, und einfach nur dazustehen und dich anzusehen, kam mir schon vor, als würde ich sie betrügen.«

Er wartet, dass ich ihn wieder unterbreche, aber das tue ich nicht. Ich starre ihn nur an und bin den Tränen nah.

»Ich habe gelogen, als ich sagte, dass ich dich einmal küssen wollte«, fährt er fort. »Bei Flug Nummer sieben wollte ich es zum zweiten Mal. Ich weiß nicht, warum. Es ist nichts Besonderes passiert. Ich kam einfach mit der Rolltreppe hochgefahren, und du saßt am Gate, und ich hatte das Gefühl, ich sei schon zu Hause. Ich fand es damals schrecklich, mich von dir zu verabschieden, aber ich wusste nicht, warum. Auf dem achten Flug bist du praktisch gestorben wegen deiner Periode. Du bist an meiner Schulter eingeschlafen, und ich hätte dich zur Seite schieben können, aber das habe ich nicht getan. Mein Arm war eingeschlafen, aber ich habe mich nicht bewegt, weil es mir gefallen hat, von dir berührt zu werden, und ich mich um dich kümmern wollte. Manchmal kommt es mir so vor, als wäre ich dazu geboren. Bei Flug Nummer neun hatten wir Verspätung, und du hast geweint, weil es keine Käsepommes mehr gab. Ich bin mir ziemlich sicher, dass ich all mein Hab und Gut verkauft hätte, nur um dir welche zu besorgen, und ich war ganz knapp davor, dir zu sagen, was ich empfand. Ich war ganz kurz davor, aber du warst erschöpft, und ich wollte dich nicht noch mehr stressen. Als ich nach Weihnachten zurückkam, hattest du schon Brandon kennengelernt, und ich war zu spät.«

Er geht um den Tisch herum auf mich zu und bleibt erst stehen, als ich einen Schritt zurückweiche und gegen den Herd stoße.

»Ich wollte dir erzählen, dass ich nach Hause zurückgehe. Ich schwöre bei Gott, dass ich das wollte. Aber noch nicht. Denn mehr als alles andere wollte ich, dass du mir einen Grund gibst zu bleiben. Ich wollte mit dir flirten, dich vielleicht zu einem richtigen Date einladen, aber du

405

warst so mit der Arbeit beschäftigt, und dann kam der Sturm und …« Er schüttelt den Kopf und sieht mich jetzt fast finster an. »Der Sturm kam, und du hast alles darangesetzt, mich zu Weihnachten nach Hause zu bringen, weil du wusstest, dass mich das glücklich machen würde. Also, Flug Nummer zehn, Molly. Bei Flug Nummer zehn hast du mich unter dem Mistelzweig geküsst und wurdest zur einzigen Frau, die ich je wirklich wollte. Sag mir nicht, ich wüsste nicht, was das zwischen uns ist. Sag mir nicht, ich wüsste nicht, was ich will.«

Mein Herz klopft so heftig in meiner Brust, dass ich es förmlich hören kann. Auf jeden Fall kann ich es spüren. Ein schmerzhaftes Pochen gegen meinen Brustkorb, als wollte es herausspringen und sich mit seinem vereinen. Am liebsten würde ich ihn in die Arme schließen, ihn berühren, aber ich bleibe, wo ich bin, denn die möglichen Auswirkungen auf die Zukunft machen mir mehr Angst als irgendetwas je zuvor. Es ist leicht, den Sprung zu wagen. Den Job zu kündigen, sich zu verlieben. Etwas zu wollen, ist einfach. Der harte Teil kommt erst danach. Und die Vorstellung, dass Andrew meinetwegen den größten Fehler seines Lebens begehen könnte, lässt mir das Blut in den Adern gefrieren.

»Wir haben ausgemacht, dass wir am *Anfang* beginnen«, sage ich, als ich wieder sprechen kann. »Das ist keine Entscheidung, die man am Anfang einer Beziehung trifft.«

»Wenn ich hierher zurückziehe, können wir gar nicht erst anfangen. Ist es das, was du willst?«

»Ich will, dass …«

Wir reagieren beide angespannt, als die Treppe knarrt. Ich verschränke die Arme vor der Brust und rechne damit, dass Christian zurückkommt und einen Spruch macht, aber es erscheint die jüngste Fitzpatrick, barfuß in ihrem Flanell-Pyjama.

Andrew lächelt, und etwas von der Anspannung weicht aus seinem Gesicht. »Hey, Dornröschen«, sagt er, und seine Stimme strahlt Leichtigkeit aus, obwohl er den Blick nicht von mir löst.

»Wie spät ist es?«, fragt Hannah, die eher wie zehn als wie ein Teenager wirkt, während sie sich die Augen reibt und in die dämmerige Küche blickt.

»Halb acht.«

»Was?« Sie klingt entsetzt. »Warum seid ihr auf?«

»Weil die innere Uhr aus dem Takt ist.« Er schüttelt die Cornflakespackung. »Und wegen der Cerealienauswahl.«

Hannah sieht nicht überzeugt aus und blickt mit schmalen Augen von einem zum anderen. »Habt ihr Streit?«

»Nein.«

»Ihr seht aber aus, als hättet ihr euch gestritten. Du siehst aus, als ob du …«

»Geh zurück ins Bett, Hannah«, fällt Andrew ihr ins Wort, aber sie wirft ihm nur einen Blick zu und geht zur Spüle.

»Erst hole ich mir ein Glas Wasser«, murmelt sie. »Das darf ich. Ich wohne hier.«

Andrew wirft ihr einen typischen, mörderischen Geschwisterblick zu, aber Hannah ignoriert ihn und sieht auf dem Weg zur Tür kurz zu mir.

Ich schenke ihr ein Lächeln, aber es muss so angestrengt wirken, wie ich mich fühle, denn als sie den Raum verlässt, runzelt sie die Stirn noch tiefer. Es folgt eine lange Pause, in der sie offenbar versucht, uns zu belauschen, bis sie aufgibt und wir wieder die Treppe knarren hören.

Andrew wartet einen Moment, bevor er sich zu mir umdreht und die Hände auf den Tresen legt.

»Ich möchte meine Schwester sehen«, sage ich, bevor er wieder etwas sagen kann.

»Molly …«

»Wir reden später darüber«, sage ich. »Wir werden uns wie Erwachsene zusammensetzen und darüber reden. Aber ich kann … ich kann jetzt nicht *denken*.«

Ich wusste es. Ich wusste, wenn Weihnachten vorbei ist, passiert etwas. Aus der Zauber. Ich hatte nur nicht damit gerechnet, dass ich diejenige sein würde, die ihn bricht.

Andrew presst sichtlich unglücklich die Lippen zusammen. »Ich kann mir das Auto meiner Mutter leihen und dich zurückfahren.«

»Ich fahre mit Christian.«

»Du lässt mich nicht einmal …«

»Nicht deswegen.« Ich seufze. »Aber das ist doch sinnvoll, oder nicht? Er fährt sowieso hin. Ich möchte nur, dass du ein paar Tage darüber nachdenkst. Verbring etwas Zeit mit deiner Familie, mit deinen Freunden hier. In den letzten Tagen ist viel passiert, und es scheint, als bräuchten wir beide etwas Platz zum Atmen.«

»Ich brauche keinen Platz.«

»Na ja …« Ich sehe ihn hilflos an. »Ich aber.«

In meinen Worten schwingt eine Endgültigkeit mit, die ich nicht beabsichtigt habe, die er aber sehr wohl hört. Er richtet sich auf und schluckt heftig.

»Dann mache ich dir besser einen Kaffee«, sagt er und dreht mir den Rücken zu.

Und da ich nicht weiß, was ich darauf antworten soll, sage ich gar nichts, lasse noch eine unangenehme Sekunde verstreichen und schleiche dann die Treppe hoch.

Am Ende des Flurs steht eine Tür offen, und dort finde ich Christian, der mit konzentrierter Miene auf der Kante eines ungemachten Bettes sitzt und versucht, ein neues Paar Kopfhörer aus einer Plastikhülle zu fummeln. Als ich klopfe, sieht er nicht hoch.

»Ja?«

»Kannst du mich mit nach Dublin nehmen?«

Seine Finger halten nur kurz inne, als sein Blick zu mir springt. »Ich glaube, Andrew wollte ...«

»Ist doch naheliegender, oder nicht? Spart Benzin.«

Er runzelt die Stirn. »Ist mit deiner Schwester alles okay?«

»Ja, ihr geht's gut«, sage ich und versuche, fröhlich zu klingen. »Ich will nur zurück und sie sehen.«

»Kein Problem«, erwidert er langsam. »Ich fahre aber schon in einer Stunde.«

Ich zucke mit den Schultern und ziehe mich zurück, bevor er seine Meinung ändern kann. »Ich habe ja kein Gepäck.«

Als Andrew mit meinem Kaffee nach oben kommt, bin ich vollständig angezogen. Keiner von uns sagt ein Wort, und schon bald versammelt sich der Rest der Familie, um sich zu verabschieden. Colleen ist traurig, weil ihr Jüngster fährt, auch wenn sie es nicht zugibt, als sie an ihm herumnestelt und nach dem Abschied in der Küche verschwindet. Wenigstens Sean und Hannah gehen mit nach draußen, obwohl Hannah so bedrückt wirkt, wie ich sie noch nicht erlebt habe. Sie beäugt Christian missmutig, als würde er nur fahren, um ihr den Tag zu vermiesen. Ich bleibe zurück, bis Colleen wieder auftaucht und mir drei Behälter mit Resten vom Essen in die Hand drückt, zusammen mit einer weiteren Kerze für meine Mutter und einem kleinen gestrickten Spielzeuglamm für Zoe.

»Du kommst zurück und besuchst uns«, sagt sie, und es klingt eher wie ein Befehl als nach einer Bitte.

Andrew wartet bis zur letzten Sekunde, um mich wie immer zu umarmen. Für einen Moment denke ich, dass er mich vielleicht küssen wird, aber er lässt mich mit einem Lächeln los, das er nur für die anderen aufsetzt.

»Ruf mich an, wenn du zurück bist«, sagt er, und ich nicke und spüre bereits den Abstand zwischen uns.

Trotz des kalten Wetters bleibt er noch draußen, als Christian uns die Straße hinunterfährt. Ich drehe mich um und sehe ihn bis zur allerletzten Sekunde an, in der er schließlich aus meinem Blickfeld verschwindet.

Kapitel 28

Die Rückfahrt ist seltsam. Auf der Hinfahrt habe ich die meiste Zeit geschlafen, darum war mir gar nicht bewusst, wie weit wir auf dem Land waren. Ich bin beeindruckt, wie problemlos Christian über die kurvenreichen Straßen ohne Fahrbahnmarkierung fährt. Es ist ein Wunder, dass er sich nicht verfährt, insbesondere in der Dunkelheit. Wir sind schon über eine halbe Stunde unterwegs, als die Sonne aufgeht.

Ich dachte, Christian wäre der starke, schweigsame Typ, aber zu meiner Überraschung ist er doch ... gesprächig. Nicht nur das, der Mann ist ständig in Bewegung. Sobald wir den Hof verlassen, schaltet er das Radio auf irgendeinen typischen Hitsender um und fängt an, über andere Autofahrer zu schimpfen, die wir überholen. Er spielt mit der Heizung, nimmt sich ein Pfefferminzbonbon und bietet mir eins an. Er klopft mit den Fingern gegen das Lenkrad und fragt mich über das Leben in Chicago aus, so wie Zoe Andrew, als sie uns nach Hause gefahren hat.

Sobald wir auf der Autobahn sind, wird er ruhiger, und ich frage mich, ob es stimmt, dass sein Chef ihn im Büro zurückerwartet. Vielleicht ist es für ihn, anders als für Andrew, eher eine Pflicht als ein Geschenk, zu Weihnachten nach Hause zu fahren. Eine, die er gerne erfüllt, bei der er aber froh ist, wenn sie vorbei ist. Erst als wir uns Dublin nähern und der Weihnachtsverkehr zunimmt, spricht er mich auf das an, was heute Morgen passiert ist.

»Ist er dir auf den Geist gegangen?«

»Hm?« Ich war abgelenkt, habe auf mein Handy gestarrt und auf eine Nachricht von Andrew gewartet.

»Mein Bruder«, sagt Christian und zeigt jemandem, der uns schneidet, den Mittelfinger. »Ich hätte ihn nicht für anstrengend gehalten, aber Menschen ändern sich.«

»Anstrengend?«, frage ich. »Ernsthaft?«

»Was?«

»*Du* bist anstrengend.«

»Ich?« Das scheint ihn zu überraschen, was kaum verwunderlich ist. Ich denke an das erste Mal, als ich von ihm gehört habe, auf jenem ersten Flug mit Andrew, als er ihn mit der Geburtstagskarte hereingelegt hatte, um ihn in Verlegenheit zu bringen. »Liegt es an der Familie?«, fragt er. »Bist du mit der Fitzpatrick-Weihnacht nicht zurechtgekommen?«

»Deine Familie ist reizend.«

»Was dann?«, fragt er so direkt, als hätten wir uns nicht erst gestern kennengelernt. »Denk nicht, ich hätte nicht bemerkt, wie furchtbar steif ihr euch vorhin vorm Haus umarmt habt. Oder dass du nur so tust, als hätte es überhaupt nichts zu bedeuten, dass du mit mir zurückfährst.«

»Es ist ökonomisch.«

»Es ist superverdächtig – *hey!*« Er hupt, als jemand vor uns zu schnell abbremst, um eine Abfahrt zu nehmen. »Nummernschild aus Kerry. Typisch.«

Ich richte meine Aufmerksamkeit wieder auf mein Telefon.

»Es ist nur«, fährt Christian fort, und ich seufze. »So, wie Andrew im Lauf der Jahre von dir gesprochen hat, weiß ich, dass ihr euch nahesteht. Und ich habe ihn noch nie so zärtlich mit einem Mädchen umgehen sehen. Ich hätte ihm gesagt, er soll sich zusammenreißen, wenn er nicht jedes Mal gelächelt hätte, sobald du ins Zimmer gekommen bist.« Er sieht zu mir herüber und erwischt mich dabei, wie ich erröte. »Aber das geht mich wohl nichts an.«

»Nein.«

»Tja.« Pause. »Außer, dass es das irgendwie doch tut.«

»Wie bitte?«

»Es geht mich etwas an«, sagt er. »Weil er mein Bruder ist und ich den Idioten gernhabe und er glücklich war, als ich ins Bett ging, und nicht mehr, als ich aufgestanden bin. Also, was ist los? Warum fährst du so früh?«

»Darf ich nicht zurückfahren und meine Schwester besuchen, die gerade Mutter geworden ist?«

»Andrew hätte dich liebend gern selbst zurückgefahren. Worüber habt ihr euch gestritten?«

»Wir haben uns nicht gestritten. Es gab ein Missverständnis, und jetzt brauchen wir einfach Abstand, um darüber nachzudenken.«

»Was zum Teufel hast du …« Als ihm dämmert, was passiert ist, kneift er die Augen zusammen. »Er hat dir nicht gesagt, dass er nach Hause zurückzieht, stimmt's?«

»Nicht direkt.«

»Ich hab dich also kalt erwischt, und du hast einfach gelogen und so getan, als wüsstest du es schon.«

»Ich habe versucht, das Gesicht zu wahren.«

»Das kannst du gut.« Er seufzt. »Mist. Sorry. Ich dachte,
er hätte es dir erzählt.«

»Ja, ich hätte auch gedacht, dass er es mir erzählt.«

Christian zieht eine Grimasse, sein Blick gleitet zwischen
mir und der Straße hin und her. »Na gut«, sagt er, und ich
höre an seinem Tonfall, dass er die Stimmung auflockern
will. »Wie stehst du zu Fernbeziehungen?«

Ich räuspere mich und bedecke mein Handy mit der
Hand. Ich weiß nicht, ob ich diejenige sein sollte, die es
ihm erzählt, aber ich habe das Gefühl, dass er nicht locker-
lassen wird. »Das spielt keine Rolle. Andrew hat gesagt, er
will in Chicago bleiben.«

»Was? Seit wann?«

Als ich seine Verwirrung heraushöre, fühle ich mich
leicht bestätigt. »Seit jetzt, glaube ich. Meinetwegen.«

»Hm. Okay.« Eine Vielzahl von Gefühlen huscht über
sein Gesicht, während er diese Neuigkeit verarbeitet. »Und
das gefällt dir nicht?«, fragt er schließlich.

»Ich weiß nicht … Es ist eine große Sache«, sage ich.
»Eine wichtige Entscheidung. Dass er sich zum Bleiben
entschließt, nur weil ich dort bin? Das fühlt sich bedeut-
sam an.«

»Und du denkst, das bist du nicht wert?«

»Das habe ich nicht gesagt.«

»Was dann?« Er runzelt die Stirn, als wollte er mich verstehen. »Hast du Angst, dass er seine Meinung ändert?«

»Das ist keine völlig unrealistische Annahme. Das alles mit uns ist viel zu schnell gegangen. Normalerweise lernt man einen Mann kennen, es läuft gut, und man ist eine Weile zusammen. Das hier fühlt sich an, als ob wir uns zehn Jahre lang im Schneckentempo bewegt hätten und plötzlich – *bam*.«

»Bam? Ist jemand auf die Schnecke getreten?«

»Nein, die Schnecke … Nein, ich meinte, jetzt geht es zu schnell.«

Er sieht mich verwirrt an. »Okay.«

Ich versuche es noch einmal. »Ich will damit sagen, dass er die letzten drei Tage versucht hat, zu euch nach Hause zu kommen. Euch alle zu sehen … Er liebt euch. Er liebt diesen Ort. Das hat er immer gesagt. Und jetzt will er das alles für mich aufgeben?«

»Weißt du, ich glaube, jetzt überschätzt du deine Bedeutung«, sagt er. »Zugegeben, es ist eine schwierige Rechnung.«

»Christian …«

»Er mag Chicago«, unterbricht er mich. »Er hat sein ganzes Erwachsenenleben dort verbracht, genau wie du. Und genau wie du ist er dorthin gezogen, bevor er wusste, dass du überhaupt existierst. Einmal im Jahr neben dir im Flugzeug zu sitzen, war bestimmt toll, aber ich vermute mal, dass er nicht deswegen dort geblieben ist. Er hat dort ein Leben. Freunde, Erinnerungen, den Hund seines Mitbewohners, von dem er unaufhörlich Bilder im Gruppenchat der Familie postet. Um das klarzustellen: Zu bleiben ist die einfachste Option für ihn. Und was deine seltsame

Schnecken-Analogie angeht …« Er starrt genervt auf die Straße. »Ja, gut, wenn ihr euch erst vor drei Tagen kennengelernt hättet – aber das habt ihr nicht. Du kennst den Kerl schon seit zehn Jahren. Und ich glaube, er ist schon seit zehn Jahren ein bisschen in dich verliebt und war nur zu dumm, das zu erkennen. Warum willst du es langsam angehen lassen? Das würde ich nicht tun.«

»Eine Beziehung ist nicht dasselbe wie eine Freundschaft. Die Freundschaft könnte dadurch kaputt gehen.«

»Na und?«, ruft er. »Such dir einen neuen Freund! Was willst du denn sonst machen? So tun, als ob ihr euch nicht kennt? Ihm Aufgaben stellen, damit er sich beweisen kann?«

»Nein, ich …«

»Denn es hört sich so an, als ob du solche Angst davor hast, ihn zu verlieren, dass du nicht einmal versuchst, etwas Besseres mit ihm zu haben. Und wenn ich gewusst hätte, dass das Gespräch heute Morgen dich so aus der Bahn wirft, hätte ich es dir nicht erzählt. Ich hätte den Mund gehalten, mit dir geflirtet, um ihn zu ärgern, und auf dem Weg nach draußen etwas Geld aus seiner Brieftasche gestohlen.«

Ich blinzle. »Mit mir geflirtet?«

»Ich drohe ihm schon seit Jahren damit, mit dir zu flirten«, sagt er grinsend. »Weil ich wusste, dass es ihn aufregen würde. Weil *du* ihn aufregst. Ich sage dir, Molly, du bist schon sehr lange die Richtige für ihn. Und ich weiß, umgekehrt war es genauso.«

Stimmt das? Meine Hände werden feucht, als mein Verstand das tut, was er seit dem Mistelzweigkuss ständig tut: Er geht jeden einzelnen Moment durch, in dem Andrew und ich mehr als nur Freunde hätten sein können.

»Okay«, fährt Christian fort, als ich schweige. »Das war gelogen. Ich weiß nicht, ob es umgekehrt für dich genauso war. Ich kenne dich ja kaum. Aber Andrew ist …«

»Doch«, falle ich ihm ins Wort. »Es war umgekehrt genauso.«

Christian nickt, bis er einen Blick auf mein Gesicht erhascht. »Bist du …« Er bricht entsetzt ab. »Weinst du etwa?«

»Nein«, lüge ich und presse die Hände auf meine Wangen.

»Mensch, Andrew bringt mich um, wenn du ihm erzählst, dass ich dich zum Weinen gebracht habe.«

»Das ist nicht deine Schuld«, erkläre ich. »Das passiert mir oft.«

»Das macht es aber nicht besser.«

»Ich merke gerade, dass ich eine Idiotin war.« Ich wische eine Träne weg, dann noch zwei, und blinzele, um zu verhindern, dass weitere folgen. »Ich nehme an, es wäre zu viel verlangt, wenn ich dich bitten würde, mit dem Auto umzudrehen?«

»Um mich dazu zu bringen, müsstest du schon richtig schluchzen.« Gleichzeitig sieht er mich an, als hätte er Angst, dass ich genau das tun könnte.

»Ich glaube, ich bin in deinen Bruder verliebt«, gestehe ich. »Und ich glaube, ich muss in Ordnung bringen, was heute Morgen passiert ist.«

»Schön für ihn, und ja, das musst du, aber am Flughafen wartet ein Bier auf mich, und ich werde nicht umdrehen.«

»Ich schrecke nicht davor zurück, dich zu bestechen.«

Er lacht. »Und ich schrecke nicht davor zurück, der Bestechung zu widerstehen.«

»Ich sage nur, ich habe das schon einmal gemacht. Ich bin ziemlich gut darin.«

»Ich bringe dich nach Hause«, sagt er. »Und dann verschwinde ich von hier. Gib euch beiden eine Pause, besuch deinen Neffen, deine Familie und ruf ihn dann an. Er wird verstehen, dass du Abstand brauchst.«

»Oder …«

»Auf keinen Fall«, sagt er, und ich lasse mich in meinem Sitz zurückfallen.

Aber er hat recht. »Du bist ziemlich gut in Beziehungsgesprächen«, sage ich. »Jedenfalls für einen Mann.«

»Tja. Wenn es um andere geht, ist es immer leichter, oder?« Er legt den Kopf schief und blickt mit einem fast wehmütigen Blick durch die Windschutzscheibe auf die schweren, grauen Wolken. »Was sagt man dazu?«, murmelt er. »Und nur einen Tag zu spät.«

Ich folge seinem Blick und brauche einen Moment, um zu begreifen, wovon er spricht. Zunächst halte ich die Tropfen auf der Scheibe für Regen.

»Es schneit«, stelle ich fest und kann meine Überraschung nicht verbergen.

»Er wird wahrscheinlich sofort schmelzen«, sagt Christian und schließt sich damit Andrews Meinung an.

Aber das tut er nicht. Der Schnee bleibt liegen.

Er bleibt liegen, und es schneit immer weiter, und als wir in Dublin ankommen, geht es wirklich richtig los.

Als wir das Stadtzentrum erreichen, kommen wir nur langsam voran, weil das Schneetreiben alle in helle Aufregung versetzt hat. Es scheint, als wäre jeder in Dublin draußen, Kinder und Erwachsene spielen oder stehen einfach nur mit einem breiten Grinsen im Gesicht herum, während die Stadt ihre weiße Weihnacht bekommt. Allmählich mache ich mir Sorgen, dass Christian zu spät zum Flughafen kommt, aber er zuckt nur mit den Schultern.

Ich lotse ihn in meine Straße, und er lässt mich aussteigen und wartet, bis ich die Essensreste seiner Mutter im Eingangsbereich abgestellt habe, dann fährt er winkend davon. In dem Moment geht zwei Häuser weiter eine Tür auf, und meine Schwester erscheint mit einer Babytrage. Sobald sie mich sieht, lächelt sie und macht dann große Augen, als Christian an uns vorbeifährt.

»Wer ist der scharfe Typ?«

»Andrews jüngerer Bruder.«

»Du kleine …«

»Sei nicht so eklig«, beschwere ich mich und weiß schon, was sie sagen wird.

»Wieso ist das eklig? Ich bin beeindruckt.«

»Halt die Klappe. Sollst du überhaupt schon rumlaufen?«

»Ja, *Mama*. Wenn ich ein Baby zur Welt bringen kann, kann ich auch zwei Türen weiter zu den Nachbarn gehen, um es ihnen zu zeigen.« Sie hält die Babytrage hoch, und ich schaue hinein.

Mein Neffe schläft tief und fest, fast vollständig zugedeckt von einer Vielzahl bunter Decken.

»Wie war Weihnachten auf dem Land?«, fragt sie, während ich nach seinen winzigen Füßen taste.

»Das erzähle ich dir später«, sage ich und ringe mir ein Lächeln ab. »Gehen wir rein. Den Rest von Weihnachten möchte ich mit euch verbringen.«

»Seit wann?«

»Seit jetzt.«

Bei meiner belegten Stimme hält sie inne und blickt etwas abgelenkt auf eine Stelle hinter mir. »Ist etwas passiert?«

»Nein.«

»Molly …«

»Ich bring das wieder in Ordnung.«

»Was soll das heißen?«

»Das heißt, lass uns reingehen. Ich muss Andrew anrufen.«

»Das glaube ich nicht.« Sie deutet mit dem Kopf auf die Straße, und als ich mich umdrehe, sehe ich ein Fahrzeug näher kommen, dessen Scheibenwischer auf Hochtouren laufen.

Ich kenne das Auto nicht, aber als es näher kommt, erkenne ich den Mann hinter dem Steuer.

So viel dazu, mir Abstand zu geben.

Andrew fährt vorsichtig die Straße hinunter und richtet den Blick auf mich, als er vor dem Haus hält. Erst da merke ich, dass er nicht allein ist. Hannah springt vom Beifahrersitz auf den Bürgersteig, sobald das Auto hält.

»Sie wollte unbedingt mitkommen«, erklärt Andrew und schließt die Tür. »Jetzt muss sie pinkeln.«

»Da kann ich helfen«, ruft Zoe und weist Hannah den Weg zum Haus. Das Mädchen grinst mich aufgeregt an und läuft an mir vorbei.

»Dein Haar gefällt mir«, sagt Zoe zu ihr.

»Mir gefällt dein Baby.«

»Danke.« Zoe wirft mir einen durchdringenden Blick zu, dann geht sie ins Haus, und ich wende mich wieder Andrew zu, der jetzt mit den Händen in den Taschen etwas steif neben dem Auto steht.

»Du bist mir gefolgt?«, frage ich, obwohl das offensichtlich ist.

»Ich habe dir einen Vorsprung gelassen, bis ich es nicht mehr ausgehalten habe. Hannah wollte eigentlich, dass ich bis Silvester warte, weil es dann romantischer wäre, aber ich dachte, dann bist du schon weg.«

Ich nicke und verschränke die Arme vor der Brust. »Ich hatte gerade vor …«

»Ich wollte …« Er verstummt und fährt sich mit der Hand über den Kopf. Um uns herum fällt weiter Schnee und bedeckt die Straße. Wir sind alles andere als allein. Viele Haustüren stehen offen, und die Leute strecken argwöhnisch die Hände heraus oder stehen einfach nur da und starren auf den Schnee. Eingemummte Kinder flitzen die Straße hinauf und hinunter und kreischen jedes Mal vor Freude, wenn eines von ihnen ausrutscht und hinfällt. Nebenan ist schon jemand dabei, einen Schneemann zu bauen.

»Ich weiß, dass du dich nicht zu sehr unter Druck setzen willst«, sagt Andrew und zieht meine Aufmerksamkeit wieder auf ihn. »Ich weiß, dass du Angst hast, ich könnte dich sitzen lassen. Aber ich werde nicht lügen und behaupten, dass ich nicht deinetwegen in Chicago bleibe. Denn das tue ich. *Deinetwegen*, Molly. Ich will keine Fernbeziehung führen. Und ich will mit dir nicht nur befreundet sein. Ich dachte mal, dass ich das könnte, wenn du so empfindest, aber jetzt nicht mehr. Ich will dich nicht monatelang nicht sehen, bis wir uns zu einem schnellen Mittagessen treffen. Ich will mich nicht fragen, wie es dir geht. Ganz bestimmt will ich keinen deiner Lover kennenlernen. Ich will dich, ich will *uns*, und ich glaube, wir können das hinkriegen.«

»Andrew …«

»Ich liebe dich.« Nachdem die Worte raus sind, atmet er durch, als hätte er alles andere herunterspulen müssen, nur um schnell an diesen Punkt zu gelangen. »Ich bin in dich verliebt, und es tut mir leid, dass ich so lange gebraucht habe, um es zu merken. Ich bedaure, dass ich so viele Jahre damit verschwendet habe, eine andere zu suchen, obwohl ich nur dich wollte.«

Ich höre ein leises »*Oooh*« von Hannah hinter mir und dann das leise Drängen meiner Schwester, die sie wieder ins Haus zieht. Ich ignoriere beide. Ich ignoriere alles außer dem Mann vor mir.

»Ich glaube, ich könnte es nicht verkraften, dich zu verlieren«, gebe ich schließlich zu. »Ich glaube, deshalb war es einfacher, dich all die Jahre als Freund zu behalten. Darum habe ich gar nicht erst den Gedanken zugelassen, dass mehr zwischen uns sein könnte. Denn wenn ich das getan hätte und du mich verlassen ...«

»Ich gehe nirgendwohin.«

»Ich weiß«, sage ich schnell. »Das weiß ich jetzt, es ist nur ... Du hast recht, wenn du sagst, dass ich ständig ans Scheitern denke. Ich weiß nicht, seit wann ich so bin. Ich weiß nicht, wann ich angefangen habe, mir zu verweigern, was ich will – aber das tue ich. Und so will ich nicht mehr sein.« Ich blicke zu ihm hoch und schütte ihm mein Herz aus, wie ich es noch nie zuvor getan habe. »Ich möchte, dass du mit mir in Chicago bleibst. Ich will mit dir zusammen sein, und ich will dich die ganze Zeit küssen. Ich will nicht warten oder es langsam angehen lassen oder am Anfang beginnen. Ich will dich auch. Ich will *uns* auch.«

Sein Blick gleitet über mein Gesicht, als suchte er dort einen Hinweis, dass ich nicht meine, was ich sage. Doch was immer er sieht, muss ihn beruhigen, denn er macht einen vorsichtigen Schritt auf mich zu. »Die ganze Zeit, was?«

Mein Lachen platzt wie ein Schluckauf heraus. »Wir haben eine Menge aufzuholen.«

»Dann fangen wir besser gleich damit an.« Er senkt den Kopf und drückt seine Lippen auf meine, so sanft wie unter dem Mistelzweig.

»Ich liebe dich«, sage ich, weil er es hören soll. Er soll verstehen, was ich plötzlich so stark empfinde. »Auf eine ganz und gar nicht platonische Bitte-verlass-mich-nicht-Art.«

»Ich werde dich nicht verlassen«, murmelt er. Sein Blick wird weicher, als er mir eine Schneeflocke von der Wange wischt. »Solange du mich haben willst.«

Für immer.

Denn ich fühle tief in meinem Herzen, dass es nur ihn geben wird. Es hat immer nur ihn gegeben.

»Dir ist kalt«, sagt er leise, nachdem wir uns einen Moment lang wie zwei verliebte Teenies angestarrt haben.

»Alles okay.«

Er zieht eine Grimasse. »Okay, das war der Macho in mir. Ich bin derjenige, dem kalt ist.«

Ich grinse und will seine Hand halten, aber das reicht ihm nicht. Er zieht mich fest an seine Seite, legt den Arm um meine Taille, und ich denke daran, wie oft er das schon getan hat, ohne dass einer von uns darüber nachgedacht hätte. Es war immer ganz natürlich für uns, uns zu berühren, uns so nahe zu sein, wie wir konnten. Vielleicht nur ein weiterer Hinweis darauf, dass das hier schon immer unser Schicksal war.

Wir gehen hinein, und nach der Kälte draußen kribbelt in der Wärme meine Nase. Andrew zieht mir den feuchten Schal und den Mantel aus, und als ich zittere, mustert er mich, als ob er nach Anzeichen von Schäden suchen würde.

Ich höre Mam, die sich in der Küche um Hannah kümmert, und sehe im Wohnzimmer, wie mein Vater sein schlafendes Enkelkind mit einem Gesichtsausdruck wiegt, den ich noch nie bei ihm gesehen habe. Andrew hängt meinen Mantel auf, und in dem Moment kommt Zoe in einem weiten, bequemen Sweatshirt die Treppe herunter.

Als sie uns sieht, bleibt sie stehen, und ihr Blick fällt auf unsere Hände, die so fest umeinander geschlossen sind, als könnte jemand versuchen, uns zu trennen.

Ihre Lippen zucken. »Oh, hey«, sagt sie locker. »Schön, dich wiederzusehen, Andrew.«

»Wie geht es dir?«

»Prächtig«, erwidert sie und schaut dabei mich an. »Da draußen schneit es richtig«, sagt sie nach einem Moment. »Es wird keine vierundzwanzig Stunden dauern, bis wir darüber nicht mehr staunen, sondern uns beklagen werden, das garantiere ich euch. Bleibst du hier?«

»Ja, eine Weile«, sagt er leichthin, wobei er seine Finger fest um meine schließt.

Zoe nickt nur. »Ich setze den Kessel auf«, sagt sie und geht ohne ein weiteres Wort ins nächste Zimmer.

»Willkommen zu Hause, Molly.«

Ich schaue nach links und sehe Dad in der Tür stehen, der immer noch seinen Enkel wiegt.

»Hi, Dad.«

»Wir haben die Geschenke noch nicht aufgemacht«, fährt er fort. »Na ja, bis auf deine Schwester. Sie hat ihr Geschenk letzte Woche aufgemacht, weil eure Mutter ihr eine Heißluftfritteuse geschenkt hat und sie die ausprobieren wollte.«

»Ihr habt auf mich gewartet?«

»Natürlich.« Dad wirkt überrascht. »Ohne dich ist es doch kein richtiges Weihnachten.« Sein Blick wandert zu Andrew. »Ich wette, deine Mutter war froh, dich wieder hier zu haben.«

»Das war sie«, sagt Andrew. »Dank ihr hier.«

»Dein Arm schläft noch ein«, bemerke ich, aber Dad lächelt nur schwach, richtet seine Aufmerksamkeit wieder auf das Enkelkind in seinen Armen und wendet sich zur Couch.

»Er ist nur ein kleines Ding«, sagt er und setzt sich auf die Polster. »Leicht wie eine Feder. Kommt her, sobald ihr einen Moment Zeit habt«, fügt er hinzu. »Dann kann ich euch richtig begrüßen.«

Andrew lächelt mich an, bevor er seine feuchte Jacke auszieht und neben meine hängt.

»Andrew?«, ruft Zoe aus der Küche. »Nimmst du Milch in deinen Tee?«

»Nur einen Spritzer«, ruft er zurück, als wäre er schon tausendmal hier gewesen.

Ich höre, wie Hannah um zwei Stück Zucker bittet, bevor sie höflich ein zweites Stück Kuchen von Mam annimmt.

»Okay?«, fragt er leise, und ich nicke.

»Willst du sehen, wie ich deine Mutter um den Finger wickele?«

»Ich würde gerne sehen, wie du es versuchst.«

Ein vertrautes Funkeln tritt in seine Augen. »Ist das eine Herausforderung, Molly?«

»Du nimmst den Mund ganz schön voll, das ist alles.«

»Immer auf einen Wettstreit aus«, seufzt er und greift in seine Manteltasche. »Zum Glück habe ich eine Geheimwaffe dabei.«

Beinahe muss ich lachen. »Ist das …«

»Selbst gemachte Weihnachtsmarmelade, direkt aus dem Herzen Irlands?« Er hält sie so, dass ich nicht an sie herankomme, und zieht mich mit sich. »Glaubst du, ich würde hier unvorbereitet auftauchen und um dich werben? – Mrs Kinsella«, ruft er, als wir die warme Küche betreten. »Tut mir leid, dass ich so hereinplatze. Meine Mutter hat darauf bestanden, dass ich etwas mitbringe.«

Ich setze mich an den Tisch, während Andrew seine Ankündigung wahr macht und meiner Mutter sofort den Gefallen tut, das Familienrezept aufzuschreiben.

Zoe stellt mir einen Becher hin und sieht mich an, als wollte sie sagen, dass sie einen minutiösen Bericht erwartet, dann verschwindet sie zu Dad und dem Baby. Hannah nimmt noch einen Bissen von dem Kuchen und schiebt mir ihr Handy zu, um mir zu zeigen, an welchem Kleid sie gerade arbeitet. Ich versuche, mich darauf zu konzentrieren, aber das ist nicht gerade leicht, wenn Mam lacht und Andrew immer wieder zu mir herübersieht, als wollte er sich vergewissern, dass ich noch da bin. Wenn sein Haar feucht vom Schnee ist und seine Haut von der Wärme im Haus gerötet. Wenn er, wann immer sich unsere Blicke treffen, sein einzigartiges Lächeln zeigt, so hell und strahlend, wie ich es noch nie zuvor gesehen habe. Und es ist einfach unglaublich, wie froh ich bin, dass er da ist. Wie dankbar ich bin, dass wir es nach Hause geschafft haben. Wie wundervoll es ist, etwas so Einfaches zu tun, wie an Weihnachten in einer warmen Küche zu sitzen, umgeben von Menschen, die ich liebe, während die Schneeflocken draußen Walzer tanzen.

Epilog

CHICAGO

»Das ist ein Fehler.«

»Der Panettone?«

»*Nein*«, schnaufe ich wütend. Obwohl … Ich sehe Andrew an und bin plötzlich verunsichert. »Warum? Meinst du, wir hätten das Tiramisu nehmen sollen? Weil …«

»Es war ein Scherz«, unterbricht er mich ruhig. »Hör auf, dich zu stressen. Du hast das bis auf die Minute genau geplant. Alles wird gut gehen.«

»Ich habe es auf die Minute genau geplant, und wir sind jetzt schon zu spät.«

»Seit wann kalkulierst du keine Verspätungen ein?« Er stupst mich an, und ich richte den Blick wieder auf ihn. »Hör auf, die Anzeigetafel so anzustarren.«

»Ich starre nicht auf die Tafel. Ich *sehe zur* Tafel. Und …«

Er zieht mir die Mütze tief über die Augen, um mich zum Schweigen zu bringen, und als ich sie zurückschiebe, beugt er sich schon vor und küsst mich durch die Haarsträhnen, die mir jetzt im Gesicht hängen.

Ich lasse es zu, weil ich nett bin.

Und weil ich es sehr, *sehr* mag, wenn er das tut.

Der hektische Flughafen um mich herum verblasst, als ich mich an ihn schmiege und am Ende seines Schals ziehe, um ihn dort zu halten, wo ich ihn haben will.

Er lächelt immer noch, als er sich zurückzieht, und blickt beinahe selbstgefällig zu mir herunter. »Ich glaube, davon werde ich nie genug kriegen.«

»Davon, deine Freundin zu küssen?«, scherze ich. »Das will ich doch auch nicht hoffen.«

»Eher davon, dass ich es tun kann, wann immer ich will.«

Ich schnaube verächtlich, aber insgeheim stimme ich ihm zu. Es war überraschend einfach, zusammenzufinden und sich im Laufe des Jahres mit dem Leben des anderen zu verbinden. Ob das der Grund war, warum keiner von uns den Schritt schon früher gewagt hat? Sobald wir uns ganz aufeinander eingelassen hatten, gab es kein Zurück mehr.

In meiner Tasche summt das Handy, und ich murmle ein »Endlich«, als ich es herausnehme. Niemand hat auf meine Nachrichten geantwortet, was meinem Stresspegel im Moment nicht gerade zuträglich ist. Es ist eine E-Mail, keine Textnachricht.

»Ist sie von Zoe?«, fragt Andrew.

»Nein«, sage ich, während ich noch lese. Inzwischen schaffe ich es, nicht mehr zu kreischen, wenn ich solch eine Nachricht bekomme. »Eine neue Buchung. Meine Silvestertour ist ausverkauft.«

»Das ist ein Ding!« Andrew lehnt sich an mich, lässt den

Kopf auf meinen sinken und wir lesen sie gemeinsam. »Herzlichen Glückwunsch.«

»Willst du da immer noch mitkommen?« Andrew hat mich schon Dutzende Male begleitet. Anfangs habe ich ihn gebeten, mitzukommen, damit mehr Teilnehmer zusammenkamen. Als er jedoch immer wieder auftauchte, auch als ich mehr zu tun hatte, gestand er schließlich, dass er mir gern dabei zusieht, wenn ich tue, was ich liebe, weil es ihn so … nun ja, ihr wisst schon.

»Natürlich«, sagt er. »Vorausgesetzt, dass du mich nicht rauswirfst.«

»Niemals«, erwidere ich und grinse, als er mir einen Kuss auf die Schläfe drückt.

Einen Monat nach unserer fast katastrophalen letztjährigen Reise in die Heimat ist Andrew bei mir eingezogen. Ich habe ihn unter dem Vorwand gefragt, dass ich Unterstützung bei der Miete gebrauchen könnte. Das stimmte zwar – aber vor allem fragte ich ihn, weil es an der Zeit war. Wir sahen uns ohnehin so gut wie jeden Tag, er schlief fast jede Nacht bei mir, und er hatte seinen Mitbewohnern bereits gesagt, dass er ausziehen wollte – da lag es nahe.

Einen Monat später habe ich in der Kanzlei gekündigt. Ich war panisch, *mehr* als panisch. Ich war davon überzeugt, den größten Fehler meines Lebens zu begehen, und sagte das Andrew eine Woche lang täglich mehr oder weniger im Minutentakt. Aber wir waren es gewissenhaft angegangen. Ich hatte Ersparnisse und einen Plan. Und Andrew und Gabriela unterstützten mich weitaus mehr, als sie ohnehin versprochen hatten.

Ich besuchte einen Kurzlehrgang bei einem örtlichen Fremdenführer und bekam einen Job am unteren Ende eines großen Unternehmens. Ich verbrachte die Tage im kalten Regen, übernahm die Früh- und Abendschichten und die, die niemand wollte, und streckte meinen leuchtend gelben Regenschirm in die Luft, wenn ich die Leute durch meine Wahlheimatstadt führte. In meiner Freizeit gab ich einen Großteil meiner Ersparnisse dafür aus, die Restaurants für meine Tour zu testen. Mit Unterstützung von Andrew und meinen Freundinnen entwarf ich Schokoladentouren und Touren für Meeresfrüchte, halal, koscher, vegan. Touren für jeden Geschmack unter der Sonne. Und Anfang Mai, zum touristischen Saisonauftakt, wagte ich den großen Schritt.

Mollys Schlemmertouren begannen.

Die Gehaltseinbußen waren … heftig. Manchmal erschienen Leute nicht, und ich musste stundenlang warten und in der Woche draufzahlen. An anderen Tagen lief es perfekt. Die Leute gaben Trinkgeld. Restaurants meldeten sich bei mir, ich wurde weiterempfohlen.

Ich lerne noch, wachse noch. Falls sich der nächste Sommer gut entwickelt, werde ich vielleicht genug verdienen, um jemanden einzustellen. Aber ich versuche, nicht zu weit vorauszudenken, denn ich habe gelernt, dass mich das nur unter Druck setzt. Zuerst wollte ich nur die nächsten sechs Monate überstehen, dann vielleicht ein Jahr und dann vielleicht zwei.

Aber zuerst muss ich Weihnachten überstehen.

»Ich halte es immer noch für einen Fehler«, sage ich,

und bei dem Gedanken an die nächsten Tage liegen meine Nerven blank, obwohl das Ganze meine Idee war. »Es wird keine vierundzwanzig Stunden dauern, bis wir uns alle gegenseitig umbringen.«

»Ich würde Weihnachten nicht anders feiern wollen.« Aber er sieht offenbar, dass meine Panik nicht verschwindet, denn er seufzt und greift in seinen Rucksack. »Na gut. Ich wollte eigentlich auf Publikum warten, bevor ich dir das hier gebe«, sagt er und reicht mir ein in braunes Papier eingewickeltes Rechteck. »Aber ich glaube, du solltest jetzt daran erinnert werden.«

»An was? Was ist das?«

»Wonach sieht es denn aus? Dein Geschenk.«

»Darf ich es jetzt aufmachen?«

»Nein«, sagt er todernst. »Ich habe es dir nur gegeben, damit du es in der Hand hältst …«

Ich ignoriere ihn und löse schnell die Schnur. Wir hatten uns versprochen, einander dieses Jahr nur etwas Kleines zu schenken, und mein Geschenk für ihn wartet zu Hause ganz unten im Schrank versteckt (eine Miniflasche meiner Lieblingschilisoße, weil er mir ständig meine klaut).

»Ich hoffe, es ist ein Brief, der erklärt, warum du mein teures Shampoo benutzt, obwohl du dein eigenes hast.«

»Es macht mein Haar glänzend.« Er zuckt mit den Schultern. »Und es riecht nach dir.«

»Das ist gruselig.«

»Bitte. Du liebst es.«

Beim Auspacken bemühe ich mich um einen finsteren

Gesichtsausdruck, aber das halte ich nicht durch. Vor allem, als ich sehe, was in dem Päckchen ist.

Es ist ein Bilderrahmen, was nicht wirklich überraschend ist. Überraschend ist jedoch das Bild. Kein Foto von Andrew, sondern …

»Das ist meine erste Bewertung!« Ich erkenne sie sofort. Schließlich kann ich den Text schon auswendig zitieren, so oft habe ich sie gelesen. Höfliche und freundliche fünf Sterne von einem brasilianischen Studenten, der die Stadt besucht hatte. Zu dem Zeitpunkt hatte ich Touristen gerade seit einer Woche auf Solotouren durch die Stadt geführt und jeden Abend mit klopfendem Herzen nach Updates gesucht.

Ich erinnere mich noch an den Moment, als ich sie bekam. Es war mitten in der Nacht, und wie so oft zu der Zeit war ich nachts vor Nervosität aufgewacht. Als ich den Alert auf meinem Handy sah, musste ich mich fast übergeben. Nachdem ich die Bewertung gelesen hatte, weckte ich Andrew, damit er mir bestätigen konnte, dass sie echt war. Es gab ein paar Freudentränen, dann Pfannkuchen, und dann leitete ich den Bericht an alle meine Bekannten weiter. Es war ein guter Morgen gewesen.

»Das ist wundervoll, danke.« Ich stelle mich auf die Zehenspitzen und küsse ihn auf Wange.

»Ich bin, wie immer, sehr stolz auf dich, Moll. Obwohl du den Panettone anstatt Tiramisu gekauft hast.«

»Hör auf.«

»Wahrscheinlich hätte ich dir sagen sollen, dass Mam Panettone hasst.«

»Das stimmt nicht! Sie …«

»Molly!«

Als mein Name durch die Ankunftshalle schallt, drehen wir uns beide um. Eine neue Ladung Fluggäste strömt durch die Türen, unter ihnen Hannah. Ihr Haar ist dieses Jahr leuchtend pink gefärbt und zu einem hohen Pferdeschwanz gebunden, der auf und ab wippt, als sie auf uns zuläuft.

Mein großer, dummer Weihnachtsplan steht kurz vor der Umsetzung.

Ich hatte fast damit gerechnet, dass Andrew mich auslachen würde, als ich vorschlug, unsere beiden Familien zu uns nach Chicago einzuladen, aber er war sofort von der Idee begeistert. So schön unsere kleine Tradition auch war, wollte keiner von uns Weihnachten getrennt vom anderen verbringen, und ich glaube, wir litten noch immer unter einer PTBS vom letzten Jahr. Zu meiner noch größeren Überraschung sagten sowohl die Fitzpatricks als auch die Kinsellas sofort zu, wobei Andrews Bruder Liam mit den Kindern zu Hause bleiben und Weihnachten mit der Familie seiner Frau feiern wollte.

Ich habe keine Ahnung, wie sich alle verstehen werden. Beide Elternpaare haben Zimmer im Hotel gebucht, aber Christian und Hannah, Zoe und das Baby wohnen bei uns, wo wir auch das Weihnachtsessen ausrichten werden.

Meine anfängliche Entschlossenheit hat sich in den letzten Tagen, während Andrew und ich alles vorbereitet haben, regelrecht in Panik verwandelt, aber die verfliegt, als Hannah mit einem breiten Grinsen die Arme um mich schlingt.

»Wie schön, dich zu sehen«, quietscht sie, und ich lächle und erwidere ihre Umarmung.

»Und deinen Bruder«, sagt Andrew neben uns. »Der auch hier ist.«

»Molly mag ich lieber«, sagt Hannah und drückt mich fest an sich. Aber dann lässt sie mich los, um auch ihn zu umarmen, und ich drehe mich gerade rechtzeitig zur Tür um, als der Rest der Familie hindurchtritt. Seiner und meiner Familie. Mein Vater und Sean unterhalten sich angeregt, während Christian zwischen unseren Müttern eingeklemmt ist und etwas gereizt aussieht, weil sie permanent um ihn herum plappern.

Einen Moment später erscheint Zoe, die mit einer Hand einen leeren Kinderwagen schiebt und auf dem anderen Arm meinen Neffen trägt.

Baby Tiernan sieht sich etwas apathisch auf dem Flughafen um. Als meine Schwester den Kopf neigt, auf mich deutet und ihm dabei etwas ins Ohr flüstert, wirkt er leicht verwirrt.

»Tante Molly!«, höre ich sie beim Näherkommen sagen. »Erinnerst du dich an deine Tante Molly? Tantchen … Ja, das interessiert ihn nicht.«

Ich lächle und küsse ihn auf den Kopf. »Ich werde schon noch sein Herz gewinnen.«

»Ich weiß nicht. Im Moment mag er nur sprechende Tiere. Und Löffel. Komischerweise möchte er den ganzen Tag lang Löffel in der Hand halten. Ich hoffe, das bedeutet, dass er ein Genie ist.« Sie übergibt ihn Hannah, die nicht mit der Wimper zuckt, als er sofort anfängt, mit ihren Haaren zu spielen, und Zoe wendet sich wieder mir zu, um mich zu umarmen.

»Du bereust die Idee schon, oder?«

»Total.«

»Erwischt«, flüstert sie mir ins Ohr, bevor sie sich zurückzieht und mir etwas in die Hand drückt. »Frohe Weihnachten. Mach es erst auf, wenn du allein bist«, fügt sie hinzu, als ich auf mein Geschenk hinunterblicke. »Es riecht … nicht gut.«

»Ist es Käse?«

»Nein«, sagt sie mit einem boshaften Lächeln, und ich verstaue es mit gequälter Miene in meiner Handtasche, bevor ich meine Eltern richtig ansehe.

»Zoe?«

»Hmmm?«

»Was zum Teufel hat Mam da an?«

»Ich dachte, ich riskiere dieses Jahr mal was«, verkündet Mam, als sie uns erreicht. Sie wirkt etwas aufgeregt, wahrscheinlich wegen des übergroßen, knallroten Pullovers, den sie trägt. Auf der Vorderseite steht in Druckbuchstaben *WEIHNACHTSOMA*. »Dein Vater und ich wollten den Anlass feiern.«

»Warum trägt Dad dann keinen?«

»Weil er so was wie Selbstachtung besitzt«, murmelt Zoe und ignoriert den Blick ihrer Mutter.

»Die Verkäuferin hat gesagt, Weihnachtspullis müssen hässlich sein«, erklärt Mam verunsichert, und ich lächle sie beruhigend an.

»Er ist nicht hässlich.«

»Nur ein bisschen«, ergänzt Zoe.

»Ich finde, du siehst toll aus«, sagt Andrew zu Mam und gesellt sich zu uns. »Und es ist genau der gleiche Farbton wie der, den ich für Molly und mich besorgt habe, also passt du zu uns.«

Mein Kopf schnellt zu ihm herum. »Wie bitte?«

»Zweiteiliges Geschenk«, sagt er freundlich. »Weil dir das letztes Jahr so gut gefallen hat.«

»Du machst Witze.«

»Meinst du?«

»Wir sollten uns auf den Weg machen«, sagt Zoe, löst Hannahs Haar aus Tiernans Griff und nimmt ihn wieder auf den Arm. »Und dann brauche ich etwas Süßes. Wenn du uns schon zwingst, Weihnachten zu feiern, bekomme ich auch etwas Süßes.«

»Wir werden nicht die gleichen Pullover anziehen«, sage ich zu Andrew.

»Das werden wir noch sehen.«

»Molly!«, ruft Zoe. »Zeigen. Straße. Bitte.«

Ich werfe dem Mann, den ich liebe, einen letzten warnenden Blick zu, bevor ich mich unserer Gruppe zuwende, die mich erwartungsvoll ansieht.

O Gott!

Plötzlich weiß ich nicht mehr, warum ich dachte, dass ich das jemals schaffen könnte. Zwei völlig unterschiedliche Familien, die zwei völlig unterschiedliche Weihnachtsfeste erwarten? Und ein *Baby*? Ich meine, das ist eindeutig ein Fehler. Es ist ein großer, kostspieliger Fehler, der …

Andrew ergreift meine Hand und drückt sie fest. »Atmen«, raunt er so leise, dass nur ich ihn hören kann.

Wir haben an meinem Pessimismus gearbeitet, doch ich mache nur langsam Fortschritte.

»So, alle Menschen und Gepäckstücke sind vollständig beisammen«, sagt Colleen freundlich, als ich schweige. »Das war eine wunderbare Idee, Molly.«

»Obwohl ich für nächstes Jahr Teneriffa vorschlage«, sagt Christian und blickt auf das eisige Chicagoer Wetter draußen.

»Bist du bereit?«, fragt Andrew, und ich nicke, setze ein Lächeln auf und wende mich allen zu.

»Mützen und Schals anziehen«, verkünde ich und deute auf den Ausgang. »Bleibt zusammen und entfernt euch nicht von der Gruppe. Falls ihr auf die Toilette müsst, wäre jetzt der beste Zeitpunkt dafür, und das Wichtigste von allem …« Ich blicke zu Andrew hoch. »Haltet nach einem Mistelzweig Ausschau«, ende ich und ignoriere sein Grinsen. Ich muss es ignorieren, sonst würde ich ihn einfach küssen, und dann kämen wir hier nie raus.

Er legt einen Arm um meine Taille, und wir begleiten unsere Familien aus dem Flughafen. »Mam hat recht«, sagt er. »Das war eine ausgezeichnete Idee.«

Das war es. Ist es.

Und ich brauche nur den Mann an meiner Seite anzusehen, um mich daran zu erinnern, dass auch dann, wenn nicht alles nach Plan läuft, das Schicksal schon dafür sorgt, dass sich am Ende alles fügt.

Ein Brief von Catherine

Lieber Leser*innen,

vielen Dank, dass ihr *Jedes Jahr im Dezember* gelesen habt! Wenn ihr über meine Neuerscheinungen auf dem Laufenden bleiben möchtet, könnt ihr euch unter dem folgenden Link für meinen Newsletter anmelden. Eure E-Mail-Adresse wird nicht weitergegeben, und ihr könnt euch jederzeit wieder abmelden. Ich habe gehört, dass es sich für euch richtig lohnt. Einen Versuch ist es wert, oder?

www.bookouture.com/catherine-walsh

Ich liebe Weihnachten einfach. Als ich ein Kind war, lag das daran, dass es von einem Zauber umgeben war, den es zu keiner anderen Zeit im Jahr gab. Weihnachten bedeutete Essen und Geschenke und zu verschiedenen Zweigen meiner Familie gefahren zu werden, damit ich besagtes Essen und besagte Geschenke bekommen konnte. Als ich älter wurde, bedeutete es, nicht arbeiten zu müssen. Sich mit Freunden in mit Lichterketten geschmückten Pubs zu treffen und ziemlich schöne Stiefel zu tragen.

Natürlich war das Wichtigste, Zeit mit Menschen zu verbringen, die ich liebe.

Wie viele andere zog ich aus beruflichen Gründen für ein paar Jahre weg, und in dieser Zeit wurde es für mich sehr wichtig, zu Weihnachten nach Hause zu fliegen. In manchen Jahren konnte ich mir kaum den Flug leisten, aber wie Andrew bedeutete es mir sehr viel. Auch wenn meine Familie behaupten würde, dass wir Weihnachten nicht richtig feiern, war es undenkbar, die Zeit nicht mit ihr zu verbringen. Die Tage vor der Reise waren voller Vorfreude, und obwohl auch ich oft Verspätung hatte, liebte ich es, zum Flughafen zu kommen und zu sehen, wie sich alle anderen darauf freuten, ihre Freunde und Familie zu sehen. Die Idee zu *Jedes Jahr im Dezember* stammt aus dieser Zeit und den Gesprächen, die ich in diesen kalten Dezembernächten bei unseren Heimatflügen mit Fremden führte.

Ich hoffe, *Jedes Jahr im Dezember* hat euch gefallen, und falls ja, wäre ich euch sehr dankbar, wenn ihr eine Rezension schreiben könntet. Ich würde gerne wissen, wie ihr darüber denkt, und es hilft anderen, meine Bücher zu entdecken.

Ich freue mich auch, direkt von meinen Leser*innen zu hören – ihr könnt mich über meine Website, Twitter oder Instagram kontaktieren.

Alles Gute
Catherine xx

https://catherinewalshbooks.com
twitter.com/CatWalshWriter
instagram.com/catwalshwriter
tiktok.com/@catwalshwriter

Dank

Viele Menschen haben mich beim Schreiben dieses Buches auf die eine oder andere Weise unterstützt. Ganz bestimmt habe ich jemanden vergessen, und das tut mir sehr leid. Die, die ich nicht vergessen habe, sind unten aufgeführt.

Mein größtes Dankeschön gilt all den Buchbloggern, die sich für *One Night Only* und *The Rebound* eingesetzt haben. Durch eure Unterstützung und Liebe haben diese Geschichten so viele neue Leser*innen gefunden, und ich bin euch unendlich dankbar für eure Rezensionen, Posts und E-Mails – ihr seid einfach toll. Ihr habt mich durch jede nächtliche Schreibsession getragen und durch jeden Moment, in dem ich aufgeben wollte. Meine größte Hoffnung ist, euch alle eines Tages persönlich zu treffen, um euch zu danken. Vorzugsweise passiert das auf einer Jacht mit einer fetten Torte.

Dieses Buch ist Áine O'Connell gewidmet, die ein Rettungsanker für mich war, seit wir uns kennen, und die immer Zeit für mich findet, obwohl sie selbst keine hat. Dr. Siobhan Morissey hat mir bei all meinen Fragen rund um Flugzeuge geholfen, unter anderem – aber nicht nur – bei den Fragen »Was passiert, wenn es einen großen Sturm gibt?« und »Wie funktionieren Flugzeuge?«. Poulomi Choudhury ermutigt mich immer UND hat mir einen

Drucker empfohlen, der tatsächlich funktioniert, wofür ich sie ewig lieben werde. Donna MacKay hat mir Kuchen gekauft und sich dann eine Stunde lang bemüht, mir meine Handtasche wiederzubringen, die ich in Edinburgh verloren hatte. Tilda McDonald steht immer bereit, um mir berufliche Ratschläge zu geben, und hat bisher nicht einmal um eine Entlohnung gebeten. Bex Dash hat mir erlaubt, den Namen ihres Hundes zu verwenden, und sowohl in New York als auch in Naples ein Fotoshooting mit meinen Büchern gemacht. Jeanne-Claire Morley organisierte per WhatsApp Mollys Paris-Reiseplan. Cornelia Conneff hat einer ahnungslosen Stadtpflanze bei allen Fragen rund um die Landwirtschaft geholfen. Lucy Baxter beantwortet mit unermüdlicher Hilfsbereitschaft jede Nachricht, und Rachel Helsdown ist nach wie vor meine erste und enthusiastischste Leserin bei jedem Projekt.

Ein großer Dank gilt meinen Lektorinnen Celine Kelly und Isobel Akenhead, die mir geholfen haben, dieses Buch in Form zu bringen. Isobel, ich danke dir so sehr für deine Leidenschaft und deinen Glauben an diese Geschichten. Ich bin so froh, dass ich den Weg zu dir gefunden habe! Vielen Dank auch an das gesamte Team von Bookouture und alle, die so hart daran gearbeitet haben, diesem Buch auf die Welt zu helfen.

Das zweitgrößte Dankeschön geht wie immer an mich, die wieder einmal ein ganzes Buch geschrieben hat, ohne dabei einen Nervenzusammenbruch zu erleiden.

Noch nicht.

Unsere Leseempfehlung

240 Seiten
Auch als E-Book
erhältlich

An einem winterlichen Novembertag findet die Londoner Kinderbuchautorin Charlotte Williams in ihrem Briefkasten einen mit zarten Lettern versehenen Umschlag. Sie traut ihren Augen kaum, als sie ihn öffnet, denn er enthält eine Einladung, die Weihnachtstage als Ehrengast im »24 Charming Street« zu verbringen – dem kleinsten Grandhotel der Welt an der wildromantischen Küste der Isle of Skye. Doch wem hat sie dieses Geschenk zu verdanken? Charlottes Neugier ist geweckt, und sie macht sich auf die Reise. Noch ahnt sie nicht, dass ein ganz besonderer Ort auf sie wartet – an dem Weihnachten in diesem Jahr zum Fest wunderbarer Überraschungen wird!

goldmann-verlag.de

 GOLDMANN

Unsere Leseempfehlung

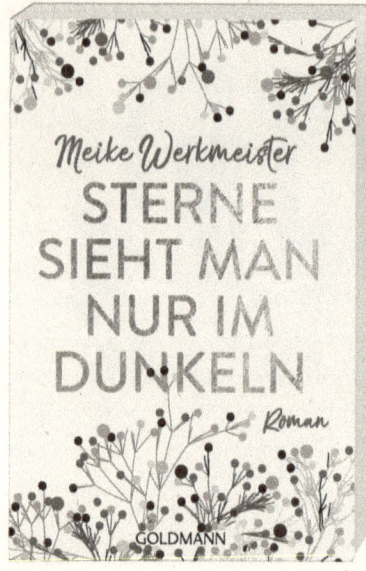

320 Seiten
Auch als E-Book
erhältlich

Eigentlich ist Anni glücklich. Mit ihrem Freund Thies lebt sie in einem hübschen Bremer Häuschen, sie arbeitet als Game-Designerin und in ihrer Freizeit entwirft sie Poster- und Postkartenmotive. Doch dann will ihr Chef, dass sie das neue Büro in Berlin leitet. Und Thies will auf einmal heiraten. Nur Anni weiß nicht mehr, was sie will. Da meldet sich ihre Jugendfreundin Maria aus Norderney, und Anni beschließt spontan, eine Auszeit zu nehmen. 6 Wochen Sand und Wind, Sterne und Meer. Danach sieht sicher alles anders aus. Wie anders, das hätte Anni sich allerdings nicht träumen lassen ...

goldmann-verlag.de

GOLDMANN

Unsere Leseempfehlung

464 Seiten
Auch als
Hörbuch und
E-Book erhältlich

Julian ist es leid, seine Einsamkeit vor anderen zu verstecken. Der exzentrische alte Herr schreibt sich seine wahren Gefühle von der Seele und lässt das Notizheft in einem kleinen Café liegen. Dort findet es Monica, die Besitzerin. Gerührt von Julians Geschichte, beschließt sie, ihn aufzuspüren, um ihm zu helfen. Und sie hält ihre eigenen Sorgen und Wünsche in dem Büchlein fest, ohne zu ahnen, welch heilende Kraft in diesen kleinen Geständnissen liegt: Als das Notizbuch weiterwandert, wird aus den sechs Findern ein Kreis von Freunden. Monicas Café wird dabei ihr zweites Zuhause, und auf Monica selbst wartet dort das ganz große Glück …

goldmann-verlag.de